CB081629

Textos © 2024, Os autores e organizadores
Copyright © 2024, Aletria

Todos os direitos reservados. Nenhuma parte desta obra pode ser reproduzida, arquivada ou transmitida por qualquer forma ou por qualquer meio sem a permissão expressa e por escrito da Aletria Editora.

Editora responsável: Rosana de Mont'Alverne Neto
Coordenadora editorial: Poliana Moreira
Editora assistente: Natália Vieira
Revisão: Larissa Andrade Said
Comunicação: Sílvia Amélia de Araújo
Estagiário acadêmico de Edição: André Xavier
Projeto gráfico, capa e diagramação: Natália Calamari

Catalogação na publicação
Elaborada por Bibliotecária Janaina Ramos – CRB-8/9166

L776

Literatura infantil e juvenil na fogueira / Organização de João Luís Ceccantini, Eliane Galvão, Thiago Alves Valente. – Belo Horizonte: Aletria, 2024.

Autores: João Luís Ceccantini, Thiago Alves Valente, Alexandre Mariotto Botton, Diógenes Buenos Aires de Carvalho, Pedro Afonso Barth, Ângela Fronckowiak, Vera Teixeira de Aguiar, Luiz Fernando Martins, Eliane Galvão, Guilherme Magri da Rocha, Ieda Maria Sorgi Pinhaz Elias, Alice Áurea Penteado Martha, José Nicolau Gregorin Filho, Fabiane Verardi Burlamaque, Zíla Letícia Goulart Pereira Rêgo, Marisa Lajolo, Rafaela Stopa, Aroldo José Abreu Pinto, Maria Teresa Gonçalves Pereira, Hércules Tolêdo Corrêa, Marta Passos Pinheiro, Jaime dos Reis Sant'Anna, Lia Cupertino, Alice Atsuko Matsuda, Rosa Maria Cuba Riche, Luzmara Curcino, Fernando Rodrigues de Oliveira, Silvana Augusta Barbosa Carrijo, Diana Navas, Maria Carolina de Godoy, Márcio Prado, Mell Brites, Roger Mello, Isabel Coelho.

552 p.; 16 X 22,5 cm

ISBN 978-85-9526-105-1

1. Leitura - Estudo e ensino. 2. Literatura infantil. 3. Literatura juvenil. I. Ceccantini, João Luís (Organizador). II. Galvão, Eliane (Organizadora). III. Valente, Thiago Alves (Organizador). IV. Título.

CDD 372.4

Índice para catálogo sistemático - I. Leitura - Estudo e ensino

aletria
EDITORA

Praça Comendador Negrão de Lima, 30-D
Floresta, Belo Horizonte - MG, 31015-310
Tel: +55 31 3296 7903
www.aletria.com.br

LITERATURA INFANTIL E JUVENIL NA **FOGUEIRA**

João Luís Ceccantini | Eliane Galvão | Thiago Alves Valente

Organizadores

aletria
EDITORA

SUMÁRIO

APRESENTAÇÃO

Este livro foi concebido por iniciativa do Grupo de Trabalho Leitura e Literatura Infantil e Juvenil da ANPOLL – Associação Nacional de Pós-Graduação em Literatura e Linguística –, composto por pesquisadores de diversas instituições de nível superior, tanto públicas quanto privadas, de diferentes regiões do Brasil. Trata-se de produto resultante de reflexões e de debates cada vez mais frequentes em reuniões regulares da entidade, em congressos e seminários acadêmicos e, até mesmo, em bancas de qualificação ou de defesa de trabalhos de Mestrado e Doutorado.

Desse modo, procura-se apresentar nesta coletânea capítulos que problematizam, por meio de ampla reflexão, a questão da censura (incluindo neste debate também o fenômeno conhecido como "politicamente correto"). Para tanto, toma-se como objeto central um conjunto de obras literárias editadas especificamente para crianças e jovens que, nos últimos anos, têm sido alvo de críticas pesadas, as quais nos parecem fortemente despropositadas e fundadas em percepções rasas, equivocadas.

Pretende-se, assim, trazer para uma esfera mais ampla o debate sobre a qualidade literária desses textos e o questionamento franco da legitimidade dos ataques que eles vêm sofrendo, em variadas esferas, como redes sociais, jornais, revistas, rádio, televisão, eventos de natureza educacional, política ou editorial, entre outras instâncias. Tem-se revelado aviltante esse fenômeno da censura de diversas ordens, o qual se verifica não apenas no Brasil, mas também em muitos outros países com sólido mercado editorial, atingindo obras de reconhecido valor literário, premiadas localmente ou no exterior, traduzidas para várias línguas, recomendadas por especialistas e intensamente apreciadas por seus leitores e mediadores de leitura de reconhecida excelência. Resulta desse processo a retirada dessas obras das estantes das bibliotecas (escolares ou não) e até mesmo sua supressão das prateleiras das livrarias e das máquinas tipográficas, em nome de razões rarefeitas e fantasmagóricas.

A presente obra se configura, portanto, como movimento de resistência a esse processo, espaço de manutenção do diálogo sobre o tema e convite ao debate!

Os organizadores

In memoriam

Jaime dos Reis Sant'Anna
José Nicolau Gregorin Filho

A censura de hálito nojento, com unhas negras,
essa cadela de cabeça baixa que segue todos os poderes,
vil, e sempre mastigando com seu focinho imundo...

Victor Hugo
(*Os cantos do crepúsculo*, 1909)

1. CENSURA, CENSURAS

1.1 Onda que assombra

Cada vez com mais frequência no país, faz-se presente nos noticiários das diferentes mídias a informação de que um determinado objeto cultural/artístico sofreu algum tipo de censura, muitas vezes oriunda de contextos próximos ao meio educacional, religioso e/ou político, procurando-se, por diversos caminhos, impedir que crianças, jovens ou adultos venham a ter acesso a esse objeto. A volta desse "ímpeto de censura", assim como sua efetivação, para aqueles que viveram no Brasil o final dos anos 1960 e, em particular, a década de 1970, é, certamente, um fenômeno perturbador, na medida em que esse tipo de questão degradante parecia já há muito superado. Afinal, é preciso considerar que já se contam quase quatro décadas que a ditadura militar (1964-1984) foi deixada para trás e a democracia reinstaurada em nosso país.

Naquela época, setores significativos da população foram afetados de diferentes maneiras pela censura, seja na condição de produtores, mediadores ou fruidores da cultura e da arte. Abundavam proibições de cunho institucional aos mais variados produtos culturais e artísticos. Revelou-se a face de um governo policialesco, opressor e castrador, que impunha ao cidadão, de forma arbitrária, limitações ao acesso de um sem-número de livros, jornais, revistas, filmes, novelas, canções, peças de teatro, espetáculos musicais, exposições, palestras etc.

Demonstra-se preocupante, portanto, perceber que, no âmbito da cultura e da arte, de forma crescente, tem havido, nos últimos anos – e sobretudo a partir do governo Bolsonaro –, censura ou tentativas de censura, em diversos estados brasileiros, criando fatos e factoides, ocupando as páginas e as telas dos noticiários, prejudicando de várias formas artistas e produtores culturais, assim como leitores, espectadores, visitantes de museus etc. Essas ações buscam "fazer barulho" e, se possível, incendiar as famigeradas redes sociais, inflamando ânimos e sempre visando àquela quota de milhares (ou milhões?) de *likes* de estridentes usuários da internet. Jean-Yves Mollier, importante pesquisador francês sobre *leitura*, já chamou a atenção para esse caráter "cíclico" do surgimento da censura: "Como uma fênix capaz de renascer das próprias cinzas, a censura vive períodos de recuo, mas nunca desiste de fato, alimentando-se da própria imprecisão e da recusa daqueles que a exercem em explicitar seus motivos para autorizar ou proibir um livro ou um filme" (Mollier, 2018, p. 72).

Quatro episódios recentes de nossa história cultural merecem ser lembrados aqui, visto que ilustram nitidamente os problemas que têm começado a enfrentar, em tempos recentes, os artistas e os profissionais das mais diferentes áreas que atuam no campo da arte, da cultura e da educação. Além disso, esses casos alcançaram grande repercussão na mídia e tiveram forte impacto no meio artístico e intelectual. Nos espaços midiáticos a seu alcance, muitas figuras de diferentes áreas das artes e do saber se manifestaram enfaticamente contra as proibições ocorridas.

O primeiro desses casos, ligado às artes plásticas e bastante emblemático desses novos tempos que, lamentavelmente, sinalizam um claro retrocesso quanto à liberdade de expressão e criação necessária aos artistas, tem sido designado geralmente por "o caso Queermuseu". Deu-se em 2017, com o fechamento precoce da mostra *Queermuseu – Cartografias da Diferença na Arte Brasileira*, organizada pelo Santander Cultural, em Porto Alegre, após protestos[1] (delirantes, porque descontextualizados) alegando "incitação à pedofilia, zoofilia e blasfêmia".

Ainda nesse mesmo ano, houve também um segundo evento grave de censura: a perseguição ao artista Wagner Schwartz, também por acusações de pedofilia, após a circulação do fragmento de um vídeo da performance *La Bête*, realizada na abertura do 35° Panorama da Arte Brasileira, no Museu de Arte Moderna (MAM) de São Paulo, e na sequência, um abaixo-assinado, com aproximadamente 90.000 nomes, demandando o fechamento de um museu (!) com o papel civilizador e a excelente reputação nacional e internacional que possui o MAM.

Nesse contexto, foi lançado, em 2018, em livro, um dossiê de artigos voltados ao tema da *censura*, intitulado *Arte censura liberdade: reflexões à luz do presente*, organizado por Luisa Duarte, crítica de arte e curadora independente, publicado no ano anterior na revista *Jacaranda*, acrescido na versão em livro por duas colaborações e uma entrevista. O elemento catalisador para a organização do dossiê foi precisamente o advento desses dois episódios ora citados. Luisa Duarte, organizadora da obra, destaca:

1 Os protestos contra a exposição foram liderados pelo MBL (Movimento Brasil Livre), movimento político brasileiro liberal conservador e vinculado à direita, ativo desde 2014.

> Depois da deflagração de uma série de conquistas no território dos costumes e das chamadas micropolíticas, que iniciaram um processo de disputa de direitos para minorias, como mulheres, LGBTQs, indígenas, negros, imigrantes, o que testemunhamos hoje é uma onda reacionária que visa retirar direitos adquiridos e que tem como alvo, também, a arte. E por que atacar a arte é uma face tão perigosa dos impasses do presente? (Duarte, 2018, p. 8).

Para responder a essa instigante pergunta, Duarte convida o leitor a correlacionar a arte com a percepção da realidade, conforme as palavras de Suely Rolnik:

> Atacar a arte é atacar uma atividade essencial para a saúde da sociedade. É que a função da arte é criar um corpo visível, audível, palpável, para aquilo que a vida pede toda vez que ela se vê sufocada em nossas formas de existir, em nossas formas de interpretar o mundo e de reagir aos acontecimentos. Nesse sentido, a arte está diretamente ligada à vida. A vida quer continuar e para isso ela se constitui essencialmente em um processo contínuo de transfiguração (Duarte, 2018, p. 8-9).

Um terceiro evento muito marcante no que tange à *censura* deu-se em setembro de 2019, havendo sido muito divulgado nas mídias, e teve à frente o deputado federal (pelo Rio de Janeiro) Marcelo Crivella, atualmente licenciado como bispo da Igreja Universal do Reino de Deus (IURD), de denominação neopentecostal, fundada por seu tio, o polêmico Edir Macedo.

Como foi largamente divulgado à época por diversas

mídias, Crivella, então prefeito do Rio de Janeiro, demandou, no dia 5 de setembro de 2019, que fossem recolhidos da Bienal do Livro todos os exemplares do romance gráfico integrante da "Série Jovens Vingadores"[2] intitulado *A cruzada das crianças*, alegando que a obra desrespeitava artigos do Estatuto da Criança e do Adolescente (ECA), porque ostentava na capa da publicação dois rapazes se beijando. A organização da Bienal manifestou-se e a instituição recusou-se a retirar os livros, alegando "dar voz a todos os públicos". Entre idas e vindas, houve declarações de diversos atores do imbróglio causado pelo prefeito (inclusive com manifestações do TJ do Estado do Rio de Janeiro e do STF), foram realizadas duas visitas de fiscais da Prefeitura ao evento, em dias separados, e foi promovido um protesto com muitos participantes, que consistiu na realização de um grande "beijaço" concretizado pelo público da Bienal, contra a apreensão dos livros por Crivella. Além disso, também como outro desdobramento da grande repercussão negativa frente à atitude descabida do então governador, Felipe Neto, popular *influencer* das redes sociais junto ao público jovem, comprou e distribuiu gratuitamente cerca de 15.000 exemplares da obra atacada e de outros "títulos polêmicos", em contrapartida e desacato premeditado ao prefeito.

Finalmente, o quarto episódio destacado aqui como exemplo do recrudescimento da ação censória no país é bastante recente, tendo alcançado uma intensa repercussão nas diversas mídias, especialmente porque o livro atacado foi distribuído em nível nacional a escolas públicas de Ensino Médio, integrando os acervos compostos pelo PNLD (Plano Nacional do Livro e do Material Didático), vinculado ao MEC (Minis-

2 Disponível em: <https://pt.wikipedia.org/wiki/Coleção_Oficial_de_Graphic_Novels_da_Marvel>. Acesso em: 05 abr. 2024.

tério da Educação e Cultura). Trata-se de *O avesso da pele*[3], de autoria de Jeferson Tenório, escritor gaúcho.

A obra foi lançada em 2020 e recebeu, em 2021, o Prêmio Jabuti, na categoria "Melhor Romance Literário", tendo sido selecionada pela equipe de especialistas do MEC para integrar um dos acervos do PNLD, disponibilizado para escolha das escolas conforme calendário ciclicamente estabelecido. No início de março de 2024, com muitos exemplares já distribuídos para muitas escolas de muitas cidades brasileiras, criou-se mais uma polêmica que desembocou numa tentativa de censura, com repercussão nacional.

Embora uma escola de Santa Cruz do Sul, no Rio Grande do Sul, por meio de sua equipe de administradores e professores, tenha, ela mesma, escolhido receber do MEC exemplares dessa obra, entre as muitas opções possíveis, como de praxe ocorre em relação ao recebimento dos acervos do PNLD, a diretora da escola postou um vídeo na internet, anunciando a retirada da escola de 200 exemplares do título recebido por meio do programa federal. A dirigente alegou que "a obra possui vocabulário de baixo nível para ser trabalhada com estudantes de ensino médio"[4]. O vídeo viralizou na internet e a infeliz publicação acabou por levar a que, em mais três estados brasileiros – Paraná, Mato Grosso do Sul e Goiás –, também se desse a recolha de exemplares disponíveis das bibliotecas escolares

---

3 (São Paulo: Companhia das Letras, 2020)

4 Disponível em: < https://ric.com.br/prja/internet/diretora-de-escola-do-rs-critica-livro-o-avesso-da-pele-e-assunto-vira-polemica/#:~:text=(assista%20abaixo).-,O%20Avesso%20da%20Pele%2C%20aborda%20a%20questão%20do%20racismo%20estrutural,nível"%20estão%20presentes%20no%20livro.>. Acesso em: 09 abr. 2024.

de seus estados. No entanto, após a péssima repercussão dessa censura descabida a livros que foram seriamente avaliados pelo MEC para integrar os acervos das escolas, setores variados da sociedade brasileira têm envidado esforços para impedir esses atos retrógrados, que pretendem impedir a circulação de obras de reconhecido valor literário.

Os objetos de censura aqui comentados para introduzir o problema em foco podem ser vistos como uma eloquente metonímia do que se passa hoje no país quanto à censura da *literatura*, especificamente, e da arte, de um modo geral. O conjunto desses deploráveis episódios convida a tentar compreender melhor o fenômeno tão bem diagnosticado e sintetizado por Luiz Camillo Osório, professor do Departamento de Filosofia da PUC-Rio: "... explicitou-se (...) nossa dificuldade – falo agora da sociedade brasileira contemporânea – em lidar com as diferenças e com o simbólico" (Duarte, 2018, p. 41).

1.2 Tenebrosa constância

Na tradição dos estudos históricos sobre o livro e a leitura, como o hoje já clássico *História universal da destruição dos livros: das tábuas sumérias à Guerra do Iraque*[5], de Fernando Báez, fica nítida a presença de uma certa constante no ato de censurar. Trata-se do fato de que, entre aqueles que têm o poder político nas mãos, geralmente há muitos que não se contentam com a censura do conteúdo de determinados livros em si, mas demonstram também a necessidade de destruir materialmente

---

5 Em 2014, o autor lançou uma edição ampliada e revisada da obra, ainda não traduzida para o português: *Nueva historia universal de la destrucción de libros: de las tablillas sumerias a la era digital* (Barcelona: Océano).

o maior número de livros possível, de uma certa forma realizando a censura mais radical que se pode fazer. Trata-se da biblioclastia, prática da destruição de livros propositada, seja por ódio de seu conteúdo, seja por aversão à cultura (geralmente a do outro). Por vezes, a biblioclastia vem acompanhada da necessidade de atacar também os autores e/ou os proprietários desses livros, partindo-se para a agressão física e/ou psicológica. Não é por acaso que se forjou a máxima "os livros dos meus inimigos são meus inimigos".

A história dos livros, desde seus primórdios, quando circulavam ainda tabuletas de argila – portanto séculos antes da invenção da prensa de tipos móveis por Gutenberg no século XV – revela incontáveis episódios de destruição de milhares de "livros", geralmente pelo fogo, com prejuízos avassaladores para as ciências, para a cultura, de um modo geral, para a literatura, em particular, entre outras tantas perdas muito significativas. Alberto Manguel (1997), em sua hoje também clássica obra *Uma história da leitura*, ressalta esse impulso destrutivo, que levou à queima de tantos livros ao longo do tempo, na atitude de censura mais radical que se possa praticar:

> As obras de Protágoras foram queimadas em 411 a.C., em Atenas. No ano de 213 a. C., o imperador chinês Chi Huang-Ti tentou acabar com a leitura queimando todos os livros de seu reino. Em 168 a.C., a biblioteca judaica de Jerusalém foi deliberadamente destruída durante o levante dos Macabeus [...]. Em 303, Diocleciano condenou todos os livros cristãos à fogueira [...]. Em 10 de maio de 1933, em Berlim, diante das câmeras, o ministro de Propaganda Paul Joseph Goebbels discursou durante a queima de mais de 20 mil livros para uma multidão entusias-

> mada de mais de 100 mil pessoas (Manguel, 1997, p. 315-316).

Certamente, trata-se de um cenário sombrio para o universo da cultura. Essa modalidade primária e brutal de censurar, constituída pela destruição material dos livros, geralmente pelo fogo, embora não desapareça (como aconteceu à época do nazismo), passa gradativamente a segundo plano quando os livros começaram a ser impressos sobre papel. Ou seja, quando as coisas mudam de figura, no sentido de que há grande e acelerada expansão da quantidade de livros produzidos e maior diversificação de países onde são impressos, a maneira de censurar se sofistica. Não é mais "necessário" (ou "eficiente") queimar tantos livros, porque passa a haver novos modos de controle sobre a produção emergente, ainda que a queima continue a ser feita.

O poder instituído – sobretudo da Igreja e dos nobres – passa a empregar modos mais "práticos e refinados" de censurar, criando e divulgando, por exemplo, listas de obras proibidas, a serem evitadas com rigidez, em meio à crescente quantidade de livros que começa a ser produzida gradativamente com as novas facilidades de reprodução de textos. Isso pode ser observado nos esclarecimentos de Victoria Sotomayor e Pedro Cerrillo (2016, p. 14-15, tradução nossa[6]), pesquisadores espanhóis, sobre o tema:

> ... as censuras (na forma em que se puderam produzir) se "institucionalizaram" a partir da implantação da imprensa, aparecendo as primeiras listas de livros

6 As traduções foram realizadas pelos respectivos autores de cada capítulo deste livro.

> proibidos. Quando, ainda há pouco tempo, se difundia a imprensa pela maior parte da Europa, a Igreja Católica obrigou a haver, nos territórios em que seu poder se impunha, o conhecido "nihil obstat" em todas as publicações, ou seja, uma aprovação expressa por parte da autoridade eclesiástica; em caso contrário, tanto o autor quanto o editor/livreiro podiam ser excomungados (na Espanha, inclusive condenados pela inquisição). Desde Roma se criou, em 1559, sob o controle – precisamente – da Inquisição, o Index Librorum Prohibitorum et Expurgatorum, no qual estiveram incluídos, entre outros e em diversos momentos, Erasmo, La Fontaine, Montesquieu, Copérnico, Descartes, Zola e Balzac. [...]

O objetivo das primeiras censuras era de natureza religiosa, buscando manter certa "ortodoxia" doutrinal (na realidade, um controle) em um momento em que se estavam produzindo em boa parte da Europa importantes protestos no seio da Igreja. O que se passa é que, quase desde o primeiro momento, esse controle e, portanto, aquela censura, se estendeu também à literatura popular impressa de assuntos profanos.

À medida que o tempo passa, assim como mudam as instituições e os sujeitos detentores do poder, também vão se modificando as formas de controle das publicações, em particular das obras literárias. O que não impede que, para algumas obras específicas e em contextos históricos e políticos mais complexos ou violentos, não se faça presente novamente a destruição de livros, assim como a censura a trechos de obra ou obras inteiras, de textos literários ou não, em épocas mais próximas da nossa.

Há exemplos marcantes tanto no Ocidente quanto no Oriente no que diz respeito à censura radical, tais como: as ameaças feitas ao Marquês de Sade (1740-1814) e, finalmente, sua prisão, por ter escrito *Os 120 dias de Sodoma* (1785) e *A nova Justine*, ou *A infelicidade da virtude* (1797); o incêndio intencional, pelos alemães, da Biblioteca de Louvain, na Bélgica em 1914, no início da 1ª Guerra Mundial, em que 230.000 volumes foram destruídos; a queima, por integrantes da Associação de Estudantes Alemães, de ideologia nazista, em Berlim, na Opernplatz, em 1933, de mais de 20.000 livros saqueados da biblioteca da Universidade "Humboldt"; a destruição sistemática de livros e de bibliotecas na Espanha nos anos 1930, no contexto da Guerra Civil Espanhola e da ditadura de Franco; a perseguição aos livros, a seus leitores e às bibliotecas nos anos 1950, nos Estados Unidos (Caça às Bruxas).

Dessa forma, a produção de literatura infantil, como é fácil imaginar, não escapa, por sua vez, das garras da censura, até porque, se não bastasse estar igualmente sujeita a todas as mazelas ligadas ao contexto histórico e aos diferenciados regimes de poder que se alternam ao longo do tempo, assim como às particularidades geográficas em que é produzida, há ainda o tipo de censura *específica* a essa modalidade literária.

Nesse caso, porque seus destinatários são crianças, há toda uma vertente (hegemônica) vinculada à tradição da literatura infantil que tende a subestimar a criança, seu potencial como leitora, ao encará-la como um ser "menor", incompleto, frágil, inocente e dependente, de forma que é preciso censurar um sem-número de informações para as quais a criança não estaria preparada e que, segundo esse ponto de vista, poderiam lhe causar muito mal.

Sob essa perspectiva, a criança é vista como um "quadro em branco" em que é possível inserir inúmeros "valores edificantes" e "informações construtivas" que deveriam ser inculcadas nos leitores infantis por obras pseudoliterárias ou, melhor dizendo, livros essencialmente pedagógicos, travestidos de narrativa ou poesia. Está aí delineado um cenário perfeito para que, de um lado, se exerça a censura de inúmeros conteúdos nos livros e, de outro, sejam promovidos outros valores – aqueles que interessam à ideologia adulta da época. Essa questão também é ponderada agudamente pelos pesquisadores espanhóis antes referidos:

> A literatura infantil e juvenil é a parte da sociedade mais controlada, dirigida, censurada, perseguida ou proibida por aqueles que ostentam esse poder que obriga a transitar por uma única direção. Uma parte a mais, mas não uma qualquer, porque com ela se garante a continuidade dos regimes ditatoriais ou totalitários sobre a base de formação de crianças e jovens, por meio de suas leituras, nos princípios ideológicos que defendem. É o que aconteceu nas ditaduras vividas na Itália e Alemanha durante os governos de Mussolini e Hitler, nas quais a literatura infantil e juvenil também se viu afetada, não apenas porque houve proibições diretas de determinados livros, mas porque certas editoras eram "castigadas" com a supressão de suas cotas de papel. Semelhantes são os casos das ditaduras vividas em países comunistas europeus no século XX (a antiga URSS, Polônia, Hungria etc.), naqueles em que a literatura infantil e juvenil foi, frequentemente, utilizada como um poderoso elemento de ideologização, por meio do qual se falseava a história ou se transmitiam as ideias que o regime defendia. Ou na ditadura do general Videla, em que certos livros infantis, sim, foram proibidos e seus autores perseguidos por "excesso de fantasia", em alguns casos, ou porque eram vistos como elemento perturbador para a infância e

a adolescência na maior parte das vezes (Sotomayor; Cerrillo, 2016, p. 24, tradução nossa).

Em suma, desde seu surgimento, por volta da segunda metade do século XVII, temos um cenário recorrente de "assédio" da literatura infantil e juvenil para desviá-la do que tem de melhor a oferecer às crianças e jovens, em termos de qualidade estética, de atendimento a suas necessidades de ficção e de fantasia e de representações consistentes da realidade.

1.3 Censura à brasileira

No caso da literatura no Brasil, a censura remonta mesmo às origens do país e ao sistema colonial fortemente opressor que lhe foi imposto desde o "descobrimento". A modalidade radical e fundadora da censura no país se consistiu na proibição absoluta de se imprimirem livros no Brasil-Colônia, desde 1500, marco simbólico do "descobrimento", até 1808, ano da chegada da Família Real e da Corte Portuguesa ao Brasil. O primeiro livro oficial, cuja impressão é, de fato, autorizada pela Coroa, só vai ser produzido e impresso no Brasil com a chegada da Família Real portuguesa no país, nesse mesmo ano de 1808. Ou seja, trata-se de um país que, desde suas origens, se formou sob a égide da mais rigorosa censura, que impedia todo tipo de publicação no Brasil, deixando, assim, a absoluta maior parte da população alijada do universo letrado durante pelo menos três séculos. Sobre as restrições coloniais à impressão de livros no Brasil, Laurence Hallewell (2017, p. 92-93), importante historiador sobre a história do livro no Brasil, é muito preciso para contextualizar a natureza da censura a esse objeto entre nós:

Era compreensível, portanto, que, por conveniência da administração para fins de censura, toda a produção de livros e impressos ficasse restrita a Portugal. Mas não se faz menção alguma à verdadeira razão: a suposição mercantilista básica de que a única função das colônias era fornecer matérias-primas (e consumir, em troca, uma quantidade mínima de manufaturas europeias). Dentro desse contexto, a proibição de impressão surge apenas como mais uma restrição à iniciativa econômica da colônia.

Assim, o primeiro "livro" oficialmente publicado no país, com a inauguração de um novo prelo, veio a público em 13 de maio de 1808, dia do aniversário do príncipe regente. Trata-se, na verdade, de um documento burocrático da Corte, um folheto de 27 páginas com um título longuíssimo, mas que ficou conhecido por muitos estudiosos do assunto como *Relação dos Despachos*. Esse começo recalcitrante do "universo editorial brasileiro" dá o tom da condição de atraso e das dificuldades que seria necessário tentar superar nos dois séculos e mais uns tantos anos que se seguiram após esse longo período de censura à produção editorial autóctone. É importante não deixar de registrar que, antes desse documento impresso com a chegada da Corte, houve pouquíssimas iniciativas de se publicar livros no Brasil, dada a censura legal instituída desde o início da colonização. Foram identificados apenas vagos registros de um ou outro remoto prelo clandestino nos séculos XVII e XVIII. Mas, ainda assim, os que tiveram coragem de burlar a proibição de publicação em solo brasileiro teriam feito uso de colofão falso nas obras editadas, para não correr grandes riscos frente às autoridades da Coroa.

Uma exceção nesse praticamente inexistente meio editorial foi o transgressor Antônio Isidoro da Fonseca, um dos principais tipógrafos de Lisboa, que lá atuava um pouco antes da metade do século XVIII. Veio para o Brasil trazendo uma prensa de impressão, que é instalada no Rio de Janeiro, onde ele teria chegado a publicar possivelmente cinco títulos. No entanto, em 1747 a coroa portuguesa toma ciência de suas atividades e ordena que ele volte para Portugal, devendo levar consigo também os tipos, o prelo e o papel. Três anos mais tarde, ele ainda pede permissão às autoridades portuguesas para voltar ao Brasil na condição de editor, mas tem seu pedido negado.

Dando um salto de quase dois séculos, no intuito de selecionar algumas questões relevantes para uma reflexão sobre a *censura* no Brasil, focalizada segundo diferentes ângulos e colhida em diferentes momentos e contextos, serão abordados a seguir dois eventos marcantes e muito significativos. Na verdade, são emblemáticos de uma tradição negativa do país em relação à cultura letrada, submetida tantas vezes aos disparates da censura governamental. Os dois eventos ocorrem no século XX: um se passa na primeira metade desse século, o outro, na segunda; um se dá sob um governo civil, o outro, sob um governo militar. No conjunto, duas manchas indeléveis da história de nossa cultura, de nossas Letras.

Durante o Governo de Getúlio Vargas, mais precisamente na sua pior fase, o Estado Novo (1937-1945), quando Monteiro Lobato (1882-1948), já intelectual e artista extremamente conhecido, passa a ser alvo de ataques sistemáticos do novo governo com velhas práticas. São empregadas das estratégias mais afáveis, como a cooptação política, às mais agressivas, como a violência física – de qualquer modo, Lobato não ficaria esquecido.

A figura de Lobato nos interessa por representar, ele

mesmo – não suas personagens –, um ponto de convergência de vários aspectos da sociedade brasileira. Reconhecido como autor de literatura para crianças, era também um empresário presente nos circuitos intelectuais ou um intelectual presente nos circuitos empresariais ou um literato envolvido com o mercado editorial ou um editor engajado com a literatura infantil... Ou seja, muitas opções se colocam para uma personalidade associada à consolidação do mercado editorial brasileiro, à exploração do petróleo e do ferro, à publicização, para todo o país, de problemas estruturais de grande monta. Dentre seus biógrafos mais recentes, Marcia Camargos e Vladimir Sacchetta (2002, p. 209), indicam, aos leitores de hoje, uma trajetória pontuada de embates com o status quo de seu tempo:

> (...) seu embate com Arthur Bernardes quando, em 1924, no rastro da revolução em São Paulo, ao tocar no problema do voto secreto e facultativo, diretamente ligado à questão da cidadania, Lobato se tornou alvo de censura que atuou pela via da violência no plano econômico. Anos depois, no Estado Novo, a repressão impôs-se por meio da violência física. Lobato foi encarcerado e volumes de sua obra foram apreendidos e destruídos. Segundo o depoimento de Carlos Lacerda e do próprio autor, em 1937 seus livros chegaram a ser queimados no então Distrito Federal.

Por certo, não era uma personalidade muito palatável a diversos grupos de poder de sua época. Continua sendo impactante, aos leitores de hoje, muitos com uma forte presença do nome do escritor para si mesmos apenas como o criador do Sítio do Picapau Amarelo, saberem que o autor foi preso, em algum momento, pelo governo brasileiro. Logo ele, um ícone de questões caras ao imaginário nacional como o livro, a leitura, a infância. A conjuntura que envolve esse fato, porém, se configura pela aglutinação de uma série de situações e escolhas nas quais e pelas quais Lobato se mobilizou. A pesquisadora Eliane Debus (2004, p. 6), em seu livro *Monteiro Lobato e o leitor, esse desconhecido*, lembra aos leitores do século XXI um dos diversos momentos de conflagração de determinados grupos em torno da obra infantil do escritor:

> *A União*, semanário católico do Rio de Janeiro, provavelmente para fomentar a discussão dos professores católicos no âmbito do Distrito Federal, traz, em sua edição de 11 de outubro de 1936, transcrição de documento da Associação de Professores Católicos de Diamantina, que solicita ao Arcebispo D. Serafim Gomes Jardim a proibição, naquela Arquidiocese, da leitura dos livros infantis de Monteiro Lobato, especialmente Geografia de Dona Benta, História do Mundo para as Crianças e História das Invenções, por carregarem em suas páginas "uma orientação que absolutamente não satisfaz à consciência cristã da juventude brasileira".

Portanto, acreditar que sua prisão somente se deu pelo enfrentamento aberto com o governo de Getúlio Vargas pela busca de autorização para exploração de petróleo seria desconsiderar toda uma ampla e intensa atividade de divulgação de ideias, de denúncias de mazelas, de ironias afiadas em prol de um país por ele sonhado em outros termos.

É assim que vemos Lobato defender a descoberta e exploração do petróleo nacional, para não ficarmos dependentes das multinacionais norte-americanas (Camargos; Sacchetta, 2002), o que acaba lhe rendendo uma visita inicial de 4 dias de duração à cadeia, ficando incomunicável nesse período. Depois, em 19 de março de 1941, é preso por três meses. Em 17 de junho de 1941, recebe indulto do Presidente da República. Entretanto, era necessário apagar o rastilho de pólvora que, ao olhar dos acólitos legalistas de Vargas, se tornara perigoso.

Mais tarde o procurador dr. Clóvis Kruel de Morais emite parecer "no qual ele argumentava que as obras infantis de Lobato atentavam contra a segurança nacional, na medida em que geravam um sentimento errôneo em relação ao governo e amoldavam o espírito da criança à 'mentalidade demolidora do nacionalismo'". (Camargos; Sacchetta, 2002, p. 229). Não se aguentando em suas frágeis pernas de fake news, a censura sempre busca mais dados para continuar a se justificar.

A seguir, transcrevemos a ficha de Lobato, como era de praxe nas operações do Departamento de Ordem Política e Social de São Paulo, na qual lemos a qualificação atribuída ao escritor, metonimicamente, à sua obra "comunista" e "perigosa":

Inventário Deops

Prontuário: 6575 **José Bento Monteiro Lobato ou Monteiro Lobato (vol. 1)**
Vulgo: -
Profissão: Advogado/ escritor
Nacionalidade: Brasileira
Naturalidade: Taubaté (SP)
Datas-limite: **Inicial:** 30/01/40 **Final:** 05/02/48

Síntese: Monteiro Lobato é prontuariado por causa de suas acusações contra o Conselho Nacional de Petróleo, sendo preso e processado por estas razões. As acusações sobre Monteiro

Lobato se estendem à sua produção literária, julgada como comunista e perigosa à nação. Alguns de seus livros foram apreendidos e confiscados por todo o Estado de São Paulo, como, por exemplo, Peter Pan e o boletim Zé Brasil, no qual o autor comenta os feitos de Luís Carlos Prestes.

Palavras-Chave: Companhia Nacional de Petróleo
Livros
Luís Carlos Prestes

Fonte: Andreucci; Oliveira, 2002, p. 101-102.

Onde estaria o perigo de uma obra repleta de fantasia, como era o caso de *Peter Pan*? A justificativa se mostrava cada vez mais frágil, quanto mais discorriam sobre ela:

> Segundo entendia o procurador, os livros de Lobato chocavam-se contra os projetos do Estado Novo, empenhado em formar uma juventude saudável e patriótica, unida em torno dos princípios da tradição cristã. O documento detém-se particularmente em dois trechos de *Peter Pan*. No primeiro, Dona Benta explica a Pedrinho o funcionamento do sistema de cobrança de impostos instituído pelo governo, que coloca "selos em todas as coisas que vêm de fora, a torto e a direito, só pela ganância de arrancar dinheiro do povo para encher a barriga dos parasitas". Aconselhava então Pedrinho a criar uma lei acabando com a "pouca vergonha" de cobrar altos impostos até sobre cavalinhos de pau, trenzinhos de folha, patinhos de celuloide, gaitas de assoprar e bonecos, quando fosse presidente (Camargos; Sacchetta, 2002, p. 231).

A operação desencadeada contra os livros do escritor, então, é altamente relevante como relato histórico, pelo qual podemos alcançar alguma dimensão do medo e do sentimento de impotência que tomaram conta de muitos escritores contemporâneos de Lobato:

> [...] todo o aparato policial envolveu-se na importante missão de capturar o perigoso texto, no qual Dona Benta conta aos netos a história – originalmente escrita pelo inglês J. M. Barrie – do menino que não queria crescer.
>
> A operação desencadeada por dezenas de radiogramas, telefonemas, troca de ofícios e memorandos, teve sucesso ao localizar catorze volumes em Santos, distribuídos por quatro livrarias: dois em Ribeirão Preto, Araçatuba, Paraguaçu e Lorena; quatro em Rio Preto e apenas um em Barretos, Lins, Olímpia e Penápolis, entre outras cidades vasculhadas. Na capital, o auto de exibição e apreensão lavrado pelo Deops dá conta do recolhimento de 142 volumes, em diligências incluindo nove livrarias e a sede da Companhia Editora Nacional (Camargos; Sacchetta, 2002, p. 234).

O perigo representado por *Peter Pan* estava em seu ideário de liberdade, o qual poderia ser facilmente apreendido tanto da obra, quanto das causas públicas encampadas pelo autor. Camargos e Sacchetta (2002, p. 235) destacam a consciência do escritor sobre sua própria condição, e a de sua obra, no contexto dos anos 1940:

> Em carta a Vicente Guimarães, Lobato comentava o alto preço cobrado por sua independên-

cia. Relatava que seus livros haviam sido retirados das bibliotecas escolares do Distrito Federal e queimados nas fornalhas da Caixa de Amortização. Sem perder o senso de humor que não o abandonava nem mesmo nos momentos mais graves, ironizava: o Quindim torrado, o Rabicó assado, a Emília, a Nastácia, dona Benta, reduzidas a cinzas... Gente cruel, não?.

Para Renato Janine Ribeiro (1997, p. 16), num prefácio cujo tom alcança o de depoimento – "O direito de sonhar" –, o perigo lobatiano se espraia justamente pela natureza do objeto, qual seja, quando portador de traços que o caracterizam como tal, torna-se uma ferramenta para a liberdade do pensamento:

> Quando leio *Peter Pan* – essa perigosa obra criptocomunista, que pregava às crianças que desobedecessem aos pais e fugissem de casa (!!) –, todo um universo mais amplo que o meu cotidiano seco se abre para mim. É essa abertura que comparece na cultura. Evidentemente ela pode tornar-se um simulacro, algo que nos ilude, fazendo-nos crer que o mundo é feito de papel e tinta, e que as personagens são mais autênticas que a carne e o osso: não é outro o tema de dois romances fundamentais, dos mais importantes da história, o *d. Quixote de la Mancha* de Cervantes e *Madame Bovary* de Flaubert. A literatura tem seus perigos. Mas não é sinal, justamente, de sua riqueza e de seu espírito livre que tais perigos tenham sido tematizados justamente em dois grandes romances? Ou seja, que a literatura se mostre, quem sabe, tão honesta que até conte seus podres em público?.

Se a década de 1940 acaba por se revelar muito marcante – negativamente –, face às diversas arbitrariedades vivenciadas por Monteiro Lobato, a década de 1970, por sua vez, corresponde a uma espécie de golpe de misericórdia não apenas na literatura, mas na cultura brasileira como um todo, aplicado duramente, desta vez, pelo governo militar.

Sandra Lúcia Reimão, professora da Escola de Comunicações e Artes da USP, em sua Tese de Livre-Docência, defendida em 2011, *Repressão e resistência: censura a livros na ditadura militar*[7], estuda a produção ficcional produzida de 1964 a 1985 de um conjunto muito significativo de escritores brasileiros, que tiveram livros vetados pela ditadura militar. As obras de maior destaque abordadas foram: *Feliz Ano Novo* (1975), de Rubem Fonseca; *Zero* (1974), de Ignácio de Loyola Brandão; *Dez estórias imorais* (1967), de Aguinaldo Silva e *Em câmara lenta* (1977), de Renato Tapajós. Reimão conferiu especial atenção também a dois contos que receberam vetos: "Mister Curitiba" (1976), de Dalton Trevisan, e "O Cobrador" (1978), de Rubem Fonseca, ambas narrativas vencedoras do Concurso Nacional de Contos Eróticos da "revista masculina" *Status*. Trevisan foi vencedor do primeiro concurso promovido pela publicação e Rubem Fonseca foi o ganhador do terceiro.

Foram igualmente fundamentais para o trabalho da pesquisadora os pareceres que sustentaram os atos censórios produzidos pelos Serviços de Censura de Diversões Públicas (SCDP) e pela Divisão de Censura de Diversões Públicas (DCDP), bem como os jornais da época, que, como notoriamente hoje se sabe, também estiveram cotidiana e rigorosamente sob a mira da censura, ainda que a censura prévia à imprensa fosse considerada pelo regime algo proibido de ser divulgado.

Ainda, não se pode deixar de mencionar que, para além

---

7 A tese já foi publicada em livro: *Repressão e resistência: censura a livros na ditadura militar* (São Paulo: EDUSP; FAPESP, 2011).

da censura de obras específicas, amparadas em pareceres oficiais e detalhados, houve também, a partir de 1964, por iniciativa do Ministério da Educação, expurgos de bibliotecas, com queima de livros, promovidos pelo ministro da Educação, Flávio Suplicy de Lacerda. Entre os autores contemplados por esses atos bárbaros de biblioclastia, podem ser mencionados Eça de Queiroz, Sartre, Graciliano Ramos, Jorge Amado e Darcy Ribeiro, entre outros. Reimão, remetendo a dados apresentados no hoje já clássico *1968: o ano que não terminou* (1989; 2006), do jornalista Zuenir Ventura, afirma que, ao longo dos dez anos que vigorou no Brasil o Ato Inconstitucional nº 5 (AI5), foram censurados oficialmente 200 títulos. Sandra Reimão destaca que a proibição das obras se concentrava particularmente em dois aspectos: livros que abordavam de forma direta a sexualidade (considerados em bloco pela censura como "pornográficos") e os livros que tratavam de temas políticos segundo uma perspectiva de esquerda, próxima de uma visão socialista ou comunista.

Em contrapartida, no caso da literatura infantil e juvenil produzida no mesmo período, vive-se uma situação curiosa ou até mesmo paradoxal. Os anos 1970 costumam ser apontados pela crítica especializada em literatura infantil e juvenil como um momento privilegiado dessa modalidade, destacando-se a produção do período pela quantidade e qualidade de bons títulos lançados na época. As obras lançadas caem no gosto das crianças e dos jovens e ainda são aprovadas pelos mediadores ligados ao gênero: pais, professores, bibliotecários, animadores culturais, jornalistas. Os autores das obram ganham as graças das crianças e dos adultos, se projetam em diferentes esferas, sendo apontados como legítimos renovadores da produção para crianças e jovens, mostrando-se afinados com os novos tempos e valores, inovando na escolha dos temas, experimentando novas linguagens, mesclando gêneros e relendo e homenageando a tradição.

O paradoxo é que o tipo de literatura que vem a público nada na contramão de tudo que nesse momento político sombrio é permitido e valorizado na "outra literatura" – a adulta. Há muita ousadia no tratamento dos temas, em obras para crianças cheias de risíveis reizinhos mandões e ditadores, de fadas inconformistas e sonhadoras, de crianças criativas e ousadas, nada submissas aos adultos, mas, ao contrário, mostrando-se como um bando de meninas e meninos rebeldes e arteiros, rejeitando a injustiça, a desigualdade, a exploração dos semelhantes, o autoritarismo. Isso para dizer o mínimo. E sem que essa produção infantil provocadora e rebelde tenha sido alvo da censura.

Então, vista à distância de algumas décadas, essa produção chama a atenção e constitui um paradoxo: como passou incólume à época da ditadura militar? Considerando que tantos livros, peças, filmes e canções de feição semelhante foram, então, censurados a torto e a direito? Por que Ruth Rocha, por exemplo, uma das mais festejadas escritoras da época, não teve censurada sua "tetralogia dos reis", um evidente libelo contra tiranias e abusos de poder de toda ordem? Como, naquele momento, passa "incólume"?

A própria escritora aborda essa questão numa entrevista concedida à Agência Estado e publicada em vários jornais brasileiros, como é o caso do *Correio Braziliense*, em 2019 (s.p.), com o título "Há 50 anos, Ruth Rocha dedica-se à escrita para crianças":

> Ruth Rocha escreveu sátiras à ditadura mili-

tar, em meio à censura e à perseguição a opositores dos anos de chumbo. 'Fazer isso me deixava tensa, claro, eu tinha um medo danado. Mas tinha de fazer.' Uma das críticas ao regime é o livro *O Reizinho Mandão*, incluído na lista de honra do prêmio internacional Hans Christian Andersen. A história traz um líder que mandava todo mundo calar a boca; o povo, de tão calado, esqueceu como falar. A escritora conta um episódio que viveu em uma escola, quando comentava sobre a obra com crianças. 'Esse é o presidente?', perguntou um menino. 'É, digamos que pode ser um pai, um irmão mandão...', respondi, evasiva, pois estávamos no auge da ditadura. 'Mas esse é o presidente', insistiu a criança. 'É...' 'Você não tem medo da polícia, não?' Hoje, Ruth ri da passagem, mas lembra-se de que tinha medo, de fato, de retaliações do governo. 'Não viram o que eu estava dizendo. Na verdade, eles não olharam história infantil, só vigiavam a música popular.'

Ana Maria Machado, companheira de geração de Ruth Rocha, num dos capítulos de seu precioso volume de ensaios intitulado *Silenciosa algazarra*, diz acreditar que, sim, sua produção inicial na literatura infantil tem um vínculo forte com o momento difícil que o país atravessava naquele momento:

> (...) Não deixa de ser sintomático que tenhamos começado justamente no pior momento da ditadura militar, em seu instante de maior fechamento e do início da mais terrível censura. Não foi um projeto deliberado nem uma decisão consciente. Mas diversos críticos já têm assinalado que nossas obras, ao deflagrarem nessa ocasião o que viria a ser conhecido como o 'boom da literatura infantil brasileira',

> guardam uma relação estreita com aquele quadro de censura à imprensa e às artes em geral (Machado, 2011, p. 203).

A escritora deixa claro que não houve, surpreendentemente, censura à sua produção para crianças numa época em que a "literatura adulta" passava maus bocados e até arrisca alguma hipótese do porquê de sua literatura, assim como a de Ruth Rocha, passar despercebida pela censura:

> Mas a literatura infantil corria em trilhos mais discretos. Era coisa de mulher e de criança, não era algo que os generais lessem e ouvissem em toda parte, como a música popular. Então era possível passar despercebido se Ruth Rocha escrevesse sobre um reizinho mandão ou sobre outro rei que, por causa de uma estranha doença, não conseguia ver quem fosse pequenino. Ou se eu fizesse uma menina sair pelo mundo em busca de um país onde ninguém mandasse nela e aos poucos fosse se construindo a noção de que a única lei justa é a que emana de todos, está escrita e se aplica a todos. Ou até mesmo se eu publicasse um livro intitulado *Era uma vez um tirano...* Ou seja, por paradoxal que possa parecer, a censura nos obrigou a ser sutis e densos, porém não nos impediu de criar nem se exerceu sobre nós. Pelo menos não no nível oficial. Sempre houve uma ou outra escola que proibiu os alunos de ler nossos livros. Ou algum editor que recusou nos publicar por medo das consequências (um de meus livros foi recusado por seis; quando o sétimo o publicou o livro ganhou todos os prêmios do ano). Mas não passou disso. Nada que se comparasse às dificuldades então enfrentadas no Brasil pela imprensa, pela música popular, pelo cinema,

> pelo teatro, pela literatura para adultos. Pelo contrário, esse tempo de censura nos ensinou a escrever com mais espessura e ensinou nosso público a ler com inteligência e cumplicidade (Machado, 2011, p. 205).

Infelizmente, porém, as sombras do período marcaram as gerações posteriores por meio de uma estratégia de pânico moral semeada em diferentes momentos, aproveitando-se de contextos diversos. O que lança o medo de ser mal compreendido, rotulado e cancelado. Daí a autocensura.

1.4 Autocensura

A autocensura como fenômeno psicológico é inerente ao fazer do escritor. Justamente por se voltar ao mundo interior, intelectual e cognoscente é que o escritor avalia, pesa e pondera o tempo todo seu trabalho. Mas também é por conta desse alto grau de subjetividade que suas escolhas sempre estarão à mercê da interpretação e aceitação do outro, o que, por sua vez, é também inerente à leitura, especialmente no caso da leitura de literatura.

Esse processo pode se tornar mais agudo quando as condições exteriores, na forma de pressão política, se impõem. É o caso dos gibis, nos Estados Unidos, em meados do século passado, situação bastante conhecida nos circuitos editoriais, conforme destaca Gonçalo Júnior (2004, p. 175) numa obra preciosa, que recentemente foi objeto de uma nova edição revista e ampliada – *A Guerra dos gibis: a formação do mercado editorial brasileiro e a censura aos quadrinhos* (1933-1964):

> Com receio que o governo fizesse restrições contra o mercado, em 1947 alguns editores passaram

> a adotar códigos de autocensura como forma de padronizar o conteúdo das revistas e conseguir alguma credibilidade junto aos pais e educadores. A DC Comics, por exemplo, estabeleceu que sua equipe cumprisse à risca cinco regras básicas durante a produção das histórias: evitar cenas em que os personagens usassem facas e armas de fogo, cenas de tortura, seringas hospitalares (que poderiam sugerir uso de drogas), esquartejamento e desmembramento dos corpos das vítimas e caixões mortuários (p. 175).

De onde vinha, pois, tanta preocupação com a violência ou com os motivos fúnebres e/ou escatológicos dos quadrinhos? Revestidos de cientificidade, os conceitos moralistas travestiram-se de elementos psiquiátricos, com destaque para o trabalho de Frederic Wertham (1895-1981), conforme descreve o autor:

> A primeira vitória de Wertham e dos demais críticos sobre os editores de *comics* aconteceu em junho de 1948, quando catorze das 31 maiores editoras americanas, responsáveis pela circulação mensal de catorze milhões de exemplares de revistas, anunciaram a criação de um código comum de autorregulamentação que acabaria com os « excessos » nos *comics* – uso de linguagem obscena nos textos, desenhos de apelo erótico, violência exagerada e textos que explicavam como os crimes eram praticados etc (Gonçalo Júnior, 2004, p. 176).

Tal como tantos outros profissionais de diferentes áreas que realizaram leituras não literárias de objetos literários, o discurso do psiquiatra considerava os gibis no âmbito da representação social, como bem lembra matéria recente da revista *Ga-*

lileu, por Caio Delcolli (2022, s.p., grifos do autor), "Como um psiquiatra quase destruiu a indústria de quadrinhos na Guerra Fria":

> Superman representa o conceito nazista de "super-raça" e estimula agressividade nas crianças. Batman e Robin vivem o sonho de muitos homossexuais: eles estão em um relacionamento e moram juntos. Mulher-Maravilha é uma lésbica "cruel" e "fálica" que adora sadomasoquismo e influencia meninas a serem independentes. Essas afirmações podem até parecer estapafúrdias para você, mas foram cruciais para o psiquiatra freudiano Fredric Wertham quase destruir a indústria de histórias em quadrinhos nos anos 1950.

Conforme o autor da matéria, essas conclusões se estabelecem na obra *Seduction of the Innocent* (*A Sedução do Inocente*, em tradução livre). Tendo seu livro publicado em 19 de abril de 1954, Wertham defendeu obsessivamente a tese de que gibis estimulam crianças e adolescentes a se tornarem delinquentes juvenis (Ibidem). Por sua vez, Gonçalo Júnior, em seu trabalho, lembra como essas ideias tiveram trânsito em outros países, como o Brasil: "a tese defendida por Fredric Wertham, Gerson Legman e outros psiquiatras americanos, segundo a qual os gibis eram responsáveis pelo crescimento da violência entre crianças e adolescentes, reapareceu com mais força nos jornais brasileiros" (Gonçalo Júnior, 2004, p. 168).

Nesse contexto, quem se sente mais afetado por contextos assim pode ver seu trabalho tolhido quanto à criatividade e à criticidade, ou se sentir motivado, ainda que pela indignação, a continuar a escrever, como elucida Isabel Pascua Febles (2011, p. 52, tradução nossa), em *La literatura traducida y censurada para niños y jóvenes en la época franquista: Guillermo Brown*:

> Desgraçadamente, e como comentaram famosos escritores da época, a dualidade de realidades em que, de um lado, nos anos 1960, um grande grupo de intelectuais protestava contra a censura; de outro lado, as Associações de Pais de Família, animadas pelo clero mais conservador, exigiam dos censores que fossem mais rígidos. Isso deu lugar à pior das censuras: a autocensura. Na opinião de Delibes, por exemplo, a autocensura gerou uma incapacidade resignada, uma submissão apática, uma desconfiança quanto a descobertas de novos caminhos. [...] José María Ginorella considerou que esse aspecto havia frustrado a obra de toda sua geração. No entanto, outros autores consideraram que foi uma boa época para estimular a habilidade de saber escrever e ler as entrelinhas, burlando de alguma forma o censor.

Nossa defesa pela literatura e, por extensão, pelo escritor, é quase automática em situações assim descritas. Entretanto, é preciso lembrar que o nascimento do conceito de infância veio atrelado ao de educação, de escola, de cuidados e de restrições. Daí a teia complexa da qual o escritor não pode fugir. Ainda que voltadas para os países do mundo hispânico, as colocações de Pedro Cerrillo Torremocha e María Victoria Sotomayor (2016, p. 29, tradução nossa), em *Censura y LIJ en el siglo XX (En España y 7 países latinoamericanos)*, adquirem uma perspectiva universal:

> (...) entre as "censuras subterrâneas" se inclui a autocensura que alguns escritores assumem como um pedágio que pagam ao mercado editorial, que,

por outro lado, se sente muito condicionado pelo sistema educacional reinante e suas prescrições correspondentes. É certo que os censores intervêm no que diz respeito aos temas, as possíveis intenções, os duplos sentidos (que, em geral, só eles veem), mas, naqueles casos em que não há censores explícitos, pode haver instruções, diretrizes ou, simplesmente, sugestões para ajustar uma história a um valor determinado: a influência em uns leitores tão suscetíveis de serem manipulados, como as crianças, pode ser muito grande.

Novamente, podemos afirmar a intensificação de um quadro já agudo por sua estrutura social característica, como nos lembra Pierre Bourdieu (1980, p. 138, grifos do autor), ao afirmar que "toda expressão é um ajustamento entre um *interesse expressivo* e uma *censura* constituída pela estrutura do campo no qual se oferece essa expressão, e esse ajustamento é o produto de um trabalho de eufemização podendo chegar até o silêncio, limite do discurso censurado". Ajustamento que, nos piores momentos, acaba desabando sobre a cultura como um conjunto de imposições sustentadas pelo pânico coletivo frente a supostas corrupções da moral e dos bons costumes. Sem saber diferenciar o joio do trigo, censores de categorias como "bons pais de família" preferem botar fogo na seara inteira:

> Um cenário dado à interpretação é o da censura explícita, institucionalizada e verticalmente exercida pelo Estado autoritário; em outro cenário, você está sujeito a atos repressivos inerentes a qualquer exercício de poder que impõe às práticas cotidianas constantes cerceamentos; e um terceiro cenário para se tentar compreender – o da rede intimista da auto-

> censura, exacerbada na cultura do medo dos sistemas ditatoriais ou nas heranças autoritárias. De qualquer forma, essas situações se conjugam numa complexidade que escapa às explicações fáceis (Medina, 2020, p. 421).

As considerações publicadas sob o título "As muitas faces da censura", de Cremilda Medina (2020), buscam compreender o processo da autocensura, correlacionando os fatores externos com os mais íntimos, a despeito da própria consciência do autor a respeito de suas motivações e receios motivadores de suas opções formais e temáticas:

> Tão logo afrouxa o autoritarismo central, recrudescem os autoritarismos intermediários, os autoritarismos bem localizados no grupo de trabalho e, o que é mais sutil, a repressão íntima, frequentemente chamada de autocensura, ou, no meu entendimento, a afirmação do conservadorismo nas rotinas profissionais que não dão margem à rebeldia (Medina, 2020, p. 428).

Nas palavras da autora, "censura interna é aquela que fecha os poros, impede que se estenda o gesto solidário, afetuoso, perante os contemporâneos" (Ibidem, p. 433). O limite da autocensura, pois, parece não estar somente na capacidade de autoindulgência de cada autor para com as concessões de seu labor às vozes da opressão, mas na capacidade ou tolerância de aceitar que opiniões restritivas sobre a arte, que já operam no íntimo do artista, acabam sendo aparelhadas física e objetivamente por grupos de extermínio de obras literárias. É o momento em que as motivações subjetivas, os contextos educacionais e as opções conceituais sobre infância são solapadas pelo ímpeto da queima, da destruição.

O caso dos profissionais vinculados a bibliotecas infantis (escolares ou não; públicas ou particulares) pode ser bem expressivo no que se refere à autocensura em determinados contextos, na medida em que esses profissionais (diretores de escola, coordenadores pedagógicos, professores, bibliotecários, entre outros) possuem, em geral, poder significativo para interferir substancialmente na compra de livros e na renovação dos acervos, além disso, estão frequentemente expostos à pressão de variadas origens no que diz respeito à seleção e à aquisição de títulos para as bibliotecas em que atuam. A partir disso, Véronique Soulé aborda essa questão com muita pertinência, em um artigo recente, de 2020, "Bibliothèques: les pourfendeurs du livre pour la jeunesse ne baissent pas la garde":

> Desde que as bibliotecas existem, são afetadas pela censura de múltiplas maneiras, e as bibliotecas públicas para crianças não são, seguramente, poupadas. A própria constituição das coleções, o que implica necessariamente fazer escolhas na produção editorial, se apoia em critérios de avaliação que os profissionais frequentemente têm dificuldade de formular de maneira explícita: a lógica do "apaixonante" tem primazia na maior parte das vezes, particularmente no caso das obras de ficção; misturam-se concepções de infância díspares; gostos estéticos pessoais e projeções sobre a recepção das obras pelas crianças, esses diferentes aspectos permitindo avaliar "a qualidade" de um livro. São banidos das bibliotecas tanto hoje como ontem, faixas inteiras da produção editorial consideradas como sendo "de má qualidade" ou pouco apropriadas às crianças (Soulé, 2020, p. 107).

Ainda, cerca de duas décadas antes dessas considerações, Soulé, num esclarecedor artigo de 1999, "Censures et autocensures: autour du livre de jeunesse"[8], já descrevia a situação vivenciada pelas bibliotecas da França geridas pela Frente Nacional, partido político francês de extrema-direita e de caráter protecionista, conservador e nacionalista. As novas diretrizes do partido dispensaram a contratação de bibliotecários profissionais e contrataram trabalhadores desqualificados para a função. Nesse contexto, são transmitidas as seguintes instruções a esses funcionários quanto à aquisição de livros:

> As instruções são as seguintes:
>
> - Comprar apenas livros de evasão que façam sonhar.
>
> - Não comprar livros que tenham conexões com a cultura judaica, contos africanos, livros que possam chocar a ordem moral.
>
> - Nada de crianças negras, nada de crianças revoltadas, nada de palavrões, nada de narrativas sobre a amizade entre os povos (Soulé, 1999, s.p.).

No fim da década de 1990, a situação na França era caracterizada pelo crescimento das tensões. Isso porque, na sociedade francesa, a categoria de bibliotecários profissionais, particularmente os das bibliotecas infantojuvenis, desempenhava um papel fundamental quanto à promoção das políticas públicas de leitura, o que lhes garantia um espaço importante de engajamento frente a grupos de censura.

Nos dias de hoje, com forte polarização ideológica em inúmeros países do globo, há movimentações espalhafatosas de

8 "Censuras e autocensuras: em torno do livro infantojuvenil".

grupos de direita que procuram banir das bibliotecas diversas obras infantis, atacadas de forma bastante agressiva nas diferentes mídias. Em pequenas cidades, há uma espécie de corpo a corpo de grupos de direita que buscam impedir que circulem nas bibliotecas determinados livros, tendo os bibliotecários profissionais como alvo de assédio, chegando ao ponto de destituí-los e contratar trabalhadores não qualificados para a função. Esses grupos consideram seu dever não permitir a presença ou a circulação de determinados livros entre as crianças, de forma que intervêm nas compras das bibliotecas, recusando ou impondo determinados títulos e eliminando obras que abordam vários temas considerados por eles "perigosos".

1.5 Do pedagógico ao estético

A discussão embasada e a escuta atenta cedem espaço, no calor da hora dos likes com suas aprovações e reprovações públicas, a censores de olho no "o quê", à medida que deixam de olhar para o "como" ou mesmo o "porquê".

Vemos, então, a ambivalência dos discursos mesmo entre aqueles que estariam fora do radar dos "idiotas da tribo", na expressão de Umberto Eco. O olhar, ainda que superficial, sobre a longa história da humanidade revela que remédio e veneno se confundiram, ao longo dos séculos, na atuação dos próprios intelectuais, como nos lembra Fernando Báez (2004, p. 19), em sua *História da destruição dos livros: das tábuas sumérias à Guerra do Iraque:*

> (...) Um livro é destruído com a intenção de aniquilar a memória que encerra, isto é, o patrimônio de ideias de uma cultura inteira. Faz-se a destruição contra tudo o que se considera ameaça direta ou indireta a um valor considerado superior. O livro

> não é destruído por ser odiado como objeto. A parte material só pode ser associada ao livro numa dimensão circunstancial: a princípio foi uma tableta entre os sumérios, um osso entre os chineses, uma pedra, um pedaço de couro, uma prancha de bronze ou ferro, um papiro, um códice, um papel e, agora, um CD ou um complicado dispositivo eletrônico.

Conforme o título de sua obra, o autor se propõe a apresentar um estudo panorâmico cujo tema central é a destruição de livros ou de bibliotecas ao longo da história. Sobre a queima de livros, sobre as fogueiras impregnadas no tempo-espaço das civilizações, comenta a profunda atração do homem pelo fogo:

> Ao destruir, o homem reivindica o ritual de permanência, purificação e consagração; ao destruir, atualiza uma conduta movida a partir do mais profundo de sua personalidade, em busca de restituir um arquétipo de equilíbrio, poder ou transcendência. Ao mobilizar um sistema de disposição biológica ou social, a reafirmação tem um único objetivo: a continuidade. O ritual destrutivo, como o ritual construtivo aplicado à construção de templos, casas ou de qualquer obra, fixa padrões para devolver o homem à comunidade, ao amparo ou à vertigem da pureza (Báez, 2004, p. 18).

Transposta para um sentido metafórico – a queima como cancelamento nas redes sociais da *web*, por exemplo –, ainda assim a ideia de fogueira nos remete aos aspectos obscuros, perigosos, de seu resultado:

> A razão do uso do fogo é evidente: reduz o espírito de uma obra a matéria. Se se queima um ho-

> mem, ele é reduzido aos seus quatro elementos principais (carbono, hidrogênio, oxigênio e nitrogênio); se se queima o papel, a racionalidade intemporal deixa de ser racionalidade para se converter em cinzas. Além disso, há um detalhe visual. Quem viu algo queimado reconhece a inegável cor preta. O claro se torna escuro (Báez, 2004, p. 20).

Acompanhando a escalada de situações constrangedoras vivenciadas majoritariamente por professores nas escolas de educação básica, pesquisadores interessados no assunto passam a mobilizar eventos em torno do tema. Em 2021, assistimos à mesa intitulada *(Re)leituras e censuras da literatura para crianças e jovens: Lobato no olho do furacão*, que tomou um ícone da literatura brasileira no que diz respeito à produção literária para crianças como mote para discussão sobre a censura. Nesse episódio de uma série de mesas promovidas pela editora Scortecci, as sanções à obra de Monteiro Lobato (1882-1948) era o tema.

Merece destaque o comentário de Marisa Lajolo sobre a relação dos leitores com os textos literários, afirmando que muitas das considerações ou movimentações contrárias à obra lobatiana concebem o leitor infantil como um "idiota", alguém sem capacidade alguma de perceber a obra literária como um jogo ficcional. O debate nos permite pensar, ainda, tendo em vista o ano de sua realização, 2021, que a movimentação ocorrida por volta de 2010 de movimentos contrários à publicação de Lobato prenunciavam a intensificação posterior de ações de censura a obras literárias no Brasil.

De alguma forma, podemos afirmar, na clave da simbologia literária, que Lobato mais uma vez se torna pioneiro ou um divisor de águas no que diz respeito ao cerceamento de obras para crianças e jovens. O que os movimentos da época não previram, porém, é que ideologias posicionadas no espectro ideológico como extremo oposto a suas reivindicações (a chamada “ultradireita conservadora”) iriam se apropriar dos mesmos instrumentos e, nos últimos anos, passar a exercer publicamente, em nome do “bem”, o expurgo de textos literários em escolas e bibliotecas.

A mesa nos convida, portanto, a buscar patamares mais qualificados de debate sobre um tema espinhoso, mas necessário, quando adentramos o território da formação de leitores. O cerceamento a determinadas obras por determinados grupos, aliás, já fora objeto de reflexão crítica, mais detidamente, por parte de Regina Dalcastagnè em um livro de 2012, no qual aborda o campo literário a partir das disputas de representações sociais que ocorrem no embate entre diferentes vozes, estas em busca de espaços para se fazerem ouvir como literatura reconhecida como tal pelas agências chanceladoras, no âmbito, evidentemente, do sistema literário. Nesse contexto, a autora tece alguns comentários sobre a censura, embasada, sobretudo, nos trabalhos de Michel Foucault (1926-1984):

> O controle do discurso, denunciado pelo filósofo francês [Foucault], é a negação do direito de fala àqueles que não preenchem determinados requisitos sociais: uma censura social velada, que silencia os grupos dominados. (...). O fundamental é perceber que não se trata apenas da possibilidade de falar – que é contemplada pelo preceito da liberdade de expressão, incorporado no ordenamento legal de todos os países ocidentais –, mas da possibilidade de “falar com autoridade”, isto é, o reconhecimento social de que o discurso tem valor e, portanto, merece ser ouvido (Dalcastagnè, 2012, p. 13).

É sobre o esvaziamento do conceito de literatura que Regina Zilberman (2023, p. 191) se manifesta ao identificar a censura contemporânea como proveniente de diferentes, quando não, antagônicos, grupos sociais: "O patrulhamento assume perspectivas de natureza oposta, pois identificam-se, entre elas, as conservadoras e as progressistas". Seu texto se encontra em uma publicação comemorativa, lançada em 2023, referente aos 40 anos das jornadas literárias de Passo Fundo, *Leitura literária: conceitos, mediações e experiências*. Trata-se de um artigo cujo título expressa, de modo inequívoco, o texto com o qual dialoga: "'Direito à Literatura' e literatura na escola", convidando o leitor, logo no início de sua exposição, a conhecer o artigo "O direito à literatura", de Antonio Candido, do qual a autora nos lembra que:

> Tal como em "A literatura e a formação do homem", o estudo sobre "O direito à literatura" explora a trilha sugerida pela noção de que a literatura é uma forma de conhecimento. Sob esse aspecto, destaca as obras que procuraram incluir, no processo da fabulação, a representação de segmentos sociais nem sempre próximos do público leitor, como a camada popular que povoa um romance como ***Os miseráveis***, de Victor Hugo. O alargamento do foco mimético não significa necessariamente militância política do autor, quando se trata de romances dessa natureza, ainda que aquela possa se apresentar em alguns deles, a exemplo de narrativas de Émile Zola. Contudo, motivada ou não, a obra literária expõe um mundo que o leitor pode desconhecer e ao qual é apresentado, ampliando sua visão das pessoas, da sociedade, dos afetos e das emoções (Zilberman, 2023, p. 188-189).

Zilberman, direciona, então, seu discurso aos movimentos progressistas, enfatizando as contribuições dos Estudos Culturais, sem deixar de apontar o "ônus" da relativização cultural, quando instalada como parâmetro preponderante para abordagem dos objetos culturais. Discorre a autora:

> Como todo bônus, este vem acompanhado de um ônus – e esse talvez constitua o ***dark side*** do fenômeno que se procura acompanhar. À primeira vista, parece que um efeito foi jogar fora a água do banho com o bebê junto, este sendo, no caso, a literatura. É certo que se trata, antes de mais nada, de um conceito de literatura – aquele que a entendia enquanto um modelo de expressão elevada, que a colocava no topo da hierarquia das Artes, ao lado de suas coirmãs, como a música, a pintura e a dança. Da literatura – ou da poesia, para remontar à Poética, de Aristóteles –, restou a noção de mímese, segundo a qual a matéria verbal reproduz um mundo conhecido. Só que a mímese foi tomada em um sentido quase literal, sem mediações. Ou porque o/a escritor/a representava uma situação que devemos tomar como verdadeira (por exemplo, a nobreza de um herói evidenciando a natural superioridade do homem); ou porque aquela representação, ainda que interposta por narradores ou personagens, correspondia ao que um/a autor/a pensava a respeito daquele assunto. Assim, se, em *Dom Casmurro*, Machado de Assis apresenta o caso de Bento Santiago e Capitu, em que o primeiro acusa de adultério a segunda é porque o ficcionista compartilha a ideia expressa pelo protagonista de seu romance (Zilberman, 2023, p. 196-197).

A mimese tomada em sentido literal aflora em grande parte dos ataques à literatura para crianças e jovens de hoje. Um trabalho como o levantamento realizado pelas autoras Camila Souza Petrovitch, Mônica Correia Baptista e Alessandra Latalisa de Sá, no artigo intitulado *Censura/controle a livros infantis no Brasil de 2016/2020*, publicado em 2023, demonstra a incompreensão sobre o fenômeno literário, nos termos pautados pelas lacrações das mídias sociais, ao analisarem um corpus constituído por relatos de censura ocorridos no período por elas estudado:

> Mesmo com pesquisas e posicionamentos que afirmam a importância da formação de um leitor literário crítico e o papel da literatura na formação das subjetividades, atualmente se convive com pelo menos duas ideias centrais que cerceiam a literatura: seu uso para ensinar comportamentos e valores considerados "adequados" ou seu uso como objeto de representação de sujeitos. Ambas noções que definem os usos dos textos literários junto à criança acabam por exercer um controle sobre o que deve ser oferecido ao público infantil, impondo cerceamentos à obra como um todo, ou cortes, exclusões e substituições de textos, na tentativa de limitar os sentidos construídos pelo pequeno leitor (Petrovitch; Baptista; Sá, 2023, p. 148).

Como podemos deduzir, a voracidade das investidas sobre livros literários aparece de modo regular nos locais e nos momentos em que a censura se instala. Sobre isso, Elisa Corona Aguilar (2012, p. 12-13, tradução nossa) comenta, citando dados da American Library Association (ALA) em seu livro *Niños, niggers, muggles: sobre literatura infantil y censura*, o efeito contraditório da censura, mais uma comprovação de uma característica simplista e contraprodutiva no âmbito de discussões sobre a formação de leitores na infância e juventude:

> Segundo a compilação de casos publicados nos meios de comunicação social e denúncias individuais que compõem as bases de dados da ALA, o grupo que mais tenta ano após ano retirar livros das bibliotecas escolares e das salas de aula é o dos pais de família. Mas um dado ainda mais interessante é que, entre os livros em constante risco, não tanto das chamas, mas das estantes fechadas, existe uma coincidência de títulos entre os mais populares e mais lidos pelas crianças e os mais censurados pelos pais. Se é verdade que em nível mundial constantemente persistem os baixos índices de leitores jovens – e na concorrência que os livros têm com os novos meios de comunicação – também é verdade que nunca antes tantas crianças tiveram acesso à leitura, além de terem maior liberdade e variedade para escolher suas próprias leituras em busca de seus gostos e prazeres. E para os censores, todo prazer é suspeito.

Ao lembrar o caráter quase sempre pouco contundente das justificativas dos censores, a autora indica o aspecto enevoado, difuso – obscuro – desses argumentos. O medo dos algozes da cultura, segundo ela, poderia ser associado a um tipo de suspeita constante do adulto em relação à criança, ao mais jovem, um exercício de poder simbólico que mais revela sobre o censor do que sobre o censurado:

> [...] parecem, aos olhos da lógica direta de uma criança, proteger menos a criança do que o adulto, protegê-lo do riso, da chacota, do olhar in-

quisitivo da criança que, ao observar o adulto sem tapumes, questiona seus hábitos e crenças mais arraigados e os converte em objeto de sua piada, de seu divertimento, de seu horror: o adulto é o verdadeiro monstro do armário (Ibidem, p. 15, tradução nossa).

Tomando a narrativa como gênero literário mais visado, porque também é o mais presente na circulação de livros dentro e fora da escola, justamente por sua natureza mimética, a autora comenta:

> Paradoxalmente, se há algo que caracteriza o estilo do romance, é o constante jogo entre a verdade e a mentira, entre o aprendido dos livros e aquilo comprovado pela experiência, entre as contradições humanas que no fundo revelam verdades profundas e a aparente concordância da moral e dos costumes sociais que no fundo ocultam falsidade (Aguilar, 2012, p. 24, tradução nossa).

Como espaço de didatização, a escola tem a literatura como mais um objeto a ser selecionado em função de seu currículo, o qual se sustenta por determinadas visões de mundo embasadas, mas nem sempre, por concepções teórico-metodológicas em voga. Justamente nessa perspectiva é que se inscreve a reflexão de Perry Nodelman (2020), cujo livro *Somos mesmo todos censores?: dois ensaios*, teve sua primeira edição, no Brasil, em 1992, tornando-se um contraponto ao que ele entendia como excesso de categorizações de crianças e jovens no ambiente escolar:

> A simples existência de um conjunto de textos designados para crianças representa uma forma de censura. Alguns séculos atrás, tal literatura sequer

> existia, e por uma boa razão: as crianças não eram consideradas tão diferentes dos adultos a ponto de necessitarem de uma literatura especial (Nodelman, 2020, p. 32).

O medo criado por esses discursos, porém, passa pelo distanciamento de grande parte da população, no Brasil, em relação à leitura mais exigente – a leitura literária por excelência. No momento em que publicamos este livro, alcançar a alfabetização efetiva de crianças em idade escolar (entre os quatro e os sete anos) continua sendo uma meta de programas federais[9]. Uma sinalização inegável das fraturas sociais associadas a um letramento ainda precário.

1.6 Soft Censorship

Embora investidas no poder público oficial do governo do Estado como instituições responsáveis pela formação de crianças e jovens, sobretudo, as escolas aparecem como um dos espaços em que as manifestações contrárias a autores e obras mais se intensificam.

Em um paralelo bastante simplificado, cabe lembrar que, em sociedades de países desenvolvidos, como os Estados Unidos, o grau elevado de mobilização das escolas norte-americanas em prol da leitura paradoxalmente abre espaço para que se pratique uma "filtragem" de obras literárias, subdivindo o

9 No governo federal de 2024, a reedição do programa focado em alavancar a alfabetização nas escolas de educação básica recebe o nome de Compromisso Nacional Criança Alfabetizada, conforme lemos em: <https://g1.globo.com/educacao/noticia/2023/06/12/programa-alfabetizacao-mec-criancas.ghtml>. Acesso em: 22 mar. 2024.

grupo das que "não oferecem perigo" e aquelas que podem desagradar a pais pelas mais diferentes razões. Chega mesmo a haver a aplicação de um adesivo (ou algum tipo de sinal) para separar as obras "boas" e aquelas que podem desagradar certas famílias. Não é incomum que se peça autorização assinada para que alunos leiam as obras dos dois grupos.

Instala-se, pois, um processo rotulado como *soft censorship*, qual seja, uma censura cotidiana, quase invisível, mas que afeta a disponibilização dos títulos para o público leitor. As bibliotecas, por exemplo, desenvolvem esse tipo de *soft censorship*, sobretudo no caso das bibliotecas escolares, seja por meio da restrição dos alunos a determinados títulos, seja por meio da indução à procura de um conjunto de obras encaixadas, de modo bastante artificioso, em lotes tomados como adequados (ou não) a este ou aquele ano escolar. Antes de chegarem às bibliotecas, porém, os livros já são objeto de avaliação em termos de aceitação social por parte das editoras.

Dito isso, é previsível o impacto dos movimentos de contrariedade às obras literárias no âmbito das editoras. Também é previsível a diversidade de posicionamentos entre elas, o que, entretanto, não significa que determinadas práticas de mercado passem a tolher a liberdade criativa dos escritores envolvidos com a produção de livros para crianças. Em artigo recente, intitulado "Censura livre", do caderno Ilustrada/Ilustríssima, da *Folha de São Paulo*, Santiago Nazarian (2024, p. C-8) aponta a trajetória histórica do gênero infantil e/ou juvenil como elemento intrínseco a essa produção: "A grande censura, porém, é bem mais silenciosa. No meio da literatura infantojuvenil, temas, palavras e ideias são previamente vetados há muito tempo", isso porque se busca evitar atritos com pais e professores, além de evitar a inviabilização comercial quanto à participação de editais do governo.

Segundo o autor da matéria, a preocupação leva muitas editoras a optar pela sistematização do filtro, com a contratação de "leitores sensíveis" para analisar os livros a serem lançados por este ou aquele selo editorial. Que livros controversos continuem a ser publicados, a opção não implica a circulação de maior projeção entre os diferentes círculos sociais, conforme destaca Nazarian (2024, p. C-8):

Alguns livros controversos ainda são publicados, pois, no fim das contas, o investimento é relativamente baixo. Mas esses livros não são inscritos em editais como o Programa Nacional do Livro e do Material Didático, circulam pouco, e seus autores não são convidados para grandes eventos, para grandes festivais, não têm colunas em jornais, pois podem tanto inflamar a ira de bolsonaristas quando de movimentos de minorias e, principalmente, afastar patrocinadores.

Para o articulista e escritor, a censura mercadológica se intensifica como consequência da penetração do mercado em todas as esferas da existência. Em alguma medida, portanto, a censura também promove a "monetização" do objeto a ser vendido e, por isso, enfatiza Nazarian (2024, p. C-8):

> A subjetividade da literatura vem sendo ameaçada não por bolsonaristas, não pela "cultura woke", mas porque os meios de comunicação atuais buscam o consenso, a unanimidade, atingir todos os públicos, não ofender ninguém. As redes sociais, que cresceram promovendo a diversidade e a comunicação de nicho, agora têm de agradar a todo o mundo ao mesmo tempo.

Como compreendemos do artigo, o foco de análise de Nazarian é sobre o funcionamento do sistema literário, o qual, para não perder posições de mercado, cederia rapidamente a procedimentos que, se não propriamente de censura, dela se aproximam na clave do *soft censorship*, o que compromete, segundo ele, a literatura como arte autêntica:

> A literatura é a arte do indivíduo, a materialização de universos particulares, independentes e subjetivos, em palavras. O grande mérito da literatura sempre foi não buscar consenso, e a grande literatura é aquela que traz algo de novo, ainda não discutido, que pode surpreender, maravilhar e incomodar (Ibidem).

Merece destaque, ainda, o fato de que a primeira parte do artigo, ao citar as situações enfrentadas por escritores como Jeferson Tenório, Marçal Aquino e Airton Souza, relembra os já mencionados ataques à obra de Monteiro Lobato, o que inscreve o movimento de censura como prática realizada por "gregos e troianos", isto é:

> Alguns observam esses movimentos como atos reacionários da direita, mas é importante notar também os ataques e 'readequações' que obras como as de Monteiro Lobato vêm sofrendo por representar realidades que já não estão de acordo com pautas progressistas (Nazarian, 2024, p. C-8).

O autor também retomou o caso de José Roberto Torero e Marcus Aurélio Pimenta, cuja obra, *Abecê da Liberdade*, foi recolhida em 2021, pela própria editora, por mostrar cenas de crianças negras brincando com um navio negreiro.

Soft ou *hard*, os procedimentos de censura podem ser concebidos como indicadores valiosos de problemas experimentados por adultos no trato com crianças, principalmente de diálogos interditos entre pais e filhos. Delegar à escola uma responsabilidade genérica e imprecisa quanto à moralidade e à ética de crianças e jovens equivale a um desvio de compromisso da família, uma atribuição de significações antigas do poder corruptor da palavra e da educação, agora trasvestidas em assertivas e lacrações das redes sociais. Adultos infantilizados, pois, não conseguem alcançar a dinâmica real de interação de crianças e adolescentes, conforme lembra Heather Rae em seu artigo *"All these choices! Parents and censorship"*, de 2008. Ao se colocar no centro das preocupações dos pais e dos professores quanto aos materiais acessados por crianças e jovens estudantes, a autora evidencia um dos aspectos controversos da censura como expurgo de livros, o fato de que o controle sobre os mais novos é ilusório:

> Do ponto de vista escolar, o Vice-Diretor Cox descreve a importância dos pais em ajudar as crianças a desenvolverem o conhecimento do que é apropriado ou não. 'Precisamos ajudá-los a construir um arcabouço para entender o que fazer quando deparam com algo que não entendem, querem ou gostam. Isso faz parte dos programas de valores, do tipo de coisas que fazemos com crianças mais velhas'. As crianças precisam de ajuda para aprender a fazer boas escolhas para si mesmas, porque uma vez que atingem o estágio em que podem burlar toda a segurança no computador de seus pais, podem acessar uma quantidade incrível de material. Elas podem ver o que quiserem. E os jovens encontrarão material indesejável, então é essencial que tenham um embasamento moral para basear uma decisão. Quando deparam com algo que os leva a pensar: 'Isso não pa-

rece certo, ou isso não é bom', podem decidir parar ou buscar assistência para tomar uma decisão de seu melhor interesse. Isso geralmente acontece no Ensino Médio, quando as crianças estão atingindo o estágio de explorar e testar seus limites (Rae, 2008, s.p., tradução nossa).

A forte polarização ideológica em inúmeros países do globo, como acompanhamos nos noticiários dos últimos anos, tem como um de seus desdobramentos uma movimentação espalhafatosa de grupos políticos, sobretudo daqueles identificados como "de direita", que procuram banir das bibliotecas diversas obras infantis, atacadas de forma bastante agressiva nas diferentes mídias. Em pequenas cidades, há uma espécie de corpo a corpo desses grupos, que procuram impedir a circulação de determinados livros nas bibliotecas, tendo os bibliotecários como alvo de assédio, na medida em que consideram seu dever não permitir a presença ou circulação dessas obras entre as crianças. Evidentemente, esse quadro pode interferir nas compras das bibliotecas, levando à recusa ou à imposição de determinados títulos, configurando os parâmetros para escolhas de composição dos acervos, como bem aponta a bibliotecária Véronique Soulé:

> Desde que as bibliotecas existem, são afetadas pela censura de múltiplas maneiras, e as bibliotecas públicas para crianças não são, seguramente, poupadas. A própria constituição das coleções, o que implica necessariamente fazer escolhas na produção editorial, se apoia em critérios de avaliação que os profissionais frequentemente têm dificuldade de formular de maneira explícita: a lógica do "apaixonante" tem primazia na maior parte das vezes, par-

> ticularmente no caso das obras de ficção; misturam-se concepções de infância díspares; gostos estéticos pessoais e projeções sobre a recepção das obras pelas crianças, esses diferentes permitindo avaliar "a qualidade" de um livro. São banidos das bibliotecas tanto hoje como ontem, faixas inteiras da produção editorial consideradas como sendo "de má qualidade" ou pouco apropriadas às crianças (Soulé, 2020, p. 107, tradução nossa).

A ação *soft censorship* não deixa de alimentar, portanto, ações de violência perceptíveis nos discursos inflamados aqui e acolá, energizados pelas bolhas da *web*. O estudo de Pascal Durand (2004), *Médias et censure: figures de l'órthodoxie*, categoriza a censura em explícita e implícita. Para a primeira, relembramos os marcos históricos, pois é aquela "que diz seu nome e caminha com o rosto descoberto, uma vez que ela opera por sanção retrospectiva de um escrito ou de uma obra ou por interdição, se exercendo, por antecipação, num dado contexto" (Durand, 2004, p. 9, tradução nossa). Para a segunda, Durand (2004) busca em Roland Barthes o sentido da censura: aquela que, mesmo em um regime democrático, faz com que o sujeito (escritor, editor, professor) faça o que se espera dele, a de se submeter a uma expectativa normativa, redutora, que pode gerar ideias feitas, pensamentos banais. Em outras palavras, a castração do ato criativo se impõe, afetando intimamente o objeto desde sua gênese, no imaginário do autor. No contexto brasileiro, a escritora Ana Maria Machado (2011, p. 210-211) nos dá a dimensão desse processo repressivo no âmbito da relação do sujeito com seu fazer literário:

Vale ressaltar uma distinção fundamental: a que existe entre censura prévia e autocensura. A censura prévia ocorre quando as autoridades – políticas ou religiosas – proíbem que se publique algo. A autocensura ocorre quando o criador internaliza esses mecanismos e nem mesmo se permite criar ou acatar a sua própria força interna, de onde vem sua necessidade de expressão. A primeira, imposta pela força, não consegue agir o tempo todo, acaba deixando brechas. A segunda depende de um processo de autoconvencimento que demanda a cooperação do criador. Alimenta-se do medo. Acaba virando um caminho para agradar o poder, se curvar a ele, antecipar seus desejos, mesmo ainda não manifestados. Liquida a criação, é muito mais eficiente e deixa marcas para sempre. Por isso a primeira precisa se acompanhar de repressão violenta, para intimidar de fato e conseguir funcionar. Só assim pode implantar a segunda, aquela que uma vez em ação deixa o caminho macio e liso para o pior arbítrio.

Podado em sua liberdade mais íntima, como criador do imaginário, agente de cultura e causador de incômodos da inventividade, o escritor é convidado a voar baixo, com espaço limitado. Limitados, também, passam a ser os voos de seus leitores. Minada de modo não oficial, a literatura espelha o reducionismo do horizonte político de seus cidadãos, que arriscam ver no horizonte oficial a demonstração de limites coercitivos, do estreitamento de ideias vitais para a democracia, por exemplo.

1.7 Democracia X Censura

A discussão sobre a censura leva-nos aos limites entre o direito de opinar e intervir e as intenções de proibir e cercear. Não é fácil delimitar as fronteiras, mas é necessário adentrar esses circuitos polêmicos, tensionados mais ou menos sob a influência de elementos políticos mais amplos ou mais restritos, em busca da construção de diálogos. Isso pode ser atestado pela reconhecida tradição americana de debates sobre liberdade e democracia.

Em *"Unsuitable" books: young adult fiction and censorship*, Caren J. Town (2014) demonstra, a partir de dados aferidos da sistematização e do monitoramento da censura entre as comunidades internacionais falantes de língua inglesa, uma visada que define o escopo de seu livro: a tentativa de amparar os profissionais achacados pela censura norte-americana. Assim, expõe, ao longo dos capítulos, diversas situações bastante significativas de cerceamento a determinados títulos. Town intitula seu primeiro capítulo de *"Dangerous Words – censorship in the Public Schools"*, estabelecendo de modo inequívoco seu posicionamento crítico e ideológico:

> Pessoas instruídas, mesmo adolescentes, afirmam que "podem ser confiáveis quanto à determinação de suas próprias ações". Em outras palavras, os jovens, que estão no processo de se tornarem cidadãos educados de uma democracia, devem ter a liberdade de ler o que escolherem. Eles não devem estar sujeitos às "amarras do acaso" ou aos caprichos de um pai, um professor, um diretor ou um membro indignado da comunidade (Town, 2014, s.p.).

No mesmo capítulo, a autora enfatiza a necessidade de maior amparo aos professores, para que não operem "no vazio", isto é, com conceitos vagos, com argumentações pouco convincentes, ainda que convictos pela experiência ou percepção estética, para defenderem suas escolhas literárias na escola. Segundo a pesquisadora, "Os professores precisam atuar num contexto menos isolado; precisam desenvolver justificativas teóricas coerentes para as obras que escolhem, de modo a aprimorar currículos e torná-los mais diversos" (Ibidem, tradução nossa).

Retomando tópicos gerais sobre o tema, nas considerações finais de seu livro, no capítulo intitulado "*Challenges Ahead*", Town reitera a correlação entre a censura a obras literárias e a estabilidade da democracia americana:

> Portanto, a proibição de livros limita o acesso ao conhecimento, mina a democracia ao ocultar falhas que precisam ser corrigidas e obriga os professores a lidarem com medo e incerteza em suas vidas profissionais. Colocado dessa forma, é difícil ver quaisquer benefícios advindos da censura (Ibidem, tradução nossa).

Finalmente, a autora propõe uma provocação a seus leitores: "A questão para professores, bibliotecários, pais e cidadãos preocupados é se realmente queremos que a próxima geração de líderes da América seja composta por 'vassalos dóceis' ou por pensadores independentes, críticos e membros ativos da sociedade" (Ibidem, tradução nossa).

O debate que confronta a liberdade individual, sobretudo no âmbito das famílias, e o engajamento educacional mostra-se na mídia jornalística e acadêmica, indício da penetração do tema no contexto americano. Os limites entre as esferas de decisão do que se lê na escola são buscados, via de regra, no próprio debate público, como lemos no artigo "*Censorship in children's literature: what every educator should know*", de Mary Renck Jalongo e Anne Drolett Creany (1991, p. 143), da revista on-line *Childhood Education*, ao abordarem a distinção entre censura e seleção:

> A censura é a remoção, supressão ou circulação restrita de material literário, artístico ou educacional (imagens, ideias e/ou informações) sob a alegação de que são moralmente ou de outra forma questionáveis (Reichmann, 1988). A distinção entre censura e seleção está fundamentalmente enraizada em suas visões de três coisas: a criança, o livro e a sociedade em geral.

Observando a data do artigo, percebemos que os debates sobre censura literária têm se desdobrado ao longo de décadas na sociedade americana. A consolidada bibliografia nesse campo pode ser aferida, ainda, em publicações como o verbete "*Censorship in children's literature*", do site *Encyclopedia.com*, em que a sistematização das informações atesta o adensamento das discussões do assunto nos Estados Unidos e demais países de língua inglesa. O site, assim, com muitas referências de estudos e análises de casos, é uma fonte bibliográfica importante para aqueles que queiram se aprofundar na matéria, inclusive adentrando aspectos mais característicos da censura na sociedade norte-americana.

Da introdução, merece destaque o apontamento sobre as diferentes formas de censura da atualidade, as quais podem ser identificadas no contexto brasileiro:

> Na prática, a censura pode adotar várias formas. Além da proibição direta de livros considerados questionáveis, certos grupos de interesse já insistiram que determinados livros fossem deslocados para seções da biblioteca inacessíveis às crianças, como atrás do balcão do bibliotecário ou em áreas para adultos, onde os jovens necessitam da permissão dos pais para acessar. Práticas de censura menos óbvias também podem ter um impacto significativo nos tipos de materiais que são publicados inicialmente. Exemplos dessas práticas incluem a autocensura, na qual um autor ajusta seu próprio trabalho para evitar resistência por parte de editores ou leitores.

A movimentação social em torno do tema, mais recentemente, pode ser encontrada em matérias como a do *Publisher Weekly* (Burnet, 2016), sobre o evento "*Who Are You to Say? Children's Literature and the Censorship Conversation*", realizado em 2016, nas dependências do Bank Street College em Nova Iorque, que contou com mesas em que os palestrantes trouxeram suas próprias experiências com a censura: "Os debatedores discutiram suas próprias experiências com a censura, detalhando os casos de *soft censorship* que encontraram ao longo de suas carreiras" (Burnet, 2016, s.p., tradução nossa). Convém destacar, novamente, o termo *soft censorship*, assim definido na matéria conforme apontamentos da mesa: "O grupo discutiu extensivamente diferentes formas de censura. Parrott observou que a *soft censorship* pode se infiltrar nas resenhas de livros, em termos do que um crítico ou editor de resenhas pode optar por destacar ou omitir ao discutir o conteúdo de um livro" (Ibidem, tradução nossa).

Um dos palestrantes destacou a ambivalência dos discursos mais agressivos sobre obras literárias, o que pode gerar situações de cancelamento da leitura provenientes de grupos que, a princípio, buscam defendê-la:

> Bruce acredita que a reação contra a censura também pode ter um efeito intimidador próprio. Se a objeção ao conteúdo de um livro for imediatamente classificada como censura, isso pode resultar no encerramento de uma conversa criticamente importante. Em outras palavras, rotular um livro como racista não é automaticamente um ato de censura. Da mesma forma, fazer escolhas cuidadosas sobre quais livros são apropriados para quais crianças não constitui censura (Burnet, 2016, s.p., tradução nossa).

Outra palestrante, por sua vez, correlaciona a censura com o princípio da liberdade de expressão, em termos de fundamento legal, aspecto que tem sido abordado em obras de história e crítica literárias, no campo da literatura para crianças e jovens, como elemento definidor da identidade americana:

> Ela destacou exemplos recentes de censura largamente divulgada, incluindo a controvérsia sobre as diretrizes curriculares de História dos Estados Unidos do Programa de Colocação Avançada (Advanced Placement – AP); conselhos escolares em vários estados afirmaram que as diretrizes não são suficientemente patrióticas e promovem agendas de esquerda, como 'desordem civil'. Bertin vê esse tipo de controvérsia como sendo 'significativo e indicativo de um conflito subjacente de identidade' dentro de nossa sociedade, o que, segundo ela, também é evidente no clima político atual. Ela acrescentou: 'A

desordem civil é uma característica da história americana' (Ibidem, tradução nossa).

É forçoso reconhecer que, no Brasil, ainda necessitamos de uma estruturação ou sistematização do debate público que ampare e preserve profissionais envolvidos diretamente com a mediação e com a promoção da leitura. Em uma das atividades do X Simpósio Nacional e I Simpósio Internacional sobre Formação de Leitores (X SIMFOP) – "Educação e democracia: desafios e possibilidades em contextos locais e globais", realizado entre 08 e 11 de novembro de 2022, promovido pelo Programa de Pós-Graduação em Ciências da Linguagem, da Universidade do Sul de Santa Catarina, assistimos à mesa "Censura à literatura na escola: é hora de f(c)alar", com o escritor Leo Cunha e a pesquisadora Cíntia Abreu (CEDUP), mediada por Andréia da Silva Daltoé (UNISUL).

Nessa mesa, o depoimento da professora Cíntia revela a ação insidiosa, que, se inicialmente poderia ser entendida como um momento de conversa engajada entre pais e professores a respeito da formação das crianças, se torna objeto de pleito ideológico no interior de marcações político-partidárias que, evidentemente, destituem a discussão de seu objeto e se tornam um modo de perseguição ou, no mínimo, de abordagem eticamente questionável sobre os profissionais da educação. A leitura proposta por Cíntia a um oitavo ano, no caso, era de *Capitães da areia*, cuja primeira edição é de 1937, do escritor baiano Jorge Amado (1912-2001). Tão redutora quanto a atitude da família para com a docente, configura-se a própria manipulação de um adolescente para servir de ponto focal para uma polêmica sustentada por interesses avessos à formação leitora.

1.8 (Rasa) luta ideológica

O distanciamento do debate qualificado, mesmo quando gerado por discursos de grupos legítimos em suas questões identitárias e sociais leva às fogueiras físicas e virtuais, comprometendo em termos éticos seu próprio *modus operandi* para com a arte e a cultura, de modo geral. Toma corpo o obscurantismo sustentado pela moral frágil de interesses escondidos por trás do pânico de grupos desprovidos de informações básicas sobre educação, leitura, literatura. O artigo "Censura livre", de Nazarian (2024), indicia a valorização da abordagem rasa, quando não anuladora do valor literário, que tem atingido a escola. A motivação para o debate se encontra na mais recente das polêmicas geradas em torno de obras literárias, o ataque à obra *O avesso da pele*, de Jeferson Tenório, mencionada no início do capítulo. A narrativa foi acusada de expor palavras de baixo calão e cenas de cunho sexual a crianças em idade escolar.

Ao longo de seu artigo, Nazarian (2024, p. C-8) busca explicações para situações como essa, apontando que, em vez de convidar os alunos ao crescimento intelectual, diferentes grupos sociais vão se insurgindo contra a construção do pensamento crítico e, assim, ratificando a superficialidade:

> O problema talvez esteja na ambição de um livro de inegável qualidade, como o de Tenório, de furar a bolha da literatura e querer conquistar um público gigantesco no Brasil de hoje. Alguém sempre vai se incomodar. As crianças não estão preparadas para ler porque os pais não foram preparados para ler, para discutir, refletir.

A superficialidade da leitura ou mesmo sua deturpação, como artefato literário, vem pontuando debates e estudos dentro da comunidade acadêmica brasileira. O tema se desdobra em assuntos há muito conhecidos pelos pesquisadores, tais como a formação leitora na escola, a perenidade da formação de leitores de literatura e o acesso contínuo a práticas e objetos culturais como o livro literário.

Durante o VI Congresso Internacional de Literatura Infantil e Juvenil – "Tradição, (r)evolução e (re)invenção: a literatura do século XXI", realizado pelo Centro de Estudos em Leitura e Literatura Infantil e Juvenil "Maria Betty Coelho Silva", sediado na Universidade Estadual Paulista "Júlio de Mesquita Filho" (UNESP), Campus de Presidente Prudente, entre 26 e 20 de outubro de 2020, uma das mesas era voltada especificamente ao tema da censura: "Censura e temas sensíveis: a literatura infantil e juvenil". A proposta dos pesquisadores era contemplar brevemente uma visada histórica, para explorar o tema na perspectiva dos Estudos Culturais.

Logo de início, merece atenção a fala de Edgar Kirchof, ao comentar que, em uma obra literária, a personagem surge como elemento da narrativa que não necessariamente está sendo colocada como representação de algo fora de seu contexto. A metáfora, porém, não é alcançada pelo censor: para este a personagem se confunde com o autor e, uma vez que determinado assunto esteja no livro, já é promovido a *tema*, um conceito muito mais complexo e menos imediato de ser depreendido. A interpretação metafórica é suplantada por uma leitura de representações rasa e imediatista, anuladora da integridade do "literário". A partir dessas considerações, Kirchof convida-nos a pensar o livro como objeto cultural de representações, tendo em vista que o grupo ou pessoa supostamente atingida pela obra vê, no texto literário, representações que o incomodam – ou perturbam –, convidando, supostamente, os sujeitos a se posicionarem no âmbito da ordem social e cultural.

Para Rosa Hessel, professora e escritora, participante da mesa, há de se observar que uma criança devidamente amparada em suas necessidades básicas e simbólicas (culturais) pela família certamente não será influenciada por este ou aquele texto. Mais especificamente: a criança, quando alvo de atenção real de seus familiares, não encontrará motivos para ratificar suas ideias por meio de leituras distorcidas dos livros que lhe caírem nas mãos. Ao longo de sua fala na mesa redonda, notamos a preocupação da escritora para com o outro, sujeito em meio a tantos outros sujeitos, por isso, como apontado por Kirchof, também exposto às representações que, no ato da leitura, atribui às personagens do texto.

A leitura, pois, na perspectiva dos membros da mesa, pode ser compreendida por um espaço de incômodos, em que os sujeitos, por não compreenderem a natureza do texto literário, dele tomam verdades para suas existências. Incômodos importantes e necessários, pertinentes para suscitar a criatividade, a resiliência, a resistência. O saneamento imposto àqueles incômodos por movimentos pautados no "politicamente correto" traz efeitos opostos às boas intenções dos progenitores da censura, conforme comentam Ilan Brenman e Luiz Felipe Pondé (2019), no livro *Quem tem medo do lobo mau? – o impacto do politicamente correto na formação das crianças*. Ao comentar sobre o bullying nas escolas, uma das razões para se evitar ou eliminar determinadas expressões, assuntos e conversas no ambiente escolar, colocam em xeque o "lado do bem" visado pelos vigilantes das supostas boas condutas:

> Deveríamos ajudar, então, no fortalecimento dos frágeis, porque a extinção do *bullying* é uma utopia. Se ele não ocorrer na escola, ocorrerá no trabalho, e algumas vezes dentro da própria família. O politicamente correto não fornece o material simbólico necessário para fortalecer nossas crianças e nossos jovens, muito pelo contrário, fragiliza-os mais ainda (Brenman; Pondé, 2019, p. 26).

Nesse sentido, cabem as considerações de Clara Lucía Pére Arroyave e Liliana Giraldo Aristizábal (2016, p. 311, tradução nossa), no capítulo "Libros 'perturbadores': ¿Censurados por niños y jóvenes? ¿O por adultos?", fundadas numa abordagem psicanalítica, que nos convida a observar a relação do censor com o objeto censurado:

> A censura é, portanto, um mecanismo que invariavelmente, em maior ou menor grau, está presente em todas as pessoas e por isso em todos os atores relacionados com a LIJ. Regula os conteúdos que os escritores comunicam às crianças e aos jovens, regula os conteúdos que os adultos promovem entre crianças e jovens, e é também o que regula a apropriação mesma que fazem crianças e jovens do que leem.

As questões levantadas pelas autoras vêm ao encontro dos estudos de recepção de leitura, à medida que se revelam os mecanismos censores como atrelados invariavelmente àquela concepção de representação, conforme defendido por Kirchof, excludente do "como" do texto. Isto é, a leitura rasa assim se estabelece pelo desconhecimento de como se lê um texto literário também:

> Por meio da censura não só se trata de evitar sentimentos próprios mas também dos outros. Por isso, é que, em termos de LIJ, o adulto tende a pensar que se uma leitura gera medo, igualmente isso se passará com a criança ou o jovem. Isso inclui também temas que geram conflito interno e portanto angústia, quer dizer, temas que o adulto não tenha conseguido assumir internamente, como são aqueles relativos à sexualidade, à orientação sexual, ao suicídio, ao consumo de substâncias psicoativas, à violência, entre outros (Ibid., p. 315, tradução nossa).

Em seu livro sobre o *politicamente correto*, Brenman e Pondé (2019, p. 13) pontuam, em vários momentos, as consequências desse cerceamento para crianças e jovens. A correlação com a censura de obras literárias é inevitável, pois as consequências sobre o público alvejado pelo politicamente correto e, assim, pela censura, são as mesmas:

> (...) Eu sempre tive uma suspeita de que a tentativa de fazer o mundo cada vez melhor o torna cada vez pior em alguns sentidos. Porque fazemos engenharias sociais gigantescas, mexemos com coisas que, na verdade, nunca sabemos direito o que é. Digo isso porque é a partir desse ponto de vista que vou conversar com você, Ilan, de um filósofo que lida com jovens hoje que foram crianças dez anos atrás. Assim como lidei com jovens que tinham 18 anos há 20 anos. E eu vejo claramente a diferença. Ao contrário do que o *marketing* de algumas escolas tenta dizer, os jovens estão piores do que eram. Eles são hoje inseguros, têm dificuldade em lidar com os desafios, buscam o tempo todo espaços seguros e tranquilos, não querem ler Shakespeare, por exem-

plo, porque é muito forte....

Com as redes sociais, as "bolhas" da internet se alimentaram de fragmentos de textos recortados e colados fora de contexto. A simples menção a este ou aquele assunto, o uso de uma expressão linguística ou a referência a um elemento de um universo semântico estranho a leitores desavisados sobre *o que* e *como* se constitui uma obra literária alimentam o pânico moral. Torna-se motivo suficiente para atuações histriônicas como vemos se multiplicarem nas redes sociais, com denúncias que, longe da legitimidade de preocupações pertinentes com crianças e jovens, mais expressam a busca de holofotes, projeção pessoal e agressividade injustificável.

1.9 O paradoxo das redes

Em uma de suas últimas aparições públicas, Umberto Eco (1932-2016), ao receber o título de doutor *honoris causa* da Universidade de Turim, na Itália, causou polêmica ao afirmar que as redes sociais teriam dado voz a uma legião de "imbecis", enaltecendo o "idiota da aldeia" que já se fazia presente no mundo da TV, conforme ainda lembrado em diversos meios de comunicação[10]. O episódio pode ser tomado como um ponto de reflexão, por analogia, ao tema desta obra: a censura a obras infantis e juvenis.

Como professores, pesquisadores e defensores, de modo geral, da literatura, nossa analogia com as proposições do filósofo se constrói, imediatamente, na perspectiva de que o ato de

---

10 Como exemplo, matéria de Paulo Silvestre: <https://www.estadao.com.br/brasil/macaco-eletrico/desculpe-umberto-eco/>. Acesso em: 23 fev. 2024.

censurar se equivale à mobilização de atores obtusos quanto ao próprio objeto que avaliam. Se isso é verdade em muitos casos, também é real a complexidade vinculada a esse movimento. O debate cultural mobiliza valores, visões de mundo e projetos de sociedade, aspectos com enorme potencial de inquietude entre as subjetividades e as coletividades. É por isso que o avanço de estudos acadêmicos sobre o tema também contribui para qualificar o debate.

Como exemplo da mobilização acadêmica, sobretudo em programas de pós-graduação, temos o trabalho de mestrado *A censura na produção literária infantil e juvenil: discursos e práticas contemporâneas*, de Leonardo Vinícius Sfordi da Silva, defendida em 2020, do Programa de Pós-Graduação em Letras, da Universidade Estadual de Maringá (UEM), sob orientação de Alice Áurea Penteado Martha. O foco do estudo se dá sobre concepções de literatura e sobre indícios do funcionamento do mercado editorial brasileiro, frente aos discursos de contrariedade para com diversos títulos literários. Dentre os pontos estudados, merece atenção a percepção do autor no que diz respeito à *temporalidade* percebida pelos leitores em sua aproximação com a literatura:

> A censura da literatura é pautada também por uma análise exclusivamente sincrônica, pois os materiais são condenados por divergirem de um contexto específico, que não pensa a diacronia e como aquela obra pôde ter sido vista de maneira diferente por outros contextos, épocas e locais de recepção. Em resumo, os censores julgam apenas a sua recepção individual e sincrônica da literatura, negligenciando outras leituras diacrônicas e de diversos leitores (Silva, 2020, p. 81)

O viés acadêmico, indispensável para a constituição do próprio campo de debate a respeito da censura ou da viabilidade de determinadas leituras para crianças e jovens nas escolas brasileiras, é rechaçado quando se quer evitar o aprofundamento e realizar leituras completamente equivocadas do texto literário. Entretanto, também é forçoso admitir que, mesmo para aqueles que reconhecem a improcedência dos ataques, a consciência quanto a aspectos elementares do objeto literário acaba descartada.

Outra matéria recente publicada no jornal *A Folha de São Paulo*, no caderno "Ilustrada" de 9 de março de 2024, "O avesso do avesso", assinada por Pedro Martins e Marcella Franco, também enfoca, como se deduz pelo título, o já citado caso que atingiu a obra de Jeferson Tenório, uma obra que discute o racismo. Entre as diversas considerações dos dois autores no artigo, é enfatizada justamente a questão do afastamento frequente das discussões do objeto literário concebido essencialmente como literatura e não apenas por aspectos externos à sua natureza específica.

Ao registrar a análise de um membro da Comissão da Criança e do Adolescente da Ordem dos Advogados do Brasil (OAB), lemos o comentário advindo da perspectiva jurídica: "Se o livro não contém cenas de sexo explícito ou pornográficas, por meio de fotos e imagens de crianças e adolescentes, e sim apenas descrições literárias de relações sexuais entre adultos, não vejo nenhum crime ou violação ao ECA", afirma Alves, que já presidiu o Conselho Nacional dos Direitos da Criança e do Adolescente (2024, p. C-1).

Se o comentário vem ao encontro de expectativas de posicionamento favorável à obra de Tenório, conferindo-lhe ampla liberdade de circulação, inclusive no ambiente escolar, o parecer revela uma abordagem em que a representação do *conteúdo* continua se impondo frente ao *artefato literário*. De outro modo, podemos entender que "descrições literárias" remetem à dimensão da obra literária enquanto literatura, porém esse traço surge tênue, posto pelas portas dos fundos na arena do debate. Em primeiro lugar, o advogado é obrigado, pela natureza de seu discurso, a verificar o que seria ofensivo – cenas com fotos e imagens de pessoas reais, não de personagens; mas apenas em segundo lugar aparece o fato de a obra ser efetivamente literatura.

Fica evidente, portanto, que aquela dimensão elementar da literariedade, qual seja, a composição de um universo fictício em que os sentidos se constroem em um processo de referenciação interna, desaparece do horizonte quando a censura se instala. Ou, mais rigorosamente, para viabilizar a censura é necessário, e até mesmo imprescindível, que uma das características definidoras do texto literário seja eliminada da argumentação. Ao descaracterizar o objeto, as leituras soçobram à superfície do caos da significação. Daí o fato de nos depararmos com interpretações aparentemente absurdas, como aquelas em que a personagem Negrinha, do conto homônimo, de Monteiro Lobato, seria uma comprovação do desprezo ou crueldade do escritor em relação às crianças negras, ao descrever (ainda que com o propósito da denúncia) os horrores impostos pela patroa branca à menina. O fato de se registrar uma descrição torna-se o suficiente para entender que há uma adesão ao bem ou ao mal conforme uma leitura de não leitores ou, no mínimo, leitores "precários".

Ainda no *front* das interpretações equivocadas, lemos o depoimento do premiadíssimo escritor e ilustrador tcheco Peter Sís, "*My life with censorship*", publicado na revista *Bookbird*, em 2009, como episódio elucidativo desse tipo de comportamento que, mesmo notoriamente precipitado ou atrapalhado, pode levar à rejeição de um texto mal lido e, obviamente, mal compreendido:

> Cheguei aos Estados Unidos em 1982 para trabalhar em um filme de animação em Hollywood e nunca mais retornei ao meu país de origem. Essa mudança representou, de certa forma, o fim das restrições impostas pela censura e suas consequências adversas, tais como prisão, banimento e perda de oportunidades profissionais e pessoais. A censura, que frequentemente levava as pessoas a ocultarem a verdade ou a distorcerem fatos, além de influenciar o pensamento das crianças, deixou marcas significativas em minha trajetória. No entanto, essas experiências se revelaram úteis em minha carreira como ilustrador em Nova York. Enfrentei desafios ao lidar com a rejeição de minhas imagens devido a interpretações equivocadas ou estereotipadas, como quando um livro que ilustrei foi erroneamente associado a uma Bíblia em um artigo para a revista *Horn Book*. Além disso, em meus primeiros trabalhos voltados para o público infantil, me deparei com a crítica de que os rostos que desenhava eram excessivamente europeus, e que retratar visitantes japoneses com câmeras poderia ser considerado uma forma de estereotipagem. No entanto, foi com a publicação de meu primeiro grande livro, *Siga o Sonho*, em 1991, que consegui consolidar minha carreira e superar esses obstáculos (Sís, 2009, p. 45, tradução nossa).

Essas leituras precárias confundem-se em suas objeções e intenções bem ou mal-intencionadas, tornando-se questões postas à mesa dos frequentadores de bolhas virtuais – espaços em que se reúnem opiniões afins, blindadas, como querem acreditar, contra o mundo que as rodeia. Portadores de verdades inquestionáveis, multiplicam opiniões sustentadas por conceitos equivocados.

Com o mundo aberto a seus interesses, crianças e jovens são confinados em bolhas virtuais. Andrei dos Santos Cunha, Luciana Wrege Rassier e Wanessa Gonçalves Silva (2023) escrevem, em *Transfigurações do real na literatura*, a respeito de recentes estudos que confirmam esse comportamento:

> Já Byung-Chul Han, em *No enxame:* perspectivas do digital (2018), retoma o conceito de Síndrome da Fadiga da Informação, calcado pelo britânico David Lewis, que tem entre seus principais sintomas a depressão, a incapacidade de assumir responsabilidades e o torpor das capacidades analíticas, uma vez que o 'excesso de informação faz com que o pensamento definhe' (HAN, 2018, p. 105). O filósofo postula que o enxame digital, diferentemente do conceito de massa, não forma um 'nós' coerente e com vontade própria, já que o habitante digital da rede é avesso a reuniões, tendo paradigmas coletivos de movimento marcados pela efemeridade e pela instabilidade (Cunha; Rassier; Silva, 2023, p. 8).

É assim que preocupações legítimas com a educação, com a leitura e com a cultura são sequestradas por pautas refratárias às próprias questões que alegam defender. Esse sequestro, realizado, muitas vezes, por agentes motivados por questões muito diversas daquelas preocupações legítimas, amparam-se também no receio ao novo, na aquisição e na convivência com novas tecnologias. Como exemplo, lemos em um texto intitulado "A TV antieducativa", publicado em 2009, por Valdemar W. Setzer, uma conclusão, à época, sobre a TV:

> pode-se concluir que a TV transmitida [...] não só educa. Ela deseduca o que foi educado, e prejudica o desenvolvimento da educação. Assim, ela é claramente antieducativa, isto é, ela é contra a educação. Como eu tenho procurado mostrar, isso não depende dos programas transmitidos. O conteúdo antieducativo dos programas apenas piora a situação (Setzer, 2009, s.p.).

Embora os argumentos de Setzer se vinculem a questões biológicas e físicas, ao desprezar o papel ativo do espectador em sua dialogia com as formas de comunicação de massa, esbarra nos limites conceituais do objeto analisado. Conforme François Mariet (1989, p. 161, tradução nossa), para quem, no contexto francês, a discussão já se fizera presente nas décadas anteriores ao texto de Setzer, em *Laissez-les regarder la télé: le nouvel esprit télévisuel*[11], o prazer de proibir se esconde por trás de muitas boas intenções para com a cultura:

> Esses censores poderiam mesmo criar uma Internacional porque se fazem presentes em todos os países. A interdição é seu remédio universal; charlatões da pedagogia multidirecional, eles atiram em tudo aquilo que diverte sem pretender ensinar, tudo aquilo que faz rir francamente. Eles parecem ter na cabeça uma única ideia obsessiva: a televisão é um mal que é preciso combater de todos os modos. Seu sonho quase confessado: proibir a televisão a menos que ela seja didática e e-du-ca-ti-va.

---

11 Deixe-os assistir à TV: o novo espírito televisual.

1.10 Obra aberta

O tema "censura" recebe, neste livro, um estudo motivado pelas atuais movimentações em torno da proibição ou expurgo de determinados títulos, com evidente eliminação do acesso a textos literários caracterizados como impróprios para circular em bibliotecas, escolas e muitos outros espaços sociais.

A relativamente breve apreciação que fizemos sobre alguns aspectos da censura demonstra a complexidade e a relevância do tema para merecer estudos e debates, dentro e fora da academia. No caso das editoras, por exemplo, torna-se relevante atentar para as movimentações realizadas dentro da lógica de mercado, conforme muito bem desenhado por Nazarian (2024). Ao circunscrever demais seu público, limitando-o a nichos muito específicos, o mercado editorial acaba comprometendo a construção dos sentidos das obras publicadas e afetando a percepção da literatura no que tange à metáfora, à simbolização e à estética como um todo.

Na perspectiva histórica, os movimentos de censura de hoje se diferenciam daqueles perpetrados de modo sistemático por regimes de governo. Quando o Estado se manifesta, é para acolher seguidores representativos em sua contabilidade eleitoral ou, ainda, para se projetar como uma entidade exemplar, um "vetor moral para toda a sociedade". Em ambos os casos, a discussão sobre livros literários é um meio para outros discursos, estranhos à efetiva natureza da literatura, à leitura e à formação de leitores.

Na perspectiva do leitor como sujeito psicossocial, podemos nos perguntar: o incômodo gerado por um texto literário não seria um incômodo produtivo? Sem enveredar por temas de maior envergadura do campo psicanalítico, não poderíamos considerar, tendo em vista os relatos e os muitos indícios deixados por escritores de literatura, que o incômodo é matéria vital para a ficção? Para a arte? Para a busca de compartilhar experiências na relação com nossa alteridade?

O limiar entre censura e escolha vai se desenhando nos traços das intenções e procedimentos adotados para abordar livros literários:

> É assim como a censura ronda de modo direto e indireto ao escritor de LIJ. Primeiro, porque a linguagem é um mecanismo de filtro que permite expressar o que quer dizer mas de determinada forma. Segundo, porque o escritor tende a censurar seus próprios conteúdos inconscientes. Terceiro, porque os conteúdos que estão em seu consciente (mais aqueles que logram transpassar sua censura) devem ser regulados para serem comunicados. Em certos casos o escritor os regula ao extremo, se afasta da literatura e produz livros com fins morais, nos quais se concebe a criança como um sujeito universal, sem singularidades, que obedece. Em outros casos, diminui a censura e fala de temas tabu (Arroyave; Aristizábal, 2016, p. 316, tradução nossa).

Escrever literatura, portanto, implica um processo de comunicação com o leitor em que mediações diversas intervêm. Escrever literatura para crianças e jovens marca o processo com uma dose ainda maior de exigências para que essa comunicação se estabeleça plenamente. Contudo, é no fazer a arte que ela se faz, com suas aberturas e inconclusões convidativas à criatividade, ao diálogo.

Esse aspecto incontrolável da arte é inerente ao processo criativo, visto que, na perspectiva psicanalítica de Arroyave e Aristizábal (2016), a literatura surge justamente ancorada nas zonas mais profundas do inconsciente. A sutileza deixa de assim ser e passa a ser aspecto elementar do problema: a abordagem sempre será necessária, sem expurgo, sem mutilação, porque, quando a censura se impõe como prática de cerceamento sustentada por discursos que negam, de partida, qualquer leitura crítica ou contextualizadora, ela tem fortíssima tendência a esconder outros interesses – políticos, partidários, ideológicos – que apequenam a discussão e desmerecem o leitor infantil em seu direito ao melhor do legado cultural de sua sociedade ou que sua sociedade pode propiciar.

O patrulhamento de obras e escritores tem implicado no reconhecimento, por parte dos estudos acadêmicos, da existência de um público bastante numeroso, alijado do contato mais básico com o objeto literário. Coube, então, aos autores desta obra um compromisso: marcar um espaço social de debate qualificado sobre o tema, no Brasil. O propósito básico, aqui, é o de contribuir para combater o obscurantismo, em particular a abordagem precária e insidiosa em relação ao livro e à literatura, que deve ser sobrepujada pelo debate aberto, consciente e engajado sobre a literatura para crianças e jovens, em suas mais variadas formas, espaços e temporalidades.

Não se trata de registrar argumentos de defesa para este ou aquele livro, mas de entender por que obras literárias de boa qualidade têm sido atacadas, bem como compreender as consequências – nem sempre imediatas ou facilmente mensuráveis – da censura a obras literárias para crianças e jovens.

Referências

AGUILAR, Elisa Corona. *Ninõs, niggers, muggles:* sobre literatura infantil y censura. Il. Santiago Solis. Cidade do México: Deleátur, 2012. Versão e-book on-line. Disponível em: https://issuu.com/deleatur_estudio/docs/ni__os__niggers__muggles#google_vignette Acesso em: 21 mar. 2024.

ANDREUCCI, Álvaro Gonçalves Antunes; OLIVEIRA, Valéria Garcia de. *Cultura amordaçada:* intelectuais e músicos sob a vigilância do DEOPS. São Paulo: Arquivo do Estado ; Imprensa Oficial, 2002.

ARROYAVE, Clara Lucía Pére; ARISTIZÁBAL, Liliana Giraldo. Libros "perturbadores": ¿Censurados por niños y jóvenes? ¿O por adultos?. In: CERRILLO, Pedro C.; SÁRCHEZ ORTIZ (eds.) *Prohibido leer:* la censura em la literatura infantil y juvenil contemporánea. Cuenca: Ediciones de la Universidad de Castilla-La Mancha, 2016.

BÁEZ, Fernando. *História da destruição dos livros:* das tábuas sumérias à Guerra do Iraque. Tradução de Léo Schlafman. Rio de Janeiro: Ediouro, 2004.

BOURDIEU, Pierre. *Questões de Sociologia.* Lisboa: Fim de século, 2003.

BRENMAN, Ilan; PONDÉ, Luiz Felipe. *Quem tem medo do lobo mau?* – o impacto do politicamente correto na formação das crianças. Campinas: Papirus 7 mares, 2019. (Coleção Papirus Debates).

BURNETT, Matia. Children's Literature and the Censorship Conversation: Dialogues on Challenged Books. *Publishers Weekly*. 21 abr. 2016. Disponível em: <https://www.publishersweekly.com/pw/by-topic/childrens/childrens-industry-news/article/70037-children-s-literature-and-the-censorship-conversation-dialogues-on-challenged-books.html>. Acesso em: 22 mar. 2024.

CAMARGOS, Marcia Mascarenhas; SACCHETTA, Vladimir. Procura-se Peter Pan... In: CARNEIRO, Maria Luiza Tucci. (org.) *Minorias silenciadas:* História da censura no Brasil. São Paulo: Editora da Universidade de São Paulo/Imprensa Oficial do Estado/Fapesp, 2002.

CENSORSHIP in children's literature. *Encyclopedia.com*. Disponível em: https://www.encyclopedia.com/children/academic-and-educational-journals/censorship-childrens-literature#Introduction. Acesso em: 10 fev. 2024.

CENSURA à literatura na escola: é hora de f(c)alar. Disponível em: https://www.youtube.com/watch?v=C85MA3_TrpU. Acesso em: 19 mar. 2024.

CENSURA e temas sensíveis: a literatura infantil e juvenil. VI Congresso Internacional de Literatura Infantil e Juvenil – "Tradição, (r)evolução e (re)invenção: a literatura do século XXI", Centro de Estudos em Leitura e Literatura Infantil e Juvenil "Maria Betty Coelho Silva", Universidade Estadual Paulista "Júlio de Mesquita Filho", Campus de Presidente Prudente, entre 26 e 20 de outubro de 2020. Disponível em: https://www2.fct.unesp.br/congresso/cellij/vicilij/. Acesso em: 19 mar. 2024.

CUNHA, Andrei dos Santos; RASSIER, Luciana Wrege; SILVA, Wanessa Gonçalves. Apresentação. In: CUNHA, Andrei dos Santos; RASSIER, Luciana Wrege; SILVA, Wanessa Gonçalves. Apresentação. *Transfiguração do real na literatura.* Porto Alegre: Class, 2023. Disponível em: https://abralic.org.br/downloads/publicacoes/2020-2021/eixo-10-transfiguracoes-do-real-na-literatura.pdf. Acesso em: 26 fev. 2024. p. 07-10.

DALCASTAGNÈ, Regina. *Literatura brasileira contemporânea:* um território contestado. Vinhedo: Editora Horizonte; Rio de Janeiro: Editora da UERJ, 2012. Disponível em: https://www.tandfonline.com/doi/p f/10.1080/00094056.1991.10521598?needAccess=true. Acesso em: 09 fev. 2024.

DEBUS, Eliane. *Monteiro Lobato e o leitor*, esse desconhecido. Itajaí: UNIVALI ed.; Florianópolis: Ed. UFSC, 2004.

DELCOLLI, Caio. Como um psiquiatra quase destruiu a indústria de quadrinhos na Guerra Fria. *Revista Galileu* (on-line). Disponível em: https://revistagalileu.globo.com/Sociedade/Historia/noticia/2022/04/como-um-psiquiatra-quase-destruiu-industria-de-quadrinhos-na-guerra-fria.html. Acesso em: 05 abr. 2024.

DUARTE, Luisa (org.). *Arte censura liberdade:* reflexões à luz do presente. Rio de Janeiro: Cobogó, 2018.

DURAND, Pascal. (org.) Introduction: censure e sense commun professionel. In: _____. *Médias et censure:* figures de l´órthodoxie. Liège: Les Éditions de l´Université de Liège, 2004.

GONÇALO JÚNIOR. *A Guerra dos gibis:* a formação do mercado editorial brasileiro e a censura aos quadrinhos – 1933-1964. São Paulo: Companhia das Letras, 2004.

HÁ 50 ANOS, RUTH ROCHA DEDICA-SE À ESCRITA PARA CRIANÇAS. Agência Estado. Disponível em: https://www.correiobraziliense.com.br/app/noticia/diversao-e-arte/2019/04/13/interna_diversao_arte,749296/ha-50-anos-ruth-rocha-dedica-se-a-escrita-para-criancas.shtml. Acesso em: 06 abr. 2024.

HALLEWELL, Laurence. *O livro no Brasil:* sua história. 3. ed. Trad. Maria da Penha Villalobos, Lólio Lourenço de Oliveira e Gerson de Souza. São Paulo: Editora da Universidade de São Paulo, 2017.

JALONGO, Mary Renck; CREANY, Anne Drolett. Censorship in children's literature: what every educator should know. Childhood Education, v. 67, issue 3, spring 1991. Disponível em: https://www.tandfonline.com/doi/abs/10.1080/00094056.1991.10521598. Acesso em: 22 mar. 2024.

MACHADO, Ana Maria. Nas asas da liberdade. In: ______. *Silenciosa algazarra:* reflexões sobre livros e práticas de leitura. São Paulo: Companhia das Letras, 2011. p. 195-218.

MANGUEL, Alberto. *Uma história da leitura.* Trad. Pedro Maia Soares. 2. ed. São Paulo: Companhia das Letras, 1997.

MARIET, François. *Laissez-les regarder la télé:* le nouvel esprit télévisuel. Paris: Calmann-Lévy, 1989.

MARTINS, Pedro; FRANCO, Marcella. O avesso do avesso. *Folha de S. Paulo*, Ilustrada, C1 e C3, 9 mar. 2024. Disponível em: https://www1.folha.uol.com.br/ilustrada/2024/03/entenda-a-nova-onda-de-denuncias-de-censura-a-arte-com-o-livro-o-avesso-da-pele.shtml. Acesso em: 22 mar. 2024.

MEDINA, Cremilda. As muitas faces da censura. In: CARNEIRO, Maria Luiza Tucci (org.). *Minorias silenciadas:* história da censura no Brasil. 2. ed. São Paulo: Editora da Universidade de São Paulo, 2020. p. 422-433.

MOLLIER, Jean-Yves. As mil e uma faces da censura de ontem até hoje. *Concinnitas*, ano 19, número 33, dez. 2018, p.68-85.

NAZARIAN, Santiago. Censura livre. Ilustrada/Ilustríssima. *Folha de S. Paulo*, 17 mar. 2024, C-8. Versão impressa. Disponível em: https://www1.folha.uol.com.br/ilustrissima/2024/03/verdadeira-censura-nao-e-de-direita-ou-esquerda-mas-do-mercado.shtml. Acesso em: 22 mar. 2024.

NODELMAN, Perry. *Somos mesmo todos sensores?:* dois ensaios por Perry Nodelman. Trad. Lenice Bueno. São Paulo: Instituto Emília; Solisluna Editora, 2020.

PASCUA FEBLES, Isabel. *La literatura traducida y censurada para niños y jóvenes en la época franquista:* Guillermo Brown. Las Palmas de Gran Canaria: Universidad de las Palmas de Gran Canaria, Servicio de Publicaciones, 2011.

PETROVITCH, Camila Souza; BAPTISTA, Mônica Correia; SÁ, Alessandra Latalisa de. Censura/controle a livros infantis e juvenis no Brasil de 2016-2020. *Humanidades & Inovação*, v. 10, n. 2, jan. 2023, Palmas. Edição especial. ISSN: 2358-8322. Disponível em: https://revista.unitins.br/index.php/humanidadeseinovacao/issue/view/190. Acesso em: 21 mar. 2024.

RAE, Heather. All these choices! parents and censorship. *The Looking Glass: new perspectives on children's literature*, n. 2, v. 12, jun. 2008. Disponível em: https://ojs.latrobe.edu.au/ojs/index.php/tlg/article/view/88/0. Acesso em 22 mar. 2024.

REIMÃO, Sandra Lucia Amaral de Assis. *Repressão e resistência:* censura a livros na ditadura militar. 2015. Tese (Livre Docência em Comunicação e cultura) – Escola de Artes, Ciências e Humanidades, Universidade de São Paulo, São Paulo, 2011. doi:10.11606/T.100.2015.tde-21082015-151559. Acesso em: 06 abr. 2024.

RIBEIRO, Renato Janine. O direito de sonhar. In: CARNEIRO, Maria Luiza Tucci. (org.) *Minorias silenciadas:* História da censura no Brasil. São Paulo: Editora da Universidade de São Paulo/Imprensa Oficial do Estado/Fapesp, 2002.

SETZER, Valdemar W. A TV antieducativa. *Instituto de Matemática e Estatística – Universidade de São Paulo.* 23 jan. 2009. Disponível em: https://www.ime.usp.br/~vwsetzer/tv-antieducativa.html. Acesso em: 05 abr. 2024.

SILVA, Leonardo Vinícius Sfordi da Silva. *A censura na produção literária infantil e juvenil:* discursos e práticas contemporâneas. Dissertação de Mestrado. 2020. Programa de Pós-Graduação em Letras. Universidade Estadual de Maringá. Orientadora: Alice Áurea Penteado Martha. Versão impressa.

SÍS, Peter. My life with censorship. *Bookbird* – a journal of international children's literature, v. 47, n. 13, July 2009, p. 42-45. Disponível em: https://www.ibby.org/archive-storage/06_Bookbird_14579/1047837/1047837_PDF_00001.pdf. Acesso em: 01 abr. 2024.

SOTOMAYOR, María Victoria; CERRILLO, Pedro C. Literatura y poder. In: CERRILLO, Pedro C.; SOTOMAYOR, María Victoria (orgs.). *Censuras y LIJ en el siglo XX* (en España y 7 países latino-americanos). Cuenca: Ediciones de la Universidade de Castilla-La Mancha, 2016.

SOULÉ, Véronique. Bibliothèques: les pourfendeurs du livre pour la jeunesse ne baissent pas la garde. *Revue de la BNF*, Paris, v. 1, n. 60, p. 107-113, 2020. Disponível em: <https://www.cairn.info/revue-de-la-bibliotheque-nationale-de-france-2020-1-page-107.htm>. Acesso em: 09 abr. 2024.

SOULÉ, Véronique. Censures et autocensures autor du livre de jeunesse. *Bulletin des bibliothèques de France (BBF)*, 1999, n° 3, p. 44-48. Disponível em: <https://bbf.enssib.fr/consulter/bbf-1999-03-0044-005>. Acesso em: 11 abr. 2024.

TORREMOCHA, Pedro. C Cerrillo; ORTIZ, César Sárchez. (org.) *Prohibido leer:* la censura en la literatura infantil y juvenil contemporánea. Cuenca: Ediciones da Universidad de Castilla-La Mancha, 2016. Versão on-line por Unebook. p. 218-311.

TOWN, Caren J. *"Unsuitable" books:* young adult fiction and censorship. North Carolina: McFarland & Company, 2014. Versão para Kindle. E-ISBN: 978-1-4766-1682-7. Versão Kindle.

X Simpósio Nacional e I Simpósio Internacional sobre Formação de Leitores (X SIMFOP) – "Educação e democracia: desafios e possibilidades em contextos locais e globais", realizado entre 08 e 11 de novembro de 2022, promovido pelo Programa de Pós-Graduação em Ciências da Linguagem, da Universidade do Sul de Santa Catarina, assistimos à mesa "Censura à literatura na escola: é hora de f(c)alar". Disponível em: https://www.youtube.com/watch?v=C85MA3_TrpU. Acesso em: 19 mar. 2024.

ZILBERMAN, Regina. "'Direito à Literatura' e literatura na escola". In: RETTENMAIER, Miguel; VERARDI, Fabiane. (org.) *Leitura literária*: conceitos, mediações e experiências. Passo Fundo: EDIUPF, 2023. p. 183-208.

PARTE I

Chapeuzinho Vermelho (1697)
Charles Perrault

A "VERDADE" POR TRÁS DE UMA HISTÓRIA TANTAS VEZES CONTADA E RECONTADA

Alexandre Mariotto Botton (UNEMAT)

*

Basta uma breve busca no Google, ou em qualquer outro site de busca, para encontrarmos uma vasta quantidade de publicações que expõem, em tons estridentes, a pretensa origem sangrenta dos contos de fadas mais conhecidos. Essas narrativas da tradição oral têm sido atacadas de forma virulenta por variados grupos de indivíduos, em nome das mais diversas razões: de natureza política, religiosa, educacional etc. Neste breve texto, exploraremos o tratamento dado à história de *Chapeuzinho Vermelho* em tais publicações. Primeiro, demonstraremos porque é praticamente impossível apontar uma versão original para contos de origem oral, como é o caso de *Chapeuzinho Vermelho*; depois abordaremos o problema da "verdade escondida" e sua ligação com episódios sangrentos e, por fim, analisaremos as possíveis consequências de leituras que insistem em dar um tratamento sensacionalista aos contos de fadas.

E, como uma das consequências mais graves, a de fornecer munição aos que se empenham em censurar e dificultar o acesso dos leitores contemporâneos às versões canônicas do conto, como a de Perrault e a dos Irmãos Grimm.

*

Invariavelmente as publicações que prometem revelar algo oculto nos contos de fadas fazem menção a alguma versão supostamente original da narrativa, ou pelo menos que se põe como origem para as versões atuais da história. No caso de *Chapeuzinho Vermelho*, a versão original teria sido escrita por Charles Perrault, escritor e poeta francês que viveu entre 1628 e 1703. Perrault pode ser considerado o primeiro escritor a trazer para os livros contos de fadas de origem oral que, até então, permaneciam registrados apenas na memória de inúmeros narradores anônimos.

Chapeuzinho Vermelho foi publicado em 1697 em uma coletânea de narrativas intitulada *Les Contes de ma mère l'Oye*, traduzida para o português como *Contos da mamãe gansa*. O livro narra outras histórias que se tornaram clássicas na literatura infantil ocidental: Cinderela, A Bela Adormecida e O Gato de Botas são algumas delas. Contudo, não é possível estabelecer Perrault como a fonte original desses contos, pois não se pode falar em originalidade no âmbito da narrativa oral, na medida em que sua ascendência está na confluência de experiências que formam o ambiente próprio da oralidade. Ou seja, contos populares como *Chapeuzinho Vermelho* nasceram e ganharam envergadura à medida que foram constantemente recontados por narradores anônimos que deixaram sua própria marca na constituição da narrativa. Como bem esclarece Walter Benjamin (1985, p. 198), "a experiência que passa de pessoa a pessoa é a fonte a que recorreram todos os narradores. E, entre as narrativas escritas, as melhores são as que menos se distinguem das histórias orais contadas pelos inúmeros narradores anônimos". Assim, mesmo as versões escritas dos contos de fadas tendem a guardar muitas semelhanças e marcas de oralidade. Dessa origem oral e anônima, também resulta a maleabilidade dos contos, o que permite que eles sejam narrados de formas diferentes sem, no entanto, perderem o núcleo de sua identidade. Contos populares são essencialmente maleáveis, pois a própria dinâmica da transmissão oral forma sua maleabilidade, visto que cada ouvinte e potencial narrador foi também um ouvinte e, ao narrar, molda a narrativa segundo seu próprio estilo.

Alguém interessado em ressaltar a importância de Perrault poderia situá-lo como a fonte da qual beberam outros escritores que deram continuidade à escrita literária para o público infantil. No entanto, não é esse tipo de análise que encontramos nos textos que pretendem revelar a "verdadeira" história de *Chapeuzinho Vermelho*. Seu intuito é destacar o que há de mais sinistro e cruel em versões mais antigas da história, especialmente na de Perrault. Tais textos têm certamente como destinatário um leitor ávido por encontrar justamente o que os títulos das publicações sensacionalistas (geralmente presentes na web) prometem, no caso, o lado mais sanguinolento dos contos de fadas. Vejamos, pois, três dos vários títulos encontrados na rede.

"A origem sangrenta dos contos de fadas, parte 1: Chapeuzinho Vermelho": esse é o título de uma matéria da revista *Superinteressante*. Trata-se de um texto curto e com vários subtítulos que reforçam os aspectos mais sanguinolentos da história. A publicação toma o cuidado de atribuir a origem da história à tradição oral, não obstante o foco de sua exposição ser a versão escrita por Perrault, de modo que o leitor desatento, ou "desejoso de sangue", tende a ver o escritor francês como criador da história e a crueldade como um elemento essencial da narrativa.

"A verdade por trás de Chapeuzinho Vermelho" é o título utilizado pelo blog *ConversaCult* para abordar a crueldade que seria inerente à narrativa de *Chapeuzinho Vermelho*. Embora nos diga que é difícil saber qual é a versão "real" – é esse mesmo o termo usado – do conto, o blog toma como modelo de sua análise a narrativa de Perrault. Principalmente a partir do subtítulo "A origem: a menina que deitou com o lobo", o texto passa a impressão de que aspectos como canibalismo e pedofilia estão intimamente ligados à origem do conto.

Por fim, "A verdadeira e assustadora história de *Chapeuzinho Vermelho*" é o título de um *post* do blog *Boa Mente*. Novamente, a imagem de uma "verdade oculta" é construída sob o alicerce de uma suposta origem assustadora do conto. Mais uma vez a versão de Perrault se destaca de maneira indireta como uma espécie de baliza histórica. Indiretamente, aponta-se um original a partir do qual as variantes menos assustadoras seriam versões "adocicadas" de um conto concebido no intuito de ensinar a partir do temor. A postagem termina com a seguinte pergunta: "Você também se impressionou com a história por trás da história?". E então sugere que o leitor compartilhe o texto.

O interesse comum a todos esses textos que circulam na internet, dos quais citamos uma pequena amostra, é o de causar uma impressão de certa forma esperada pelo leitor que os visita por causa do impacto dos títulos. Eles não inventam nem adulteram o conteúdo que de fato existe, sobretudo, na versão narrada por Perrault, mas a forma como conduzem o tema revela uma intenção bem delineada, que nada tem a ver com o cuidado de uma análise que visa buscar uma suposta verdade. O termo "verdade", algo praticamente impossível de averiguação em assuntos de literatura, é abusivamente empregado para causar a impressão de que o leitor se encontra diante de conteúdo oculto, quase proibido, e que, finalmente, alguém lhe revelará "tudo o que seus pais e professores não queriam que você soubesse".

O problema de toda essa performance é que, justamente por atrelar aquilo que é posto como "original e verdadeiro" ao que há de sórdido em histórias como *Chapeuzinho Vermelho*, ela encobre aspectos que, com o passar do tempo, se tornaram bem mais relevantes e, por assim dizer, essenciais à narrativa. Dito de modo mais direto, o sensacionalismo das postagens prometem uma apoteótica e sanguinolenta verdade oculta nas narrativas infantis, porém essa verdade não é mais nefasta por aquilo que ela ofusca do que por aquilo que efusivamente mostra, embora uma coisa não esteja desvinculada da outra. Detenhamo-nos, então, um pouco mais no jogo entre desvelamento e obscurecimento.

Como vimos, o que move tais postagens é um tipo de sensacionalismo que sempre atrai grande número de leitores interessados, antes de mais nada, em saciar seu desejo, algo sádico, de sinistras "verdades escondidas". Essas que lhes soam como proibidas – "aquilo que não queriam que você soubesse" – sobre um gênero de histórias que deveriam ser sobretudo inocentes.

Certamente a sempre referenciada versão de Perrault apresenta um final propositadamente infeliz e cruel para *Chapeuzinho Vermelho*. Não há dúvidas quanto à finalidade moralizante dessa versão do conto e, é claro, de seu termo sangrento, cujo intuito é mesmo incutir o medo como forma de "educar" as crianças, para que tomem cuidado com a astúcia daqueles que possuem uma fala macia e, justamente por meio dessa, são capazes de se fazer passar por figuras bondosas – como é o caso do lobo disfarçado de vovozinha – para seduzir e maltratar crianças ingênuas. Marina Warner (1999), em um extenso estudo sobre contos de fadas que resultou no livro *Da Fera à Loira: sobre contos de fadas e seus narradores*, destaca, inclusive, a forma irônica com a qual Perrault contrasta a figura selvagem do lobo sob as vestes da bondosa e inofensiva vovozinha. A relevância da crueldade do lobo faz muito mais sentido se a considerarmos como um contraponto à forma como o lobo se apresenta para a Chapeuzinho: de maneira sempre dissimulada.

Nesse sentido, a moral da história é bem clara, pois a pior ameaça não são os lobos que se apresentam como tal, mas sim aqueles que usam seu poder de persuasão para enganar pessoas indefesas e incapazes de verem o que se esconde por trás de uma aparência amável. Assim, Perrault (2013, p. 45) sentencia: "Que dó! Quem saberá que esses lobos melosos, entre todos que há são os mais perigosos?".

A conclusão de Perrault sustenta-se, pois, no contraste entre o selvagem e o inofensivo, ou melhor, na possibilidade de o mal vir disfarçado na imagem da bondosa vovozinha. Sem esse disfarce, toda a crueldade praticada pelo lobo não teria o sentido moral que a história de Perrault pretende transmitir. Enfatizamos esse aspecto para manifestar o quanto as publicações que apresentam a violência como "verdade" escondida por trás de *Chapeuzinho Vermelho* são, na melhor das hipóteses, leituras tendenciosas do conto.

No item anterior nos referimos à maleabilidade, característica fundamental dos contos de origem oral. Agora precisamos observar outro aspecto igualmente importante, pois, se por um lado a própria dinâmica da oralidade sugere que as narrativas suportam as marcas deixadas por cada narrador anônimo, por outro lado existe algo como um núcleo denso, que tende a ser preservado diante das várias versões que a história assume. Sua estabilidade garante a identidade do conto, sua permanência nas tradições escrita e oral. No caso de *Chapeuzinho Vermelho*, esse núcleo tem a ver com a dupla face vovozinha/lobo mau, sendo a crueldade exercida pelo lobo, figura medonha por si mesma, um aspecto maleável do conto, de modo que a intensidade da crueldade exercida pelo lobo não precisa ser lida como um aspecto fundamental da história. Além do mais, mesmo o núcleo – a dupla face vovó/lobo – suporta diferentes interpretações. Vejamos, por exemplo, como Bruno Bettelheim a interpreta em seu livro *A Psicanálise dos contos de fadas*.

> No "Chapeuzinho vermelho" a amável avó sofre uma súbita substituição pelo lobo voraz que ameaça destruir a criança. Como é tola essa transformação quando encarada objetivamente, mas como amedronta! Podemos achar a transformação desnecessariamente amedrontadora, contrária a toda realidade possível. Mas quando encarada em termos da vivência da criança será realmente mais amedrontadora do que a súbita transformação da própria vovó gentil numa figura que ameaça seu peculiar sentido de si mesma quando a humilha pelo fato de molhar as calças? (Bettelheim, 2002, p. 70).

Na esteira dessa interpretação, Bettelheim encontra, na estrutura do conto, uma fonte de conhecimento importante para a formação do inconsciente da criança. Sem subestimar a capacidade de uma criança elaborar simbolicamente o sentido figurado do conto, ele entende que, ao se deparar com a gentileza da avó e com o temor do lobo na mesma figura, por meio da narrativa, a criança encontra elementos para compreender que nem mesmo sua adorável vovozinha agirá sempre de forma favorável a seus anseios; que a amabilidade dos outros depende também da forma como ela se comporta em relação a eles, daí a importância de não desobedecer aos pais. Portanto, se levarmos em conta que histórias como *Chapeuzinho Vermelho* não possuem uma "verdade" oculta em seus enredos, mas sim aspectos maleáveis que se adensam em algo como um núcleo que constitui sua identidade, poderemos abordá-las em toda riqueza que possuem e extrair delas várias interpretações plausíveis, desde a clássica "moral da história" – salientada por Perrault, por exemplo –, até as leituras mais sofisticadas, como a de Bruno Bettelheim.

É interessante notar que as interpretações que levam em conta o todo da história, ou seja, tanto os aspectos maleáveis quanto as características mais densas do conto, não necessariamente se excluem, como faria crer a ideia de uma "verdade" oculta por trás da narrativa. Não obstante, o que encontramos nas publicações que prometem revelar a "verdadeira" e "original" história de *Chapeuzinho Vermelho* é a supervalorização de um aspecto importante – a crueldade sanguinária do lobo –, mas não tão crucial para a narrativa. A brutalidade do lobo é, então, elevada à categoria de "verdade" oculta, algo tão superestimado que acaba por encobrir outros aspectos bem mais relevantes para a identidade da história. A consequência mais danosa desse gesto, alinhado a um possível desejo do leitor, é que ele encobre a riqueza de interpretações que uma abordagem não sensacionalista possibilita, pois supõe uma espécie de crueldade desmedida como "origem" de narrativas há muito aceitas para o público infantil.

Referências

A VERDADEIRA e assustadora história de Chapeuzinho Vermelho. Disponível em: http://boamente.co/post/a-verdadeira-e-assustadora-historia-de-chapeuzinho-vermelho/489. Acesso em: 18 nov. 2018.

BENJAMIN, Walter. O narrador. In: ______. *Magia e Técnica, arte e política:* ensaios sobre literatura e história da cultura. Tradução de Sérgio Paulo Rouanet. 2. ed. São Paulo: Brasiliense, 1985. p. 197-221.

BETTELHEIM, Bruno. *A Psicanálise dos Contos de Fadas.* São Paulo: Ed. Paz e Terra, 2002.

JOKURA, Tiago. A origem sangrenta dos contos de fadas, parte 1: Chapeuzinho Vermelho. *Superinteressante.* São Paulo, 03 nov. 2015 Disponível em: https://super.abril.com.br/mundo-estranho/a-origem-sangrenta-dos-contos-de-fadas-parte-1-chapeuzinho-vermelho/. Acesso em: 18 nov. 2018.

MARTINS, Dana. A verdade por trás de Chapeuzinho Vermelho. *ConversaCult*, 10 maio 2013. Disponível em: http://www.conversacult.com.br/2013/05/a-verdade-por-tras-de-chapeuzinho.html. Acesso em: 18 nov. 2018.

PERRAULT, Charles. *Contos de mamãe gansa*. Tradução de Ivone C. Benedetti. Porto Alegre: L&PM, 2013.

WARNER, Marina. *Da fera à loira: sobre contos de fadas e seus narradores.* Tradução de Thelma Médici Nóbrega. São Paulo: Companhia das Letras, 1999.

Caçadas de Pedrinho (1933)
Monteiro Lobato

UM DIA DA CAÇA, OUTRO, DO CAÇADOR

Thiago Alves Valente (UENP; PG PLE/UEM)
Diógenes Buenos Aires de Carvalho (UESPI)

*

Nome sempre presente em entrevistas e pesquisas sobre leitura, o escritor Monteiro Lobato (1882-1948) tem aparecido continuamente em debates sobre temas étnico-raciais das primeiras décadas do século XXI. O reconhecido valor literário de sua obra, bem como a adesão inegável dos leitores infantis das novas gerações a muitas de suas histórias e personagens, mantém a circulação ativa dos livros de Lobato no espaço escolar e, também, fora dele. As edições mais recentes de sua obra, já em domínio público, contribuem ainda mais para a permanência de seus textos entre as crianças, o que não implica no reducionismo de questões de representação da comunidade afro-brasileira na sua produção. Tem havido, nos últimos anos, contínuas polêmicas em torno da obra do escritor – sobretudo da produção voltada ao público infantil –, que se vê entre os extremos da defesa apaixonada e de ataques furiosos, provenientes de variados setores da sociedade.

*

No ano em que a obra do escritor Monteiro Lobato (1882-1948) passou efetivamente ao "domínio público" – 2019 –, sua presença no cenário cultural brasileiro foi lembrada ao menos por três artigos publicados pela *Folha de São Paulo*.

"Em briga por petróleo, Monteiro Lobato vê burrada imensa no país", de Kátia Chiaradia, publicado na edição de 24 de março de 2019, aponta a atualidade lobatiana frente às catástrofes ocorridas em Minas Gerais com os sucessivos rompimentos de barragens[1] da multinacional Vale. Ao final da matéria, comenta a autora:

> O texto, a luta, a persistência e a indignação de Monteiro Lobato escaparam aos clichês de sua época, e a originalidade de sua obra ainda hoje continua a nos falar. É este também o papel da literatura: ao nos envolver em um mundo que não parece nossa realidade, leva-nos a reavaliar o mundo em que vivemos (Chiaradia, 2019).

A atualidade do escritor não se dá, entretanto, somente por temas ainda candentes na sociedade brasileira ou pelas qualidades literárias de sua obra infantil, legitimadas pela crítica. O movimento ideológico ao longo do tempo também impôs discussões pertinentes à obra lobatiana, sobretudo em relação aos textos voltados às crianças. Jorge Coli, em seu artigo intitulado "Só quem não leu ou não entendeu livros de Lobato pode julgá-los racistas", de 03 de fevereiro do mesmo ano, retoma os questionamentos étnico-raciais que, nos últimos anos,

---

1 Saiba mais em: https://g1.globo.com/mg/minas-gerais/noticia/2019/01/25/bombeiros-e-defesa-civil-sao-mobilizados-para-chamada-de-rompimento-de-barragem-em-brumadinho-na-grande-bh.ghtml. Acesso em: 29 abr. 2019.

encontraram eco na imprensa nacional a respeito das histórias da turma do Sítio do Picapau Amarelo, com destaque para *Caçadas de Pedrinho*:

> Encasquetaram com "Caçadas de Pedrinho", em que aparece a frase: 'Tia Nastácia, esquecida dos seus numerosos reumatismos, trepou que nem uma macaca de carvão pelo mastro de São Pedro acima.'
>
> Algumas defesas bem-intencionadas dizem que é preciso 'contextualizar na época.' Não acredito nessa solução (Coli, 2019).

Assim, para o autor, "só quem não leu ou não compreendeu os livros infantis de Lobato pode julgá-los racistas. Não ensinam o moralismo sentimental. Antes, induzem à crítica, ao exame, à independência do pensamento individual e autônomo" (Ibidem). Essas qualidades, porém, não apagam uma leitura marcada por relações étnicas historicamente calcadas na desigualdade advinda, desde a colonização, de um sistema escravocrata, premissa de Lucilene Reginaldo que, em artigo posterior, de 10 de fevereiro, retoma o contexto da polêmica, para, em seguida, contestar alguns pontos do texto de Coli:

> Coli retoma um debate que acompanhei com interesse em 2010, provocado pela denúncia de conteúdo racista do livro "Caçadas de Pedrinho", protocolada pela Secretaria de Políticas de Promoção da Igualdade Racial, no Conselho Nacional de Educação.
>
> Da denúncia, resultou um parecer técnico, solicitado pelo próprio MEC, que recomendou a permanência do livro no Programa Nacional Biblioteca da Escola com a seguinte advertência: "A obra 'Caçadas de Pedrinho' só deve ser utilizada no con-

> texto da educação escolar quando o professor tiver a compreensão dos processos históricos que geram o racismo no Brasil".
>
> A recomendação deu publicidade ao assunto e levou a polêmica ao grande público. Escritores de prestígio como Ziraldo e Ana Maria Gonçalves se manifestaram publicamente. O primeiro defendendo a importância da obra de Lobato para sua e outras gerações de brasileiros; a segunda explicitando o conteúdo racista e alertando para seus efeitos danosos nas crianças negras (Reginaldo, 2019).

A autora reconhece o valor literário da obra de Lobato, afirmando que isso é inquestionável, isto é, sua análise mostra-se focada em um aspecto sobre o qual entende que devem ser repensadas as novas edições da obra, tendo em vista novos contextos em que o tratamento para com os personagens negros, conforme versões correntes, mostra-se inaceitável de modo geral:

> O que difere, porém, Monteiro Lobato da maioria destes homens de letras, entre tantas variáveis, é o público leitor privilegiado, os objetivos da leitura. Para não me alongar demais, mas também por certo pudor acadêmico e disciplinar, não entrarei no debate sobre o homem e sua obra de inquestionável valor literário, sofisticação, além de outros atributos críticos. Isso para mim é obvio [sic] (Reginaldo, 2019).

Sua proposição aponta para o amadurecimento do debate, pois, ao reconhecer a pertinência da obra de Lobato para a formação dos leitores, mantém seu posicionamento crítico quanto às questões étnico-raciais, sem apelar para a censura:

> A questão não é censurar Lobato, não se trata de forma alguma de banir seus escritos por racismo. Uma boa solução é recorrer às edições críticas, que não é prática desconhecida entre os editores. Isso aconteceu com "Tintim no Congo", a popular revista em quadrinhos produzida no bojo do colonialismo belga, portanto, plasmada pela explicitação de estereótipos e preconceitos contra os africanos. Após vários debates públicos em países da Europa, esta obra tem sido publicada criticamente (Reginaldo, 2019).

A discussão pública sobre tema tão inquietante, dentro do mesmo veículo de imprensa, reitera a pertinência do texto para as crianças. Jaqueline Rocha, em "História de caçador, histórias de caçadas", capítulo do livro *Monteiro Lobato: livro a livro* (Lajolo, Ceccantini, 2008), lembra outro tema caro a *Caçadas de Pedrinho*, as farpas remetidas por Lobato à histórica ineficiência do Estado brasileiro:

> [...] Além de seus muitos anos de publicação, as edições revelam aspectos do país da década de 1930 e da atual, visto que expõem situações ainda vigentes em nossa realidade: as críticas ao governo, à maneira de burocratas conduzirem os seus negócios, à ineficiência estatal são questões discutidas ainda hoje (Rocha, 2008, p. 251).

Como integrante da série infantil, *Caçadas de Pedrinho* (1933) é daquelas obras em que Lobato adentra francamente o mundo da aventura, aproximando personagens diversos na coerência da melhor fantasia para crianças. Em edição recente da Editora Globinho, de 2016, o prefácio coube ao reconhecido autor e ilustrador Ziraldo, que alerta para a problemática do meio ambiente:

> Vocês, que são meninos e meninas do século XXI e que acompanham e participam da defesa da flora e da fauna do nosso planeta e da proteção ao meio ambiente, sabem que essa consciência ecológica é uma conquista que veio se desenvolvendo e se aperfeiçoando nos últimos tempos (Ziraldo, 2016, p. 7).

A questão ambiental da obra lobatiana, como vemos pelas reportagens, não ecoou nas mídias de hoje. Não tocar na questão étnico-racial, no entanto, parece ter sido uma estratégia deliberada da editora para não levantar contrariedade ao texto. O assunto, porém, se impõe no meio social e exige atenção por parte dos mediadores de leitura.

É inegável a caracterização de Tia Nastácia por meio de referências frequentes a sua cor, tanto pela voz do narrador, quanto dos personagens: "Mais corajosa, a negra aproximou-se, viu que era mesmo onça e: / — O mundo está perdido, Sinhá — murmurou de mãos postas. — É onça mesmo..." (Lobato, 2016, p. 36, grifo nosso). A linguagem revela, por sua vez, traços da condição social de ex-escrava: "— Corra, Sinhá! — gritou para dentro. — Venha ver o 'felômeno' que aconteceu com a criançada. Está tudo pernilongo!..." Ibid., p. 57, grifo nosso); e reforça comportamentos previsíveis das camadas sociais submetidas ao regime escravocrata: "[...] Tia Nastácia, de olhos arregalados do tamanho de xícaras de chá, até perdeu a fala. Limitava-se a fazer pelos-sinais, um em cima do outro" (Ibidem).

Se a cor ocupa lugar central na caracterização da personagem, é preciso notar que há uma coerência interna no comportamento das crianças, que leva ao momento do mastro, independente do tratamento usado para com Tia Nastácia na cena.

É notório, assim, que o termo “macaco” corresponde a um tipo de expressão comum às crianças da primeira metade do século XX, como se nota na comparação registrada pelo narrador: “Nem macaco será capaz de subir” (Lobato, 2016, p. 55). Da mesma forma, outras características aparecem em relação a outros personagens, traços que, confrontados com a infância, adquirem sentido negativo. Ao cuidarem de Dona Benta, que deu bastante trabalho às crianças, o narrador comenta: “Além de ter os músculos emperrados, a boa velhinha era medrosíssima.” (Ibid., p. 60); na sequência, passam a tratar do caso de Tia Nastácia: “Aí é que foi a dificuldade. A pobre negra era ainda mais desajeitada do que Rabicó e Dona Benta somados” Ibid., p. 61).

Nota-se também que a ingenuidade de Tia Nastácia é uma característica que lhe é atribuída ao longo de toda a série, mostrando-se também em *Caçadas*:

> A razão de Tia Nastácia haver desistido das pernas de pau era que não acreditava muito no tal assalto das onças. ‘Isso há de ser imaginação dessas crianças,’ refletia de si para si. ‘Os diabretes vivem com a cabeça quente e inventam coisas para atormentar os mais velhos. Não acredito.’
>
> [...]
>
> Ela continuava com a esperança de que o tal ataque das cinqüenta [sic] onças não passasse de uma ‘pulha’ de Pedrinho para meter medo aos ‘mais velhos’ (Ibid., p. 65)

Percebe-se que o falar infantil mais espontâneo é inserido no texto, uma das marcas reconhecidas pela crítica especializada como definidoras da qualidade do texto de Lobato para crianças: "— Avise de uma vez, palerma! Não vê que as onças já estão chegando?" (Ibid., p. 69), diz Pedrinho ao Visconde.

O quadro que se coloca, portanto, exige a ponderação que a articulista posicionada em defesa do debate étnico-racial demonstrou em seu texto, qual seja, admitir que o leitor de hoje, frente aos avanços das discussões e dos posicionamentos sobre a identidade negra, pode se sentir alvo desmerecido pelo tratamento dado à Tia Nastácia. Porém, a narrativa mantém uma dinâmica de aventura infantil, da qual não se pode tirar o mérito de envolver o leitor na trama em torno da caçada da onça.

Nesse sentido, a cena mais frisada pelas críticas negativas à obra é o momento em que as onças invadem o terreiro, ação prenunciada tanto pelo narrador quanto pelos personagens:

> — Trepe no mastro! — gritou-lhe a Cléo.
> Sim, era o único jeito — e Tia Nastácia, esquecida dos seus numerosos reumatismos, trepou, que nem uma macaca de carvão, pelo mastro de São Pedro acima, com tal agilidade que parecia nunca ter feito outra coisa na vida senão trepar em mastros.
> Foi a continha. A onçada toda já estava no terreiro (Lobato, 2016, p. 71)

Tia Nastácia não aguentaria muito tempo, clamando por socorro: "— Vou cair! — berrou ela de repente. — Não agüento [sic] mais. Minhas mãos já começam a escorregar..." (Ibid., p. 73). Outro trecho bastante destacado pela mídia surge no texto. O "onço", marido da onça morta pelas crianças no início da narrativa, comenta: "— Estão vendo? — disse o onço, passando a língua pela beiçaria. O nosso banquete vai começar pela sobremesa. O furrundu está dizendo que não agüenta [sic] mais e vai descer..." (Ibidem, grifo nosso). Diante da situação, Emília usa suas granadas de cera com vespas, que espantam toda a bicharada. Além da comparação ao doce escuro (furrundu), páginas adiante, Emília faz uma pergunta a Tia Nastácia nos seguintes termos: "— E você, pretura?" (Ibid., p. 76).

Alegar que, para o leitor de hoje, as expressões soam de modo apenas engraçado, sem impacto negativo, seria negar a historicidade do próprio movimento de recepção em torno dos textos literários. Entretanto, da mesma forma que se tornou necessário abordar o tema da questão étnico-racial advindo da leitura atual dos textos lobatianos, também se coloca a importância da obra enquanto universo próprio, cujo refinamento da linguagem e mesmo do tratamento perspicaz de outros temas mostram-se valiosos no processo de formação dos leitores crianças.

Caçadas de Pedrinho (2016) exige mediação atenta, que tire o foco de um tratamento datado quanto aos personagens negros, chamando a atenção para a aventura e seus desdobramentos temáticos ainda pertinentes. Aceitar a necessidade de repensar obras literárias de alta sofisticação, como quer Lucilene Reginaldo, sem buscar soluções simplistas como a censura, mostra-se um horizonte possível para que não se percam inestimáveis textos produzidos para crianças, sem que essas sejam desrespeitadas em sua própria identidade étnico-cultural.

Referências

CHIARADIA, Kátia. Em briga por petróleo, Monteiro Lobato vê burrada imensa no país. *Folha de S. Paulo*, 24 mar. 2019. Disponível em: https://www1.folha.uol.com.br/ilustrissima/2019/03/em-briga-por-petroleo-monteiro-lobato-ve-burrada-imensa-no-pais.shtml. Acesso em: 15 abr. 2019.

COLI, Jorge. Só quem não leu ou não entendeu livros de Lobato pode julgá-los racistas. *Folha de S. Paulo*, 3 fev. 2019. Disponível em: https://www1.folha.uol.com.br/colunas/jorge-coli/2019/02/so-quem-nao-leu-ou-nao-entendeu-livros-de-lobato-pode-julga-los-racistas.shtml. Acesso em: 15 abr. 2019.

LOBATO, Monteiro. *Caçadas de Pedrinho.* Ilustr. Guazzelli. 6. ed. São Paulo: Globinho, 2016.

REGINALDO, Lucilene. Obra infantil de Monteiro Lobato é tão racista quanto o autor, afirma historiadora. *Folha de S. Paulo*, 10 fev. 2019. Disponível em: https://www1.folha.uol.com.br/ilustrissima/2019/02/obra-infantil-de-monteiro-lobato-e-tao-racista-quanto-o-autor-afirma-autora.shtml. Acesso em: 15 abr. 2019.

ROCHA, Jaqueline Negrini. História de caçador, histórias de caçadas. In: LAJOLO, Marisa; CECCANTINI, João Luís (org.). *Monteiro Lobato*: livro a livro. São Paulo: Editora Unesp: Imprensa Oficial do Estado de São Paulo, 2008. (p. 235-51).

A chave do tamanho (1942)
Monteiro Lobato

CRIAR E EVOLUIR: MONTEIRO LOBATO E DONA SELEÇÃO NATURAL

Thiago Alves Valente (UENP; PG PLE/UEM)
Pedro Afonso Barth (UFU)

*

Entre as falácias educacionais brasileiras mais alarmantes está o ensino de Ciências. Mesmo com o forte apelo sensorial e prático dessa disciplina, crianças e jovens em idade escolar não são contemplados com um ensino minimamente instigante para o desenvolvimento do pensamento científico. Ícone da literatura infantil, Monteiro Lobato (1882-1948) estabeleceu a Ciência como um dos principais elementos estruturais das narrativas com os personagens do Sítio do Picapau Amarelo. Hoje, quando se fala em combater o negacionismo científico, a obra lobatiana continua a dar respostas relevantes aos jovens leitores, o que, no passado, foi um dos motivos para queima de livros do escritor, como aquela relatada por Edgar Cavalheiro, no pátio do Colégio Sacré Coeur de Jesus, no Rio de Janeiro, em 1942.

*

A leitura do texto literário é um convite a explorar novos mundos, a viver novas experiências, a experimentar novos conhecimentos. Diferentemente dos textos informativos ou jornalísticos, a obra literária consegue levar o leitor a mergulhar em situações mais envolventes, captando modos de ser, de existir, de pensar que – compondo, até mesmo de modo inconsciente, narrativas, poemas, peças teatrais – refletem circunstâncias históricas, sociais, políticas ou religiosas. Teorias e pensamentos que agem sobre o escritor e que, ao mesmo tempo, são influenciadas pelos autores de seu tempo. É o que chamamos de uma relação dialética.

Uma maneira possível de se entender a "relação dialética" é pensar que, por mais que um ser humano se proponha a viver isolado, mantendo-se distante de tudo e de todos, ele está imerso em um mundo que o recebeu repleto de sentidos, de formas de viver e de pensar muito anteriores à existência desse homem. Somos, assim, influenciados por esses saberes e ideias, ao mesmo tempo que também os influenciamos. Assim, o conhecimento que temos sobre todas as coisas está sempre em constante modificação.

Em recente artigo jornalístico, Reinaldo José Lopes, em texto intitulado "Senhor general, o senhor é um macaco (como eu, meu filho, minha filha e todos nós)", publicado na edição de 21 de outubro de 2018 da Folha de São Paulo, vem a público comentar a defesa do coordenador de educação de um dos candidatos à presidência da República (2019-2022) em relação ao criacionismo. O assunto costuma gerar acaloradas discussões sobre o currículo a ser ensinado na escola, refletindo questões sociais mais amplas. De modo geral, o posicionamento do autor da matéria pode ser resumido pelo seguinte trecho: "um professor que disser aos seus alunos que tanto faz como tanto fez se eles se reconhecem como primatas ou acham que o Universo tem 6.000 anos de idade não está respeitando as crenças da garotada e de seus pais. Está apenas mentindo para eles, o que é bem diferente" (Lopes, 2018).

As colocações de Lopes permitem que apresentemos algumas considerações sobre a obra de Monteiro Lobato (1882-1948), lembrando especialmente de um de seus livros mais tardios para crianças, *A chave do tamanho* (1942).

A obra infantil do escritor é muito lembrada por personagens que marcaram nossa memória sobre livros – Emília, Narizinho, Pedrinho, Dona Benta e Tia Nastácia aparecem em aventuras repletas de maravilhas dignas das fantasias das crianças. E essas histórias não fogem ao comentário anterior sobre a necessidade que sentimos de experimentar coisas diferentes de nossa realidade: as histórias da turma do Sítio do Picapau Amarelo também partem, obviamente, de um tempo, de um espaço, de um autor que, ao longo de décadas, construiu livros nos quais as crianças pudessem morar, como ele mesmo registrou em uma carta ao amigo Godofredo Rangel. Nos livros de Lobato há temas pulsantes, assuntos do tempo do escritor que, até hoje, continuam a fazer sentido para quem lê essas obras.

Publicada em 1942, momento decisivo da Segunda Guerra Mundial (1937-1945), *A chave do tamanho* tem como ponto de partida a preocupação de Emília com Dona Benta, muito triste com as notícias sobre o conflito na Europa:

> Na noite daquele dia, em sua caminha de paina, ela perdeu o sono. Quem entrasse em sua cabeça leria um pensamento assim: 'Esta guerra já está durando demais, e se *eu* não fizer qualquer coisa os famosos bombardeios aéreos continuam, e vão passando de cidade em cidade, e acabam chegando até

> aqui. Alguém abriu a chave da guerra. É preciso que alguém a feche." (Lobato, 1997, p. 9, grifo nosso).

Tal como em outras obras, Lobato vem ao encontro da criança com a criatividade de um texto que permite a Emília viajar para a Casa das Chaves – "Porque há de haver uma Casa das Chaves, com chaves que regulem todas as coisas deste mundo, como as chaves da eletricidade no corredor regulam todas as lâmpadas de uma casa" (Ibid., p. 9). Tomando uma pitada do superpó do Visconde, ela viaja para o local pretendido, porém, erra a mão: ao mexer na primeira chave, reduz o tamanho da humanidade. Ela mesma, agora com um centímetro de altura, precisa de ajuda para retornar a chave à posição antiga. Resolve, então, usar o superpó para voltar ao Sítio, onde viverá aventuras impostas pela nova situação de um ser minúsculo diante da natureza – "A situação era tão nova que as suas ideias *não serviam* mais. Emília compreendeu um ponto que Dona Benta havia explicado, isto é, que *nossas ideias são filhas de nossa experiência*." (Ibid., p. 1, grifos do autor).

A narrativa de Lobato, como vemos, convida o leitor a experimentar situações que se explicam pelo conhecimento científico. Isso não significa que o leitor tenha a obrigação de acatar essas ideias para sua vida, mas tão somente que essas ideias existem, que foram concebidas, divulgadas, marcando a história do pensamento científico e/ou filosófico.

Em *A chave do tamanho,* a história sustenta-se por uma lógica compreensível para qualquer adulto: se tivéssemos apenas alguns centímetros de altura, de uma hora para outra, como seria nossa vida? Atravessar um quintal seria um desafio óbvio – um mundo natural, presente, mas invisível aos olhos humanos se mostraria hostil, com armadilhas perigosas, como

Emília logo conclui: "Como padeceu para vencer aquela enorme extensão de um metro, por cima da horrível pedranceira do pedregulho! O sol queimava-lhe a pele e por duas vezes o vento a derrubou." (Lobato, 1997, p. 17).

Para sobreviver, os personagens precisam compreender que sua relação com o mundo foi drasticamente alterada, com destaque para a Seleção Natural – "a coisa mais sem coração do mundo, mas que *sempre acerta*, pois obriga todas as criaturas a irem se aperfeiçoando." (Ibid., p. 18, grifos do autor). E, mais adiante, Emília tenta explicar ao Coronel Teodorico a necessidade de se adaptar:

> — Evoluir é passar duma coisa para outra muito diferente. Um grão de milho começa grão de milho; vai evoluindo e vira pé de milho, broa de fubá ou Visconde de Sabugosa. Assim, eu. De simples bruxa de pano, fui evoluindo, virei gentinha e hoje sou o cérebro e a vontade do Visconde; moro em sua cabeça e dirijo-o do mesmo modo que o Totó dirigia o automóvel do Major Apolinário (Ibid., p. 52).

Se a ciência permite ao leitor compreender, junto com os demais personagens da história, o que os levou a um "novo mundo", o tema não é tratado de modo aligeirado ou raso por parte de Lobato. Ao contrário de mera propaganda científica, o texto chama a atenção para a seriedade de se mexer com a vida biológica, com o funcionamento da natureza, como se nota na dura advertência que Visconde faz à Emília:

> O Visconde suspirou.
>
> — *Adaptar-se!* Você usa das palavras da ciência mas não sabe. Repete-as como papagaio. Isso de

> adaptação é certo, mas é coisa de milhares de milhões de anos, Emília. Pensa então que do dia para a noite essa enorme população humana, que você apequenou e está nos maiores apuros, vai ter tempo de adaptar-se? Morre tudo antes disso, como peixe fora d'água – e adeus *Homo sapiens!* Ibid., p. 44, grifos do autor).

Em livro anterior, *A reforma da natureza* (1941), Emília também enfrenta as consequências de brincar com a fisiologia de animais e plantas, o que reforça um posicionamento criterioso do escritor frente à ciência: em vez de tomar "o lugar de Deus", a ciência nos explica como o mundo se constitui na interação entre os diferentes seres, entre as diferentes substâncias, entre as diferentes espécies. Ao conhecê-la, o homem se vê diante de dilemas éticos porque, de posse de um saber, ainda que limitado, deve prever as consequências de suas ações.

Assim se dá na história: de fato, a Segunda Guerra cessa. Porém, o custo fora muito alto, com a perda de milhares de vidas. A crítica à própria civilização demonstra, mais uma vez, que o texto convida a reflexões importantes para a formação do leitor infantil, que se descola do simplismo de ter de aderir a esta ou aquela teoria científica e é convidado a pensar sobre as reais ações humanas, sejam do presente, sejam do passado:

> — (...) Que foi a última guerra senão o desabamento em cima do homem de toda a civilização baseada no ferro, sob forma de tanques, canhões, fuzis, metralhadoras, bombas aéreas etc.? Sempre o ferro e o seu maldito pai fogo! Ora um, ora outro, quase sempre os dois juntos, não faziam outra coisa senão torturar os homens. Numa bomba aérea que os aviões derrubavam sobre Londres, o fogo vinha

> dormindo dentro do ferro. Quando o ferro da bomba chegava ao chão, o pai dele lá dentro acordava e, *Bum!* Explodia e arrebentava tudo — e eram mortes e mais mortes, criancinhas despedaçadas, um horror! Nos incêndios o fogo trabalhava sozinho, dançava a sua horrível dança de chamas sobre casas e mais casas, sobre ruas inteiras, às vezes sobre cidades inteiras. (Lobato, 1997, p. 75, grifo do autor)

É inegável que as falas dos personagens dão o antídoto a qualquer adesão acrítica ao evolucionismo. Se a luta do homem com a natureza pode explicar o desenvolvimento daquele, é o mesmo ser humano que, convicto de sua superioridade, comete suicídio em massa, relativizando a ideia de que "evolução" signifique avanço, crescimento, desenvolvimento pleno do ser humano. Charles Darwin (1809-1882) está presente no texto, bem como uma posição bastante marcante, por parte do escritor, de não tornar seu texto mero pretexto para falar de evolucionismo. Em vez disso, busca um pacto criativo com o leitor, o qual, aceitando a verdade científica naquele contexto, também deve aceitar os limites e os equívocos das ações humanas frente ao mundo natural, do qual depende para sobreviver.

Portanto, quando afirmamos que Lobato não subestima seus pequenos leitores, estamos afirmando que o escritor acredita que as crianças estão prontas para discutir as mais diversas coisas, aptas a experimentar modos distintos de pensamento e, ao mesmo tempo, são inteligentes o suficiente para saberem que estão em uma narrativa, viagem da qual podem pular a qualquer momento, basta que se descubra um modo criativo e adequado a seu estágio de desenvolvimento intelectual. O livro, assim, não é uma propaganda de época sobre o evolucionismo.

Mesmo o mundo natural não é colocado tão somente

como fonte de sobrevivência; antes, remete a imagens clássicas de textos fundadores, como aqueles do Pentateuco, em que os homens são retratados enfrentando as hostilidades da natureza e crendo que, pela condução divina, herdarão um lugar melhor para viver em uma região de harmonia entre eles e a natureza da qual dependem. Da mesma forma, o discurso entusiasmado do Dr. Barnes, cientista que conduz sobreviventes à redução do tamanho a uma nova organização social, reunidos embaixo de um balde, em uma calçada da Califórnia, permite uma conversa de alto teor crítico com Emília e Visconde, abordando a velocidade, o fogo, as armas, isto é, a capacidade tecnológica do homem da primeira metade do século XX, o que poderia ser aplicado sem qualquer ressalva ao contexto de hoje.

Esta é, pois, uma característica de um bom texto literário. Ao expor a criança a uma ou mais formas distintas de se compreender o mundo, o texto não se fecha nessas concepções – isso é próprio de textos de propaganda –, mas se abre para crítica, autocrítica, reflexão. Há uma elaboração, assim, que marca o texto literário, porque é mais vívido, porque traz nuances, propostas, ideias que, não se colocando como a verdade, convidam o leitor a experimentar outras formas de entender o mundo.

A força da literatura, pois, não está em impor uma visão sobre isto ou aquilo, mas, antes, em fazer um pacto com o leitor, como se dissesse: o que vou lhe contar é uma história, dela você tira, acrescenta, aceita ou descarta o que bem entender. Porém, negar a si mesmo o direito de saber o que os homens descobriram ao longo de séculos de estudos e pesquisas pode obscurecer a própria discussão sobre ética, sobre fazer o bem e o mal, momento em que a inocência dá lugar à ignorância sobre o mundo que nos rodeia.

Referências

CAVALHEIRO, Edgard. *Monteiro Lobato*: vida e obra. São Paulo: Nacional, 1955. v. 2.

LOBATO, Monteiro. *A chave do tamanho*. 42. ed. Ilustr. Manoel Victor Filho. São Paulo: Brasiliense, 1997. [1. ed. 1942]

LOBATO, Monteiro. *Reforma da natureza*. 36. ed. Ilustr. Manoel V. Filho. São Paulo: Brasiliense, 1994. [1 .ed. 1941]

LOPES, Reinaldo José. Senhor general, o senhor é um macaco (como eu, meu filho, minha filha e todos nós). *Folha de S. Paulo*, 21 out. 2018. Disponível em: https://www1.folha.uol.com.br/colunas/reinaldojoselopes/2018/10/carissimo-general-o-senhor-e-um-macaco-como-eu-meu-filho-minha-filha-e-todos-nos.shtml. Acesso em: 28 out. 2018.

Píppi Meialonga (1945)
Astrid Lindgren

UMA PÍPPI CHAMADA INFÂNCIA – OU DE COMO SER *ENCONTRADOR DE COISAS*

Ângela Fronckowiak (UNISC)

*

Por que disponibilizar este ou aquele livro para crianças? O que leva os adultos a considerarem um livro literário apropriado para a infância? Na perspectiva dos adultos (sejam eles pais, familiares, cuidadores, bibliotecários, agentes culturais ou professores), a ideia de adequação de uma obra para determinado público leva em conta, especificamente, o quê? Quando a supervisão de uma escola privada questiona (como aconteceu em 2017, em Santa Cruz do Sul-RS) uma professora pela indicação, para crianças dos 4ºs e 5ºs anos do ensino fundamental, do clássico *Píppi Meialonga*, por julgar a personagem um *mau exemplo*, nos perguntamos: que ameaças a obra pode trazer? Quem é Píppi e, de fato, o que ela pode *ensinar*?

*

Píppi é "a menina mais forte do mundo" (Lindgren, 2008, p. 125), tem 9 anos e é a personagem principal da coleção de três volumes da escritora sueca Astrid Lindgren, editados entre 1945 e 1948. O primeiro livro da trilogia, *Píppi Meialonga* (no original, *Píppi Långstrump*), a escritora fez como "conto presente de Natal para a filha doente" (Beseghy, 2012, p. 2). A obra, traduzida para cerca de 80 idiomas, cativou e continua cativando leitores do mundo inteiro, o que justifica o fato de sua autora ter recebido, em 1958, o prestigiado Hans Christian Andersen – maior prêmio mundial de Literatura Infantil. O primeiro volume foi traduzido para o português por Maria de Macedo e ilustrado por Ingrid Nyman pela editora Companhia das Letrinhas, que, na sequência, lançou *Píppi a Bordo* (1946, Suécia; 2002, Brasil) e *Píppi nos Mares do Sul* (1948, Suécia; 2003, Brasil), completando a coleção.

As narrativas trazem diferentes episódios da vida de Píppi, uma criança esperta que, segundo o narrador,

> morava completamente sozinha. A menina não tinha pai nem mãe, e no fim das contas até que isso era bom, porque ninguém vinha dizer a ela que estava no horário de ir para a cama no exato instante em que ela estava se divertindo mais, e ninguém a mandava tomar óleo de fígado de bacalhau quando ela estava com vontade de chupar uma bala (Lindgren, 2008, p. 7).

A mãe de Píppi faleceu quando ela era um bebê e seu pai, o capitão Efraim, perdeu-se no mar e foi parar em uma ilha distante. Após o episódio, Píppi viveu ainda um tempo com os marinheiros, com quem aprendeu muitas coisas importantes, inclusive a cozinhar. Depois, resolveu mudar para a casa herdada do pai, chamada Vila Vilekula, com uma mala cheia de moedas de ouro, ao lado do macaco Sr. Nilson e de seu adorado cavalo. Este é o argumento para o início do primeiro livro, objeto de nossas considerações neste texto, a chegada da personagem à Vila Vilekula e a aproximação com o casal de irmãos Tom e Aninha, vizinhos dos quais Píppi se tornará melhor amiga e que a acompanharão em diferentes aventuras.

A polêmica atual sobre a proibição de alguns títulos literários em escolas brasileiras – que já rendeu várias páginas na imprensa e discussões em redes sociais – pode ser examinada a partir de diferentes pontos de vista. Nossa perspectiva, neste texto, é a de refletir, em especial, sobre a concepção de *imaginação* que se presentifica nos contextos educativos, por entendermos que ela alicerça, justamente, essas práticas valorativas imputadas aos textos literários (como de resto a toda expressão de arte e cultura).

Ao julgar o comportamento da personagem impróprio ou perigoso, o adulto demonstra compreendê-la como um modelo a ser imitado, ao mesmo tempo em que negligencia o apelo à fantasia, característica indiscutível de toda literatura, tratando o texto como uma representação realista mais real que a própria realidade. Na opinião da pesquisadora Emy Beseghy (2012), contudo, a força de Píppi é criar ressonâncias novas, estabelecer alianças com as leitoras meninas, ser um arquétipo, ampliando as possibilidades de reconhecimento. Ela funciona como um

> potente imã [sic] que, num crescendo de identificação empática, projeta-as [as leitoras] com sua fértil fantasia em aventuras irresistíveis, com surpreendentes reviravoltas simbólicas. A originalidade e efervescência da trama, as desconcertantes inven-

> ções narrativas, a fonte inesgotável de criatividade, a incontrolável espontaneidade da personagem, tudo isso torna Píppi um ícone do imaginário infantil (Beseghy, 2012, p.1).

Entretanto, há, na vida coletiva moderna, um temor ao imaginário, perceptível em praticamente todos os campos das relações humanas. Os últimos acontecimentos, envolvendo a instauração da dúvida sobre a qualidade de obras literárias infantojuvenis já reconhecidas e consagradas, só reforçam essa percepção. Como Duborgel (1992, p. 282-283) argumenta, o modo educativo de abordagem do imaginário revela a imaginação atrelada ao signo da "infantilidade-inferioridade, inserida numa *lei de crescimento* da racionalidade que a predestina à dissolução".

Por isso, ontem e hoje (e sempre) a literatura e as manifestações do agir poético sofreram, sofrem (e sofrerão) a ameaça (e a ação) do processo de ajuste do registro literário para fins didáticos edificantes ao nível mais básico. Nessa perspectiva, o texto será "tanto mais admitido na classe quanto mais realista e 'pedagogizável' for considerado em termos de conhecimento e/ou de moral," mantendo, prolongando e alimentando "a relação, iniciada, logo nos primeiros contatos com o livro, da criança com a linguagem denotativa, clara, precisa, descritiva e verossímil por um lado, e com a linguagem correta por outro" (Duborgel, 1992, p. 43).

É a neutralização do imaginário que o didatismo estima, à qual se engaja a escola, cada vez mais no modelo liberal, esgotando-o por meio de esquemas sempre previsíveis. Sob essa ótica, Píppi incomoda, na medida em que subverte a *normalidade*, predispondo o leitor à distração. Ao contrário do que deseja o mundo do capital e do consumo, a linguagem literária nos distrai e essa experiência

> se confronta com as tendências de nossa civilização, que propõe como arquétipos humanos o abstraído, o retraído e até o contraído. Um homem que se distrai nega o mundo moderno. [...] O distraído se pergunta: o que há do outro lado da vigília e da razão? A distração quer dizer: atração pelo reverso deste mundo (Paz, 1982, p. 46).

E o reverso pode se mostrar deliciosamente divertido quando nos dispomos ao menos a supor sua existência. A literatura nos distrai, ela nos dá chances de encontrar outros modos de compartilhar a vida. E é importante salientar que não são *novos* modos, mas *outros* modos; modos de existir que não destroem os já existentes, mas ampliam suas potencialidades, dando contornos diferenciados, mostrando as implicações positivas e negativas do protagonismo de se arriscar a viver *a nossa vida.*

Píppi, como de resto todo personagem literário bem construído, nos leva a essa experiência, a viver essa experiência, a senti-la e a imaginar que ela seja possível. E, decididamente, não importa que não seja *real*. Os benefícios da leitura literária, por mais íngremes e complexos que sejam os temas abordados, advêm da alegria estética que temos ao exercitar duas grandes funções psíquicas: a imaginação e a vontade, pois "não se quer bem senão àquilo que se imagina ricamente" (Bachelard, 1991, p. 20). O humano é feito para "respirar livremente" e, inebriado pelas imagens surgidas na e pela leitura, suportar a especificidade do livro que é ser "ao mesmo tempo uma realidade do virtual e uma virtualidade do real" (Bachelard, 1988, p. 25). Como não experimentar a alegria de ser, também, ao mesmo tempo, leitor-criador?

A literatura que as crianças leem ou podem ler está condicionada pelas relações de convívio entre adultos (que já viveram mais e que têm o poder decisório acerca do que as crianças podem e devem ler e viver) e crianças (que são acolhidas pelos adultos e submetidas a essa concepção). Sem exagerar em generalizações, o exame das relações entre infância e práticas leitoras tem demonstrado que a experiência de leitura literária oportunizada para crianças, na maioria das instituições de ensino do país, revela a literatura sendo compreendida enquanto discurso explicativo sobre a vida. Isso gera, desde a Educação Infantil, a oferta às crianças de textos usurpados de poeticidade, alterados em sua versão integral – por motivos de caráter moralista, pedagógico ou até mesmo pela transferência do conteúdo para o suporte do livro didático, sempre econômico em termos de espaço – e, também, da seleção de alguns gêneros em detrimento de outros. Infelizmente, "na economia e no desenvolvimento do psiquismo, as funções da imaginação serão subordinadas às funções da observação e do pensamento *positivo*" (Duburgel, 1992, p. 33 – grifo do autor).

Os textos literários nos desviam do pensamento inalterável, imutável e fixo. No livro *Píppi Meialonga*, podemos sentir como essa peculiaridade de abertura ocorre. Algumas páginas após o narrador ter afirmado que Píppi preferia a ausência de adultos controladores, a menina nos maravilha com os seguintes diálogos:

> – Mas quem avisa você quando está na hora de ir para a cama, e coisas desse tipo? – perguntou Aninha.

> – Eu mesma me aviso – disse Píppi. – Primeiro falo calmamente; se não obedeço, falo um pouco mais alto; se continuo não obedecendo; aí tenho de me dar umas palmadas, vocês entendem? (Lindgren, 2008, p.19).

> [...] – Depois perguntou: – Vocês conseguem adormecer sem alguém cantar para vocês? Eu sempre preciso cantar uma canção para mim mesma, porque se não faço isso não tem jeito de conseguir fechar os olhos.
>
> Tom e Aninha ouviram um barulhinho lá debaixo das cobertas. Era Píppi, cantando para adormecer a si mesma (Ibid., p.40).

A linguagem do texto, como vemos, é leve, bem-humorada, cheia de ironia e irreverência, há um convite à participação do leitor, que recebe inúmeras oportunidades sutis da revelação das "funções essenciais do imaginário (ironia, crítica, sedução pela etnologia do real, exploração iniciática das grandes questões humanas, cultura dos sonhos etc.)" (Duborgel, 1992, p. 46).

A linguagem, aqui, não é direta e factual, pois se abre na surpreendente oportunidade de romper com a obviedade da relação dual sujeito e objeto. Ela, a linguagem, não vive fora de nós, pois é a própria condição da existência humana. É no cotejo entre os desejos infantis de liberdade, não cerceamento e a percepção da conformação necessária pelo adulto que eclode o protagonismo de Píppi. Ela não quer que o adulto a condicione, mas reconhece que alguém, nem que seja ela mesma, precisa dar forma ao caos e acomodar padrões de convivência.

Ao se apresentar à professora, por exemplo, no momento da frustrada matrícula na escola, Píppi afirma:

> – Eu me chamo Pippilotta Comilança Veneziana Bala-de-Goma Filhefraim Meialonga, filha do capitão Efraim Meialonga, antigo Terror dos Mares e hoje rei dos canibais. Píppi é meu apelido, pois meu pai achava que Pippilotta era um nome muito comprido (Lindgren, 2008, p.61).

O modo de invenção dessa apresentação peculiar, entre tantas outras passagens do texto, coloca o leitor diante do vigor da linguagem, que lhe exige uma ação interpretativa, pois se trata de brincadeira evidente, de jogo. Não "apenas" o nome Pippilotta é muito longo, TODO o nome de Píppi é extenso demais! A afirmação da menina, que nos mostra a contrapelo o perfil psicológico do pai, um entre tantos possíveis, reforça a ideia, insistida e tão pouco compreendida, de que a linguagem literária não propõe uma identificação direta com a realidade. "A palavra não é idêntica à realidade que nomeia porque entre o homem e as coisas [...] se interpõe a consciência de si mesmo" (Paz, 1982, p. 43).

Essa consciência é um dos mistérios que alguns se dispõem a conhecer ao longo da existência. As crianças – da mesma maneira que os adultos – têm o direito a essa busca. Através das palavras que os homens já disseram oralmente e por escrito, podemos ajudá-las a encontrar a experiência humana, inclusive aquela que elas já têm. A ideia da cultura percebida como um *conteúdo* que as crianças vão incorporando ao aprender matérias limita muito a contribuição que elas podem dar para a constituição, inclusive, de um saber sobre elas.

Cohn (2005, p. 33) argumenta que mais relevante do que questionar *como* e *quando* a cultura é transmitida está o fato de o adulto se perguntar como a criança formula um sentido ao mundo que a rodeia, pois a "criança não sabe menos, sabe outra coisa". Não é simples aprender coisas, pois, primeiro, precisamos nos dispor a não saber cada uma delas para poder encontrá-las. Se o "mundo inteiro está cheio de coisas, alguém tem de procurá-las!" (Lindgren, 2008, p. 30) nos diz Píppi – e continua:

> – Está vendo só? – disse Píppi. – Não tem coisa melhor do que ser encontrador de coisas. Só não consigo entender por que não há um monte de gente escolhendo essa profissão. Todo mundo quer ser sapateiro, alfaiate, limpador de chaminé, coisas assim... Mas encontrador de coisas? Não, ninguém quer ser! As pessoas acham que é uma profissão inferior! (Lindgren, 2008, p. 38).

Os escritores e poetas, na maioria das vezes, são como *encontradores* de coisas. E as fantásticas coisas que eles encontram e fixam através das palavras que empregam nas histórias e imagens criadas carregam uma atualidade sempre essencial. Atualidade porque as coisas são *do leitor*, somente ele pode atualizar aquilo que é *essencial para ele* e que se projeta a partir da imaginação, agora não só a imaginação do escritor, mas as duas, do escritor e do leitor, compartilhando o desejo de ler, algo de que pouco se fala, pois é "preciso desejar ler muito, ler mais, ler sempre" (Bachelard, 1988, p. 26).

Ao contrário do que o senso comum alardeia (ou a escola explica) não há prazer na leitura, ou pelo menos esse prazer não é imediato. O campo de abertura que as experiências da leitura disponibilizam só acontece no íntimo do leitor, sob o domínio consciente de sua liberdade. Por isso, dizemos: "– Voe, ave avoada, voe, e a ave avoada avoou!" (Lindgren, 2008,

p. 98). A liberdade, nós, adultos, não podemos *ensinar*, apenas compartilhar seu acontecimento, espelhado na possibilidade de *nossa* aprendizagem. Vida longa à Píppi e à infância dentro de nós!

Referências

BACHELARD, Gaston. *A terra e os devaneios da vontade*: ensaio sobre a imaginação das forças. Tradução de João Neves da Silva. São João: Martins Fontes, 1991. 317 p.

BACHELARD, Gaston. *A poética do espaço*. Tradução de Antonio de Pádua Danesi. São João: Martins Fontes, 1993. 242 p.

BACHELARD, Gaston. *A poética do devaneio*. Tradução de Antonio de Pádua Danesi. São João: Martins Fontes, 1988. 205 p.

BESEGHY, Emy. No centenário de Astrid Lindgren: a gaveta secreta de 'Píppi Meialonga'. *Cadernos Cedes*, Campinas, vol. 32, n. 86, p. 139-143, jan.- abr. 2012. Disponível em: http://www.cedes.unicamp.br. Acesso em: 20 out. 2018.

COHN, Clarice. *Antropologia da criança*. Rio de Janeiro: Jorge Zahar, 2005. 58 p. (Coleção Passo-a-passo; 57)

DUBORGEL, Bruno. *Imaginário e pedagogia*. Tradução de Maria João Batalha Reis. Lisboa: Instituto Piaget, 1992. 352 p.

LINDGREN, Astrid. *Píppi Meialonga*. Tradução de Maria de Macedo. São Paulo: Companhia das Letrinhas, 2008. 208 p.

PAZ, Octavio. *O arco e a lira*. Tradução de Olga Savary. Rio de Janeiro: Nova Fronteira, 1982. 368 p.

O diário de Anne Frank em quadrinhos (1947/2017)
Ari Folman e David Polonsky

O TABU DO SEXO E O HOLOCAUSTO

Vera Teixeira de Aguiar (PUC-RS)
Luiz Fernando Martins (IFSP-Sorocaba)

*

Numa escola particular em Vitória, Espírito Santo, uma adaptação em quadrinhos de *O diário de Anne Frank* foi banida de uma sala de aula de sétimo ano em decorrência da pressão de alguns pais. Eles alegaram que o vocabulário da obra é inadequado para jovens de 12 anos, por conter palavras que se referem ao "órgão genital feminino", ou porque a obra alude à sexualidade em momentos pontuais da narrativa, temática que repercutiu entre os alunos. O caso foi tratado pela repórter Poliana Alvarenga (2018), da TV Gazeta, no site G1, do Grupo Globo.

*

O diário de Anne Frank (1947) é obra mais do que notória, sendo certamente a mais célebre e difundida experiência autêntica de uma vítima do Holocausto até hoje. Some-se a isso o fato de essa experiência ser um diário escrito por uma garota entre seus 13 e 15 anos de idade, apresentando notáveis qualidades literárias do ponto de vista estilístico, além de constituir madura investigação psicológica sobre questões relacionadas a medo e terror sob o regime nazista – e mesmo a amadurecimento e conflito de gerações, pensando de maneira mais ampla. Ademais, Anne Frank mostra um caráter único diante das adversidades, por ser uma garota otimista a maior parte do tempo, mesmo estando sempre em confinamento, sob o jugo dos mais velhos, em conflito com a mãe e, principalmente, correndo o risco de ser ela mesma e os membros de sua família presos pela GESTAPO – a polícia secreta oficial da Alemanha nazista –, caso fossem descobertos.

Não à toa, a obra ganhou milhares de edições no mundo todo, assim como adaptações para as mais diversas mídias, como o cinema e os quadrinhos. Do mesmo modo, não é novidade a obsessão de pais pela temática sexual contida na narrativa, a qual, além de ser secundária, é abordada de maneira absolutamente sensível e natural: sendo o livro uma narrativa autêntica sobre as preocupações de uma menina na puberdade, nada mais natural que o amadurecimento sexual estivesse no horizonte de seus interesses.

Em 2010, nos Estados Unidos, o sistema escolar do condado de Culpeper, na Virgínia, baniu o livro devido a reclamações de pais pelo "conteúdo sexual e temáticas homossexuais" (Morais, 2011) ali tratadas. Em 2013, o mesmo ocorreu em Northville, Michigan, fruto de uma reclamação formal da mãe de uma aluna de sétima série (Flood, 2013). Pelos menos seis tentativas de banir o livro nos Estados Unidos ocorreram desde 1990 (Chandler, 2010). Sem contar a exigência do grupo Hezbollah – organização paramilitar e fundamentalista islâmica sediada no Líbano – pelo banimento do livro, o qual, segundo os terroristas, seria propaganda judia, pró-Israel e sionista (AFP, 2009). Atenciosos pais, no Brasil, no estado de Espírito Santo, entram na lista daqueles que censuraram uma das narrativas mais ternas do século XX, juntamente com ultraconservadores estadunidenses e fundamentalistas islâmicos.

Os fundamentos da censura, em quaisquer dos casos, são, na melhor das hipóteses, frágeis, o que não é diferente no caso especificamente brasileiro. A reportagem no site G1 menciona o momento em que Anne e Peter – o filho jovem de outra família de judeus que estava escondida juntamente com os Frank – discutem sobre como ter certeza acerca do sexo do gato que morava no esconderijo junto com eles (Folman; Polonsky, 2018, p. 102-103), assim como um dos momentos mais intimistas do relato de Anne, quando ela pensa sobre sua solidão, não podendo conversar com ninguém sobre as transformações pelas quais passava seu corpo, e como ela tinha prazer em menstruar, por carregar dentro de si um segredo só dela. Na mesma passagem, Anne recorda um dia em que dormiu na casa de uma amiga, quando sugeriu a ela que mostrassem os seios uma à outra como prova de amizade. A solicitação fora negada pela amiga, e Anne pensa em como ela queria ter uma amiga enquanto refugiada (Ibid., p. 96). O corpo feminino a fascinava, o que é representado de maneira altamente imaginativa nos quadrinhos: Ari Folman e David Polonsky, autores da adaptação banida, representam Anne em um jardim com várias esculturas de mulheres nuas em estilo neoclássico dispostas num longo corredor, através do qual a protagonista caminha (Ibid.,

p. 97). O fascínio de Anne Frank pelo corpo feminino não era necessariamente erótico. Envolvia um apelo estético, ao mesmo tempo que chamava a jovem garota para o seu próprio autoconhecimento enquanto mulher. Folman e Polonsky chegaram a essa compreensão. Os pais aqui em questão não passaram nem perto dela.

O trecho da adaptação que teria gerado mais fumaça, contudo, não foi mencionado na reportagem, embora tenha sido mencionado pelo pai entrevistado. Anne Frank está fazendo um estudo de anatomia – como muitas outras coisas que estuda em seu confinamento – mais especificamente dos órgãos genitais femininos. Como seus textos possuem um interlocutor fictício – sua amiga imaginária Kitty –, Anne transfigura seus estudos de anatomia em uma descrição íntima feita de uma garota para outra. Assim, vai descrevendo as partes que formam o aparelho genital feminino de maneira muito didática, inclusive explicando quais são as partes internas e externas, quais poderiam ser notadas dependendo da posição do corpo etc. Anne teve uma conversa sobre tudo isso com Peter, pois tinha curiosidade também sobre os órgãos genitais masculinos. No quadrinho, quando abrimos as páginas 120 e 121, do lado esquerdo temos o texto com a entrada do diário de 24 de março de 1944, quando é tratado o assunto mencionado, e do lado direito temos uma imagem em que Anne está numa sala de aula de anatomia – imagens de partes do corpo em corte e um esqueleto figuram no cenário imaginativamente vislumbrado pelos autores da adaptação – ministrando aulas a Peter. Esse, sentado numa carteira, está hipnotizado pela imagem de uma espiral – símbolo pictórico do estado de hipnose. Essa espiral, contudo, não possui curvas circulares, mas sim elípticas, com arestas nas partes mais altas e mais baixas, causando a reminiscência do formato de uma vulva. A solução mimética dos quadrinistas é muito criativa e de extremo bom gosto, e o texto que é acompanhado pelo desenho beira a descrição científica.

Mesmo assim, para o pai entrevistado, sua filha sequer tinha curiosidade para saber dessas coisas *ainda*, e, quando ela leu o quadrinho, ele teve que explicar [essas coisas], porque, segundo ele, é melhor que a mãe ou o pai explique do que um amiguinho ou uma pessoa mal-intencionada. Há tantos problemas nessas observações do pai que chega a ser difícil organizar um comentário. Comecemos pelo velho clichê segundo o qual "sexo se aprende em casa". Curiosamente, em seu diário, Anne chega a tratar das ladainhas dos adultos, de como eles gostam de repetir inadvertidamente opiniões, como vacas ruminando. Nos quadrinhos, os adultos são representados como bonecos de corda que, mecanicamente falam sempre a mesma coisa (Folman; Polonsky, 2018, p. 105).

Mas, além de ser um clichê, a ideia de que sexo se aprende em casa, mais do que uma prescrição moral, é uma ferramenta de controle do incontrolável. Isso porque esses pais acreditam que eles vão saber, ou determinar, o momento perfeito para abordar seu filho sobre o tema e ensinar tudo o que ele precisaria conhecer sobre sexo – como se, por ser adulto, o pai soubesse todo o necessário, num mundo em mutação, em que todas as relações sociais se modificam do dia para a noite. A verdade é que o *timing* ideal para abordar a sexualidade com adolescentes é uma ficção de manuais de pais perfeitos. O afloramento da sexualidade e o interesse que ela causa / e o interesse do adolescente por ela surgem de uma conjunção imprevisível de fatores, dentre os quais, sim, textos de ficção, mas bem poderia ser um filme da indústria pornográfica, por exemplo, em vez de uma obra altamente imaginativa, baseada em uma narrativa consagrada, e tratando das questões sexuais de maneira sugestiva e simbolicamente sofisticada. Ademais, esse pai acredita que sua filha ficará imune a toda e qualquer referência à sexualidade até o momento em que ele, como o guardião de um conhecimento secreto, acessível apenas aos iniciados adultos, irá introduzir sua filha nesse universo. Em suma, o pai acredita que tem o poder de fazer a transição de sua filha através da puberdade e é sua a decisão de quando isso vai acontecer.

Outrossim, a impressão, pelo discurso do pai, é a de que ele se incomodou de ter de fazer exatamente aquilo que, para ele, seria seu trabalho: falar sobre sexo com a filha. O problema não é a suposta inadequação da obra para jovens de 12 anos, mas o fato de a obra ter introduzido sua filha no universo da sexualidade, quando, em sua imaginação, o momento dessa introdução seria decidido por ele. Em outras palavras – as do próprio pai – ela não tinha interesse, agora ele "teve que explicar". Ainda, se a idade de sua filha fosse de fato inadequada, não seria *O diário de Anne Frank em quadrinhos* que despertaria essa curiosidade, já que somos bombardeados com conteúdos sexuais – mais ou menos implícitos – o tempo todo, seja na televisão, na publicidade, nas festas populares, nos filmes etc. Nem por isso crianças de todas as idades estão por aí questionando os pais sobre sexo. A obra acabou sendo o bode expiatório para o incômodo dos pais com a temática do sexo e para a desmoralização sofrida pelos professores no Brasil, cuja autoridade deve ser questionada por pais altivos, que encontram no prazer do banimento de textos escolhidos pelos professores uma das formas de reafirmar essa desmoralização. Para concluir, no que diz respeito ao discurso do pai, se sua preocupação fosse a de que estranhos mal-intencionados abordassem sua filha acerca de sexo, ele deveria apoiar temas relativos à sexualidade sendo tratados em um ambiente controlado e mediado, coletivamente, por meio de material rico e contextualizado; enfim, em um ambiente pedagógico de qualidade.

Essa discussão faz parecer que *O diário de Anne Frank em quadrinhos* é uma peça pornográfica ou, no mínimo, erótica. Na verdade, a preocupação da inadequação de temas relativos à sexualidade é inversamente proporcional a sua relevância na narrativa em questão e completamente desproporcional no que tange à preocupação com temas pesadíssimos como tortura, genocídio, discriminação, perseguição racial etc., todos tratados no livro sob a mesma clave imaginativa. Assim, havemos de nos perguntar o que faz com que certas pessoas ignorem os temas acima elencados, os quais deveriam ser responsáveis por indignação infinitamente maior, especialmente se comparados à descoberta da sexualidade por uma adolescente. Por que a entrada de uma adolescente na puberdade, para esses pais, é mais chocante que o nazismo e suas atrocidades? É possível levantar algumas hipóteses: os pais nem sequer teriam buscado se informar mais sobre o contexto da obra, não a leram ou mesmo sequer a folhearam, baseando-se apenas no destaque feito das passagens supracitadas por alguém, escolhendo fechar os olhos para o quadrinho como um todo – o que faria com que incorressem em ato de desonestidade intelectual dos mais graves ao se outorgarem o direito de julgar o que não entendem; ou existiria hoje, entre alguns adultos, um obsessão exagerada com sexo, o que faria com que houvesse uma projeção dessa obsessão nas crianças. Assim, os pais, estimulados sobremaneira por sutis insinuações em uma narrativa ficcional, acreditariam que seus filhos, igualmente, se estimulariam; por fim, é possível que estejamos diante de um extremo caso de insensibilidade.

Afinal de contas, por que nos importarmos com a perseguição de pessoas simplesmente por serem judias, obrigadas a viver em confinamento, desprovidas de proteção legal, sobrevivendo apenas em decorrência da ajuda de outras pessoas, sem as quais elas estariam absolutamente desamparadas, sujeitas a serem capturadas por torturadores e genocidas que as levariam a campos de concentração, onde sofreriam das mais diversas doenças, onde seriam sujeitadas a realizarem trabalhos forçados, terem fome, até eventualmente morrerem uma morte indigna (é isso o que efetivamente ocorreu com Anne e boa parte da sua família), quando podemos nos importar com essa descrição de uma vagina e ainda nos considerarmos pais responsáveis por isso? Em última análise, Anne Frank volta, nos dias de hoje, a viver um novo Holocausto, através da anulação do conteúdo humano e estético presente em seu texto, em favor da censura destruidora.

A quadrinização de Folman e Polonsky apresenta uma transformação da narrativa original e explora as potencialidades da mídia, de modo a premiar os jovens com uma releitura muito criativa do clássico, com qualidades estéticas inquestionáveis. O discurso de Anne Frank é claustrofóbico. Ela escreve seu texto confinada, recebendo informações esporádicas por meio de algumas pessoas de fora que ajudam sua família, alguns jornais e notícias de rádio. A imaginação da garota fervilhava acerca do mundo lá fora, e, apesar de se ver como uma escritora no futuro (o quadrinho tem uma representação de Anne adulta, numa escrivaninha, supostamente trabalhando como escritora, seu grande desejo), isso é de partir o coração, já que sabemos que ela não sobreviveria ao Holocausto.

Justamente por ser uma escritora iniciante, ela carecia de recursos expressivos para que sua relação com um mundo exterior e fora do alcance, desconhecido, mas imaginável, fosse colocada no papel. Não faltaram soluções, no entanto, aos quadrinistas Folman e Polonsky. Visionários, conseguiram transformar em imagens a tensão existente entre os relatos ouvidos por Anne Frank e sua imaginação. A título de exemplificação, em uma imagem em página dupla, temos Amsterdã alagada (Folman; Polonsky, 2018, p. 106-7) – o que aconteceria com a cidade caso Hitler percebesse que ela seria tomada pelos ingleses – com pessoas buscando se abrigar na parte altas das casas, cavalos apenas com a cabeça acima do nível da água, muitos pedindo socorro, prestes a se afogarem; Anne e Peter, juntamente com o gato do anexo secreto, em cima de uma árvore, tentado salvar Margot, irmã de Anne, entre tantos outros detalhes.

Em outra passagem, a família ouve a notícia no rádio de que a Princesa Juliana dos Países Baixos estava grávida. Enquanto para os outros moradores do refúgio essa era uma notícia sem graça, Anne afirmou para si própria ser essa a notícia mais empolgante recebida até então. Em seguida, temos a representação dela própria numa carruagem real, como princesa segurando um bebê de colo (Ibid., p. 38): ou seja, Anne, de alguma forma, sentiu que a continuidade da linhagem real do país em que vivia poderia ser interpretada como uma boa notícia para todos os cidadãos, inclusive para ela mesma, mesmo vivendo sob opressão totalitária. O conflito de seu otimismo com um mais que natural pessimismo que rondava todos os cantos de seu refúgio, no quadro em seguida, é representado pela jovem dormindo com o rosto tenso em uma cama, em meio a um bando de soldados nazistas, muita fumaça e um trem, supostamente daqueles que levavam judeus a campos de concentração.

Não apenas a relação de Anne com a situação política de seus arredores mereceu uma representação visionária por parte dos quadrinistas. Muitos outros aspectos psicológicos da jovem escritora foram transfigurados em imagens criativas. Trataremos a seguir de dois exemplos.

O primeiro mostra como Anne se via como alguém com dupla personalidade – ela entendia que a Anne verdadeira deveria dar espaço a uma Anne mais adequada do ponto de vista social. Assim, em um quadro em que ela está junto de Peter, uma segunda Anne permanece ao seu lado, mas a que efetivamente está junto a Peter coloca a mão em sua boca, fazendo-a calar (Ibid., p. 131), como se as regras sociais devessem prevalecer diante de sua personalidade mais autêntica.

O segundo demonstra como Anne considerava sua imagem em relação à de sua irmã Margot. Segundo Anne, ela sempre era vítima de admoestações, enquanto sua irmã era merecedora de elogios. Assim, os quadrinistas criaram duas paródias de célebres obras de arte (Ibid., p. 60-1), com Anne sendo representada numa versão do quadro *O grito* (1893), de Edvard Munch (1863-1944), e Margot representada numa versão do *Retrato de Adele Bloch-Bauer I* (1907), de Gustav Klimt (1862-1918). Enquanto na primeira imagem temos a angústia e o desespero da figura representada, na segunda temos riqueza, glamour e adequação de uma mulher aristocrata, um exemplo de feminilidade.

Não há qualquer dúvida de que a discussão sobre sexualidade se faz mesquinha diante das amplas possibilidades simbólicas da versão de *O diário de Anne Frank* feita por Ari Folman e David Polonsky. Não apenas temos uma história em quadrinhos exemplar, que explora ao máximo as possibilidades da mídia, como temos a oportunidade de levar ao conhecimento e à fruição dos alunos do Ensino Fundamental ou Médio uma narrativa de grandeza maior, a qual eventualmente poderia ser conhecida em primeira mão, em sua versão integral em prosa. Ou teríamos, caso os pais não arrancassem literalmente a obra da mão de seus filhos – como efetivamente ocorreu, de acordo com uma menina entrevistada (Alvarenga, 2018) – e indiretamente das mãos dos filhos de outras pessoas, ao exigirem seu banimento: segundo representantes da escola, nem todos se incomodaram com o conteúdo do quadrinho.

Por um milagre, os textos de Anne Frank circulam entre nós, já que foi por acaso que não foram apreendidos os cadernos em que foram escritos quando da prisão dos Frank. Sobreviveram aos nazistas que, se os tivessem encontrado, os teriam destruído, provavelmente numa fogueira. Hoje, temos o novo Holocausto, em fogueiras metafóricas, disfarçadas de um moralismo torpe repleto de autoritarismo. Conforme a própria Anne Frank, "quanto a esconder de meninas da minha idade assuntos de 'gente grande', francamente não creio que seja dos melhores métodos. Vejo os resultados desse tipo de educação, e com muita clareza!" (Frank, s.d., p. 86).

Referências

AFP. Anne Frank diary offends Lebanon's Hezbollah. *YNETNEWS*, 11 jun. 2009. Disponível em: <https://www.ynetnews.com/articles/0,7340,L-3801302,00.html>. Acesso em: 24 jan. 2019.

ALVARENGA, Poliana. Versão em quadrinhos de O Diário de Anne Frank causa polêmica em escola de Vitória. *G1 Espírito Santo*, Vitória, 29 mar. 2018. Disponível em: <https://g1.globo.com/es/espirito-santo/noticia/versao-em-quadrinhos-de-o-diario-de-anne-frank-causa-polemica-em-escola-de-vitoria.ghtml>. Acesso em: 24 jan. 2019.

CHANDLER, Michael Alison. School system in Va. won't teach version of Anne Frank book. *Washington Post*, 29 jan. 2010. Disponível em: <http://www.washingtonpost.com/wp-dyn/content/article/2010/01/28/AR2010012804001.html>. Acesso em: 24 jan. 2019.

FLOOD, Alison. Anne Frank's Diary in US schools censorship battle. *The Guardian International Edition*, 7 may 2013. Disponível em: <https://www.theguardian.com/books/2013/may/07/anne-frank-diary-us-schools-censorship>. Acesso em: 24 jan. 2019.

FOLMAN, Ari; POLONSKY, David. *O diário de Anne Frank em quadrinhos.* Trad. Raquel Zampil. 4. Ed. Rio de Janeiro: Record, 2018.

FRANK, Anne. *O diário de Anne Frank.* Trad. Elia Ferreira Edel. 2. Ed. Rio de Janeiro: Record, [s.d.].

MORAIS, Betsy. The Neverending Campaign to Ban *Slaughterhouse Five. The Antlantic*, 12 aug. 2011. Disponível em: <https://www.theatlantic.com/entertainment/archive/2011/08/the-neverending-campaign-to-ban-slaughterhouse-five/243525/>. Acesso em: 24 jan. 2019.

Onde vivem os monstros (1963)
Maurice Sendak

MAX, O ENCANTADOR DE MONSTROS

Eliane Galvão (UNESP/FCL-Assis)
Guilherme Magri da Rocha (UNESP/FCL-Assis; SESI-SP)

*

Neste artigo, é explorada criticamente a noção de que uma obra literária pode moldar de maneira mecânica o comportamento das crianças, desafiando essa visão simplista que as enxerga como receptáculos passivos de determinados conteúdos específicos e delimitados. É analisada a inadequação dessa perspectiva, especialmente face à complexidade da literatura infantil de boa qualidade. Procura-se examinar a rejeição injustificada, bem como os ataques direcionados à obra *Onde vivem os monstros* (1963), de Maurice Sendak, que se fizeram presentes já na década de seu lançamento e no Brasil, em determinados momentos, desde que aqui foi traduzida e publicada pela primeira vez em 2009. Ao desvendar esses equívocos, busca-se promover uma compreensão mais aprofundada do universo infantil e das necessidades psicológicas fundamentais da criança.

*

Na vasta tapeçaria da literatura infantil, poucas obras alcançaram a reverência e a longevidade de *Onde vivem os monstros*, uma criação magistral do autor estadunidense Maurice Sendak (1928-2012). Publicado em 1963, esse livro transcendeu as limitações convencionais do gênero, desencadeando um diálogo intergeracional que ecoa até os dias atuais. Neste capítulo, propomos uma análise transversal da primeira edição brasileira de 2009, mergulhando nas camadas de controvérsias e resiliência que moldam essa narrativa atemporal. O livro, em sua brevidade encantadora, proporciona uma entrada única no universo íntimo de Max, um jovem protagonista, cujas travessuras noturnas desencadeiam uma jornada repleta de descobertas, permeadas pelas emoções da infância. Desde a concepção da floresta imaginária em seu próprio quarto até a travessia para um mundo em que os monstros residem, a narrativa de aventura de Sendak (2009) aborda a busca do protagonista por *individuação*, a qual se manifesta na luta contra seus medos. Nesse contexto, observamos como Sendak, de maneira intrínseca, proporciona uma compreensão rica do papel da fantasia na construção da infância, abordando a dualidade entre o "ser um monstro ou não", e oferecendo uma lente única para a experiência infantil.

Ao adentrar o território dos devaneios infantis, conforme definido pela pesquisadora Marie-José Chombart de Lauwe (1991), busca-se desvelar aqui camadas profundas da narrativa, destacando a emancipação única que Max experimenta ao se unir aos monstros. Sendak (2009) emerge como um pioneiro ao representar as angústias da criança que, por meio da imaginação, busca escapar das limitações impostas pela realidade. No enredo, a liderança de Max entre os monstros, longe de potencializar a maldade, assume nuances simbólicas, desafiando normas comportamentais e oferecendo um olhar perspicaz sobre a natureza criativa e lúdica da infância. Além disso, a análise das ilustrações, em colaboração com o texto verbal, revela como Sendak transcende os limites conceituais, criando um espaço onde a imaginação floresce, mesmo dentro das paredes do espaço doméstico. Neste mergulho transversal na obra de Sendak, procura-se desvendar as complexidades que tornam *Onde vivem os monstros* (2009) obra singular na literatura infantil, conectando-se não apenas à infância, mas à condição humana em sua busca por identidade, liberdade e aceitação.

Maurice Sendak, em entrevista concedida ao apresentador Stephen Colbert, em 2012, afirmou: "Eu não escrevo para crianças. Eu escrevo, daí alguém diz: 'Isso é para crianças!"[1]. Durante a vida, Sendak escreveu e ilustrou mais de 100 obras, além de ter projetado cenários de óperas, peças de teatro e balés. *Onde vivem os monstros*, com título original de *Where the wild things are*, foi um de seus primeiros livros. Trata-se de uma obra infantil de curta extensão, cuja versão original, publicada nos Estados Unidos, pela editora Harper & Row em 1963, possui, apenas, 338 palavras. A obra, além de escrita, também foi ilustrada pelo autor. No Brasil, esse texto foi publicado pela extinta Cosac Naify, em 2009. Sua segunda edição foi lançada em 2014. Aqui é analisada a primeira edição brasileira de 2009, traduzida por Heloisa Jahn, publicada pela Cosac Naify. A partir de 2023, o texto passou a ser impresso pela Companhia das Letrinhas.

Onde vivem os monstros (2009) é o primeiro volume de uma trilogia, a qual prossegue com as obras *Na cozinha Noturna* (Cosac Naify, 2014) e *O que está lá fora* (Matosinhos: Kalandraka, 2015). Os três livros representam, como afirma Sendak,

---

1 A entrevista pode ser assistida em: <http://www.cc.com/video-clips/gzi3ec/the-colbert-report-grim-colberty-tales-with-maurice-sendak-pt--1>.

"variações sobre o mesmo tema: como as crianças lidam com diversos sentimentos – raiva, tédio, medo, frustração, inveja – e como conseguem lidar com as realidades de suas vidas"[2] (*apud* Townsend, 1990, p. 304, tradução nossa). Para John Townsend, especialista em literatura infantil, os livros ilustrados[3] começaram a se popularizar depois de 1945. Ainda que os avanços tecnológicos já tivessem começado a aparecer antes da guerra, aprimorou-se, em particular, a litografia *offset*, que possibilitou efeitos com que os artistas até então nem sonhavam. A obra de Sendak é um marco dessa época. Para Peter Hunt (1994), professor emérito de literatura infantil na Universidade de Cardiff, o autor inicia uma nova tradição na publicação de livros para crianças nos Estados Unidos.

Embora Sendak tenha recebido a *Caldecott Medal* – que, desde 1937, premia, sob a tutela da *American Library Association* (ALA), o melhor livro infantil ilustrado para crianças –, no ano seguinte à sua publicação, sua obra foi banida de escolas e livrarias. A rejeição adveio das percepções de pais que não apreciavam o comportamento de Max e temiam que esse pudesse

---

2 "Are all variations on the same theme: home children master various feelings – anger, boredom, fear, frustration, jealously – and manage to come to grips with the realities of their lives".

3 A diferenciação crucial entre livros ilustrados e livros com ilustrações reside na intensidade da interação entre texto e imagem. Nos livros ilustrados, a narrativa visual não é uma mera adição decorativa, mas uma coautora ativa da história, enriquecendo-a e proporcionando uma experiência mais integrada e envolvente para o leitor. Em contraste, livros com ilustrações apresentam imagens que, embora presentes, não têm a mesma função simbiótica, muitas vezes servindo apenas como elementos secundários ou ornamentais na obra. Essa distinção reflete-se na profundidade da colaboração entre palavras e imagens para transmitir a narrativa.

influenciar o de seus filhos. O austríaco Bruno Bettelheim, referência ainda hoje, graças à obra *Psicanálise dos contos de fadas*, lançada em 1976, publicou em 1969, no periódico *Ladies Home Journal*, um artigo em que afirmava a incapacidade de Sendak (1969, p. 48, tradução nossa) de compreender "o tremendo medo que evoca na criança ser mandado para cama sem jantar; e isso por quem primeiro provê comida e segurança: sua mãe"[4].

Para Bettelheim (1969), o livro poderia assustar as crianças. Nesse mesmo artigo, contudo, o psicanalista afirmava que não lera o texto e que pautara sua opinião nas críticas que ouvira dos adultos. *Onde vivem os monstros* também foi retirado das escolas e das bibliotecas por conta de seus elementos sobrenaturais que evocavam esoterismo (Spillman, 2013). Sendak sofreu com a censura novamente em 1970, quando a Harper & Row publicou, nos Estados Unidos, sua obra *In the Night Kitchen*. O motivo desse cerceamento deveu-se à nudez do protagonista Mickey em parte da história.

A vitalidade de *Onde vivem os monstros* permanece no contexto atual. Em 2009, chegou aos cinemas uma adaptação dirigida por Spike Jonze e escrita em coautoria com Dave Eggers[5]. Nessa produção fílmica, houve a inserção de situações contemporâneas na trama, pois Max está triste porque seus pais se separaram e sua mãe está namorando outro homem. O menino, então, foge para uma ilha, onde encontra monstros que, de certa forma, incorporam parte de sua tristeza. Em 2012, uma

4 "Incredible fear it evokes in the child to be sent to bed without supper, and this by the first and foremost giver of food and security — his mother".

5 Cf. https://www.imdb.com/title/tt0386117/

votação realizada pela *School Library Journal*[6] mostrou que o livro ainda ocupa o primeiro lugar na preferência dos leitores de livros infantis ilustrados. Estima-se que, até o momento, o volume tenha vendido mais de 19 milhões de exemplares, traduzidos para diversos idiomas; metade foi comercializada nos Estados Unidos.

Em *Onde vivem os monstros* (Sendak, 2009), a narrativa desenvolve-se no espaço da casa do menino Max que, em uma única noite, realiza várias travessuras, as quais o levam a uma jornada de descobertas. Seu tema identitário, associado à narrativa de aventura e suspense, é atraente para o pequeno leitor que, como o herói, necessita firmar-se como criança em meio a determinações sociais impostas pelos adultos e aos próprios medos. No espaço doméstico – "Na noite em que Max vestiu sua fantasia de lobo e saiu fazendo bagunça uma atrás da outra" (Sendak, 2009, p. 6-7[7]), fantasiado de lobo, o protagonista cria, amarrando lençóis e martelando pregos na parede, uma cabaninha. Na sequência, pula pela casa enquanto persegue o cachorro da família com um garfo. Seu comportamento é o de uma criança dinâmica que revela criatividade durante suas traquinagens.

Irritada, a mãe do menino o chamou de "MONSTRO!" (*wild thing*), obtendo como resposta a cômica ameaça: "OLHA QUE EU TE COMO!" (Ibid., p. 9). Sentindo-se desafiada, a mulher aproveita o trocadilho e manda o menino "para a cama sem comer nada." (Ibid., p. 9). Em seu quarto, Max, a princípio, frustrado, como revela sua ilustração (Ibid., p. 10), presencia

---

6 Cf.https://web.archive.org/web/20161123045649/http://www.slj.com/wp-content/uploads/2012/08/SLJ_Fuse8_Top100_Picture.pdf

7 Não há fólios no livro, desse modo, a paginação apresentada resulta da contagem desde a primeira página.

uma mudança: "Naquela mesma noite nasceu uma floresta no quarto de Max que cresceu..." (Ibid., p. 11-13), para seu contentamento (Ibid., p. 14), "e cresceu até aparecerem cipós pendurados no teto e as paredes se transformarem no mundo inteiro" (Ibid., p. 15). Assim, divertido, o herói observa que as paredes, o piso, o tapete e a janela vão cedendo gradativamente espaço para a relva e enormes árvores.

De forma metapictórica, as árvores rompem a moldura da ilustração dessa cena, adentrando a margem em branco (Sendak, 2009, p. 16). Evoca-se, assim, para o leitor implícito[8] (Iser, 1999) a capacidade da imaginação de criar mesmo nos espaços de privação. Embora permaneça o cenário noturno, há claridade e Max ingressa em uma floresta. Assim, em diálogo com os contos populares e de encantamento, ele conta com a ajuda dos elementos naturais, pois surge somente um "oceano ondulante com um barquinho" (Ibid., p. 17). Nesse barquinho que traz o seu nome em caixa alta – "MAX" (Ibid., p. 18) –, ele navega "noite e dia" (Ibid., p. 17), "durante quase um ano para onde vivem os monstros" (Ibid., p. 19).

Ao chegar nesse espaço, o herói encontra criaturas, que "rugiram seus terríveis rugidos e arreganharam seus terríveis dentes e reviraram seus terríveis olhos e mostraram suas terríveis garras" (Ibid., p. 21-22). Apesar dessas performances, Max

---

8 O conceito de leitor implícito, proposto por Wolfgang Iser (1999), refere-se à construção mental do leitor ideal, sugerida pelo texto literário, que desempenha um papel crucial na interpretação e compreensão da obra. Iser argumenta que, ao se envolver na leitura, os leitores preenchem lacunas deixadas pelo texto, atribuindo significados, emoções e experiências à medida que interagem com a narrativa. Assim, o leitor implícito é uma construção abstrata que representa as expectativas e projeções do autor sobre como os leitores idealizados responderão ao texto.

não teme esses monstros; antes, se aborrece com a recepção deles. Assim, manda que se calem e domestica-os "com o truque mágico de olhar nos olhos amarelos deles sem piscar nem uma vez e eles ficaram com medo e disseram que mais monstruoso do que ele não havia" (Ibid., p. 23-24). Esses seres fantásticos, aparentemente ferozes e assustadores, são subjugados de forma cômica pelo protagonista, pois evoca-se a brincadeira de olhar para alguém sem piscar – tão subjugados que "o fizeram rei de todos os monstros." (Ibid., p. 25). De posse da coroa, Max realiza seu primeiro feito como governante: "vamos dar início à bagunça geral!" (Ibid., p. 26). Assim, uivam para a lua e mostram suas garras, pulam de galho em galho pela floresta, um dos monstros, inclusive, carrega nos ombros seu governante em marcha junto ao bando.

Depois de se divertir com as bestas, o protagonista determina que os seus comparsas parem com as brincadeiras, então, manda-os sem jantar para a cama, mimetizando a atitude da mãe ao puni-lo. Aborrecido, como se pode notar pela ilustração (Ibid., p. 34), sente-se sozinho novamente e "com vontade de estar em algum lugar onde alguém gostasse dele de verdade" (Ibid., p. 33), ou seja, sem subterfúgios. Um fato novo chama sua atenção, pois "atravessando o mundo inteiro ele sentiu cheiro de coisa boa de comer e desistiu de ser rei do lugar onde vivem os monstros" (Ibid., p. 34). Ele decide retornar para casa, embora as feras lamentem de forma ambígua: "Oh por favor não vá embora... nós vamos comer você... gostamos tanto de você!" (Sendak, 2009, p. 35). Essa ambiguidade, em diálogo com os contos de fadas, assegura o efeito de humor na obra, além de revelar outra angústia das crianças ao lidar com o par antitético que ela evoca: "vida e morte", que, também, simboliza angústia e serenidade, opressão e simpatia.

Apesar de toda encenação de poder dos monstros, Max não se abala e simplesmente diz "adeus" (Ibid., p. 36). Após "mais de um ano" (Ibid., p. 37) de viagem, ele encontra, em cima de uma mesinha de seu quarto, "o jantar esperando por ele ainda quentinho." (Ibid., p. 38-40). A presença dessa refeição conota que a mãe se arrependera do castigo e, afinal, cumprira o papel de adulta compreensiva, protetora e provedora da criança. O que invalida a afirmação de Bettelheim (1969), proferida sem a leitura global da história, e coloca no centro do processo afetivo a importância do resgate da criança, por meio de ações concretas, pelas quais se manifesta o quanto são importantes para os que a cercam. O "cheiro de coisa boa de comer", símile de carinho materno, traz de volta a personagem ao espaço familiar.

Essa é uma obra cuja narrativa explora a semelhança em detrimento da veracidade, utilizando humor e fantasia de maneira direta e sem hesitações, com um caráter intrinsecamente metafórico, que vai além de uma simples compensação. Seu protagonista infantil dinâmico está decidido a se divertir; assim, ao encontrar obstáculos comportamentais, ele os transcende por meio do imaginário, superando as angústias que ameaçam sua individuação – a dicotomia entre 'ser um monstro ou não' – e alcançando seus objetivos de entretenimento. É importante ressaltar que a presença da fantasia na obra, mediada pelo elemento fantástico, concede emancipação ao leitor, aguçando sua capacidade crítica em relação à sociedade circundante, enquanto amplia sua capacidade imaginativa, proporcionando-lhe ferramentas para a compreensão da realidade. A fantasia, como componente essencial da narrativa, não apenas atrai e satisfaz imediata e individualmente o jovem leitor, mas também o instiga a refletir sobre as dinâmicas das relações humanas no âmbito familiar.

A pesquisadora Marie-José Chombart de Lauwe (1991) afirma que há dois tipos de devaneios nas histórias infantis: o passivo e o provocado. Ao explicar essas categorias, ela explica que, na primeira, as crianças se deixam levar "por uma espécie de [...] estado de torpor. Hipnotizam-se, escapam do tempo olhando, através da janela, as nuvens, a noite, os movimentos da rua, ou fixando o olhar nas chamas do fogo" (Lauwe, 1991, p. 93-94); já na segunda, elas "não se contentam em deixar-se levar passivamente por esse estado nebuloso, elas o provocam e o mantêm" (Ibidem). Nesse sentido, transportam-se de situações imaginárias para outras dimensões. Na narrativa de Sendak (2009), é o que acontece com Max, criança solitária que, ao adentrar o espaço imaginário da aventura, reúne-se aos monstros, emancipando-se dessa condição. No retorno, por sua vez, liberta-se de rótulos, exercendo sua individuação, pois descobre um espaço físico – seu quarto, na casa de sua família – e emocional – sua mente –, nos quais pode exercer a liberdade da criação e sempre terá acolhimento, pois o amam "de verdade".

Esse processo criativo é mantido por ele e rompido somente quando deseja voltar para casa. Isso mostra que o personagem tem controle das situações imaginárias que inventa para própria fruição. Dessa forma, pode-se dizer que Sendak foi um dos pioneiros na representação das angústias da criança que busca, pela imaginação, evadir-se da realidade e, assim, elaborar suas frustrações. Seu livro surge, justamente, em um período cuja produção literária retrata a infância de forma idealizada, com protagonistas desprovidos de anseios, problemas e senso crítico. Ademais, ao fazer-se líder dos monstros, Max não está potencializando a maldade, nem elogiando sua capacidade para travessuras. No espaço da aventura, as performances dos monstros assumem aspecto simbólico. Conforme Lauwe (1991, p.

287), as características dos animais nas obras infantis "reforçam a representação da criança autêntica, primitiva, próxima à natureza, diferente dos adultos, e misteriosa, ferida pela sociedade que não a compreende e quer modelá-la sem levar em conta seus gostos, sua natureza própria". Os monstros da fantasia de Max são animais selvagens e livres, por isso não atendem a modelos comportamentais determinados socialmente, exatamente por isso saciam seus desejos de ruptura com o *status quo*, a fim de exercer seus desejos de diversão.

Townsend (1990) destaca a importância das ilustrações em diálogo colaborativo com o texto verbal, pois, quando a história rompe com os limites do quarto de Max, desdobrando-se para o mundo da fantasia, as imagens se expandem, atuando como símile dos desejos do herói de romper com as margens do sistema que o rodeia. Assim, as ilustrações perdem as molduras – as quais se assemelham a um cartão postal com bordadura branca – e se ampliam. Em um primeiro momento, ficam quase do tamanho da página, depois, tomam-na inteira e, por fim, transbordam de uma página para a outra, até completarem duas páginas inteiras sangradas. Elas permanecem nessa configuração até Max decidir retornar para casa. Então, gradualmente os elementos cênicos voltam a ser como eram, mas não totalmente, pois a ilustração de Max em seu quarto também toma uma página inteira, contando que, nesse espaço, a liberdade, a ruptura pelo imaginário sempre serão possíveis. Assim, mesmo no espaço doméstico, a criança, que se sente amada pela família, pode transportar-se para outros mundos, exercendo sua criatividade. Pela representação literária e imagética, a história de Max enfeitiça, em especial, outros "monstros", no caso, seus leitores e ledores de diferentes idades que, por meio do riso, do reconhecimento ou da rememoração das traquinagens de infância, novamente, se encantam ao recordar como é mágico o poder da criação infantil.

Em síntese, *Onde vivem os monstros* (2009), de Maurice Sendak, pelo seu valor estético, tratamento inovador do tema da individuação e pela riqueza de suas ilustrações em relação de colaboração com o texto verbal, pode cativar o jovem leitor e suscitar sua reflexão crítica sobre a complexidade das emoções humanas. Em sua narrativa, Sendak não apenas desafia as normas estabelecidas para a literatura voltada para crianças, como também proporciona uma exploração profunda sobre as angústias e alegrias inerentes à infância.

Ao longo das décadas, desde sua publicação, *Onde Vivem os Monstros* (2009) não só resistiu a censuras e controvérsias, mas também expandiu seu alcance, por meio de adaptações cinematográficas e novas edições. Sua vitalidade coloca em evidência a capacidade de Sendak de tocar nas experiências humanas fundamentais, oferecendo aos leitores um portal para a imaginação e para a reflexão crítica. Sua obra configura-se como um convite à reflexão sobre as complexas emoções que moldam a trajetória humana. Em última análise, sua narrativa, por desafiar consensos e celebrar com humor a criatividade, perdura no tempo, recordando-nos de que a aceitação das emoções e o enfrentamento do desconhecido são aspectos intrínsecos da jornada humana, independentemente da idade.

Referências

BETTLELHEIM, Bruno. The Care and Feeding of Monsters. *Ladies Home Journal*, s/d, p. 48, 1969.

CHOMBART DE LAUWE, Marie-José. *Um outro mundo*: a infância. Trad. Noemi Kon. São Paulo: Perspectiva, 1991.

HUNT, Peter. *An introduction to children's literature.* Oxford: Oxford University Press, 1994.

ISER, Wolfgang. *O ato da leitura*: uma teoria do efeito estético. Tradução de Johannes Kretschmer. São Paulo: Ed. 34, 1999. vol.2.

SENDAK, Maurice. *Onde vivem os monstros.* Trad. Heloísa Jahn. São Paulo: Cosac Naify, 2009.

SPILLMAN, Rob. "*Where the wild things aren't*: on the art banning of Sendak". Disponível em: <https://pen.org/where-the-wild-things-arent-on-the-banning-of-sendak/>. Acesso em: 01 nov. 2018.

TOWNSEND, John. *Written for children*: an outline of English-Language children's literature. New York: Harper Collins, 1990.

WILKINSON, Alissa. "*Many banned books were made into movies*". Disponível em: <https://www.vox.com/culture/2017/9/30/16363296/banned-books-week-where-wild-things-are-sendak>. Acesso em: 01 nov. 2018.

A rosa dos ventos (1972)

Odette de Barros Mott

LITERATURA NA PERIFERIA

Ieda Maria Sorgi Pinhaz Elias (SEED/PR-UEM)
Alice Áurea Penteado Martha (UEM)

*

Odette de Barros Mott, professora, vê, nos anos 40 do século passado, sua vocação literária surgir com o hábito que possuía de contar histórias para os oito filhos. Quando eles crescem, resolve se dedicar efetivamente à produção literária. Percebe, então, uma lacuna na produção de literatura brasileira dos anos 1970 de textos voltados especificamente para o segmento juvenil que abordasse temas atuais no contexto da época e de vivo interesse dos jovens. Empenha-se, a partir daí, em escrever para esses leitores, alcançando sucesso significativo. Publica, entre muitas outras obras, *A rosa dos ventos* (1972), uma narrativa ousada para a época, sobretudo se considerado seu contexto histórico-social de produção, com o Brasil ainda plenamente sob o jugo da ditadura militar. A obra, original, aborda temas então polêmicos e transgressores, como a *homossexualidade* e *o uso de drogas*, despertando (como ainda hoje) opiniões controversas quando se fazem presentes na literatura juvenil.

*

A década de 1970 foi um período bastante produtivo para Odette de Barros Mott (1913-1998), escritora que teve sua primeira publicação em 1949 e que, em 1982, alcançou a marca de um milhão de livros vendidos, com mais de 30 títulos publicados, amplamente lidos no meio escolar.

Nascida em Igarapava, cidade do interior paulista, demonstra, desde cedo, vocação para as letras, certamente oriunda do convívio familiar, principalmente com o pai, um poliglota, responsável por despertar na filha a paixão pelos livros e o desejo de escrever. Quando resolve se lançar à empreitada de criar narrativas que pudessem interessar aos jovens, publica logo, no intervalo de um ano, duas narrativas voltadas ao público juvenil: *As aventuras do escoteiro Bila* (1964) e *A montanha partida* (1965). Em 1970, com *Justino, o retirante*, vieram os prêmios: Prêmio Monteiro Lobato, da Academia Brasileira de Letras e Menção honrosa do Prêmio Hans Christian Andersen, da Fundação Internacional do Livro Infantil e Juvenil, tendo sido a obra selecionada para a exposição na Biblioteca de Washington, nas comemorações do Ano Internacional da Criança, em 1979. Depois, não parou mais de produzir literatura juvenil, envolvendo-se totalmente com a publicação para jovens leitores, com livros como *Marco e os índios do Araguaia* (1971), *A rosa dos ventos* (1972), *No roteiro da coragem* e *A transa amazônica* (1973), *E agora?* (1974), *A caminho do sul* (1975), *O segredo de Lenita* (1977), entre muitos outros.

O contexto social e político brasileiro, no momento da produção de sua obra, do início dos anos sessenta até o final da década de oitenta do século passado, aponta dias sombrios: políticos exilados, mulheres presas e violentadas, jovens torturados e desaparecidos em guerrilhas urbanas e no sertão do país, escritores e artistas amordaçados pela censura. Mas o período inicial desses tempos de turbulências coincide com o surgimento de uma literatura diferenciada no panorama da produção para jovens leitores no Brasil, com escritores como Ana Maria Machado, Ruth Rocha, Lygia Bojunga, João Carlos Marinho, Ziraldo, entre outros, que produzem obras libertárias e esteticamente inovadoras, verdadeiras "válvulas de escape" contra a repressão no campo cultural brasileiro, com narrativas marcadas, principalmente, pela ironia fina e pelo humor.

Nesse cenário, Odette de Barros Mott faz mais que contar histórias, pois, ao apontar problemas e mazelas da sociedade brasileira, nos anos 70 do século XX, propõe temática inovadora para a literatura juvenil, em narrativas cujas personagens transitam por uma realidade carregada de injustiças, misérias e sofrimentos, e privilegia o espaço urbano, favorecendo o debate sobre questões cruciais para a sociedade brasileira. Aborda temas recorrentes no cotidiano juvenil, ousando inclusive em assuntos polêmicos ou tidos como tabus para a época de lançamento das obras, como gravidez na adolescência, drogas, preconceito racial, homossexualidade, entre outros. É o caso da novela *A rosa dos ventos* (1972), que tem como personagens centrais jovens, entre catorze e dezoito anos, funcionários de uma grande loja localizada na área central da metrópole paulista. São meninas e meninos pertencentes a famílias de baixa renda, que vivem na periferia da cidade e que, muitas vezes, procuram conciliar o trabalho e o estudo na tentativa de se qualificarem para obterem melhores oportunidades de emprego.

Em carta a Caio Graco, diretor da Brasiliense, editora responsável pela publicação do maior número de suas obras, Mott relata que o que a motivou a escrever esse livro foi o fato de ter se deparado, em uma manhã de 1970, com um grande número de jovens que desciam de um ônibus apressadamente, com pacotinhos na mão, provavelmente a marmita para o almoço, com roupas simples, e que se misturavam à correria da cidade. Sua intenção, com esse livro, era levar os jovens a se questionarem sobre si e sobre questões como drogas, homossexualidade, necessidade de diálogo entre os familiares, entre outras. De acordo com a autora, *A rosa dos ventos* era "forte para a época, cheio de gírias usadas no ambiente comercial onde a estória ia acontecer, viver. Esse modo de expressão estava, até então, proibido de se colocar em livros"[1]. Afirma ainda que, com a intenção de relatar mais fielmente a realidade vivida por esses jovens, durante seis meses, participou do cotidiano de funcionários de uma papelaria atacadista.

O livro, reeditado várias vezes pela Brasiliense, teve tiragens de dez mil cópias e outras com cinco mil cópias. Em 1987, a Brasiliense lança a 17ª edição, no entanto as vendas já não se mostram muito significativas. A editora passava por problemas financeiros e a autora se mostrava insatisfeita com a forma como a empresa editorial vinha conduzindo a divulgação de seus livros. Em 1991, Mott solicita a Caio Graco rescisão contratual de *A rosa dos ventos*, e, a partir de então, os direitos dessa obra foram transferidos para a Editora Atual, que em 1993 apresentava a 18ª edição, depois de mais de vinte anos da primeira publicação.

A narrativa traz várias personagens e pequenos enredos que convergem para o mesmo ponto, o dia a dia de trabalho em uma matriz de loja de departamentos, no centro da cidade de São Paulo. Dentre as personagens, há Luís, Tico, Marco, Maria José e Martha. Luís e Tico, ambos com 14 anos, destacam-se

---

1 Trecho extraído de carta que integra o arquivo da autora (IEB/USP. Fundo OBM, Carta de Odette de Barros Mott a Caio Graco, [abr. 1981]).

na narrativa. Luís é descrito na primeira página do texto como "franzino, miúdo, inseguro, nervoso, roendo as unhas com frequência em ocasiões difíceis, pedindo uma confirmação amiga a todas as suas afirmativas" (Mott, 1993, p. 1). O garoto, que vive com a mãe e com as duas irmãs menores, é usado por traficantes de drogas para repasse de maconha e, mais tarde, se torna usuário. Tico, garoto "miúdo, [com] cabelos longos, crespos, tocados a mel, ainda não bem definido na sua masculinidade, [tinha] andar jeitoso, maneiras suaves, aumentadas pela delicadeza dos traços" (Ibid., p. 16), mora com os pais e com um irmão mais velho e não tem bom relacionamento com os homens da família. Ambas as personagens apresentam um comportamento inicial na narrativa que é alterado conforme o enredo se desenvolve. O desfecho das ações e das atitudes de cada um deles na obra impactou a recepção do texto pelos leitores.

A adoção do livro como leitura paradidática em muitas escolas brasileiras contribuiu para a difusão da obra entre os jovens. No entanto, os leitores, desejosos de um final feliz, recusam o fracasso de Luís. Frágil fisicamente, Luís é um menino do bem, preocupado em ajudar a mãe nas despesas da casa, no cuidado com as irmãs; é querido pelos vizinhos e pelos amigos da loja. Os leitores esperam, então, que a personagem seja recompensada por suas atitudes e não punida. Não ter sido capaz de vencer as drogas parece uma derrota inaceitável, é como se vissem o herói sucumbir, recebendo o castigo. Os leitores imaginavam que haveria a possibilidade de redenção da personagem, conforme se verifica na carta da autora a Paulo Hecker, citada anteriormente.

É possível, no entanto, compreender que a intenção de Mott era a de mostrar em suas obras a "realidade" para os jovens. Nesse contexto, esse seria o melhor desfecho para a personagem, pois assim a autora deixaria o alerta quanto ao uso de drogas, pois nem sempre é possível vencê-las. Segundo Mott, em "*A rosa dos ventos*, perguntam por que salvei Tico e não salvei Luís. Posso então explicar-lhes que em meus livros, não há intervenção absolutamente de minha parte na vida dos personagens"[2]. Para ela, a personagem não teve condições de deixar o vício, enquanto Tico pôde fazer sua escolha. Dessa forma, a orientação sexual se apresenta como uma escolha, ao passo que, em relação ao uso de drogas, essa possibilidade nem sempre é o suficiente para abandonar o vício. Nesse caso, "salvar Tico" significa conduzi-lo a se identificar com a heteronormatividade. Quando o garoto é apresentado, o narrador afirma que ele "ainda" não tinha definido sua "masculinidade", portanto, o leitor já deve esperar por esse posicionamento, anunciado desde a descrição inicial da personagem. No decorrer da narrativa, mesmo depois do garoto demonstrar interesse, não correspondido, por um colega do trabalho, a "salvação" acontece. A partir desse momento, Tico assume a identidade masculina e acaba se interessando por uma colega de trabalho. O destino dado a cada personagem explicita o forte caráter didático da obra de Mott, que censura tanto a orientação sexual de Tico, que, para sobreviver no mundo narrado, muito rente ao real, "escolhe" a masculinidade, quanto a relação de Luís com as drogas, uma vez que o garoto morre para exemplificar, da forma mais brutal, o caráter pernicioso e irrevogável do caminho do vício.

Em *A rosa dos ventos*, o ritmo narrativo, movimentado e ágil, resulta da linguagem que, apesar de bastante concisa,

2 Trecho extraído de carta que integra o arquivo da autora (IEB/USP. Fundo OBM-CA-PH-28, Carta de Odette de Barros Mott a Paulo Hecker, [21/06/1975]).

revela-se expressiva, com frases curtas e funcionais, muito próxima da realidade, principalmente pelas marcas de oralidade. Outro aspecto que merece destaque na construção narrativa é a utilização da voz das personagens para introduzir mensagens de moral e boa conduta, como no momento que uma funcionária da loja diz "Agora vejo que se a gente quer ser alguma coisa na vida tem que estudar" (Mott, 1993, p. 24); ou quando duas personagens conversam sobre os estudos e questionam: "o homem é homem sem luta?" (Ibid., p. 40). No trecho que relata o atendimento de Luís no hospital, depois do seu primeiro uso da maconha, o narrador dá voz a policiais que comentam sobre os efeitos da droga e a destruição causada por seu uso:

> Em certos organismos, principalmente naqueles mais desnutridos, o efeito é violento. [...] Milito há dez anos, sinto profunda amargura, são vítimas em todos os sentidos, sem dinheiro, pobres, com seus problemas de família e nessa idade têm como denominador comum o medo: medo dos pais, dos professores, dos patrões. Não sabem se abrir, não têm conversa em casa, ninguém os ensina. Ouvem o que os amigos contam, são os professores deles mesmos e, se caem nas mãos de um malandro, então, estão perdidos, quase sempre de modo definitivo (Mott, p. 79, 1993).

Além da utilização da fala dos policiais para veiculação de mensagens moralizantes, alertas para o leitor jovem, o conteúdo pode ser um prenúncio para o desfecho da personagem Luís, que, por ter se envolvido com um "malandro", possivelmente não é/será capaz de se livrar do mundo das drogas.

Para Lajolo e Zilberman (1984, p. 126), em seu contexto

de produção, *A rosa dos ventos*, ao optar pela temática urbana, atende aos pressupostos da ficção moderna de literatura juvenil, apontando crises e problemas da sociedade brasileira da época. Luís está inserido nesse contexto, em que não há fada madrinha para ajudá-lo a superar obstáculos. Sozinho, o garoto é destruído pelas drogas. O texto de Mott insere-se no rol de obras apontadas pelas estudiosas como de crítica social, contribuindo, como as demais, para a representação realista na literatura infantil e juvenil. Sem máscaras, a autora traz para o público a experiência de uma realidade urbana mais degradada, na qual o povo pobre e sofrido se debate. A idealização da sociedade urbanizada, bastante presente na literatura juvenil da década de 1960, a exemplo de *As aventuras do escoteiro Bila* (1964) e *Justino, o retirante* (1970), ambas de Odette Mott, é deixada de lado, abrindo espaço para discussão de causas sociais.

A rosa dos ventos, porém, não atinge o cerne dos problemas que aponta, veiculando a tese ingênua de que a sociedade possibilita a ascensão social aos que se esforçam para cumprir todos os seus requisitos. Mas, o livro, mesmo com ressalvas, representa um avanço quanto ao desenvolvimento das temáticas que problematizam questões voltadas ao meio urbano, desmistificando-o como eldorado e apresentando seus desafios quanto à pobreza, à miséria, à marginalidade, dentre outros.

Referências

LAJOLO, M. ZILBERMAN. *Literatura infantil brasileira:* História & histórias. São Paulo: Ática, 1984.

MOTT, Odette de Barros. *A rosa dos ventos*. Ilustrações de Paulo Manzi, 18. ed. São Paulo: Atual, 1993.

O menino e o pinto do menino (1975)
Wander Piroli

PROPOSTA REALISTA E REAÇÃO

Vera Teixeira de Aguiar (PUC-RS)

*

A suposta malícia do título é, sem dúvida, um dos trunfos da obra para chamar a atenção de seu público: *O menino e o pinto do menino*, do autor mineiro Wander Piroli. Publicada em 1975, a obra não apenas inaugurou uma coleção de livros para crianças vinculada a uma editora de Minas Gerais, a Comunicação, como deu a ela seu nome, "Coleção do Pinto", causando polêmica e preconceito desde que veio a público. Permanece atual, tanto por seu trocadilho continuar a assustar leitores adultos desapercebidos da brincadeira, quanto pela pertinência das questões abordadas pela narrativa. Oprimido pelas dificuldades cotidianas da cidade grande, o personagem infantil se vê em dificuldades para preservar a vida e o contato com um pintinho que ganhou na escola. A sensibilização do leitor certamente se dá pela angústia do menino, de sua mãe e de seu entorno, abalado pelo afeto gerado no contato com o frágil filhote carregado pelo protagonista.

*

A literatura infantil brasileira é um fenômeno novo na história do Ocidente, pois não completou ainda um século e meio de existência, tendo surgido nas últimas décadas de 1800. O primeiro livro que registramos no Rio Grande do Sul data de 1882, de autoria de José Fialho Dutra (1885 - ?), que escreveu os poemas de *Flores do campo*, cujo subtítulo, "Poesias infantis", pontua um endereçamento bem claro. A trajetória dessa produção, entretanto, cumpre as direções do sistema literário para a infância, que parte sempre de dois polos distintos: o educativo e o recreativo. O primeiro introduz os novos leitores no conhecimento do mundo que os cerca, nos valores e nas normas que ali vigoram, de modo a torná-los adultos integrados na sociedade, conscientes do papel a desempenhar. O segundo abastece sua imaginação, e a fantasia então construída incentiva-os a vislumbrarem a realidade possível, através da liberdade e da criatividade. Brincar, é, pois, coisa séria, e isso está presente nos textos fundadores, nascidos da adaptação dos contos populares da Idade Média europeia. Os escritores nacionais seguem os mesmos passos quando os reescrevem para nossas crianças.

Nesse processo, cabe a Monteiro Lobato (1882-1948) a fixação de uma legítima literatura infantil brasileira, toda ela plantada no Sítio do Picapau Amarelo, onde os pequenos encontram o Brasil de fato, em cores, tipos humanos e linguagem. No entanto, os conteúdos do imaginário europeu são constantes, por meio da presença de personagens, caracteres, temas e estruturas narrativas. Os habitantes do Sítio recebem figuras encantadas das antigas narrativas, visitam terras distantes e convivem com todas através da fantasia. O êxito de Lobato é tal que ele não só inaugura um novo modo de contar histórias, como influencia a produção posterior. Os autores que o seguem, como Francisco Marins, Maria José Dupré, Jerônimo Monteiro,

Ofélia e Narbal Fontes, entre tantos outros, invadem o interior do Brasil, recriam fatos históricos e enfatizam situações exemplares para a educação das novas gerações, muitas vezes com o aproveitamento da magia. A literatura infantil passa a compor um grande acervo, sem, contudo, atingir o nível qualitativo do modelo lobatiano.

No final da década de 1960, vários fatores sociais, políticos, econômicos e educacionais são responsáveis pelo crescimento do mercado editorial voltado ao livro infantil, e muitos escritores apostam na criação destinada às crianças, valendo-se das expressões metafóricas e metonímicas para burlar a censura, em textos aparentemente ingênuos. São desta época *O mistério do coelho pensante* (1967), de Clarice Lispector, *Pé de pilão* (1968), de Mário Quintana, e *A fada que tinha ideias* (1971), de Fernanda Lopes de Almeida, bem como uma vasta produção que se estende até hoje, mesclando realidade e fantasia, de modo a provar que uma vida melhor é possível. Tais narrativas e poemas fazem tanto sucesso que renovam o conto de fadas tradicional e, em contrapartida, dão origem a um movimento de reação.

Devido às circunstâncias políticas de controle da literatura e da arte em geral, vividas durante a ditadura militar, muitos autores abrigam-se nos livros infantis, por meio dos quais é possível retratar criticamente a situação de exceção por que passa o Brasil. O escritor e editor mineiro André Carvalho, entretanto, opta por seguir outro caminho, privilegiando textos veristas, que apresentam o mundo e seus conflitos individuais e sociais sem o apoio da fantasia. Assim, publica, em 1975, *O menino e o pinto do menino*, de Wander Piroli (1931- 2006), que inaugura a Coleção do Pinto, na Editora Comunicação de Belo Horizonte, sobre a qual o editor esclarece:

> A Coleção Pinto se propõe basicamente duas coisas: mostrar a [sic] criança de hoje o mundo massificado e difícil em que os seres se digladiam num desesperado consumismo, e trazer para o texto infantil, além de consagrados autores para crianças, escritores do porte de José J. Veiga, Ignácio de Loyola Brandão e Wander Piroli (Piroli, 1975, p. 37).

O autor que dá partida à Coleção é mineiro de Belo Horizonte, escritor e jornalista, formado em Direito, que começa na literatura ao inscrever, em 1951, um conto num concurso da Prefeitura. Vencedor, não para mais. Publica seu primeiro livro de contos, *A mãe e o filho da mãe*, em 1966, pela Imprensa Oficial, um dos marcos de sua carreira. Inicia como ficcionista escrevendo para adultos, porém, é na literatura infantojuvenil, a partir da publicação de *O Menino e o pinto do menino* (1975), que o seu nome fica ainda mais conhecido, tendo o livro mais de 30 reimpressões, até a presente data. No ano seguinte, publica uma história infantil, *Os rios morrem de sede*, com o qual ganha o Prêmio Jabuti de 1977, o que faz o autor tão conhecido a ponto de ter seus dois livros traduzidos para vários idiomas. Ainda para crianças e adolescentes, escreve *Macacos me mordam* (1978), *Os dois irmãos* (1980) e *Nem pai educa filho* (1998). Um fato interessante na sua carreira literária é que, embora tenha estreado com um livro dirigido ao público adulto, em 1966, só volta a se dedicar a gente grande em 1980, quando lança *A máquina de fazer amor*. Seguem-se outras publicações até sua morte em 2006, sendo aquelas para crianças e jovens as que mais o identificam no cenário da literatura brasileira. São esses trabalhos que se tornaram sucessos de público ao propor, pela primeira vez, uma espécie de realismo para crianças. Piroli abre mão das bruxas e duendes para falar aos novos leitores da vida como ela é.

O espanto que a obra *O menino e o pinto do menino* causa ao ser publicada, seguramente, tem a ver com a presença da vida urbana sem retoques, que Piroli tanto acompanha em sua função jornalística, em contraste com a literatura fantasiosa oferecida aos pequenos naquele momento. Somem-se a isso o título malicioso e seu tratamento editorial, cujas ilustrações reforçam a interpretação sugerida. Na contracapa, em primeiro plano, um menino despido, de costas, parece estar urinando sobre a cidade grande a seus pés, com uma vista de fundo caótico representada pelos arranha-céus. O jogo de alto e baixo dá relevo agressivo à figura da criança, como resposta final ao desfecho melancólico da história.

O livro narra um episódio da vida de Bumba, um menino de quatro anos que ganha da professora um pintinho e insiste em levá-lo para o apartamento onde mora sob os protestos da mãe. No trajeto da escola ao lar, ficam explícitos o terno desejo infantil e a angústia da mãe, que não pode atender às súplicas da criança. A partir da chegada à casa, há um degringolar da ação que culmina com a morte do animal. O realismo dos fatos e o rompimento com a estrutura tradicional das histórias infantis (conflito inicial – processo de solução – sucesso final) são elementos que contribuem para a censura da obra. Em linguagem coloquial, com predomínio do diálogo, a narrativa é dividida em dez breves capítulos, cujos títulos anunciam a ação:

1 O menino e seu presente
2 A mãe e seu problema
3 A última tentativa
4 O novo inquilino
5 Uma casa de papelão
6 Abraça mamãe, Bumba
7 Alguma coisa errada

8 O pai chega em casa
9 O fim está próximo
10 Os dentes no travesseiro (Piroli, 1975, s.p.).

Como vemos, o núcleo dramático é construído a partir dos sentimentos antagônicos de Bumba e sua mãe. No entanto, o que gera essa oposição é de ordem contextual, tem a ver com o desumano convívio na cidade grande, que esmaga o florescimento de relações de afeto e de experiências emocionais produtivas. As dificuldades que a mãe enfrenta nascem, portanto, das condições sociais em que vive e não de sua rejeição à vontade do filho. Daí, a dor maior. Some-se o fato de que o texto promove facilmente a identificação de seus leitores, ao colocar em cena as vicissitudes de uma família de classe média (pai, mãe, quatro filhos – um menino e três meninas, empregada doméstica, porteiro do prédio). Em outras palavras, relata um caso que pode acontecer em quase todos os lares das metrópoles brasileiras (que podem comprar livros). Colabora para a rejeição da obra, censurada em seu aparecimento, a representação de problemas sociais, que servem como pano de fundo. A recepção negativa, contudo, acaba por dar destaque ao texto de Piroli, como bem salienta Nelly Novaes Coelho:

> Mas toda a moeda tem seu reverso: devido à polêmica, O menino e o pinto do menino fez-se tão notório e exigiu tantas edições, que o seu editor (André Carvalho) abre com ele a "Coleção do Pinto" que se especializou em obras contundentes, de denúncia social (Coelho, 1995, p. 1146).

Aníbal Bragança e Márcia Abreu recuperam a história da recepção da obra e da criação da Coleção do Pinto:

> A partir de 1975, o editor mineiro André de Carvalho lançou dois livros do contista Wander Piroli, *O menino e o pinto do menino* (1975) e *Os rios morrem de sede* (1976), pela Editora Comunicação. Criava-se a *Coleção do Pinto*, primeiro com uma série de dez volumes, logo seguida de outra série de mais dez volumes. Em comum, os autores escolhidos tinham a tendência à literatura realista, problematizando a realidade brasileira e gerando intensa polêmica, especialmente entre os escritores mais tradicionais, como o ministro Vovô Felício (Vicente Guimarães), a baiana Bárbara Vasconcellos e a gaúcha Maria Dinorah, sobretudo porque estávamos em tempos de pesada ditadura militar pós-Ato Institucional Número 5 (Bragança; Abreu, 2010, p. 372 – grifos dos autores).

A par da proposta realística, que dispensa o modelo narrativo do conto de fadas clássico, *O menino e o pinto do menino*, como já sublinhamos, é provocativo a partir do título, propositalmente apimentado e chamativo, o que incomoda pais e professores conservadores. Acontece que temos, aqui, uma rica chave de interpretação, que diz respeito à descoberta do sexo e à repressão. Eis a primeira cena:

> - O que está escondido aí?
> - Pinto.
> - Pinto?
> - É sim, mãe. Olha ele aqui.
> A mãe ajudou-o a levantar a blusa de lã e, antes de ver, ouviu um piado fino. A mão do menino segurava de encontro ao peito um pintinho amarelo, de aparência muito safada.

> - Pode levar para casa não – avisou a mãe. (Piroli, 1975, p. 4)

Seguem-se os pedidos de Bumba e a postura ambivalente da mãe, que tenta tolher o desejo do garoto e, ao mesmo tempo, o ajuda a esconder o pintinho no ônibus, na rua e na entrada do edifício em que moram. À medida em que seu nível de ansiedade aumenta, mais tensa se torna a narrativa:

> Entrou no quarto:
> - O pintinho dormiu, mãe.
> A mãe estava com o rosto voltado para a parede. Bumba tentou puxá-la pelo ombro, depois subiu na cama e deitou-se entre a mãe e a parede.
> - Cê tá chorando, mãe?
> - Estou não – disse a mãe.
> - Tá chorando sim.
> - Abraça a mamãe, Bumba – ela pediu (Piroli, 1975, p. 24).

A intervenção da empregada e das irmãs mais tumultuam a situação. É a chegada do pai que estabelece certo equilíbrio, uma vez que ele compreende melhor a situação. De um lado, incomoda-se com a escola, que deu ao filho o pinto (isto é, que proporcionou a descoberta), de outro, tenta acalmar os ânimos e acompanha Bumba até a morte do bichinho:

> O pai aguardou que o menino firmasse no sono, voltou para o seu quarto.
> - Nega – chamou.
> A mãe não podia responder. Estava com os dentes agarrados no travesseiro (Piroli, 1975, p. 35).

Simbolicamente, o texto trabalha com o papel materno na formação da masculinidade e com as dificuldades daí advindas. Talvez resida nesse enfoque a maior agressividade do texto, a par das circunstâncias sociais trazidas à luz. De qualquer maneira, trata-se de uma obra plurissignificativa, aberta a inúmeros horizontes de leitura. Censurá-los é sempre um retrocesso.

Referências

BRAGANÇA, Aníbal; ABREU, Márcia (Orgs.). *Impresso no Brasil*: dois séculos de livros brasileiros. São Paulo: UNESP, 2010.

COELHO, Nelly Novaes. *Dicionário crítico da literatura infantil e juvenil brasileira*. São Paulo: EDUSP, 1995.

PIROLI, Wander. *O menino e o pinto do menino*. Belo Horizonte: Comunicação, 1975.

A bolsa amarela (1976)
Lygia Bojunga

AMEAÇA AMARELA DENTRO DA ESCOLA

João Luís Ceccantini (UNESP/FCL Assis)
Thiago A. Valente (UENP; PG PLE/UEM)

*

A bolsa amarela (1976), terceiro livro publicado por Lygia Bojunga, é considerado por muitos dos estudiosos do conjunto de sua produção literária como o mais importante e de maior impacto. Publicada em plena ditadura militar, a obra chamou a atenção desde seu lançamento, tanto entusiasmando os especialistas em literatura infantil – por sua originalidade temática e formal –, quanto incomodando setores conservadores, vinculados ao universo escolar ou não. Isso se dá na medida em que a escritora coloca em xeque o poder adulto, as convenções sociais, a instituição escolar, a linguagem convencional e os preconceitos de toda natureza, inclusive aqueles associados ao papel feminino e masculino. Ou seja, sua literatura sempre se revelou empenhada em abrir espaço para a valorização da liberdade, da criatividade e da imaginação. E, por essas características, desde seu lançamento, *A bolsa amarela* se viu envolvida, de tempos em tempos, em polêmicas, episódios de rejeição e tentativas de crítica e censura, da parte de adultos ligados aos mais diversos estratos sociais.

*

O reconhecimento de que temos, hoje, um cânone da literatura infantil e juvenil brasileira está diretamente relacionado à constituição e permanência de uma crítica literária especializada no assunto. No caso da escritora Lygia Bojunga (1932-), seu lugar de relevância no panteão dos melhores autores de literatura para crianças e jovens no Brasil já foi conquistado. Entretanto, isso não impede que questionamentos aparentemente não razoáveis se deem sobre a presença de seus livros na escola. O caso que brevemente passamos a relatar tem como objeto de inquietação *A bolsa amarela*, livro publicado pela primeira vezem 1976.

O caso não é isolado. Mas, para efeito de problematização, vamos nos deter sobre um questionamento formalizado para uma secretaria municipal de educação de um município do interior do estado de São Paulo, por parte de um pai, quanto a uma possível exposição de sua filha a um conteúdo inadequado. Quanto à peculiaridade, salta aos olhos do leitor mais atento o fato de que a escola em que se deu o enfrentamento contava com práticas mais incisivas de acompanhamento e promoção da leitura literária.

Mais especificamente, o contexto da solicitação era o seguinte: a escola em que a aluna estudava mantinha uma longeva parceria, iniciada em meados dos anos 1990, com um grupo de pesquisa voltado a estudos de práticas leitoras, de recepção de leitura, vinculado a uma universidade pública de prestígio. A parceria havia se dado com a constituição, naquele ambiente escolar, de um espaço de pesquisa interventiva para investigar as práticas de formação de leitores de literatura. Como um dos resultados, a escola tem mantido, já há cerca de três décadas, a prática de adotar uma obra literária por bimestre para cada ano escolar, do primeiro ao quinto ano. A longevidade do projeto chama a atenção por se tratar de uma escola pública, em que os pais são convidados a adquirir ao menos uma cópia do livro para que seus filhos participem ativamente das atividades de leitura literária. Ano a ano os pais são consultados sobre a adesão ao projeto, e, conforme percebemos, a adesão é sempre unânime, ao longo de todo o histórico, o que se explica, entre outros motivos, porque a prática em questão tem marcado a instituição como um tipo de ação pedagógica que a distingue das demais escolas. Dentre os títulos de 2019, estava *A bolsa amarela*.

O questionamento dos pais a respeito da obra se dava em torno da personagem Raquel, mais pontualmente sobre seu desejo de se tornar menino. A preocupação, de modo mais objetivo, era se a obra não influenciaria meninas a buscarem outro gênero ou sexualidade – os termos se equivaliam na fala dos pais – isto é, se a obra não iria causar um impacto na identidade feminina de sua filha.

Para leitores da obra de Bojunga, a situação se torna reveladora do desconhecimento por parte do inquiridor da obra da escritora. Para aqueles que ainda não tiveram contato com as narrativas da escritora, fica nosso convite para que a conheça.

Autora de mais de vinte obras, Lygia Bojunga estreia como escritora com *Os colegas,* em 1972. Ao longo da carreira, conquistou reconhecimento nacional e internacional, sendo agraciada, entre tantas outras, com premiações importantes como o Hans Christian Andersen, em 1982, concedido pelo IBBY – *Internacional Board on Books for Young People* – devido ao conjunto de sua obra; o Prêmio Jabuti, em 1973; o Prêmio da Literatura Rattenfänger, em 1986; e o prêmio ALMA – *Astrid Lindgren Memorial Award*, em 2004. É evidente que a biografia, por si só, não explica a qualidade literária de suas obras, mas indicia sua relevância no sistema literário brasileiro. Passemos, pois, para a crítica especializada.

Rosa Maria Cuba Riche (2010, p. 150) afirma que "poucas publicações conseguem atingir uma qualidade literária ao tratar temas tão delicados como a morte, a separação dos pais, a nova organização familiar, a perda, o assassinato, o estupro, a pedofilia, a gravidez na adolescência e outros", entre elas, aponta a obra de Bojunga. Para Rosa Maria Graciotto Silva (2008, p. 44), a partir de 1970 surgiram escritores de literatura infantil e juvenil que retomam a proposta de Monteiro Lobato, isto é, a produção literária que entrelaça fantasia e realidade, criando uma literatura marcada pela originalidade e qualidade estética: "Entre esses escritores, avultam os nomes de Ana Maria Machado, Ruth Rocha e Lygia Bojunga Nunes com uma produção literária preocupada em revelar o homem e a sociedade desses tempos".

As autoras Maria Zaira Turchi e Flávia de Castro Souza ressaltam que a literatura infantojuvenil passa por muitos obstáculos ao tratar de temas *tabus* como a morte e a violência, afirmando que:

> Lygia Bojunga Nunes é a escritora que expressa de modo mais intenso as contradições e a violência presentes no seio social, seus efeitos profundos sobre o indivíduo, mas oferece também a possibilidade de enfrentamento dos conflitos pela via da simbolização (Turchi; Souza, 2010, p. 99).

A psicanalista Lisa França, por sua vez, em capítulo intitulado "As vias simbólicas para combater o mal-estar na infância e na adolescência", salienta que:

> É na palavra, no simbólico, que o homem busca respostas para as perguntas fundamentais que passaram a morar nele desde sua entrada na linguagem. De onde vim? Para onde vou? Qual é o sentido da vida? Sou o rei do universo? A linguagem deu origem ao homem que somos, seres esculpidos na palavra (França, 2010, p.12).

As vias simbólicas, segundo a autora, permitem que a criança e o jovem vislumbrem no outro situações pelas quais estão passando, e isso, de alguma forma, é significativo à vida dos sujeitos. Isto é,

> Se o meu sofrimento, a minha incompletude, a minha pequenez, a minha castração me forem revelados pelo Outro, também faltoso, posso fazer alguma coisa com isso. Não é disso que trata a boa literatura, o bom cinema, a arte em geral? Não é por revelar à minha essência que aquilo que parecia falho, que parecia feio e triste na minha experiência, através da arte torna-se belo? (França, 2010, p. 19, grifos nossos).

Portanto, a todo momento o ser humano está recorrendo à linguagem, ao simbólico, para a compreensão e a apreensão do mundo que o cerca, das dúvidas que o perpassam, dos traumas vivenciados que precisam ser superados ou, ao menos, compreendidos. Tem-se na literatura, no cinema e nas artes, de modo geral, a possibilidade de encontrar algum sentido àquilo que é vivido. Quando se pensa na criança e no adolescente, o fato torna-se de maior importância, pois:

> Toda arte traz uma revelação e provoca em nós uma experiência de natureza poética. Isto deveria ser levado em consideração principalmente na arte dita infantojuvenil. É nessa fase da vida que mais precisamos de consolo, de compaixão. Ainda não organizamos nossas defesas, e a arte teria este condão mágico, esta força de organizar o caos interno, de trazer algum sentido à minha dor (França, 2010, p. 20).

Frente a essas breves considerações, cabe ainda lembrar da tradição crítica sobre a literatura infantil brasileira, evocando textos como o estudo comparativo de Laura Sandroni sobre Monteiro Lobato (1882-1948) e Bojunga, em *De Lobato a Bojunga: as reinações renovadas* (2011); os panoramas literários traçados por Regina Zilberman em *A literatura infantil na escola* (2003); e o memorável trabalho, um dos fundadores do campo de estudos em questão, da mesma autora em companhia de Ligia Cademartori Magalhães, *Literatura infantil: autoritarismo e emancipação* (1987). Esse conjunto de estudos, de crítica compromissada com a qualidade da obra ofertada ao leitor infantil, aponta Bojunga como uma autora impassável no ínterim de qualquer projeto de formação de leitor realmente engajado.

Isso posto, é forçoso observar que, em um texto como *A bolsa amarela*, o trabalho literário desprende-se de mera lição escolar para alcançar um nível estético de maior envergadura. Na prática, o leitor é convidado a vivenciar as angústias da protagonista ao mesmo tempo que desperta de modo crítico para os inúmeros temas ali presentes. O principal, entretanto, é a IDENTIDADE, busca constante da personagem. As três vontades de Raquel – crescer, ser garoto e se tornar escritora – correspondem, em diferentes níveis e situações cotidianas, às opressões vivenciadas pela menina em seu íntimo.

Justamente por ser uma obra em que a questão identitária se coloca, devemos destacar a opção estética da escritora. Evitando o tom panfletário – aquele em que há propaganda ideológica – ela problematiza tensões comuns às crianças em idade escolar. Ao fazer isso, convida o leitor à emancipação, pois não há solução fácil quando se enfrentam limitações inerentes à idade e à posição social. Raquel realiza o desejo de ser escritora, pois, pela simbolização (como aponta França, 2010), é possível vencer as angústias internas, reorganizando a psique; do mesmo modo, o crescimento passa a ser compreendido pela protagonista como processo natural. Negar a infância significaria, aí sim, perder sua identidade. O mesmo pensamento, ao longo do texto, se estabelece quanto ao desejo de ser menino – uma vez que tem suas angústias ressignificadas pela simbolização, não é preciso negar sua identidade feminina para ser aceita no mundo. É portando esta identidade, consciente dela, que se fará ouvir à medida que ganhar autonomia, ao longo do tempo.

Finalmente, importa destacar que a preocupação com o impacto de uma leitura literária sobre o leitor não deve ser superestimada. Quanto mais literária, quanto mais trabalhada em nível de linguagem e seus recursos estéticos, a obra mais se abre para interpretações mais ricas e menos vinculadas a qualquer tópico ideológico. Assim sendo, o texto em questão sustenta-se como um clássico para a leitura infantil, convidando à reflexão, sem resvalar no panfletário, este sim marca de um texto empobrecido, vincado pela busca de doutrinar por esta ou aquela opção ideológica.

Referências

FRANÇA, Lisa. As vias simbólicas para combater o mal-estar na infância e na adolescência. In: AGUIAR, Vera Teixeira de; CECCANTINI, João Luís; MARTHA, Alice Áurea Penteado. (org.). *Heróis contra a parede*: estudos de literatura infantil e juvenil. São Paulo: Cultura Acadêmica; Assis: ANEP, 2010.

RICHE, Rosa Maria Cuba. A literatura infantil e juvenil contemporânea e o retorno do trágico: o caso Lygia Bojunga. In: AGUIAR, V. T; CECCANTINI, J. L; MARTHA, A. A. P. (orgs.) *Heróis contra a parede*: estudos de literatura infantil e juvenil. São Paulo: Cultura Acadêmica; Assis: ANEP, 2010.

SANDRONI, Laura. *De Lobato a Bojunga*: as reinações renovadas. 2. ed. Rio de Janeiro: Nova Fronteira, 2011.

SILVA, Rosa Maria Graciotto. Entre a aparência e a essência: a máscara e suas mediações em Lygia Bojunga Nunes. In: MARTHA, Alice Áurea Penteado. (org.) *Leitor, Leitura e Literatura teoria, pesquisa e prática*: conexões. Maringá: UEM, 2008.

TURCHI, Maria Zaira. SOUZA, Flávia de Castro. A face obscura da violência na literatura juvenil. In: AGUIAR, V. T; CECCANTINI, J. L; MARTHA, A. A. P. (orgs.) *Heróis contra a parede*: estudos de literatura infantil e juvenil. São Paulo: Cultura Acadêmica; Assis: ANEP, 2010.

ZILBERMAN, Regina. *A literatura infantil na escola.* 11. ed. São Paulo: Global, 2003.

ZILBERMAN, Regina; MAGALHÃES, Ligia Cademartori. *Literatura infantil:* autoritarismo e emancipação. 3. ed. São Paulo: Ática, 1987.

Meninos sem pátria (1981)
Luiz Puntel

DO CAMBURÃO AO *FACEBOOK*

José Nicolau Gregorin Filho (USP/FFLCH)

"Esse cara vai me fazer falar sobre o Brasil,
vai me fazer sentir saudade do Brasil,
vai me dar vontade de voltar ao Brasil"
(Puntel, 2016)

*

O cerceamento ideológico costuma atingir as instituições escolares atuando nas sombras. Os discursos oficiais apelam para termos vagos, indefinidos, coletivizando e generalizando solicitações de pais e outras autoridades supostamente preocupadas com o que se lê na escola. Em 2018, no Colégio Santo Agostinho, Rio de Janeiro-RJ, o alvo foi a obra *Meninos sem pátria*, de Luiz Puntel. Não é sempre, mas, felizmente, acontecem reveses bastante elucidativos de que os leitores não são ingênuos sobre a forma como suas leituras são tuteladas, no caso, os alunos realizaram uma movimentação que não passou despercebida, à época, pelas mídias do jornalismo.

*

A ideia de escrever um texto sobre a interferência da sociedade, no que diz respeito a manifestações contrárias à adoção de obras destinadas a crianças e jovens nas escolas brasileiras, já havia surgido há alguns meses, mas aquilo que se apresentava como uma simples ideia de mostrar à sociedade, aos pais e mesmo a profissionais de educação a falta de critérios para esses protestos intensificou-se com a crescente onda desses "ataques" em redes sociais. Esse contexto se mostra a partir de matérias como "Livro da coleção Vaga-Lume com ditadura como pano de fundo é retirado de lista de escola"; "Colégio Santo Agostinho, do Rio, suspende uso de livro considerado 'comunista' por grupo de pais"; "Alunos do Santo Agostinho protestam contra censura de livro na escola". *Meninos sem pátria* é o título do livro polemizado no caso do Colégio Santo Agostinho, obra de 1981, retirado da lista de leitura do sexto ano do colégio e noticiado em inúmeros órgãos de imprensa em 2018, em que víamos pais e supostos educadores dizendo os horrores que esta ou aquela obra poderiam causar na formação de seus filhos.

Entre essas listas para retirar da escola livros considerados nocivos à formação da criança e do jovem, percebiam-se frágeis tentativas de argumentação. Essas iriam desde a capacidade de a obra despertar tendências suicidas, passando pela propriedade do texto na evocação de demônios e, claro, desembarcando na onda de criminalizar quaisquer textos que fazem qualquer menção ao regime militar no Brasil, sem que se encontrassem critérios baseados nos aspectos literários da obra propriamente ditos ou em sua função na formação de novos leitores literários.

Surpresa foi encontrar um livro de Luiz Puntel, da Coleção Vagalume, nessa situação! Eram pais pedindo para retirar o livro da lista enquanto outros contestavam essa postura, dizendo da necessidade de o aluno conhecer esse período histórico do país. A coleção Vagalume, da Editora Ática, foi lançada na década de 1970 e seus títulos foram lidos por milhares de jovens no Brasil todo, desde que o agora chamado Ensino Fundamental II ainda recebia o nome de Ginásio e, nessa época, Puntel era um autor constante nas leituras recomendadas na escola, em virtude das temáticas abordadas nos seus livros e da comunicação rápida da linguagem, que conseguia facilmente despertar a atenção dos jovens de então.

O que se pode perceber nessas ocasiões em que pais reclamam de determinadas obras em razão da temática e mesmo nas contestações que surgem contra esses movimentos é que há uma valorização excessiva do conteúdo em detrimento dos aspectos literários das obras. Ou seja, creditam a determinadas obras, cujo objetivo primeiro da leitura seria a formação de leitores literários, uma função meramente cognitiva, de aprendizado, da mesma maneira como olham para um livro de Matemática, de Geografia ou de História, que, diga-se de passagem, também tem causado muita polêmica por alguns grupos desejosos de que a época em que vigorou a ditadura militar no Brasil, com o apoio de vários setores civis, seja praticamente apagada, pois consideram que qualquer citação ao período em questão tende a uma atitude de promover pensamentos de "esquerda".

Com enfoque especial no livro *Meninos sem pátria* – aqui se comparam duas versões, a primeira e a última –, é possível perceber que os motivos alegados para a retirada dessa obra da lista de leitura escolar dizem respeito ao temor de que o jovem conheça alguns acontecimentos ocorridos durante os chamados "anos de chumbo" no Brasil e, desse modo, aprenda sobre o período. A questão, pois, é exatamente esta: que o livro leve o aluno a aprender que esse período no Brasil foi marcado pela perda da liberdade de expressão e pela repressão àqueles que se mostravam contrários ao regime.

O livro narra a história de uma família exilada do Brasil pelas ameaças ao jornalista José Maria, por ter publicado artigos num jornal do interior do estado de São Paulo a respeito da tortura de um religioso. Graças à perseguição de um militar de baixa patente, Cabo Cirilo, o pai, José Maria, deixa o país. A esposa e seus filhos recebem ajuda de entidades religiosas, que os escondem em um convento e possibilitam sua saída do Brasil. Nesse ínterim, a família passa por situações dramáticas na Bolívia, no Chile e, posteriormente, na França, onde a família se estabelece por maior tempo. Mas esse é o pano de fundo para outras questões abordadas na obra pela visão de um adolescente envolvido com sentimentos e sensações próprios desse momento da vida.

Na última edição, de 2016, alvo de críticas das famílias em busca da censura do livro, nota-se uma trama mais desenvolvida e minuciosa em comparação à primeira edição e bem menos polêmica no que se refere a um diálogo entre um padre e Marcos, protagonista da trama. Ainda no convento, o padre compara a coragem do pai do menino em denunciar abusos do regime à figura de Jesus, que buscava a verdade e pregava a igualdade entre as pessoas. Nesse ponto, as famílias criticaram o livro por, supostamente, passar uma imagem equivocada, pois Ele não poderia ser comparado a um "comunista".

Na segunda edição, de 1981, o personagem jornalista sofre perseguição por artigos publicados na França, em que comentava o governo do Presidente Médici e, depois, o assassinato de Vladimir Herzog. Nessa mesma edição, o Cabo Cirilo reaparece acompanhando uma visita do Presidente Geisel na França. Essa personagem é mais elaborada na última edição; na primeira, o menino percebe que alguém o segue ocasionalmente pelas ruas de Paris, mas o texto não deixa claro se a situação é real ou apenas fruto da imaginação de uma criança acometida pelo medo de, mais uma vez, ter de viver na clandestinidade.

Na argumentação de algumas famílias para a proibição do livro no sexto ano do Ensino Fundamental, que foi acatada pela escola, percebemos que não há quaisquer indícios de crítica à qualidade do texto. Não há observação alguma baseada na qualidade do livro enquanto novela juvenil, inserida no contexto acadêmico para despertar os primeiros contatos com a literatura, de forma a incentivar esse hábito entre os jovens. Apenas viram na obra seu caráter educativo, tal como um texto de prática pedagógica ou mesmo jornalístico. Nada de os supostos críticos entenderem o caráter ficcional da obra, nenhum resquício de que as reclamações tangenciam a qualidade literária do texto, apenas o seu conteúdo dito de "esquerda" foi o motivo para o alarde.

Por que levantar essa questão? Simplesmente porque se deve tomar apenas esse aspecto quando se trata de uma obra literária, um total desconhecimento da literatura no seu sentido mais amplo, o que nos permite elaborar alguns questionamentos tais como:

> Para que serve a ficção? Tem alguma utilidade, alguma funcionalidade na formação de uma pessoa, em nosso caso, de uma criança, ou seja, justamente de uma pessoa em formação? Todos nós, homens e mulheres, vamos ao dicionário para saber sobre as palavras, aos livros de ciência para saber de ciência, aos jornais e às revistas para ler as notícias da atua-

> lidade e aos cartazes de cinema para saber os filmes que estão passando. Mas para onde vamos quando queremos saber sobre nós mesmos? Nós, os leitores, vamos à ficção para tentar compreender, para conhecer algo mais acerca de nossas contradições, nossas misérias e nossas grandezas, ou seja, acerca do mais profundamente humano (Andruetto, 2012, p. 53).

Percebemos, nessa postura da escritora e professora argentina Maria Teresa Andruetto, aspectos totalmente desprezados pelos críticos de plantão. Ou seja, tomar uma obra editada desde a década de 1980 e destinada a despertar o gosto pela ficcionalidade, pela fruição da leitura, como mero panfleto para "doutrinar" alunos contra este ou aquele regime.

Por outro lado, a escola questionada também demonstra falta de critério literário na inclusão de obras destinadas ao público, já que, após a manifestação dos pais, relatou ter analisado a obra e resolveu excluí-la da leitura. Não deveria ter acontecido o contrário? Mostrar que o livro, em sua narrativa fácil e atrativa para o público a que se destina, contribuiria para a formação de leitores? Não houve esse critério na seleção da obra no sentido de poder justificar prontamente o porquê aquele livro estaria recomendado para aquele ano específico? Que a linguagem clara e direta presente na obra, a revisão e a atualização retirando elementos datados, tais como o nome de um iogurte muito vendido na época ou determinadas gírias em moda, tornaram o livro mais "palatável" para o leitor de hoje? Por que não dizer que o encadeamento rápido das ações, o universo do adolescente frente às questões e às dúvidas sobre a vida e o amor são retratadas de modo que o seu leitor se espelhe nessa obra?

Provavelmente recomendado para esses pais que proibiram a obra para os filhos, esse livro deve ter figurado em listas quando eles ainda frequentavam os bancos escolares em plena ditadura militar, ou não eram leitores de literatura e apenas preenchiam fichas anexadas aos livros para cumprirem mais uma atividade e "passarem de ano". Evidentemente não se recordaram da dedicatória da primeira versão, ainda publicada na Coleção Jovens de Todo o Mundo, pela Brasiliense, em que, além de discorrer sobre o apresentador Cid Moreira – famoso na época – e chamar de "Gloriosa" a revolução de 1964, o autor dedica a obra a vários meninos que conheceu no tempo enquanto professor em escolas do interior. Ele relata a dificuldade desses filhos de exilados nos primeiros contatos em terra estranha, obrigados a partilhar uma cultura alheia à sua.

Curioso, nessa passagem, é o autor relatar que continuou a ensinar gramática nas escolas e comentar que o ensino brasileiro acredita nos benefícios desse ensino de língua apartado de seu uso, apartado da vida. Mais curioso ainda é o último nome e os motivos pelos quais é feita essa homenagem no último parágrafo: "Sem querer fazer média, incluam mais um nome nesta lista: o menino exilado que foi, o hoje sessentão João Batista de Oliveira Figueiredo" (Puntel, 1981).

Na última edição, já atualizada, esse parágrafo foi suprimido, mesmo tendo sido reescrito em 1987, já no começo do período de redemocratização do país. Talvez esse dado, já que o conteúdo da obra seja a tônica dos questionamentos, contribuiria para que o nível de informação da obra fosse mais relevante para aquelas famílias de censores. Ou talvez fosse despertar mais questionamentos, já que ela envolve a figura do último presidente daquele regime, aquele que promoveu a "abertura".

Quanto aos elementos de literariedade, ou seja, as características que fazem um texto ser chamado de literatura, observa-se uma obra comum de um tipo de texto elaborado para atrair a atenção do jovem leitor, com encadeamento rápido das ações, numa trama que vai apontando outros questionamentos comuns a essa etapa da vida humana.

Observando esse ponto, Andruetto (2012, p. 147) afirma que um fator importante a ser observado é a figura do narrador, já que "escrever um texto narrativo implica, de cara, tomar uma decisão sobre o ponto de vista, e é justamente a escolha de um ângulo de observação que dá uma série de efeitos ao caráter da história". Nesse caso, a opção por um narrador adolescente que vive e vê todas as cenas e informações sobre o período, ouve relatos de seus pais, de outros adultos que o rodeiam em seus universos sociais – família, os professores e outros atores do ambiente escolar, vizinhos e conhecidos dos seus pais – configura-se como um importante elemento na construção dessa obra.

Assim, mesmo a presença de um irmão mais novo e o nascimento de outras crianças na família fazem com que Marcos questione o ambiente e os fatos à sua volta, de maneira a trazer ao seu leitor a identificação com olhares e reações, já que os elementos construtivos da narrativa foram pensados para um leitor em potencial: um jovem nessa mesma etapa de vida. Não se deve pensar que apenas a escolha adequada do narrador já garante que um determinado texto tenha qualidade literária, mas o ponto de vista é um fator importante para despertar no leitor iniciante o prazer de ler um texto diferente daqueles produzidos apenas com a finalidade de comunicação, com referenciais externos, não ficcionais, aqueles que não poderiam ser chamados de literatura, como os textos jornalísticos ou científicos.

Ler um texto literário é desvendar dois universos, um deles construído no interior do próprio texto, com suas verdades moldadas por meio de um uso próprio da língua, a língua moldada pela arte; outro que se relaciona com a sociedade, externa, ancorando o texto num momento de produção. No caso do livro de Puntel, a ação transcorre no mesmo momento de produção da obra, exatamente o momento em que indivíduos saíam do Brasil por questões políticas, já que se perdiam liberdades e direitos individuais, perdia-se a democracia com os Atos Institucionais que se sucediam.

Para concluir essas breves palavras sobre a retirada de um livro de literatura juvenil de uma escola sem que os critérios fossem a sua qualidade literária, fica uma questão, uma questão de Fernando Gabeira, utilizada pelo autor como uma nova epígrafe do livro *Meninos sem Pátria*, inserida na última edição, a mesma utilizada para abrir este texto – a questão do exílio. Lendo esse fragmento, é importante que se lembre de outro texto canônico da literatura brasileira, de um outro momento, mas numa linguagem literária de outra época, em 1846, no romantismo de Gonçalves Dias, a Canção do Exílio:

> Minha terra tem palmeiras,
> Onde canta o Sabiá.
> Não permita Deus que eu morra,
> Sem que eu volte para lá;
> Sem que eu desfrute os primores
> Que não encontro por cá;
> Sem qu'inda aviste as palmeiras,
> Onde canta o Sabiá. (Gonçalves Dias, 1969, p. 06)

Um bom exercício para os contrários ao livro de Puntel talvez fosse, antes de invadirem redes sociais para tentar impedir o direito à leitura literária, perceber que as obras dialogam entre si e com os seus leitores, discutem questões humanas por meio da arte em teias de significados complexos, teia essa na qual a humanidade molda seus valores, seus saberes e suas identidades. Portanto, impedir o acesso a uma obra de arte apenas por supor que o conteúdo seja maléfico é impedir esse direito à arte e à cultura, é reduzir o tamanho do mundo apenas àquilo que se quer e se pode ver.

Referências

ANDRUETTO, Maria Teresa. *Por uma literatura sem adjetivos.* Tradução de: Carmem Cacciacarro. São Paulo: Editora Pulo do Gato, 2012.

BLOWER, Ana Paula. Alunos do Santo Agostinho protestam contra censura de livro na escola. "Meninos sem pátria", escrito em 1981, foi retirado da lista de leitura do sexto ano do colégio. *O Globo*, Rio de Janeiro, 02 out. 2018. Disponível em: https://oglobo.globo.com/sociedade/educacao/alunos-do-santo-agostinho-protestam-contra-censura-de-livro-na-escola-23130149. Acesso em: 01 nov. 2018.

BLOWER, Ana Paula; GRANDELLE, Renato. Colégio Santo Agostinho, do Rio, suspende uso de livro considerado "comunista" por grupo de pais. *O Globo*, Rio de Janeiro, 02 out. 2018. Disponível em: https://oglobo.globo.com/sociedade/colegio-santo-agostinho-do-rio-suspende-uso-de-livro-considerado-comunista-por-grupo-de-pais-23122273. Acesso em: 01 nov. 2018.

GONÇALVES DIAS. *Poesia. Coleção "Nossos Clássicos".* São Paulo: Agir, 1969.

PUNTEL, Luiz. *Meninos sem Pátria*. 1. ed. São Paulo: Brasiliense, 1981.

PUNTEL, Luiz. *Meninos sem Pátria.* 23. ed. São Paulo: Ática, 2016.

RODRIGUES, Maria Fernanda. Livro da coleção Vaga-Lume com ditadura como pano de fundo é retirado de lista de escola do Rio. *O Estado de S. Paulo*, São Paulo, 02 out. 2018. Disponível em: https://cultura.estadao.com.br/noticias/literatura,livro-da-colecao-vaga-lume-com-ditadura-como-pano-de-fundo-e-retirado-de-lista-de-escola-do-rio,70002529714. Acesso em: 01 nov. 2018.

O BGA – O bom gigante amigo (1982)

Roald Dahl

SOBRE O AVESSO DOS OGROS

Fabiane Verardi (UPF)
Zíla Letícia Goulart Pereira Rêgo (UNIPAMPA)

*

O medo acompanha a infância e a impulsiona em superações e descobertas valiosas ao longo do seu desenvolvimento. Encontramos suas pegadas em inúmeras produções culturais, com especial destaque para a literatura infantil, terreno fértil para os exercícios de alteridade, em que os receios de outrem são experimentados com ganhos inestimáveis ao pequeno leitor. Nos últimos tempos, porém, temores adultos nascidos de perspectivas estreitas e limitadoras alcançam as obras para crianças e jovens numa censura que ameaça, em especial, a escola e o acervo a ser nela lido. A obra de Roald Dahl, nesse sentido, tem sido atacada em variadas frentes, no exterior e no Brasil, ao provocar crianças e adultos com uma literatura que se articula como excelente metáfora do que quer e pode a arte quando se trata de subverter falsos gigantes e, de mãos dadas com a irreverência infantil, promove experiências enriquecedoras e emancipadoras para os jovens leitores.

*

O bom gigante amigo, ou *BGA*, (1982) é uma obra do inglês Roald Dahl (1916-1990), considerado um dos maiores escritores para crianças do século XX. É dele, entre outros títulos, *A fantástica fábrica de chocolate* (1964) e *Matilda* (1988), sucessos que se tornaram clássicos da literatura infantojuvenil e que foram levados às telas, assim como *BGA*, mobilizando legiões de fãs.

A obra narra o encontro de uma órfã de 8 anos que vivia em um orfanato em Londres com o BGA, gigante bondoso que, todas as noites, visita quartos infantis a soprar bons sonhos para as crianças. Ao ser flagrado por Sofia em uma noite de insônia, o BGA se vê obrigado a levá-la consigo à terra dos gigantes, onde medonhos monstros preparam-se diariamente para comer pessoas pelo mundo à fora. Após muitos sustos e revoltas pelo desaparecimento de inocentes devorados por "Comecarnecrua" e seus comparsas, Sofia e BGA armam um plano com a Rainha da Inglaterra e conseguem prender os gigantes em um buraco profundo, tornando-os atrações para visitantes do mundo inteiro. Cabe a BGA tornar-se um escritor e relatar suas aventuras junto a Sofia em um livro, justamente *O bom gigante amigo*.

BGA insere-se na tradição das miniaturas presente em muitas obras destinadas ao público infantil. Cruzar com seres minúsculos ou até mesmo ver-se reduzido a um mínimo ponto numa terra de gigantes são fenômenos recorrentes nessa produção, traduzindo a sensação de menoridade que acompanha as crianças em relação ao mundo que habitam. Sentir-se pequeno e frágil, em meio ao universo adulto, joga com sentimentos como medo e impotência, mas também mobiliza sua coragem para vencer desafios, especialmente por meio da astúcia e da criatividade. Nesse sentido, O bom gigante amigo dialoga com obras como *Viagens de Gulliver*, *Alice no país das maravilhas* e *João e o pé de feijão* (mencionada, inclusive, na obra), apenas para citar alguns clássicos, sem esquecer do notório *O pequeno Polegar* e, mais recentemente, de produções como *Toy Story*, em que esses elementos são retomados e atualizados pela animação gráfica.

A forma como a ideia de desproporção entre adultos e crianças é abordada em *O bom gigante amigo* tende a capturar o interesse e a promover a identificação do leitor infantil, que se reconhecerá nos sentimentos ambíguos que Sofia passa a nutrir pelo gigante, ora tão assustador e feio, ora tão sensível e cuidadoso. Ele surge no meio da noite, justamente na "hora das bruxas", quando o sono não vem e os medos se tornam ainda mais ameaçadores. Capturada e levada para a caverna de BGA, Sofia não abandonará o olhar curioso e a típica franqueza infantil, apesar de todos os riscos. São essas características que lhe permitirão pensar em alternativas para salvar as pessoas da fome dos gigantes e que a colocarão em pé de igualdade com as criaturas. Ou seja, a fórmula clássica da esperteza do mais fraco para subjugar o poder do mais forte aparece na obra de Dahl, potencializada pela dupla vulnerabilidade da menina: ela é pequena e... órfã. Sofia cresce em poder e força ao lado do amigo e este lhe retribui aproximando-se dela com um comportamento afetuoso e protetor, acabando com a assimetria que os separava em mundos distintos.

Além do medo noturno e de seus fantasmas, outro tema relevante presente na obra é o da amizade entre diferentes, a possibilidade de construir pontes de entendimento e afeto entre criaturas, a princípio, tão desiguais. Isso vale para os laços que se estabelecem entre Sofia e BGA, mas também entre eles e a Rainha da Inglaterra. A soberana, representada como atenciosa e justa, dá crédito às palavras da pequena e, apesar do inusitado, acolhe o gigante na residência real para uma farta refeição, rompendo obstáculos que a hierarquia e a realidade poderiam impor à situação. Essa postura solidária adotada pelos adultos da obra traduz muito dos anseios infantis em se sentir considerado, ouvido, prestigiado, enfim. As explicações de BGA sobre as incoerências humanas são sinais da sintonia entre Sofia e o gigante e do respeito com que esse adulto de ficção dispensa à forma como a criança entende e traduz o mundo:

> - Não se esqueça que os serumanos vive desaparecendo toda hora mesmo se não tem nenhum gigante devorando eles. Os serumanos se mata uns aos outros muito mais depressa do que qualquer gigante pode conseguir.
>
> - Mas eles não *comem* uns aos outros.- argumentou Sofia.
>
> - Gigante também não come um ao outro – disse BGA. _ Gigante nem um *mata* o outro. Nem os crocodílicos matam os outros crocodílicos. Nem os gatinhos matam os outros gatinhos. (...)
>
> Sofia ficou em silêncio.
>
> - Eu não entende os serumanos, não mesmo, de verdade – continuou BGA. – Você é um serumano e está aí dizendo como é horrensodo e nojerento que os gigante coma os serumanos. Correto ou torto?
>
> - Correto.
>
> - Mas os serumanos vive matando *os outros* serumanos o tempo todo. Toda semana atiram de espingárdicas, passam voando nos avinhões e jogam bombas nas cabeças dos outros. Serumanos só faz matar os outros serumanos (Dahl, 2016, p. 79).

A lógica pacifista do gigante, sua pureza de princípios (ele se nega a comer humanos!) e seu coração generoso abrem caminho para a boa acolhida entre os pequenos leitores. Nada mais sedutor do que um grandalhão emotivo.... Mas há, ainda, outra característica de BGA que o aproxima do mundo infantil: seu interesse por temas escatológicos e por tudo que implique experimentar, misturar, criar. Não há censura a essa curiosidade porque não há do que se envergonhar. Tomar refrigerante e soltar "puns" é uma das diversões do gigante da qual a menina vai compartilhar (todo mundo faz, não é isso que diz BGA?) com muita alegria. Mesmo interditadas, essas posturas não deixam de soar engraçadas para a criança. Também a sua relação com a comida é um capítulo à parte que merece atenção: o que eles comem e bebem, "nabobrinhas" e "clacloclola" (aqui, numa nada sutil referência ao conhecido refrigerante), envolve pequenas batalhas e traduz a relação muitas vezes difícil que os pequenos estabelecem com a comida, quando o apreço pelo indevido convive com a resistência em comer o que é mais saudável, por exemplo.

No entanto, o ponto alto da obra centra-se na linguagem. Dahl cria para BGA uma língua própria num tom infantilizado tecido por vocabulário e atitudes que garantem um ingrediente capaz de seduzir leitores de todas as idades: o humor. Como se observa no fragmento abaixo:

> O gigante soltou uma gargalhada. – Só porque eu é um gigante, você fica achando que eu é um carnibal comedor de gente! – berrou. – Você tá é muito certa! Gigantes é tudo carnibal mesmo, tudo assassino! Eles come carne de gente, *sim*! Aqui nós tá na Terra dos Gigantes! Gigante pra todo lado! Lá fora tá o famoso gigante Esmagamão! O gigante Esmagamão amassa e engole dois serumanos bem gostosos toda noite no jantar! Um barulhão que você

> nem sabe! Dá pra escutar o *crunch-crunch* dos osso se quebrando lá de longe! (Dahl, 2016, p. 26).

A permanente desconstrução da figura do gigante ocorre, em especial, por ele ser representado como um sujeito opiniático, cheio de indagações, de teorias e de postura ética, que desconhece a própria força (ou que dela não quer se valer) e que prefere optar por um jeito próprio de existir no mundo dos malvados. Feio, desengonçado, dono de enormes orelhas, é cuidadoso e comprometido com o bem-estar da pequena Sofia. Nessa composição, surge um menino grande, ou um grande menino, cujo vocabulário impagável (palmas para a tradução brasileira de Angela Mariani!) concretiza em neologismos e inusitadas composições linguísticas a forma experimental e livre com que a criança conquista a palavra e o mundo. A identificação dos gigantes são um exemplo dessa façanha: Amassamãe, Engolenguia, Matamoças, Agarramigo, Mascamenino, Esmagamão, Estripapai e Comecarnecrua trazem, na composição de seus nomes, a divertida literariedade das maldades que cometem, procedimento em harmonia com a necessidade de concretizações típica da infância. Nesse sentido, Bom Gigante Amigo é alcunha que já traz o rompimento do parceiro de Sofia com a tradição do mal e sua adesão ao bem.

É essa linguagem que aproxima o leitor e, também, os dois protagonistas, Sofia e BGA, pois a menina, ao fazer determinados esclarecimentos em relação às expressões usadas pelo gigante, representa, na história, o leitor desse mundo fantástico criado por Dahal. Como se observa:

> - Os serumanos tudo tem gosto diferente um do outro. Tem uns que é gostoso demais, e tem

um que é blargh. Serumano grego, por exemplo, é sempre blargh. Gigante não come grego de jeito nenhum.

- Por que não? - quis saber Sofia.

- Grego lá da Grécia tem gosto de azeite – respondeu o gigante.

- Imagino que seja verdade – disse Sofia. Enquanto falava, ela tremia só de pensar como iria terminar aquela conversa sobre devorar pessoas. Fosse como fosse, ela tinha que concordar com tudo que aquele gigante esquisito dissesse, e rir de suas piadas. (...)

- Você não está fazendo uma certa confusão?

- Eu é um gigante meio destrapalhado – disse ele. – Mas eu faz o que pode. Eu é menos destrapalhado do que muito gigante por aí. Eu sei de um que vai galopeando todo dia até Hamburgo pra agarrar o jantar (Dahl, 2016, p. 27, 30).

Tal estratégia de permitir ao receptor/leitor configurar-se como um coparticipante ativo na construção dos significados textuais, nos textos literários, segundo Azevedo (s/d), "proporcionam ao sujeito os fundamentos para uma fruição da leitura e o exercício de um comportamento crescentemente autónomo nessa actividade". Logo, os procedimentos narrativos utilizados por Dahl acabam por se configurar, também, em mecanismos de formação de leitores ativos, envolvidos com o que leem e, provavelmente, abertos a novas experiências leitoras. Além disso, a estrutura linear de *O bom gigante amigo*, fragmentada em capítulos bem encadeados e organizada a partir de situação inicial, conflitos, ápices, resoluções e desfechos, tanto conforta leitores iniciantes, que são "guiados" por essa forma tradicional de contar/narrar, como promete e entrega aos iniciados mais uma gostosa experiência com o clássico.

Assim, pelo exposto, parece-nos claro que *O bom gigante amigo* é leitura promotora de uma experiência enriquecedora aos leitores. Por meio dela, revisitam medos, curiosidades e um jeito destemido de lidar com o desconhecido e com o estranho, além de permitir uma divertida brincadeira com a linguagem. Trata-se de uma viagem ao mundo da infância, com toda sua presença de seres irreais e intangíveis, proporcionando às crianças, por sua imaginação e inventividade, a aceitação sem surpresas do ilogismo da narrativa. O simbolismo ali expresso alcança o pequeno leitor e o faz se identificar com as personagens apresentadas e com suas aventuras, abrindo espaço para a ampliação de suas experiências de leitura.

Referências

AZEVEDO, Fernando Fraga de. A literatura infantil e o problema da sua legitimação. In: SOUSA, Carlos Mendes de; PATRÍCIO, Rita [org.]. *Largo mundo alumiado:* estudos em homenagem a Vítor Aguiar e Silva. Braga: Centro de Estudos Humanísticos da Universidade do Minho, vol. 1, 2004. p. 317-323. Disponível em: https://repositorium.sdum.uminho.pt/handle/1822/2854. Acesso em: 20 nov. 2018.

DAHL, Roald. *O bom gigante amigo*. São Paulo: Editora 34, 2016.

O menino que espiava pra dentro (1983)

Ana Maria Machado

CONVERSANDO COM MÃES E MESTRES

Marisa Lajolo (MACKENZIE)

*

Incitação ao suicídio. Se fosse uma acusação a uma pessoa, seria crime de incontestável responsabilização, ainda mais se o incitado for uma criança. Seria isso legítimo, porém, no caso de uma obra literária de reconhecido valor estético? De autoria de uma das mais representativas autoras de livros infantis, no Brasil, *O menino que espiava para dentro*, de Ana Maria Machado, convida a criança a um diálogo com a tradição dos contos de fadas, valorizando a fantasia e a criatividade. Mas... alguns pais viram na maçã, com a qual o garoto se engasga, algo a mais que um elemento narrativo tão comum nas histórias para crianças. A partir de uma interpretação enviesada pelo pânico, uma turba se lança contra a obra, inflando um sentimento de repulsa por um livro que muitos sequer leram ou chegaram a folhear.

*

Conversando com mães e mestres, me reconheço nos interlocutores da conversa. Sou professora, sou mãe e sou até avó. Ao longo da construção dessas identidades, aprendi muita coisa. Muita mesmo. Coisas maiúsculas, da vida em geral, e minúsculas, miudezas do dia a dia.

Particularmente no que respeita à leitura – parte maior de minha profissão – aprendi que não podemos nunca, para o bem e para o mal, ter certeza de como filhos, netos e alunos, de qualquer idade, vão interpretar o que leem. Na verdade, a imprevisibilidade de interpretações vai bem além do círculo familiar e escolar. Não sabemos – e nem podemos saber – como nossos vizinhos, nossas colegas de trabalho, os transeuntes com que cruzamos nas ruas e aqueles com quem dividimos o banco do ônibus interpretam o que leem na revista, o que lhes chega pela internet, o que veem nas novelas, o que ouvem no rádio.

De novo, para o bem e para o mal.

Mas tem quem não concorde com isso e creia que textos tem apenas "uma" interpretação: a deles. E, quando podem, obrigam todos a agirem segundo a "sua" interpretação.
Expulsam, por exemplo, os caçadores da história de Chapeuzinho Vermelho, porque matar o lobo seria antiecológico. Proíbem a leitura de *Madame Bovary* e processam seu autor porque creem que o livro defende o adultério. Vetam certas HQs porque elas incentivariam atos de violência. Aconselham alterações na história de Cinderela, porque a figura da madrasta pode inspirar desafeto pela segunda esposa do pai. E condenam a leitura de Harry Potter porque a história pode favorecer crenças satânicas...

E assim vai... infelizmente!

Tanto bláblábláu vem a propósito do livro O menino que espiava pra dentro, de Ana Maria Machado.

A pergunta de um menino à mãe gerou, nas redes sociais, protestos contra o livro: ao lado de ofensas graves à autora, vem recomendações de que se evite a leitura dele e – radicalizando – que sua circulação seja proibida. Tais posts têm o seu contrário: são seguidos de elogios e opiniões favoráveis ao livro.

E, o que conta o livro *O menino que espiava pra dentro*?

Conta a história de Lucas, uma criança daquelas que adora sonhar acordada. Ou, como diz a avó dele, que adora "espiar pra dentro". Espiando pra dentro, Lucas vive um faz de conta: visita ilhas desertas, brinca na floresta, vê chuvas de meteoros brilhantes, voa com fadas... Gosta da experiência, quer prolongá-la e acha que, se se engasgar com um pedaço de maçã (como ouviu na história Branca de Neve), pode prolongar muito seu mergulho no mundo da fantasia. De noite, em seu quarto, morde uma maçã, se engasga e sonha. Sonha sonhos lindos. Até que, na manhã seguinte, sua mãe o acorda para a escola...

Essa é a cena que, para a mãe de um menino que leu o livro, inspira e incentiva suicídio infantil.

Discordo da interpretação. E me pergunto que tipo de leitura do livro de Ana Maria conduz a ela. E não acho nenhuma.

Mas... leitor é leitor e, como se disse ali em cima, tem todo o direito de interpretar o que leu. O problema começa quando um leitor, instalado numa situação que lhe confere alguma autoridade – pais e professores, por exemplo –, estabelece que sua interpretação é a única possível. E, a partir da autoridade de que desfruta, sai proibindo e condenando o livro que gerou tal interpretação.

Claro que pais devem se interessar muito pelo que seus filhos leem. E esse interesse começa pela leitura. Leitura dos livros que os filhos estão lendo e de muitos outros livros. E pela conversa. Conversa com os filhos sobre o livro. Ouvindo o que eles acham e dizendo o que se acha. Como se discute novela enquanto se faz as unhas, ou se discute um lance do jogo enquanto se corta o cabelo.

E o que se pode discutir sobre Lucas, esse "menino que espiava para dentro"?

Eu, adulta, mãe, avó e professora, me encantei com o livro pelo que ele me mostrou da importância da imaginação. Fiquei pensando que nós, seres humanos, uma sábia mistura de fisiologia e imaginação, quando adultos, refreamos a fantasia. O que pode tornar nossa vida mais sem graça...

Penso que, ao contrário da interpretação que alguns leitores deram à história, Lucas sabe muito bem que imaginação é imaginação e realidade é realidade. Tatá, o amigo que ele inventa, talvez seja o outro lado dele mesmo, o Lucas-pé-no-chão, que sugere limites para a fantasia, dissuadindo-o, por exemplo, de ficar para sempre no mundo da imaginação.

Lucas sabe bem o que está fazendo...

O exercício da imaginação é profundamente pessoal, embora a gente possa mergulhar na imaginação nas arquibancadas de um jogo de final de campeonato. Ou em espaços apertados e privados, debaixo da mesa, ou debaixo das cobertas na cama dos pais, como faz Lucas. Não penso que a busca de espaços fechados e solitários para dar largas à fantasia seja preocupante.

Mas esse bláblábla está ficando comprido demais.

Voltando à história que Ana Maria Machado conta, também me seduziu o cuidado da voz que a conta, embalando seus leitores em ritmos poéticos que sonorizam passagens do mundo da fantasia com rimas delicadas. E, para completar, o volume é um objeto muito bonito. Ilustrado por Alê Abreu, suas páginas são fartamente coloridas e desenhadas. A representação de

Lucas é sempre luminosa, alegre, e a de seu amigo Tatá muito divertida.

Na última página, um perfil urbano construído com retalhos de papel impresso, ao lado do menino empinando um papagaio e seguido pelo seu cachorro, expressa visualmente a sabedoria do trânsito entre imaginação e realidade.

E, a meu ver, desaconselha e desautoriza interpretações que encontrem no livro um Lucas suicida ...

Que tal ler o livro para conferir? Acho que pode ser uma boa ideia!

Referência

MACHADO, Ana Maria. *O menino que espiava pra dentro*. 2. ed. São Paulo: Global Editora, 2008.

A marca de uma lágrima (1985)
Pedro Bandeira

OUSANDO, SEM PERDER O LEITOR

Rafaela Stoppa (UENP)
João Luís Ceccantini (UNESP/FCL Assis)

*

Publicada na década de 1980, a obra *A marca de uma lágrima* já se tornou um clássico da literatura juvenil brasileira. Trata-se de uma livre adaptação do drama *Cyrano de Bergerac*, de Edmond Rostand, e apresenta uma trama que não teme o uso de alguns recursos literários recorrentes no afã de conquistar seus leitores juvenis, como uma protagonista que se sente inadequada em relação ao próprio corpo, amores não correspondidos e um crime misterioso. No entanto, em que pese sua aparente previsibilidade temática, a narrativa aborda as relações juvenis não apenas da perspectiva dos encontros com o outro, mas também da descoberta de si, a partir, especialmente, de manifestações da sexualidade vivenciadas pela personagem Isabel. Não por acaso, com quase quarenta anos, essa obra segue conquistando leitores e mostra que a literatura juvenil dialoga com diferentes gerações justamente porque trata de temas universais, ainda que, às vezes, a contragosto da escola e mediadores.

*

– Você precisa é parar de ler essas bobagens que anda lendo. Esses livros andam enchendo a sua cabeça de ideias que não são para a sua idade.

(Mãe da protagonista Isabel em *A marca de uma lágrima*).

A marca de uma lágrima, livro de Pedro Bandeira lançado em 1986, é, sem sombra de dúvidas, um sucesso editorial. Recebeu o prêmio de Melhor Livro Juvenil da Associação Paulista dos Críticos da Arte – APCA e, passados vinte anos de sua primeira publicação, foi selecionado para compor o acervo dos anos finais do ensino fundamental do Programa Nacional Biblioteca da Escola – PNBE, edição 2006 e, em 2021, integrou o acervo do Programa Nacional do Livro e do Material Didático – PNLD, para o ensino médio.

O livro foi revisto, reformulado e ganhou diferentes capas e ilustrações ao longo dos anos. A alteração mais substancial ocorreu na 3ª edição, de 2003, que, em virtude da nova diagramação, teve um salto no número de páginas – em contraste com a primeira edição –, de 94 para 174, o que deixou a obra mais condizente ao gosto dos jovens, na atualidade, por narrativas extensas. No ano de 2018, já tinham sido vendidos mais de 1 milhão de exemplares, tratando-se, portanto, de um *best-seller* juvenil brasileiro.

Uma breve pesquisa na internet ajuda a corroborar o seu sucesso. São inúmeros os blogs e vlogs que trazem resenhas de jovens leitores sobre *A marca de uma lágrima*. Na tese *Entre livros e leitores: um estudo de cartas de leitores*, de 2009, Raquel Silva abordou o acervo de cartas enviadas a Pedro Bandeira entre os anos 1980 e 1990, que, tal qual os sites, demonstra uma recepção muito positiva da obra em questão. Entretanto, sobressai uma carta de 1987, que tem como remetente uma professora. Entre diversas considerações sobre o livro, há as seguintes recomendações:

> [...] gostaria de sugerir que escrevessem para eles [jovens] livros que abrissem horizontes e perspectivas para uma visão mais positiva e completa do homem: da missão grandiosa do ser humano na construção do mundo. Para isso, é preciso diminuir a exploração "sensual", para oferecer-lhes algo maior, mais liberdade em termos de "imaginação" e "auto-crítica" [sic].
>
> Em todos os aspectos, a sociedade moderna oferece aos jovens o apelo incessante da sensualidade. Você quis uma Izabel [sic] inteligente, mas a fez rastejar demais diante desses apelos e assim ela ficou diminuída. Não desgostei do livro, mas não o sugeri como leitura a meus adolescentes porque, no plano sentimental, gostaria de algo mais elevado (Silva, 2009, p. 80).

Será que o romance sentimental misturado a pitadas de mistério policial de Pedro Bandeira dá realmente motivos para tal incômodo? Isso faz pensar que o livro em questão talvez não seja tão açucarado assim, valendo-se de algumas estratégias literárias típicas das narrativas de aventuras/policiais para fisgar seus leitores, mas também se valendo de alguma ousadia para os padrões juvenis brasileiros, o que chega a incomodar alguns pais e professores em relação a sua indicação pela escola.

A marca de uma lágrima apresenta a história de Isabel, uma garota em conflito com sua aparência e com seus pais que são separados. Ao longo da narrativa seu complexo de inferioridade vai se intensificando à medida que trava diálogos com seu espelho, uma espécie de algoz. Como forma de escapar de seus problemas, é sempre divertida e esbanja inteligência, acreditando que assim pode se defender de si mesma e dos outros.

Em uma festa, reencontra seu primo Cristiano, por quem fica apaixonada, mas o rapaz se interessa por sua melhor amiga, Rosana, que o corresponde. Mesmo chateada, a menina acaba ajudando o relacionamento dos dois, primeiro escrevendo cartas de amor que seriam de Rosana para Cristiano e, mais tarde, cartas de Cristiano para Rosana. Nessa mesma festa, Isabel conhece Fernando, que se apaixona por ela, mas não é correspondido.

Em meio a essa quadrilha amorosa, *à la* Carlos Drummond, acontece uma reviravolta quando Isabel se torna testemunha do suposto suicídio da diretora do colégio. Por acaso, Isabel presenciou, às escondidas, uma ação que a leva a perceber não se tratar de suicídio, mas de um assassinato. Passa a ser intimidada por um cúmplice do assassino, até que, justamente quando teve coragem de revelar ao primo toda a farsa das cartas, ela mesma se torna alvo de uma tentativa de homicídio. Depois de ficar entre a vida e a morte, Isabel se recupera, o assassino é preso e sua vida começa a se equilibrar ao ter seu amor correspondido por aquele que descobre ser seu verdadeiro objeto de desejo, Fernando.

Organizada em três grandes partes: "I- Paixão que nasce", "II- Paixão que mata" e "III- Paixão que ressuscita", a obra apresenta uma estrutura narrativa bastante linear, com a ação, que dura um mês, distribuída ao longo de dezoito capítulos, organizados em ordem cronológica e segundo relações lógico-causais. Os títulos são representativos dos acontecimentos: primeiro a paixão pelo primo na festa, seguida de uma possível tentativa de suicídio de Isabel e, no desfecho, a protagonista é salva por Fernando de ser assassinada.

O final da narrativa é bem fechado, com diversos níveis de tensão apresentados e eliminados ao longo do livro; sejam aqueles ligados à "quadrilha amorosa", sejam os vinculados ao assassinato da diretora. Num típico *happy end*, todos os problemas são elucidados de forma integradora e positiva, valendo destacar, o cuidado com o tema do suicídio, pois, se a trama foi sendo urdida de forma a levar a crer que a menina teria tido essa atitude por conta do desespero amoroso, logo se revela que ela tomara apenas dois comprimidos do calmante de sua mãe. Em conversa no hospital, questionada por Fernando se queria morrer, a garota responde: "– É claro que não! Pensa que sou idiota?" (Bandeira, 2010, p. 121).

Apenas por essa breve apresentação do enredo, percebe-se o domínio da técnica narrativa do escritor, que tece uma trama bem amarrada ao abordar diversos temas com habilidade, como amores não correspondidos, falência das relações familiares, dificuldades quanto à aceitação de si frente aos padrões estéticos predominantes, assassinatos, entre outras situações. Tudo isso junto a uma protagonista caracterizada com bastante sensibilidade, certa inverossimilhança – seus livros favoritos são de Paul Valéry, de Vinicius de Moraes, de Ferreira Gullar, de García Lorca e de Pablo Neruda – e uma pitada de ousadia.

Convincente como típica adolescente apaixonada e cheia de conflitos, Isabel certamente é, junto aos clichês românticos, uma das maiores responsáveis pela forte adesão à obra. Porém, foge ao protótipo de heroína romântica já no início da narrativa, quando toma cerveja na festa do primo e na penumbra acaba beijando Fernando, convicta de se tratar de Cristiano. É também a garota quem protagoniza duas cenas que poderiam tornar a obra questionável para alguns mediadores de leitura, como pais e professores.

Logo após a festa, Cristiano solicitou à prima que se encontrassem discretamente, e Isabel sugeriu o laboratório da escola. Na penumbra do lugar, ele confidenciou seu amor por Rosana. Ao ficar sozinha no espaço, em meio a bichos empalhados e dentro de frascos, tentando se recuperar da decepção, a garota viu alguém entrar sorrateiramente e pegar um frasco onde estava escrito linamarina, um tipo de composição altamente tóxica. Mais tarde, relembrando o encontro que teve às escondidas, após um banho, nua em frente ao espelho, a menina se esquece por alguns momentos de seu algoz e, exibindo uma mistura de paixão e desespero, parece tocar-se, vivenciando sua sexualidade. A cena vem entre aspas, destacando que se trata de uma fala direta de Isabel, desvinculada do narrador onisciente:

> "Ah, Cristiano amado, por que não me tomou novamente, como sua boneca, naquele laboratório gelado, no meio das formas mumificados, do formol, no meio dos ácidos e das fórmulas, das cobras e das aranhas? Da Linamarina? No meio da Linamarina, do pó branco dos sonhos destruídos, das garotas presas em frascos, da Lina e da Marina, da Linaisabel, da Isabelmarina, da Linaranha, Marinaranha, aranhaisabel, cobracristiano, aranha e cobra... Ai, cobra e aranha, aranha e cobra, a aranha quer a cobra, a cobra busca a aranha, a aranha se debate na gaiola de vidro, vai quebrar-se o vidro, já vem vindo a cobra, vem, Cristiano, me abraça, me enlaça, me arregaça, me enleia, tateia, procura, me aperta, me pega, me toma, te amo, sou sua, estou nua, te quero, te pego, te levo comigo, me leva contigo, me faz viver, me faz feliz, me faz mulher! Ah, Cristianoooo... Ahhh..." (Bandeira, 2010, p. 60).

Pensando no quanto a sexualidade feminina é pouco abordada em obras ficcionais, seja na literatura ou no cinema, especialmente no que diz respeito ao prazer, é muito corajoso e ousado que Bandeira o faça em um livro juvenil. No entanto, a cena acaba perpassada por certa gratuidade em virtude do modo como é narrada com referências a cobras e aranhas, formas pelas quais são popularmente designados os órgãos genitais masculino e feminino.

Nesse aspecto, o recurso à metáfora foi providencial porque possibilitou ao escritor tratar do tema sem referenciá-lo explicitamente; por outro lado, também o vulgarizou, sobretudo, por conta do uso de alguns verbos com teor pejorativo, o que parece contraditório frente à potencialidade criativa de Isabel tão bem representada em suas leituras e cartas. Nada, porém, que tire o mérito da obra, possível de ser entendida como um exemplo das soluções literárias a que chegou o escritor diante dos impasses inerentes à literatura juvenil.

A problemática com a linguagem desaparece quando Isabel se masturba durante um sonho. Por estar em um ambiente onírico, talvez isso tenha possibilitado tornar a cena mais poética. A fala aqui é do narrador, que assume um ponto de vista colado à protagonista:

> Seus cabelos soltos desciam pelos ombros, apontando para seios maduros, eretos, pedintes do carinho de uma mão masculina. Suas mãos desceram pelo corpo, contornando uma cintura estreita, um ventre reto, e percorrendo uma pele eriçada, excitada, quente. Acariciou as próprias coxas e demorou-se descobrindo-se mulher. Um calafrio gostoso percorreu-lhe a espinha, subindo até a nuca e espalhando-se pelo cérebro como se fosse o gostinho do

> chocolate que derrete mansamente na boca.
>
> Estava pronta. Pronta para o tão esperado príncipe encantado, que viesse, a tomasse, aspirasse seu perfume e a carregasse nua em seu cavalo branco (Ibid., p. 119).

Ainda que não fuja ao lugar comum da espera do príncipe em um cavalo branco, nesse fragmento, num contraponto ao anterior, há um trabalho mais cuidadoso com a linguagem, mostrando que muitos dos temas considerados como tabus na literatura juvenil podem ser, na verdade, falsos tabus, pois a questão está no tratamento estético. A expressão da sexualidade nesse fragmento surge como uma manifestação poética da descoberta de si através do próprio toque.

Sobre a temática da sexualidade para o leitor jovem, em reportagem do jornal *O Globo*, de 2016, intitulada "Presença forte de cenas de sexo gera polêmica na literatura jovem e divide autores e educadores", de autoria de André Miranda, os livros citados por trazerem cenas explícitas sobre o tema são todos estrangeiros. Isso é sintomático da "assexualidade" dos livros juvenis nacionais, haja vista que o Brasil ainda é bastante conservador quando se trata de falar de sexo.

Pedro Bandeira participa dessa reportagem e parece ter se esquecido de sua personagem Isabel, pois, quando questionado sobre o assunto, respondeu: "minha obra é adotada em escolas, no ensino fundamental. Quem escreve para essa faixa de público não descreve sexo. Em *A droga da obediência*, o máximo que eu me permiti foi dizer que 'os peitinhos da Magri estão começando a crescer'" (Miranda, 2016). Supor a presença da sexualidade em livros juvenis como descrição de sexo pode trazer um olhar redutor à questão, ainda mais em um contraponto à sexualização do corpo feminino como algo aceitável.

Ainda que a temática causadora da celeuma em *A marca de uma lágrima* seja a do prazer sexual feminino, e não haja especificamente descrição de cenas de sexo, a história é permeada de referências a desejos sexuais de Isabel. Tendo em vista a delicadeza dessa temática, vale destacar a importância da coerência quando da sua presença em escolas, o que certamente levou à alteração de sua indicação dos anos finais do ensino fundamental II, quando do PNBE em 2006, para o ensino médio em 2021, com o PNLD.

Pensando no quanto a presença de personagens que vivenciam a sexualidade é tabu na produção juvenil contemporânea brasileira, é justo reconhecer que a tarefa do escritor diante desse segmento não é fácil, pois trazer um jovem como protagonista, mais do que um leitor implícito, sugere ainda um recurso expressivo que permite uma visão ambígua e peculiar da realidade, em virtude da característica mais bonita dessa fase: sua conquista de consciência do mundo é marcada pela ingenuidade. É essa característica que a mãe de Isabel parece tentar preservar ao pedir que a filha pare de ler livros. A solicitação surge como resultado de uma conversa em que a garota tenta abordar a descoberta do amor e as agruras causadas pela paixão. Visivelmente irritada, a mãe diz que seriam bobagens lidas em livros incoerentes para a sua idade, causando intensa chateação na menina que se afirma mulher.

A arte imita a vida ou a vida imita a arte? Tal qual alguns pais e educadores que tentam limitar a leitura dos filhos/alunos em relação àquilo que entendem como adequado à faixa-etária, a mãe de Isabel – sempre consumida por remédios e pela tristeza causada pelo divórcio – não reconhece que a menina está crescendo e precisa de sua ajuda, preferindo culpar os livros por suas curiosidades juvenis.

A literatura rubricada com o adjetivo juvenil, ao contrário do que comumente se supõe, não é um texto carregado de facilitações ou adequações morais, trata-se sim, de produção complexa, que tem de atender de modo satisfatório a públicos distintos. Por isso, a discussão sobre sexualidade na literatura juvenil brasileira está longe de esgotar-se: é preciso cuidar para evitar certo olhar redutor em relação ao tema, porque não se trata apenas de abordar sexo, mas sim de trazer personagens que vivenciem descobertas e desejos de modo menos superficial e com mais sensibilidade.

A marca de uma lágrima, ainda que padecendo de algumas dificuldades no que concerne ao tratamento dado à linguagem, com sua heroína que busca o amor romântico, mas vivencia experiências relativas à descoberta de sua própria sexualidade que fogem a clichês, é uma obra marcadamente juvenil que demonstra um enorme potencial de alcançar empatia junto ao seu público-alvo. Os números estão aí para provar, assim como sua recorrência em programas de distribuição de livros pelo governo. Após quase quatro décadas de sua primeira publicação, o livro apresenta vitalidade e ainda pode contribuir muito no campo da formação de leitores.

Referências

BANDEIRA, Pedro. *A marca de uma lágrima*. São Paulo: Moderna, 2010.

MIRANDA, André. Presença forte de cenas de sexo gera polêmica na literatura jovem e divide autores e educadores. *O Globo*, jun. 2016. Seção Cultura. Disponível em: <https://oglobo.globo.com/cultura/livros/presenca-forte-de-cenas-de-sexo-gera-polemica-na-literatura-jovem-divide-autores-educadores-16228925>. Acesso em: dez. 2016.

SILVA, Raquel A. da. *Entre livros e leituras*: um estudo de cartas de leitores. 2009. Tese. 277 f. (Doutorado em Estudos da Linguagem) - Universidade Estadual de Campinas, Campinas, 2009.

Harry Potter e a pedra filosofal (1997)

J. K. Rowling

O ENCANTAMENTO DOS JOVENS PELA LEITURA

Eliane Galvão (UNESP/FCL Assis)

*

Conforme declarações do crítico americano Harold Bloom (1930-2019), a série Harry Potter, de J. K. Rowling, estaria essencialmente vinculada ao mercado, com uma trama marcada pelo aproveitamento de outras histórias, inclusive dos contos de fadas, e pela magia. Não haveria originalidade na história, mas somente a reciclagem de obras literárias pré-existentes. Como *best-seller*, a série, segundo ele, estaria voltada essencialmente a um grande público, com idades diversas, que atribui à personagem Harry a mesma importância que confere a banais estrelas do cinema e da mídia. O estilo de sua prosa, carregado de clichês, não faria maiores exigências aos seus leitores. Além dos fortes ataques do prestigiado crítico literário à literatura de Rowling, a série foi ainda execrada por setores religiosos de alguns países, que viram, no sucesso dessa aventura passada num mundo de bruxos, uma ameaça a religiões cristãs e seus valores.

*

As obras de J. K. Rowling (1965-), pertencentes à série Harry Potter, percorreram a trilha do *best-seller*. Sua publicação, com início em 1997, realizou-se durante dez anos. Seu sucesso posicionou seus exemplares entre os mais vendidos, motivando o jornal *The New York Times Book Review* a acrescentar à tradicional divisão de livros a subdivisão "infantil" e "adulto". Esse fato foi criticado pelo estudioso Harold Bloom (Folha, 2018; Todo Prosa, 2023), que se tornou seu opositor, acusando Rowling de produzir literatura para entretenimento, desprovida de potencialidades para a formação do leitor e, por isso, favorável ao rápido desaparecimento. Pela excessiva exposição alcançada no mercado, a série mobilizou críticos, educadores e mídias diversas, além disso, sua publicação fomentou debates em diferentes suportes. Neste texto não se pretende esgotar essas críticas, mas apresentar uma reflexão sobre a importância da série na formação do leitor.

Segundo João Luís Ceccantini (2005, p. 23), a "[...] celeuma deflagrada por Harry Potter é emblemática da cisão que ainda hoje afeta o universo da cultura: cultura erudita/cultura de massa; alta cultura/baixa cultura; arte/indústria cultural [...]". Para o autor, essas dicotomias presentes no debate cultural revelam uma posição maniqueísta que divide a produção cultural, que circula sob a rubrica dos diferentes gêneros e subgêneros literários, entre a legítima e prestigiada, e o "resto". No Brasil, a série Harry Potter chega três anos depois de publicados os três volumes iniciais na Inglaterra. Em busca de sintonia com o mercado internacional, a editora Rocco publica os três primeiros durante o ano de 2000; *Harry Potter e a pedra filosofal*, *Harry Potter e a câmara secreta* e *Harry Potter e o prisioneiro de Azkaban*. Em seguida, seus lançamentos passam a acompanhar, com poucos meses de diferença, os do mercado internacional: em 2001,

Harry Potter e o cálice de fogo; em 2003, *Harry Potter e a Ordem da Fênix*; em 2005, *Harry Potter e o enigma do príncipe*; e em 2007, *Harry Potter e as relíquias da morte* (Conteúdo: Livros HP, 2008). Todos os livros tiveram a brasileira Lia Wyler (1934-2018)[1] como tradutora, e sua comercialização conferiu visibilidade no segmento juvenil à editora Rocco. Os sete livros, embora constituam um todo sequencial, também, são independentes, o que permite ao jovem iniciar a leitura por qualquer volume. Cada livro remete a um período letivo que Harry Potter vivencia em Hogwarts, dos 11 aos 17 anos de idade. A estratégia de publicá-los anualmente favoreceu a identificação do jovem de mesma idade ou próxima do protagonista, que cresceu com seu herói. Cada volume estabelece diálogo com os demais sob a forma de um jogo, por meio do qual as pistas de cada narrativa são ressignificadas nas demais, por meio da subversão de hipóteses. Essa estratégia confere prazer ao leitor, pois suscita sua produtividade na leitura.

Em relação às críticas aos livros de Rowling, pode-se notar que a maior parte advém de características que os situam no contexto da produção literária contemporânea; como são voltados à magia; situados no mercado; marcados pela intertextualidade, ou seja, pelo diálogo com outras produções; híbridos, pois pluralizam discursos da literatura, da sociologia, da filosofia, da publicidade, entre outros, mesclam diferentes gêneros textuais e direcionam-se a públicos diversos. A crítica ao hibridismo e ao alcance de público com idades diversas desconsidera que os livros da série, ao se utilizarem de formas

1 Wyler recebeu pela tradução dos primeiros volumes da série o prêmio Monteiro Lobato e o selo "Altamente recomendável", conferido pelo Fundação Nacional do Livro Infantil e Juvenil, em 2001 (GZH, 2023).

artísticas altas e baixas, conferem-lhe nova configuração e diminuem a distância entre cultura elevada e de massa e o fazem por meio da ironia em relação a ambas (Hutcheon, 1991). Justamente, parte do sucesso da série vem do fato de suas narrativas incorporarem técnicas cinematográficas e dialogarem com gêneros textuais diversos, definindo-se pelo hibridismo. Desse modo, apresentam configuração interessante para os jovens e adultos que, imersos na sociedade contemporânea, convivem com diferentes sistemas audiovisuais de comunicação.

A crítica à série pela intertextualidade, ou seja, por ser composta por elementos conhecidos provenientes de histórias diversas, ou por se configurar, conforme Nelly Novaes Coelho (2005, p. 57), como "uma trama feita de clichês e de 'gente conhecida,' habitantes dos contos de fada", ignora que é desse "húmus arcaico" que se compõe sua matéria narrativa. Para a estudiosa (Ibidem), esses "clichês" se revelam como arquétipos, modelos de pensamento e ações pré-existentes na alma humana, descobertos e estudados por Jung[2], como componentes do inconsciente coletivo que, pela linguagem simbólica, unem o individual ao universal. Para Fábio Lucas (2001), as lembranças arquetípicas, em geral, metamorfoseadas em mitos e lendas, são ativadas na leitura e se infiltram na função rememorativa. Na formação do leitor, esse resgate promove o prazer, pois permite à memória reconhecer um lastro de narrativas que interagem entre si e, por isso, são instauradoras de um tempo que, apesar de dinâmico, pode ser retomado e recontextualizado tantas vezes quantas forem as leituras de uma narrativa. Por meio desse

2 Conforme citação da autora: JUNG, Carl. G. Chegando ao inconsciente. In: JUNG, Carl. G. (org.) O homem e seus símbolos. 18. ed. Trad. Maria Lúcia Pinho. Rio de Janeiro: Nova Fronteira, 2000. p. 18-103.

recurso, os volumes da série ativam a "biblioteca vivida" de leitor (Ferreira, 2009), acionando o fascínio da imersão em um universo de liberdade no qual tudo pode acontecer. Trata-se do local em que o leitor pode encontrar refúgio contra as exigências externas, além de vivenciar desafios.

Cabe destacar, também, o efeito de humor na série, o qual avulta nas narrativas, pelo comportamento desastrado e, às vezes, ridículo de bruxas e fantasmas. Sua presença na narrativa, pela função retórico-comunicativa, pode prender e manter a atenção do leitor ao relato. Na série, o humor aparece com a finalidade de relativizar situações tensas e/ou formais, como o da escolha da Casa de cada estudante de Hogwarts no primeiro volume. Nessa cena, a presença de um velho Chapéu Seletor, que afunda até os olhos do aluno, atribui efeito cômico a um rito de passagem, pois alivia a angústia das personagens diante da revelação pública de sua individualidade. Por outro lado, esse rito permite ao leitor vislumbrar a determinação de Potter, que não aceita a indicação desse Chapéu para a antiga Casa de Voldemort, revelando que o protagonista traça seu próprio destino pelas suas escolhas. O humor, na série, representa um meio de desdramatização e de libertação que, pelo riso, ativa a criatividade do jovem leitor, pois propõe revisão de seus conceitos prévios e dissipa, inclusive, suas próprias angústias de ordem identitária (Bergson, 2018).

O prazer da leitura dessa série advém também da comunicabilidade, pela presença de lacunas em suas narrativas, que instigam o leitor à elaboração de hipóteses quanto aos rumos da história e fomentam o desejo de prosseguir na busca de respostas para questões enigmáticas e seus interditos. A comprovação dessas hipóteses fortalece o pacto de leitura, enquanto a complexidade da apresentação de novos elementos faculta a ampliação do horizonte de expectativas do leitor. Nesse processo, embora os jovens tenham certeza da vitória do herói, eles pactuam com o jogo instaurado pelas narrativas e não as abandonam, porque lhes interessa o desenrolar das peripécias realizadas pelas personagens. Também é cativante a configuração do narrador, como "um contador" liberal de história ao lado do leitor.

Nas narrativas, as disposições de seu narrador favorecem a revisão dos conceitos prévios dos jovens, pois ampliam seu horizonte de expectativa em relação ao papel dessa personagem, que não é controladora do universo narrativo, nem detentora da verdade, muito menos adepta à ideologia dos adultos. Como se pode notar, a autora constrói suas obras desvinculadas do pedagógico, como uma resposta aos anseios dos jovens. Aliás, nesses textos, a verdade jamais é absoluta, nem definitiva, por isso o mundo é descrito com um certo grau de incerteza e os erros podem levar à aprendizagem, bem como o quebrar de regras e normas. Há uma crítica, portanto, a um modelo moral único. Pode-se notar, então, no discurso do narrador, qualidades próprias da obra juvenil, como valorização da ação, desprestígio das descrições e digressões, emprego de uma linguagem coloquial, destituída de intenções ideológicas ou ironias quando se refere às ações e aos anseios dos jovens protagonistas.

Na série, embora o fantástico domine, os temas são mundanos: medo do desconhecido, do futuro e da morte; angústia diante de confinamentos e desafios; receio de não atender às expectativas e decepcionar a quem se ama; descoberta da amizade autêntica, do amor e da existência do amor durável e exclusivo; insegurança; inadequação social, entre outros, revelando a contemporaneidade dessa produção, a universalidade de seus temas e sua sintonia com o jovem leitor. Faz-se necessário destacar que a escritora explora a complexidade desses temas, bem como da dimensão narrativa, de forma gradual, visando a adequar cada volume da série à idade de seu leitor, supostamente próxima a do protagonista.

Para Held (1985), o tema do amor durável sacia desejos do leitor de qualquer idade, pois esse sentimento pode atuar como uma muralha contra a solidão. Trata-se da certeza de que se é único. Rowling soube explorar com propriedade esse tema, pois, na saga, seu protagonista está protegido pelo amor de sua mãe, que se sacrificou por ele na luta contra Voldemort. Ao atingir a maioridade, esse herói entrega-se em sacrifício pelo universo bruxo, exatamente como sua mãe o fizera para salvá-lo. Pode-se deduzir, então, que só quem foi tão amado é capaz de fornecer amor e com ele transmitir proteção. A série expressa emoções recalcadas e, por isso, liberta o leitor daquilo que não pôde exprimir em seu tempo. Desse modo, nas narrativas, a representação da fantasia manifesta a ideia de uma aliança entre a escritora e seu público, diante da hostilidade da sociedade produtiva moderna. Assim, a magia, na série cujo protagonista desconhece suas próprias potencialidades e origens, pela comunicabilidade de suas narrativas, permite ao jovem, que nessa personagem se projeta, adquirir coragem para enfrentar suas dificuldades e, por isso, descobrir seu valor. O prazer da leitura dessa série provém justamente dessa possibilidade de vivência da fantasia.

Pela leitura da série, pode-se observar que suas narrativas apresentam função social, estética e pedagógica. A social aparece nas críticas às formas de vida da sociedade capitalista, composta por indivíduos consumistas, preconceituosos e preocupados somente com as aparências. A desvalorização dessas personagens nas histórias evoca a intenção da autora em resgatar as potencialidades do ser humano, por isso, suas obras são atraentes para o jovem preso a uma realidade, às vezes, marcada pelas exterioridades. Justifica-se, assim, a opção da escritora em se afastar da realidade observada e ofertar outra mais humana, filiada ao passado. O contato do jovem com essa realidade em que prevalecem valores como amizade, generosidade, entre outros, é emancipatório, pois leva-o a refletir de forma crítica sobre a sua. Por meio da crítica social, a série demonstra que o consumo não pode ser evitado, mas pode ser estudado para demonstrar como legitima certos tipos de poder. Assim, convoca o leitor a se questionar sobre valores nas práticas culturais.

A temática identitária da série e a fusão de elementos originários da história mundial, da mitologia, dos contos de fadas e mitos, entre outros, remetem a inúmeras fontes, indo ao encontro de um imaginário que explica a universalidade de seu sucesso. Como essas referências não são explícitas, elas favorecem o imaginário e asseguram o poder evocador dos livros da série. Vale destacar que suas narrativas, embora estruturadas em um universo de luta entre o bem e o mal, apresentam personagens que, pela complexidade psicológica, escapam a categorizações maniqueístas. Essas personagens, porque mais humanas e caracterizadas pela ambiguidade, são cativantes para o leitor. Justamente, essas características definem o protagonista em seu processo de busca identitária.

Por meio da dialogia com histórias tradicionais diversas, Rowling constrói, em sua série, uma realidade ficcional coincidente com a do seu leitor e cria uma mitologia autônoma que se repete em todas as narrativas que, filiadas à modernidade, tematizam a disputa política na batalha entre Potter e o Lorde das Trevas. Desse modo, por meio da função estética, a escritora concede à sua obra o encanto proveniente do universo mágico e de temas atuais e universalizantes; e, pela função pedagógica, transmite uma mensagem sem que essa tenha o peso de uma lição de moral.

Como *best-seller*, a série surpreendeu por romper, na época de sua publicação, segundo Ceccantini (2005, p. 50), com conceitos sobre formação do leitor que permaneciam no meio escolar e editorial brasileiro. Entre esses conceitos, é possível citar: jovens não suportam "descrições detalhadas", "não leem livros longos"; "o fantástico interessa somente às crianças bem pequenas"; o mercado de produção juvenil publica preferencialmente textos de temática realista, estrutura simples e linear e seus livros não passam por livraria, pois são comprados a partir das solicitações da escola.

Em síntese, as narrativas da série são cativantes para o jovem porque produzem encantamento, estimulam sua imaginação pela aventura aliada ao mistério, à fantasia e ao humor. Suas jovens personagens são atraentes por suas performances e seus posicionamentos ideológicos. Por sua vez, algumas personagens adultas possuem referentes literários e/ou históricos lacunados e/ou obscurecidos pela história, que as caracterizam como míticas. Por meio do fantástico, a série traz para seu centro o ser humano e a expansão de suas potencialidades latentes ainda inexploradas, por isso é sedutora para o jovem leitor em formação. O tema da individuação, apresentado nas narrativas como o do ser humano enquanto território desconhecido a ser explorado, representa também abertura da obra para o leitor adulto.

A série assegura comunicação, por meio de lacunas, mistérios e desafios, propostos pelas indicações de leitura; jogos literários e semânticos com vocábulos que evocam sentidos diversos pela grafia e/ou pelo som; humor ambivalente que convoca o leitor a rir de si mesmo, ao se reconhecer em determinada situação, por meio da projeção nas personagens;

relativização do papel do narrador; opacidade intencional e provisória de certas situações e/ou personagens. Além disso, ela também o faz por intermédio de estabelecimento de perspectivas distanciadas, por meio do humor; promessa em cada volume de um final que traga prazer; ambiguidades na relação entre elementos reais e fantásticos; anúncios do futuro; referentes literários provenientes do aproveitamento da tradição folclórica europeia e da fusão de elementos originários de inúmeras fontes literárias, indo ao encontro de um imaginário que explica a universalidade de seu sucesso.

Todas essas estratégias da autora, bem como a desmistificação da voz do adulto e a cumplicidade com o narrador, configuram uma literatura que intensificou o propósito de oferecer um produto que confere prazer aos seus leitores, além de uma nova forma de exploração da realidade. Essas qualidades transformaram a série em fenômeno que perdura há mais de 25 anos. Se J. K. Rowling desconhecia, como seu protagonista, a sua própria competência e o seu poder, ao ingressar no universo "mágico" da literatura, descobriu-se capaz de enfeitiçar milhões de leitores.

Referências

BERGSON, Henri. *O Riso*: ensaio sobre o significado do cômico. Tradução e notas de Maria Adriana C, Capello. São Paulo: Edipro, 2018.

CECCANTINI, João Luís C. T. Leitores de Harry Potter: do negócio à negociação. In: RETENMAIER, Miguel; JACOBY, Sissa (orgs.). *Além da plataforma nove e meia*: pensando o fenômeno Harry Potter. Passo Fundo: UPF, 2005, p. 23-52.

COELHO, Nelly Novaes. O fenômeno Harry Potter e o nosso tempo em mutação. In: RETENMAIER, Miguel; JACOBY, Sissa (orgs.). *Além da plataforma nove e meia*: pensando o fenômeno Harry Potter. Passo Fundo: UPF, 2005, p. 53-66.

CONTEÚDO: Livros HP. *Potterisch*. Disponível em: <http://potterish.com>. Acesso em: 2 out. 2008.

FERREIRA, Eliane Aparecida Galvão Ribeiro. *Construindo histórias de leitura*: a leitura dialógica enquanto elemento de articulação no interior de uma biblioteca vivida. 2009. 456 f. Tese (doutorado) - Universidade Estadual Paulista, Faculdade de Ciências e Letras de Assis, 2009.

FOLHA. Crítico diz que popularidade de Harry Potter é "desesperante". Disponível em: <https://www1.folha.uol.com.br/folha/ilustrada/ult90u30244.shtml>. Acesso em: 10 nov. 2018.

GZH. "Varinhas ao alto": Lia Wyler, tradutora brasileira de "Harry Potter", morre aos 84 anos. Disponível em: <https://gauchazh.clicrbs.com.br/comportamento/gente/noticia/2018/12/varinhas-ao-alto-lia-wyler-tradutora-brasileira-de-harry-potter-morre-aos-84-anos-cjpk7zejl0knc01piz3ycr01l.html>. Acesso em: 10 nov. 2023.

HELD, Jacqueline. *O imaginário no poder*: as crianças e a literatura fantástica. Tradução de Carlos Rizzi, São Paulo: Summus, 1980.

HUTCHEON, Linda. *Poética do pós-modernismo*: história, teoria, ficção. Tradução de Ricardo Cruz. Rio de Janeiro: Imago, 1991.

LUCAS, Fábio. Aspectos da crítica da literatura. In: URBANO, Hudinilson et al. *Dino Preti e seus temas*: oralidade, literatura, mídia e ensino. São Paulo: Cortez, 2001, p. 223- 234.

TODO PROSA. Bloom: Harry Potter não leva a nada que preste. Disponível em: <http://todoprosa.com.br/bloom-harry-potter-no-leva-a-nada-que-preste/>. Acesso em: 13 dez. 2023.

Obras que compõem a série

ROWLING, J. K. *Harry Potter e a pedra filosofal*. Tradução de Lia Wyler. Rio de Janeiro: Rocco, 2000.

ROWLING, J. K. *Harry Potter e a câmara secreta*. Tradução de Lia Wyler. Rio de Janeiro: Rocco, 2000.

ROWLING, J. K. *Harry Potter e o prisioneiro de Azkaban*. Tradução de Lia Wyler. Rio de Janeiro: Rocco, 2000.

ROWLING, J. K. *Harry Potter e o cálice de fogo*. Tradução de Lia Wyler. Rio de Janeiro: Rocco, 2001.

ROWLING, J. K. *Harry Potter e a Ordem da Fênix*. Tradução de Lia Wyler. Rio de Janeiro: Rocco, 2003.

ROWLING, J. K. *Harry Potter e o enigma do príncipe*. Tradução de Lia Wyler. Rio de Janeiro: Rocco, 2005.

ROWLING, J. K. *Harry Potter e as relíquias da morte*. Tradução de Lia Wyler. Rio de Janeiro: Rocco, 2007.

As vantagens de ser invisível (1999)
Stephen Chbosky

LITERATURA SEM CAMUFLAGEM

Aroldo José Abreu Pinto (UNEMAT/CNPq)

*

Colocar em evidência determinados assuntos e hábitos usualmente mascarados pela coletividade – os chamados temas fraturantes – são recursos utilizados por diversos autores para aproximar sua obra do público jovem. Entretanto, apresentar e problematizar certas questões e conteúdos e desconstruir certos estereótipos pode, ainda hoje, tornar-se espinhoso para algumas publicações. É o que parece ter ocorrido com *As vantagens de ser invisível*, de Stephen Chbosky, obra que foi censurada em alguns espaços escolares porque projeta o leitor em uma série de experiências e mergulha em sentimentos humanos que dada parcela da sociedade parece querer camuflar – como querem os signatários que, conforme dados da *American Library Association* (ALA), de 2023, solicitam o banimento de obras como essa das bibliotecas americanas.

*

Em *As vantagens de ser invisível*, Charlie, um adolescente de 15 anos, dirige-se, por meio de cartas, a um suposto amigo não identificado que não se sabe, até o fim do texto, se é real ou imaginário. Em suas narrações, sempre datadas e iniciadas com a expressão "Querido amigo" e encerradas com "Com amor, Charlie", o leitor entra em contato com uma sucessão de ocorrências que revelam o cotidiano de um jovem ao mesmo tempo muito sensível e, de certo modo, bastante perturbado com as novas situações que enfrenta ou irá enfrentar em seu cotidiano. Desde sua primeira carta, datada de 25 de agosto de 1991, são alinhavadas, a partir de seu ponto de vista, os sucessos e os insucessos de uma convivência nada pacífica com questões que às vezes o confundem, outras o atordoam e o amedrontam e outras apenas retratam os comportamentos e as particularidades dos imprevistos que podem marcar uma personalidade em formação.

O autor, Stephen Chbosky (1970-), expõe, em uma narrativa dividida em quatro partes e um epílogo, o movimento oscilatório dos anseios e a pluralidade das emoções do protagonista desde a primeira das cartas, em que Charlie está apreensivo porque deve ingressar em breve no ensino secundário e, muito recentemente, teve que lidar com a perda de seu grande e único amigo que cometera suicídio. Desde então, fica para o leitor uma certa desconfiança dos rumos da personagem, que parece sempre estar na corda-bamba das emoções, evidenciando sentimentos, incompatibilidades, envolvimentos, complicações, decorrências, repercussões e impactos de assuntos considerados muitas vezes polêmicos. Além de referências a temas como o suicídio e a morte, o uso indiscriminado de drogas, a masturbação e a homossexualidade, estão presentes no texto de Stephen Chbosky, em maior ou menor grau, ocorrências e/ou comentários sobre particularidades dos dramas familiares, conflitos e desilusões amorosas, certa influência dos meios de comunicação de massa e de entretenimento, registros de relações de amizade ou de dificuldade de relacionamento na escola e entre jovens de diferentes idades, violência contra a mulher, sexo não consentido, religião, baixa autoestima e depressão, gravidez e aborto na adolescência ou ainda problemas frequentes no espaço escolar como o *bullying*, o que gera na narrativa inclusive brigas e conflitos entre os jovens, apontando uma relação desigual de forças.

Por esses e outros assuntos tidos muitas vezes como controversos, principalmente pela representação que o autor partilha sobre a sexualidade do adolescente e o retrato que faz do uso de diversos tipos de drogas, a obra foi impedida de ser recomendada e utilizada em algumas escolas públicas dos Estados Unidos.

Na edição brasileira, que tem 223 páginas traduzidas por Ryta Vinagre e que foi inserida no mercado editorial local em 2007 pela Editora Rocco, numa coleção nomeada como "Batendo de Frente", *As vantagens de ser invisível – The Perks of Being a Wallflower*, título da edição de origem, publicada nos Estados Unidos em 1999 e que possui uma versão adaptada para o cinema, lançada em 2012, com direção do próprio Stephen Chbosky – ainda não teve, pelo que se pôde apurar até o momento, uma repercussão tão contrária de alguns segmentos sociais quanto ocorreu nos Estados Unidos.

Desde a carta inicial, Charlie se posiciona como um jovem que busca desvendar territórios sombrios de sua percepção de mundo. Para isso, vai tateando as experiências sem exacerbar o que é bom ou mau, belo ou feio, certo ou errado. Há nitidamente uma preocupação do autor em não colocar rótulos nas situações, episódios, fatos e atitudes que apresenta. Tanto que, nos assuntos mais polêmicos, o protagonista, em fase de amadurecimento, vai esboçando suas experiências mais íntimas à medida que expõe sua própria vida ao leitor. Há uma leveza no enfoque dos temas de tal modo que cabe a esse virtual leitor acompanhar a visão da personagem, já que é pelos olhos dela que temos as informações, mas em momento algum esse leitor é incitado a tomar apenas esta ou aquela posição diante dos fatos narrados. Um dos fatores que certamente corrobora para isso é a opção do autor pelo gênero epistolar, pois, uma vez que a apresentação dos fatos na narrativa é feita em primeira pessoa, a personagem se expõe e, ao se expor, puxa o leitor para que espreite os fatos por detrás das cortinas da sociedade. Esse descortinar da realidade, no entanto, poderia acontecer com qualquer um e em qualquer parte do mundo, o que evita preceitos prontos e acabados sobre determinada realidade, como se espera de qualquer texto ficcional.

Nesse apanhado de reflexões sobre a obra *As vantagens de ser invisível*, nossa finalidade é, portanto, num primeiro momento, reforçar um ponto de vista e revigorar as discussões de que a literatura jamais deveria ser objeto de cerceamento, como ocorreu em algumas cidades dos Estados Unidos com *As vantagens de ser invisível*, em especial quando toma os seres humanos e seus sentimentos e se propõe a um tipo de representação, por meio de uma estilização formal, que implique "uma atitude de gratuidade [...] tanto do criador, no momento de conceber e executar, quanto do receptor, no momento de sentir e apreciar" (Candido, 1973, p. 53). Conforme reforça Antonio Candido (1972, p. 805), a literatura certamente contribui para a formação da personalidade, mas não como querem os pedagogos de plantão: "Longe de ser apêndice da instrução moral e cívica (esta apoteose matreira do óbvio, novamente em grande voga), ela age com o impacto indiscriminado da própria vida e educa – com altos e baixos, luzes e sombras". Logo, o texto ficcional "não *corrompe* nem *edifica*, portanto; mas, trazendo livremente em si o que chamamos o bem e o que chamamos o mal, humaniza em sentido profundo, porque faz viver" as sensações ali existentes (Ibid., p. 806, grifos do autor). É o que acontece na obra aqui em foco.

Para respaldar, de maneira mais pontual, essa nossa concepção das potencialidades da narrativa em pauta para a formação substantiva de leitores, basta observar até que ponto o autor dialoga com essas perspectivas. A nosso entender, a produção que ora se coloca em discussão parece ambicionar leitores mais próximos e igualmente sensíveis aos problemas que afligem a nossa sociedade ou a um indivíduo em particular, pois, recusando-se à "normatividade" pretendida por uns poucos, a história de Stephen Chbosky apresenta-se como uma forma peculiar de valorização do humano. Em vez de puro instrumento de denúncia ou algo que se assemelhe, cria uma percepção particular e intensa do objeto representado, transportando-nos para uma fase de incertezas, indagações, perplexidades, descobertas e grandes anseios que marcam a adolescência.

Nas asserções do narrador-personagem, estão contidas a liberdade de visões e a abertura interpretativa para os sentimentos que perpassam o ser humano em sociedade. No instante em que retoma a narração da morte do amigo Michael, por exemplo, procura refletir sobre a situação em busca de respostas, mas apenas consegue chorar: "Apesar de me sentir muito triste, acho que o que realmente me aborrece é não entender o que aconteceu" (Chbosky, 2007, p. 14). A partir de então, fica em suspense se Charlie terá a mesma atitude que o amigo, pois, durante todo o desenrolar da trama, ele também vai apresentar dificuldades de relacionamento. Há apenas conjecturas sobre os motivos do suicídio, pois são revelados ao leitor apenas as opiniões, os juízos e os sentimentos do narrador: "Michael não deixou nem um bilhete, ou pelo menos seus pais não deixaram ninguém ver um. *Talvez fossem 'problemas em casa*'" (Ibid., p. 14, grifos nossos).

Outros momentos marcantes para ilustrarmos as opções do autor são as ocasiões em que Charlie relata ao suposto amigo para quem dirige as cartas as suas experiências iniciais com a masturbação, a descoberta da homossexualidade de Brad e Patrick e seu relacionamento com Sam.

No caso da masturbação, fica evidente a necessidade de partilhar a experiência: "Você sabe o que é 'masturbação'? Acho que você deve saber porque é mais velho que eu. Mas, de qualquer forma, eu vou contar a você. Masturbação é quando você esfrega seus genitais até ter um orgasmo. Uau!" (Ibid., p. 31). Além das sensações que experimenta, fala sobre o fato de modo natural: "Acho que esqueci de dizer em minha última carta que foi o Patrick que me falou de masturbação. Acho que esqueci de dizer a você a frequência com que eu faço isso, que é muita" (Ibid., p. 37), mas ainda com receio sobre o assunto como é próprio da idade: "E eu tento não ter vergonha" (Ibid., p. 37).

Sobre a homossexualidade, em momento algum há qualquer menção ou repreensão de Charlie sobre o fato: "Abri a porta e vi Patrick beijando o Brad. Foi um beijo meio roubado" (Ibid., p. 46). O próprio Charlie, mais ao final da narrativa, também é beijado por Patrick: "quando eu estava prestes a sair, ele me apertou um pouco mais forte. E moveu o rosto para a frente do meu. *E me beijou. Um beijo de verdade*" (Ibid., p. 170, grifos nossos). Em seguida, Patrick pede desculpas e Charlie diz que "está tudo bem". Patrick reitera as desculpas e Charlie reforça: "– Não, é sério. Tudo bem" (Ibid., p. 170). Para fechar a cena, há a seguinte narração: "Então ele disse 'obrigado' e me abraçou de novo. *E foi me beijar de novo. E eu deixei. Não sei por quê*. Ficamos no carro dele por um bom tempo (Ibid., p. 170, grifos nossos). Observe que não há uma reação negativa nem positiva de Charlie a não ser a frase: "Não fizemos mais nada além de beijar" (Ibid., p. 170), o que reforça o fato de que é heterossexual, mas respeita e procura entender seu amigo que passa por uma situação difícil após ter brigado com o namorado Brad.

Em relação a Sam – amiga pela qual Charlie alimenta uma paixão, mas que gosta de outro – há uma profusão de imagens e fatos que vão se somando para compor uma visão do todo da relação de ambos. Em determinados momentos ela se aproxima dele e chega até a beijá-lo: "E ela me beijou. Foi um tipo de beijo que eu nunca poderia contar a meus amigos como foi veemente. Foi o tipo de beijo que me fez saber que eu nunca seria tão feliz em toda a minha vida" (Chbosky, 2007, p. 80). Porém, sendo mais velha e mais madura, parece possuir maior domínio da situação e chega a discutir sua relação com ele. Pelo menos é o que se pode entrever nas falas de Charlie.

Além desses, podemos elencar, como último exemplo, o epílogo, em que Charlie é internado e descobre que era molestado pela tia, figura pela qual tinha grande adoração: "E me lembrei de tia Helen. E comecei a chorar. E a médica, que depois percebi que era uma mulher legal, começou a me fazer perguntas. E eu respondi" (Ibid., p. 218). A tia Helen também havia sido molestada na infância por um conhecido da família. Nesse momento, o leitor fica sabendo do porquê de parte do comportamento fechado de Charlie e de sua dificuldade em se relacionar. De certa forma, o fecho se dá de maneira um pouco simplista em comparação aos demais fatos ocorridos e narrados: "Não sei bem se quero falar das perguntas e respostas. *Mas eu imagino que tudo que sonhei sobre tia Helen era verdade*. E depois de algum tempo, percebi que acontecia todo sábado, quando estávamos assistindo à televisão" (Ibid., p. 218, grifos nossos).

Em síntese, em *As vantagens de ser invisível*, o narrador-personagem projeta o leitor em uma série de experiências facilmente identificáveis e mergulha em alguns dos sentimentos humanos que determinada parcela da sociedade parece querer camuflar. Muito embora se possa fazer certas restrições e comentários aqui e ali sobre algumas das opções do autor para a consecução de seu texto ficcional, nada justifica a proibição para que o adolescente possa ser o seu próprio intérprete e mediador, retomando valores e vivências, a fim de que hábitos mascarados, clichês e estereótipos sejam de alguma forma revelados. A norma, os princípios, as regras certamente só poderão ser transgredidos ou não pelo acesso livre ao texto ficcional e nunca por uma censura prévia externa.

Referências

CANDIDO, Antonio. A literatura e a formação do homem. In: *Ciência e cultura*. São Paulo, v. 24, n.o 9, 803-809, 1972.

CANDIDO, Antonio. Estímulos da criação literária. In: CANDIDO, Antonio. *Literatura e sociedade*. 3. ed. rev., São Paulo: Nacional, 1973, p. 53.

CHBOSKY, Stephen. *As vantagens de ser invisível*. Tradução de Ryta Vinagre. Rio de Janeiro: Rocco, 2007.

POLÊMICA NOS ESTADOS UNIDOS: pedidos de censura contra livros atingem recorde histórico. *Dia de ajudar*, por Redação. Disponível em: <https://diadeajudar.com.br/mundo/polemica-nos-eua-pedidos-de-censura-contra-livros-atingem-recorde-historico/>. Acesso em: 17 jan. 2024.

Quando eu voltei, tive uma surpresa (2000)

Joel Rufino dos Santos

SOB A SOMBRA DO AUTORITARISMO

Maria Teresa Gonçalves Pereira (UERJ)

*

Autoridade e autoritarismo: palavras tão próximas no som, mas não tão distantes no significado. Confundi-las pode remeter a erros lamentáveis e, às vezes, irreparáveis. Há coisas ditas apenas à "boca pequena". Reclamar dos temas-afro dentro da escola, de seu suposto "excesso", é uma delas, bem conhecida e relatada por docentes da educação básica em formação em nossos programas de pós-graduação. O dia a dia permite que as vivenciemos, expurgando uma e respeitando outra. Este texto aborda uma obra literária instigante sobre a ditadura e sobre o racismo, remetendo a tempos sombrios de nosso país, embora seja um manifesto de liberdade e de esperança.

*

Com tantas ocorrências preocupantes pipocando no dia a dia – correndo o risco até de se incluírem nas páginas policiais –, autores, leitores, professores e todos aqueles que, de algum modo, militam na área da leitura, seguem perplexos, aguardando a próxima manifestação de crassa ignorância, no sentido literal da palavra.

Diante disso, e motivada por um comentário entreouvido em evento recente – uma mãe comentando sobre o "perigo" a que os seus filhos (e os dos outros) estavam expostos ante certos textos literários solicitados nas escolas –, decidi me manifestar.

Joel Rufino dos Santos tornou-se a vidraça da vez. "É muito cedo para que crianças e adolescentes se deparem com problemas que, às vezes, nunca vão enfrentar. Imagina! O pai na prisão... Que péssimo exemplo para um filho! Isso jamais aconteceria com o meu!" Foi o jorro de palavras proferido... Daí em diante, não há necessidade de nada mais para rememorar essa infeliz audição.

Não está em jogo como os pais devem educar os filhos. É problema de foro íntimo, reconhecemos, mas com muita pena, em certos casos. Trata-se de questões maiores a enfrentar: a falta de informação, o desconhecimento do mundo fora da bolha familiar, os limites estreitos, a intolerância etc.

Tal preâmbulo se justifica como mote para lembrar um livro exemplar, que serve para abordar, desde os primeiros anos de vida, o autoritarismo que campeia em nossos dias, em diferentes espaços da sociedade. Para nós, não há assunto interditado: os temas podem e devem surgir, dependendo da maneira como isso acontece.

Gênero literário desenvolvido principalmente a partir do século XVII, com a expansão dos serviços postais, a epistolografia se constitui um sucedâneo da oralidade, desempenhando relevantes funções comunicativas. As cartas são consideradas um gênero ancilar da biografia, semelhante às memórias e ao diário. Quando há, então, um escritor na retaguarda, a atividade muda de perfil, revelando-se um gênero à parte. O prazer das cartas decorre, em boa medida, da sua franqueza, da sua incontinência verbal, da natural intimidade de que se cercam.

No início de 1973, ao faltarem poucos meses para Frei Betto cumprir pena no presídio Tiradentes, chega ao Hipódromo outro cárcere paulistano, o preso político Joel Rufino dos Santos. Esse período de reclusão resultou em um conjunto particular de cartas dirigidas ao filho Nelson. Não pertencem a um cânone literário específico e nem revelam exercícios de alta densidade psicológica. Apesar de escritor conceituado, com obra de excelência no que tange à historiografia e à literatura, as cartas de Joel se destinam a uma criança de oito anos. Constituem mensagens de um pai, em condições físicas e emocionais adversas, que se empenha em manter aberto um canal de comunicação com o filho, para a ausência não apagar – ou atenuar – a figura do pai amoroso. O texto denso, poético e emocionado atinge plenamente os objetivos. Vazado em linguagem simples, despojada e até repetitiva, surpreende, entretanto, pelas incontestáveis ideias subliminares.

O interesse reside na questão de que propriamente não abordam de forma explícita o autoritarismo exercido pelo regime brutal vivido pelos brasileiros em um, infelizmente, largo tempo de nossa história. Testemunham sua consequência no quotidiano de uma família comum. Assim, parece-nos relevante refletir sobre o tipo de autoritarismo que perpassa as cartas. O autoritarismo do Estado nas vidas dos cidadãos.

Para Boris Fausto (2001), o regime autoritário – produto de condições políticas vigentes no século XX – caracteriza-se, negativamente, por menor investimento em todas as esferas da vida social; pela inexistência de uma simbiose entre Partido e Estado, sendo o primeiro, quando existente, dependente do último; pelas restrições à mobilização das massas. Um dos traços básicos do autoritarismo consiste na relativa independência que preserva a sociedade em relação ao Estado: a autonomia de algumas instituições, em especial as religiosas, e de uma esfera privada de pensamento e de crença, embora apenas toleradas. O autoritarismo tende a ser mais conservador, ligado às tradições do passado. O regime autoritário deveria assumir uma face repressiva para garantir a segurança nacional, diante de inimigos externos e internos. A ameaça subversiva, superdimensionada, arrastou os liberais a contraditar o núcleo de suas ideias, apoiando práticas atentatórias à democracia em vários momentos da história brasileira, como ocorreu entre 1935-37 e, especialmente, na eclosão do movimento militar de 1964. De qualquer forma, é preciso distinguir: enquanto pensadores, os políticos liberais contraditaram suas ideias em nome de considerações pragmáticas e conjunturais; os autoritários defenderam a implantação de regimes de força, como uma necessidade histórica, em decorrência de suas convicções. O regime militar, cuja duração (1964-1985) foi bem mais longa que a do Estado Novo (1930-1945), representou uma retomada das práticas autoritárias.

O historiador lembra ainda que,

> [...] em muitos aspectos, assemelhou-se ao Estado Novo, mas em um novo contexto em que, apesar da guerra fria, os regimes autoritários, justificados como forma de combate ao comunismo, hesitavam em reconhecer explicitamente as supostas vir-

> tudes do autoritarismo. A repressão, a violência e a tortura contra os inimigos ou adversários do regime, a suspensão de direitos civis e políticos, a censura aos meios de comunicação ocorreram em um grau de extensão inédito na história brasileira (Fausto, 2001, p. 69-70).

A autoridade, o poder do indivíduo em fazer-se respeitar pelos atos, pela competência, pelo percurso trilhado, pela capacidade inerente que propicia eloquentes testemunhos, passa longe do autoritarismo.

As cartas de Joel a Nelson evidenciam o que o autoritarismo desencadeia, o que causa ao ser humano: a influência maléfica na vida das pessoas, cortando-as ou adiando seus sonhos, trazendo insegurança e aflição; ao final e ao cabo, invadindo o mais íntimo do indivíduo, abalando crenças e convicções, desestabilizando a própria humanidade.

O título *Quando eu voltei, tive uma surpresa*, publicado em 2000, é bastante instigante, se considerarmos que o conteúdo do livro ainda permanece desconhecido para o potencial leitor; uma surpresa geralmente remete a algo agradável, o que se configura total falácia. Ao retornar de uma viagem ao norte do Brasil, a trabalho, Joel é preso.

Há no livro uma espécie de prefácio de Teresa Garbayo dos Santos, esposa de Rufino, que escreve sobre a reação traumática de Nelson à prisão do pai. Como se pode depreender, a notícia provoca alteração no comportamento do menino que, de acordo com as palavras da mãe, recorre à terapia para suportar a nova situação. Ela se lembra das visitas ao Presídio do Hipódromo, em São Paulo, em viagens de ônibus com a tia Bena ou com a avó Felícia, das revistas minuciosas antes do encontro com o pai. Ressalta que as cartas materializam os sentimentos paternos que, mesmo de longe, pretende acompanhar os detalhes do crescimento do filho. O autor se arroga a considerável missão: convencer um menino de oito anos de que a prisão, naquele momento da história do país, não era só lugar de bandido, mas de homens e mulheres cujos crimes se resumiam em pensar diferentemente dos governantes.

A primeira carta, de julho de 1973, narra um fato insólito: aulas dadas, histórias contadas, livros escritos com pensamentos próprios causaram a prisão. Joel compara o juiz do governo ao juiz de futebol: ambos decidem quem tem razão. Reafirma a certeza quanto às ideias. Conta que mais quarenta pessoas se "hospedam" com ele, também por defenderem suas convicções: médicos, professores, estudantes, operários; homens e mulheres.

O leitor se comove com os pedidos recorrentes para que o filho escreva, fale sobre sua vida, o que faz e o que pensa, em casa e na escola. Solicita fotos, cadernos antigos, desenhos. Qualquer objeto diminui a distância, aproxima quem está longe, conferindo-lhe existência real. São relatos pungentes, plenos de amor e de carinho.

Há reiterações constantes de amor ao filho, da imensa saudade, da vontade de vê-lo, dos planos para o futuro. Em nenhum momento escapa qualquer palavra que traduza desânimo ou que revele descrença de que aquela situação vá perdurar.

Em muitas cartas reitera a importância dos amigos que se ajudam, transformando o espaço pela força da amizade. A união permite que mantenham a sanidade, lhes dá a medida da grandeza do ser humano em situações extremas. São iguais na saudade dos filhos, no trabalho, nas habilidades. À medida que cada um é libertado, todos se regozijam.

Para Moraes (2005), as narrativas de Rufino lhe conferem

uma dimensão de Sherazade, a das *Mil e Uma Noites*, pois, ao dividi-las em várias cartas, busca sustentar a atenção da criança, permanecendo vivo em sua lembrança e vencendo a separação imposta. Ao mesmo tempo em que é diversão, lhe incute pensamentos libertários, com exemplos de heróis nacionais como Zumbi. Irrompem, então, os valores que tanto preza.

O pai aproveita as oportunidades para comentar sobre tudo o que o tempo passado na prisão lhe ensinou, principalmente em relação às pessoas; isso, entretanto, não diminui as proporções da violência perpetrada contra um cidadão cujo único "erro" foi divergir da autoridade constituída. Patenteia-se a tentativa de humanizar a prisão, atribuindo-lhe um caráter de normalidade, sem espaço para comiseração, fraqueza, medo ou vergonha. O amor-próprio e a dignidade sem mantêm intactos. Prevê um mundo melhor, sem guerras e sem prisões, com homens diferentes. Mesmo ao se render à utopia, é fundamental nutrir esperança ao imaginar o futuro.

Apesar das tentativas de manter um clima positivo e repelir a depressão ao ancorar-se com firmeza nas cartas dirigidas ao filho, para olhos perspicazes, as consequências do autoritarismo da abominável ditadura se descortinam: na limitação a três páginas da correspondência, na falta de coisas básicas para a sobrevivência, nas pequenas humilhações impostas pelas negativas dos carcereiros. Santos (2000, p.59) escreve numa das cartas: "Nelsinho, estou maluco pra você vir. Algumas coisas não dão pra contar por carta, pois exigem gestos e sons". Como abraçar (e ser abraçado) pelo filho. Há uma violência à integridade do indivíduo, à sua intimidade, latente em todo o livro. O leitor atento se depara com um contraste entre a forma e o fundo, principalmente pelo sobre-humano esforço do pai para permanecer saudável de corpo e de espírito naquela situação. O teor das cartas e os desenhos, assim, podem soar disparatados, considerando-se a situação do microcosmo em que vivia, sem mencionar o macrocosmo do país em 1973/1974.

Em uma época na qual virou moda a relativização de conceitos e de comportamentos, convém enfatizar o caráter antidemocrático, racista e elitista dos pensadores autoritários. Não nos parece, porém, que se deva ignorar seu significado histórico, assim como o valor de algumas de suas percepções e de seus desdobramentos; muito menos considerá-los simples relíquias do passado.

Na literatura infantojuvenil contemporânea, os autores abordam de várias maneiras o tema do autoritarismo, camuflado, às vezes, pelo tema da autoridade. Autoritarismo e autoridade se alternam em muitas obras. Preferimos escolher o autoritarismo no Estado pela sua contundência e por até hoje se refletir na vida do país em diferentes instâncias e situações.

Muitas obras existem que tratam do tema do autoritarismo; umas mais sutilmente, outras, de forma mais "escancarada" e/ou incisiva. O estilo literário do autor determina a diferença na abordagem. Todas, contudo, apelam à consciência ética e/ou à crítica do leitor, estimulando-o a refletir. Não estamos certas de que livros influenciem cabeças ou sensibilizem corações e mentes, deflagrando ações ou atitudes. Outros fatores são relevantes para que as mudanças efetivamente ocorram no sentido de alertar, conter ou evitar a vigência do autoritarismo em quaisquer de suas manifestações. É fundamental que se ofereçam oportunidades para discutir opiniões e ideias. Assim, a leitura de *Quando eu voltei, tive uma surpresa* se configura como excelente sugestão, bem oportuna, propiciando ao leitor compreender o que significa uma ditadura, para valorizar cada vez mais a democracia.

Joel Rufino dos Santos respondeu por e-mail às perguntas que lhe fizemos sobre o livro. Numa delas, declara "a verdadeira autoridade é serena, crítica, fraternal, compassiva, se exerce às claras. O autoritarismo apenas pertence ao seu campo semântico, mas, ao contrário, é nervoso, não admite crítica, é inamistoso e se esconde dos outros e de si mesmo. O autoritarismo se disfarça, com frequência, sob a autoridade" (Santos, 2015).

A ignorância, a falta de informação, a passividade crônica de certas pessoas as impede de desenvolver um juízo crítico sobre certos assuntos, principalmente aqueles considerados difíceis. Para elas, é mais fácil seguir as massas, os que provocam mais barulho. Refletir, examinar detidamente os pontos da questão dá trabalho. Ser conduzido passivamente, quais carneirinhos, para lembrar o mestre Lobato, em *A Chave do Tamanho* (1954), parece a receita de vida ideal. O anonimato protege, não expõe, não causa perigo.

Educação, segundo parâmetros de liberdade, justiça e igualdade de direitos, pode gerar situações polêmicas. Então, para muitos a aposta é ir pelo senso comum, mesmo com uma criança que, desde os primeiros anos de vida, já se viu cercada por pensamentos retrógrados e que, provavelmente, carregará as ideias que lhe incutiram lá atrás. É aí que mora o perigo...

Referências

FAUSTO, Boris. *O pensamento nacionalista autoritário*. Rio de Janeiro: Jorge Zahar Editor, 2001.

LOBATO, Monteiro. *A chave do tamanho*. 6. ed. São Paulo: Editora Brasiliense, 1954.

MORAES, Marcos Antonio de (org. e apres.). *Me escreva tão logo possa*: Antologia da carta no Brasil. Rio de Janeiro: Salamandra, 2005.

SANTOS, Joel Rufino dos. *Quando eu voltei, tive uma surpresa*. Rio de Janeiro: Rocco, 2000.

SANTOS, Joel Rufino dos. *Joel Rufino dos Santos e o autoritarismo:* palavras reais e/ou ficcionais. [Correio eletrônico]. Destinatário: Maria Teresa Gonçalves Pereira. Rio de Janeiro, 17 mar. 2015.

Menino ama menino (2000)
Marilene Godinho

O AMOR CONTRA A PAREDE

Hércules Tolêdo Corrêa (UFOP)
Marta Passos Pinheiro (CEFET-MG)

*

Anos 2000. Virada de século. Apesar de tantos avanços, como os sociais e tecnológicos, abordar a (homos)sexualidade na literatura voltada para crianças e jovens era uma ousadia. Marilene Godinho foi ousada. A editora Armazém de Ideias também. Colocar no mercado uma obra como *Menino ama menino* era um risco. De lá para cá algumas coisas mudaram. Algumas obras foram publicadas, tratando francamente do assunto (como os livros *O menino perfeito* e *Os dias felizes*, de Bernat Cormand). Porém, outras coisas não. Em encontros de educação com coordenadores e supervisores de ensino, quando apresentado o livro de Marilene Godinho, ouvimos correntemente "É melhor não indicar". Vamos refletir um pouco sobre isso?

*

A literatura juvenil, assim como a infantil, mantém uma relação de dependência e cumplicidade com a escola. É nessa instituição, responsável, em nossa sociedade, pela formação dos leitores, que os textos literários são lidos e discutidos, com a mediação de professores, bibliotecários e outros profissionais. Nas escolas particulares, geralmente os livros literários são comprados pela própria instituição, para comporem o acervo de livros da biblioteca, ou por pais, para serem utilizados na sala de aula. Nas escolas públicas, a compra vem sendo garantida por programas federais e por verba municipal, de acordo com o que é disponibilizado por cada município. Para serem selecionados para a escola, por professores, coordenadores ou avaliadores de programas públicos responsáveis pela seleção e compra de obras literárias, os livros devem atender aos critérios de valor seguidos por eles, que nem sempre são os mesmos. Nas escolas particulares, os livros passam, ainda, geralmente após serem selecionados, pela aprovação ou reprovação dos pais, que os julgam de acordo com seus valores pessoais e culturais. Em caso de reprovação, tem sido comum o "confisco" da obra, que entra para o rol das leituras proibidas.

Um dos motivos apontados pelos pais e pela escola, que vem tendo repercussão na mídia, é a temática abordada pelos livros selecionados para o público infantil e juvenil. Determinados temas, mesmo que trabalhados de forma adequada nas obras, de acordo com seu público-alvo, continuam sendo tabus. O destinatário final desses livros, o jovem, é, assim como a criança, considerado "infante" – palavra que tem origem no latim[1] e significa "o que não fala" –, não cabendo a ele selecio-

1 ETIM. lat. infans, āntis 'que não fala, que tem pouca idade, novo, pequeno, criança', do lat. in- 'negação' e v.dep. for, fāris, fātus sum, fārī 'falar'. (Dicionário Houaiss, p. 1612).

nar, opinar ou julgar o que para ele será escolhido. O espaço da escolha e do exercício de uma suposta liberdade vem sendo, para essa faixa etária, o ambiente virtual. Nele se pode navegar livremente, ter acesso a diversos gêneros textuais e temáticas, imagens de todos os tipos e doutrinações de diversas ordens. Geralmente é sozinho, sem a presença física de um mediador preocupado com sua formação humana, que o jovem adentra esse mundo, buscando respostas, muitas vezes, para suas angústias e curiosidades. Seria esse espaço o mais adequado e seguro para a apresentação de determinados temas ao jovem?

Certamente é urgente que os pais repensem sua relação com a escola e com os livros nela trabalhados. E cabe aos pesquisadores chamar a atenção para um importante papel do mundo ficcional presente nos textos literários: o de contribuir para nossa humanização, como defende o sociólogo e crítico literário Antonio Candido (2004, p. 180), para quem a humanização é um processo

> que confirma no homem aqueles traços que reputamos essenciais, como o exercício da reflexão, a aquisição do saber, a boa disposição para com o próximo, o afinamento das emoções, a capacidade de penetrar nos problemas da vida, o senso da beleza, a percepção da complexidade do mundo e dos seres, o cultivo do humor.

Candido (Ibid., p. 180) acreditava que "a literatura desenvolve em nós a quota de humanidade na medida em que nos torna mais compreensivos e abertos para a natureza, a sociedade, o semelhante". Para o desenvolvimento da percepção da complexidade do mundo e dos seres a que se refere Candido, que nos torna mais abertos a nosso semelhante, ou seja, ao ser humano, a literatura tem abordado temáticas tidas como tabus. Dentre as obras assim consideradas em nossa contemporaneidade, encontra-se o livro *Menino ama menino*, de Marilene Godinho, publicado pela editora Armazém de Ideias em 2000, abrindo a coleção Diferenças – série Jovem, após o êxito da primeira série da coleção, destinada ao público infantil. O fato de o livro estar esgotado indica, por um lado, que sua venda foi bem-sucedida, o que pode sinalizar uma boa aceitação de seu público-alvo e/ou do mercado escolar. Contudo, o fato de ele não ter sido reeditado revela que a procura pela obra provavelmente tenha diminuído. Com nossa experiência de formador de professores, em cursos de graduação, e de responsáveis pela formação continuada de professores e outros mediadores de leitura, como bibliotecários e agentes culturais, temos notícias de censuras e questionamentos à adequação da obra, a começar pelo seu título, em reuniões pedagógicas para escolhas de obras a serem trabalhadas em salas de aula, tanto na rede pública quanto na rede privada.

Neste pequeno artigo, temos como objetivo evidenciar alguns aspectos da qualidade literária da obra, que está inserida em uma coleção declaradamente pedagógica. Tanto o nome da coleção como os paratextos presentes no livro – as informações em sua quarta capa e orelha – indicam o objetivo pedagógico da narrativa, que vem caracterizando o "gênero" literatura juvenil:

> O maior sucesso editorial do Armazém de Ideias é a Coleção Diferenças, destinada a crianças e pré-adolescentes. O que se quis nela foi dar alívio nas dificuldades de ajuste social por causa de gordura, por usar óculos, pela extrema magreza, pela cor, pela pobreza, por tantas outras razões (Informações da quarta capa do livro).

Como se pode observar, a coleção tem por objetivo apresentar obras ficcionais relacionadas a todo tipo de diferença geradora de discriminação. Num tempo em que se fala tanto de *bullying*, abordar a questão das diferenças sexuais – manifestas muitas vezes na forma de ser, de agir, de andar, de usar as mãos, de colocar a voz ou qualquer outro traço comportamental –, no ambiente escolar, é fundamental para se combater o preconceito e possibilitar a convivência (não apenas tolerância) saudável entre pessoas diferentes, com diferentes gostos e diferentes formas de estar no mundo.

Quando se pensa na discussão das diferentes identidades sexuais[2] na escola, muitas vezes resvala-se para um pensamento simplista de que o reconhecimento dessas diferenças significa "ensinar a ser gay". Ora, pensar que alguém "se torna gay" – homem ou mulher – porque aprendeu na escola que existem pessoas que estabelecem relações homoafetivas, que merecem ser respeitadas como todo ser humano, revela a falta de conhecimento de nossa sociedade e a dificuldade que temos em lidar com a diferença. Esse tipo de ignorância e preconceito tem provocado muito sofrimento familiar e levado muitos jovens à depressão e mesmo ao suicídio. Vetar ao texto ficcional a abordagem dessa "diferença" parece ser uma tentativa de extingui-la da sociedade, "só que não", como diriam os jovens. Sabemos que proibir que algumas questões sejam tratadas não anula sua existência.

---

2 É muito grande ainda a confusão entre sexo (biológico) e gênero (cultural), entre orientação sexual (como hétero, homo e bi) e identidade de gênero, que vem sendo erroneamente denominada "ideologia de gênero" por aqueles que são contrários à ideia de que o gênero dos indivíduos é construído socialmente, confundindo-se, assim, a construção de uma identidade com o "tornar-se gay" ou "ensinar e aprender a ser gay".

Em se tratando de obra literária, espera-se que a temática não seja abordada por um discurso utilitário, ou seja, como afirma o professor e pesquisador Edmir Perrotti (1986, p. 30), "de doutrinação do leitor". Para a análise da obra *Menino ama menino*, de Marilene Godinho, como literária, mesmo fazendo parte de uma coleção pedagógica, como já foi apontado, propomos a investigação da seguinte hipótese de leitura: a narrativa encena o discurso utilitário, do qual fazem parte personagens estereotipadas e, aparentemente, um final feliz, como procuraremos mostrar brevemente.

A obra apresenta a história de Toni, um menino que tem em torno de onze ou doze anos, e que sofre preconceito, desde criança, por apresentar comportamentos não compatíveis com os esperados para um menino. A narrativa, que pode ser caracterizada como uma novela, apresenta 40 páginas e está dividida em 13 partes, que, com exceção da última, são iniciadas pela imagem (vinheta) de um pássaro atrás das grades de uma gaiola. Na parte final, representando a mudança de sentimento do protagonista, o pássaro aparece livre, com as asas em voo. Na obra destacam-se ainda as belas e sugestivas ilustrações em aquarela que acompanham algumas passagens do texto escrito.

Como podemos observar, o título da obra anuncia uma suposta temática amorosa, chamando a atenção do leitor por apresentar como sujeito e objeto do amor o substantivo masculino "menino". Ao entrar na narrativa, o leitor não tem sua expectativa confirmada, uma vez que a questão amorosa não é exatamente o foco da trama, mas sim a discriminação vivenciada pelo pré-adolescente Toni, por não se comportar como os demais, assim como as dificuldades de sua família em lidar com essa diferença. Chama a atenção, na narrativa, o uso de várias expressões para designar a suposta orientação sexual do protagonista: *gay* ("Por que será, meu Deus, que mereci ter um filho *gay*?", Godinho, 2000, p. 14; "Frans, seu irmão é *gay*?", Ibid., p. 25), veado ("Chama lá seu irmão, aquele veado!", Ibid., p. 22), bicha ("É uma pena que você é bicha!", Ibid., p. 28) e passagens em que aparece a palavra homossexualidade (Ibid., p. 30), homossexual ("Meu filho é homossexual", Ibid., p. 15), ou homossexuais, como adjetivo de práticas (Ibid., p. 31). Observa-se que as expressões citadas são utilizadas em frases que reproduzem falas que circulam em nossa sociedade. Muitas delas são marcadas por preconceito e rejeição, que, ao serem expostos, acabam sendo denunciados na obra e despertando a reflexão do leitor.

Já no título da obra e na temática abordada, podemos observar um questionamento da moralidade que costuma acompanhar as narrativas tradicionais, por meio do uso do discurso utilitário. Sobre esse discurso, Edmir Perrotti (1986, p. 95) salienta que serviu para a divulgação de determinados padrões ideológicos das classes superiores: "a moralidade das narrativas tradicionais esteve sempre comprometida com a ordem vigente".

Nessa obra, uma determinada moralidade é questionada e, para tal, é apresentada nos diálogos e desabafos, em passagens narradas em primeira pessoa, de personagens estereotipadas que parecem encenar o sofrimento por que passam. Dentre essas personagens, destacamos: Frederico, o pai autoritário e machista, que não aceita a forma de se comportar de seu filho; Madalena, a mãe amorosa e protetora, que defende o filho do pai; Geralda, a empregada negra, madrinha e segunda mãe de Toni, que, assim como Madalena, protege o menino; Francisco, o irmão mais velho, preferido pelo pai, que demonstra amizade por Toni, mas também sofrimento e vergonha devido à forma como o irmão é tratado pelos demais jovens; Gil, o melhor amigo de Toni, por quem ele tem um sentimento especial, embora não seja assumido na história como amoroso.

Também merece destaque a personagem Elza, tia de Toni, que representa, na narrativa, uma voz moderada. Tia Elza é descrita por Toni como não tendo a "chatice de contar segredos dos outros" (Godinho, 2000, p. 30). Ela é descrita também como "uma pessoa franca, que lê sobre tudo. Entende as pessoas, sabe escutar. É tida como a fada boa da família" (Ibidem). Toni vê na tia uma confidente e uma pessoa disposta a conversar com ele sobre a questão que lhe angustia e atormenta. É nesse momento que Toni questiona a tia sobre sua religiosidade católica, querendo saber o que "os padres acham da homossexualidade". Tia Elza, com seu discurso didático "de quem lê" e sabe das coisas, fala sobre as mudanças históricas por que passou a Igreja: "Antigamente, a Igreja era muito severa. Hoje, ela já evoluiu muito e, no catecismo oficial, esta questão é clara. Diz que a homossexualidade é uma preferência inata. Se é inata, devemos ter respeito para com os homossexuais." (Godinho, 2000, p. 31). Tia Elza ainda fala, em tom bastante didático, que, "depois que a ciência provou um fato, a religião o estuda e acaba por mudar os conceitos." (Ibidem). Dessa maneira, tia Elza assume, na obra, o discurso de quem pondera, reflete, entende, aceita e ensina, sem sofrer grandes angústias, como sofrem o pai, a mãe, o irmão e a velha empregada, principalmente.

Chama-nos a atenção na obra, também, o uso poético da linguagem que contribui para a construção literária da narrativa, como nas seguintes passagens referentes ao protagonista: "Em silêncio foi colocando os brinquedos na caixa para tentar um remendo no desaponto" (Ibid., p. 3);

> "Meu grande desejo mesmo é fazer um curso de teatro. Participei de peças na escola. Ali, representando personagens, cada cena me abria uma porta. Senti a dimensão de ser outros e, na lonjura de mim mesmo, encontrava-me em cada um. (...) Quando no palco, me sentia inteiro" (Ibid., p. 5);

"No banco do jardim, olhar a esmo, deixando seu pensamento alçar voos para o azul da tarde, Gil entristava" (Ibid., p. 26); "Toni entendeu seu canto de asas podadas" (Ibid., p. 40).

A metáfora do pássaro, implícita na última passagem citada, possui um importante papel na narrativa, estando presente também nas ilustrações que acompanham a obra e nas vinhetas que introduzem todas as partes da narrativa – com exceção da última, como já contamos. O sabiá aprisionado representa Toni "aprisionado" nas suas angústias, representa o sentimento de não poder ser o que se é, de se sentir preso. Destacam-se as ilustrações das páginas 8 e 9, que ocupam quase toda a página, em que Toni observa um pássaro. Menino e pássaro são vistos pelo leitor em um mesmo plano, atrás das grades como dois prisioneiros.

A narrativa, seguindo um modelo tradicional, apresenta clímax e desfecho, no qual o conflito da trama, aparentemente, é resolvido: o pai de Toni, depois de ver a morte de seu filho próxima, quando o rapaz foi levado pelas águas do rio, cascata abaixo, resolve aceitá-lo como é, permitindo, inclusive, que ele siga a carreira teatral, como sempre sonhou:

> Quando vi meu filho rolando no meio das águas pensei que fôssemos perdê-lo. Num átimo de tempo, relembrei seu rosto alegre. Recordei minhas zangas, minhas palavras cruas e seu jeito silencioso

> de receber minhas ameaças. O remorso, agora, me sacode e me impele. Compreendi: é melhor ter meu filho vivo, assim como ele é, do que vê-lo morto. Eu o perdi por instantes, para ganhá-lo pelo resto da vida. O que seria de nós sem ele? (Godinho, 2000, p. 37).

A novela juvenil, iniciada em terceira pessoa, é marcada pela alternância entre passagens narradas em primeira pessoa, apresentando o ponto de vista de uma determinada personagem, como na citação acima, e passagens marcadas por diálogos, com o uso de discurso direto. Acreditamos que a principal estratégia discursiva para a encenação e para o desnudamento do discurso utilitário é a mudança de foco narrativo.

A presença de grandes sequências de diálogos e a ausência de um narrador que guie o leitor, já que essa instância narrativa é composta por várias vozes, aproxima a história contada de uma encenação teatral. O final da narrativa parece representar essa encenação. Toni participa de uma peça de teatro, realizando seu sonho de ser ator, e tem na plateia sua família, incluindo seu pai. Essa encenação final pode ser compreendida como metadiscurso, explicitando a narrativa como peça teatral, o que faz com que a peça encenada por Toni esteja dentro da peça (novela) *Menino ama menino*. Assim sendo, o discurso utilitário encenado na narrativa é desnudado, oferecendo a possibilidade de o leitor perceber a distância entre mundo ficcional e realidade. Se a arte imita a vida, sendo diferente dela, a vida pode imitar a arte. Quem sabe?

Referências

CANDIDO, Antonio. *Vários escritos*. 4. ed. reorg. pelo autor. Rio de Janeiro: Ouro sobre Azul/ São Paulo: Duas Cidades, 2004.

GODINHO, Marilene. *Menino ama menino*. Ilustrações Walter Lara. Belo Horizonte: Armazém de Ideias, 2000.

HOUAISS, A. e VILLAR, M. de S. *Dicionário Houaiss da Língua Portuguesa*. Elaborado no Instituto Antonio Houaiss de Lexicografia e Banco de Dados da Portuguesa. Rio de Janeiro: Objetiva, 2001.

PERROTTI, Edmir. *O texto sedutor na literatura infantil*. São Paulo: Icone, 1986.

Enquanto o sono não vem (2003)
José Mauro Brant

PESADELO NAS CANTIGAS DE NINAR

Jaime dos Reis Sant'Anna (UEL)

*

Em 2017, *Enquanto o sono não vem*, de José Mauro Brant, foi alvo de perseguição orquestrada por grupos intolerantes espalhados por todo o país. O Ministério da Educação, à época, acabou permitindo que secretarias de educação, como a de Londrina, Paraná,, a maior cidade do interior paranaense, atacasse publicamente a obra com veemência descabida. Trata-se, pois, de uma obra literária voltada para o público infantil, cuja faixa etária pode compreender entre 7 e 11 anos, a depender da maturidade da criança; ou, conforme a classificação do *Dicionário crítico de literatura infantojuvenil brasileira*, de Nelly Novaes Coelho (2006, p. 11-12), apropriada para o leitor em processo de formação ou fluente.

*

As primeiras reações hostis ao livro começaram nas cidades de Vila Velha e Cariacica, no Espírito Santo. Usuários de diversas redes sociais envolvidos na denúncia apontavam que duas das oito histórias da obra eram nocivas: para eles, "Canta, canta, meu surrão" incentivava a prática de maus-tratos físicos e psicológicos contra as crianças e "A triste história de Eredegalda" era apologia ao incesto entre pai e filha. E o pior, diziam: a obra tinha sido selecionada pelo Ministério da Educação (MEC) e estava sendo distribuída para a leitura obrigatória em milhares de escolas públicas do Ensino Fundamental I, configurando-se em um atentado à dignidade das crianças, uma tentativa ideológica de destruir a família brasileira.

Os *posts* alarmistas de *Facebook* e de *WhatsApp* se propagaram com a rapidez e a truculência comuns ao ciberespaço e produziram um efeito manada avassalador. A reação envolveu a propalada sociedade organizada, APMs (Associações de Pais e Mestres), Conselhos Tutelares, Promotorias da Juventude, secretarias municipais de educação, instituições religiosas e diversos meios de comunicação.

Quando os professores da rede municipal de ensino começaram a abrir as caixas com os livros literários dos acervos do Pnaic (Programa Nacional de Alfabetização na Idade Certa), já estavam devidamente preparados para retirar o nefasto livro *Enquanto o sono não vem*. E, claro, expuseram o feito heroico nas redes sociais, com fotos em que brandiam a peçonha maldita acima de suas cabeças, gerando entre internautas um efeito retroalimentador para novos atos de proibição. Um promotor da juventude arvorou-se em crítico literário de ocasião, alistando as aberrações estéticas e temáticas da obra; uma representante dos pais de alunos achava que um livro como aquele poderia induzir as crianças a acharem normal o incesto; um Conselheiro indagava se era justo que crianças que iam para a escola a fim de esquecer os maus-tratos a que eram submetidas em suas casas fossem obrigadas a recordar sua dura realidade por meio da literatura.

Não se tratava de sanções censórias à literatura impostas pelo Estado, mas de manifestações laicas que se pretendiam legitimadas ao invocar o artigo 70 do Estatuto da Criança e do Adolescente (Brasil, 1990): "É dever de todos prevenir a ocorrência de ameaça ou violação dos direitos da criança e do adolescente". No entanto, elas refletiam as mesmas arbitrariedades travestidas de legalidade, como nas censuras de Estado perpetradas contra as literaturas estudadas por Robert Darnton (2016), cuja essência também se aplica aos casos de censura de origem não-governamental.

Em Londrina, Paraná, cidade em que atuo na formação de professores de Língua Portuguesa, a Secretaria Municipal de Educação recolheu centenas de exemplares de *Enquanto o sono não vem*. Em entrevistas a diversas redes de rádio e televisão, perguntada se já havia lido a obra que pretendia recolher, a secretária afirmou, com o livro numa das mãos, que ainda não o lera, mas avisava com veemência que já ordenara o recolhimento da obra e estaria pedindo um parecer técnico-pedagógico, bem como, antecipava-se, a possível devolução do livro ao MEC. Reproduzia, provavelmente sem saber, o dístico da Rainha arbitrária de *Alice no país das maravilhas*: primeiro, o veredicto; depois, o julgamento.

No meio deste *redemunho*, corri para os meios de comunicação para defender o valor estético-literário do livro, o esmero do projeto gráfico-editorial executado pela Editora Rocco, a necessidade de compreensão dos elementos ético-antropoculturais presentes na obra. Mas era trabalho vão: as pautas das Redações já estavam fechadas contra as ameaças à família, à escola e às indefesas crianças, representadas pelo livro infantil. Minhas contribuições serviriam apenas para o "falso contraponto" de uma narrativa consolidada. O âncora de um dos programas noticiosos da TV local, após ouvir minha fala sobre a necessidade de investir na formação continuada dos professores, para que pudessem dar conta das demandas inerentes ao trabalho de formação de leitores no ensino fundamental, sobretudo no que diz respeito aos signos literários extraídos de narrativas populares, rolou pelo chão do estúdio para demonstrar sua indignação. Senti a dor da incompreensão e da intolerância humanas e imaginei o que deveria estar sentindo naquela hora José Mauro Brant, autor da obra.

Ao cabo desta cruzada hodierna, 93 mil exemplares de *Enquanto o sono não vem* foram recolhidos pelo MEC e lançados no limbo.

Mas, afinal de contas, de que trata *Enquanto o sono não vem*? Em que consiste o perigo representado por um livro voltado para crianças?

Publicada em 2003 pela Editora Rocco, a obra traz oito textos, produzidos a partir de diversos gêneros da tradição oral, tais como cantigas de ninar, contos populares, romance medieval e poemas de matiz épica. As histórias foram recolhidas pelo autor conforme suas manifestações populares nos estados do Rio Grande do Norte, do Rio de Janeiro, de São Paulo e de Minas Gerais, refletindo influências portuguesas e africanas. Na "orelha" da obra, lemos que "*Enquanto o sono não vem* reúne oito contos populares [...] intercalados por cantos populares, melodias tradicionais que povoam nossa história cultural" (Brant, 2003, s.p.). Na Europa, este tipo de manifestação popular – cuja principal idiossincrasia era a transmissão oral construída por uma população afastada da cultura letrada de prestígio, a que Andrè Jolles (1976, p. 52) chamou de "formas simples" – é anterior ao período em que a literatura infantil começou a ser publicada em livro, no século XVII.

Em E*nquanto o sono não vem* – para além dos mecanismos de intertextualidade e adaptação empregados quando da transcriação dessas narrativas brasileiras, sobretudo devido à opção pelos versos populares, de técnica simples difundida pela tradição oral, com uso recorrente das quadras, redondilhas maior e menor, rimas toantes, anáforas, aliterações, assonâncias, vocabulário simples, etc – destaca-se a qualidade do projeto gráfico editorial desenvolvido pela premiada Porto-Martinez Design Studio, cuja estrutura pode ser averiguada na sua página oficial[1]. Nele, merecem especial atenção os paratextos que guarnecem a obra, especialmente as ilustrações da artista plástica Ana Maria Moura, feitas a partir de guaches e aquarelas, cujos extratos estão todos à disposição em seu site[2].

Outros paratextos que acompanham as oito narrativas revelam o *modus faciendi* do autor, cujo conhecimento ajudaria a compreender a concepção da obra, evitando intolerâncias. Dentre eles, destaco as partituras e as transcrições musicais para piano e violão, feitas por Dil Fonseca, cuja biobibliografia encontramos no *Dicionário Musical Cravo Albim*, também disponível para consulta *on line*.

Na abertura do volume, temos a cantiga "Consolo" que, segundo o autor, é de origem potiguar: "Esse menino não é

---

1 Disponível em: https://www.facebook.com/pages/Porto-Martinez--designStudio/161090037424755?rf=137805693576 0769. Acesso em: 04 dez. 2023.

2 Disponível em: https://www.anamariamoura.com.br/portfolio/ilustracao/enquanto-o-sono-nao-vem/.Acesso em: 04 dez. 2023.

meu,/ Me deram para criar./ O consolo de quem cria/ É saber acalentar..." (Brant, 2003, p. 4-5). Trata-se de um acalanto – gênero musical muito popular, cuja melodia doce serve para embalar o sono das crianças –, prenúncio da própria natureza do livro: reescrita de contos e cantos populares utilizados por mães e avós para acalmar e fazer dormir seus pequenos rebentos. Por fim, como a conferir a circularidade sugerida pelos pares começar/terminar, dormir/acordar, nascer/morrer, cantar/contar, a obra se fecha com outras partituras, transcrições musicais e letras, todas elas como cantos inspiradores ou complementares dos oito contos (Ibid., p. 52-54). Em outros termos, textos de partida (hipotextos), como os contos populares e as cantigas de ninar, se entrecruzam na formação dos textos de chegada (hipertextos), ou seja, as oito narrativas.

Dois outros paratextos incluídos no final do livro também formam um par paralelístico norteador da leitura, organizado em torno dos advérbios antes/agora. O primeiro se chama "e quem contou antes" (Ibid., p. 48-49) e se refere ao passado, remetendo o leitor a cada uma das fontes folclóricas de que se originaram os c(a)ontos. Nessa seção, fica-se sabendo que "Consolo" é uma cantiga de ninar entoada por lavadeiras no Rio Grande do Norte; que "As nove filhas" é um tangolonomango e quais são as características desse jogo linguístico; que em "O rei cego e a cidade dos Olhos d'Água", temos uma narrativa de origem lusitana classificada como de "natureza denunciante"; que "A linguagem dos pássaros" foi recolhida pelo folclorista Câmara Cascudo em Natal, Rio Grande do Norte, quando era usada pelo povo para ensinar tipos de profissão; que "João Jiló" é uma versão brasileira cristianizada que resgata o tema do animal que canta enquanto está sendo cozido e comido e que "Adeus, adeus" é uma canção de pastoril, ou cortejo natalino, como também é conhecida, elaborada nos mesmos moldes como aparece no teatro português de Gil Vicente, no século XVI.

Os contos que geraram polêmicas são apresentados de forma didática nessa seção: sobre "A história do surrão", registra-se que o vilão da narrativa é o famoso "homem do saco", o pesadelo infantil da tradição rural luso-brasileira, pois ele rouba crianças para fazer maldades; e sobre "A triste história de Eredegalda", que se trata de um "romance", no sentido medieval do termo, ou seja, uma narrativa cantada em versos – muitas vezes inspirada em fatos. Brant (Ibid., p. 49) destaca que "a história da princesa assediada pelo próprio pai aparece em vários lugares do Brasil, com nomes diferentes: Silvaninha, Valdomira, Faustina". O final trágico, em decorrência da recusa de Eredegalda à proposta incestuosa do pai, é intensificado pelos elementos cristãos, como Jesus e os quatro anjos que guardam a menina-morta, e o acréscimo do acalanto: "Lá vem vindo um anjo/ Um anjo de lá do céu/ Não é anjo é uma virgem/ Porque traz grinalda e véu" (Brant, 2003, p. 29).

O segundo paratexto desse par se chama "e quem está contando agora...". Nele, o autor reflete sobre a arte de "emprestar voz" para contar e cantar, hoje, o que foi cantado e contado no passado por meio da "voz da mãe, da avó, da babá, de uma professora de música, de uma cozinheira gorda, do pedreiro, de uma tia, de uma prima..." (Ibid., p. 50), cuja representação está condensada na figura de Dona Militana, contadora de histórias do Rio Grande do Norte que, segundo ela mesma, ressoava tal qual uma guardiã a voz do pai falecido, também contador de histórias.

Depois da censura pela qual passou *Enquanto o sono não vem*, em 2017, "agora" é impossível ler as oito narrativas e os dois paratextos com os mesmos olhos de "antes", quando da primeira recepção da obra lançada 2003.

Como afirmei anteriormente, dois contos foram os principais alvos dos ataques: "Canta, canta, meu surrão" e "A triste história de Eredegalda".

No primeiro conto, temos um texto em prosa construído a partir da fórmula "há muitos e muitos anos, num tempo em que os homens ainda se encontravam com os anjos" (Brant, 2003, p. 7), que imprime circularidade à narrativa, uma vez que abre e fecha o conto, sugerindo que o tema transcende à passagem do tempo e dialoga com elementos do sagrado. Ele aborda o rapto de Mariazinha por um homem que a atrai com a perspectiva de recuperar o par de brincos esquecidos sobre uma pedra à beira-rio, quando a menina acompanhava sua mãe lavadeira. Depois de aprisioná-la no surrão – um saco, provavelmente de couro –, o vilão a explora em apresentações itinerantes pelas praças de cidades distantes, mantendo-a escondida no saco, de dentro do qual ela é obrigada a entoar um canto triste: "No meu surrão ficarei,/ No meu surrão morrerei/ Por causa dos brincos de ouro/ Que lá no rio deixei" (Ibid., p. 9).

Por meses o homem anda de cidade em cidade, explorando a pobre menina, até que o fado da vida o conduz de volta à vila onde raptara Mariazinha. O desfecho do conto é maniqueísta, redentor, conjuminando violência e humor: libertada a menina pela mãe, desmascarado e publicamente humilhado o homem do saco, a narrativa se encerra com direito à "cena pastelão" em que o vilão fica soterrado em um monte de porcariadas colocadas pela mãe dentro do surrão. Final feliz para uma história de criança desaparecida que foi restituída à família.

À semelhança do que ocorre em *Chapeuzinho Vermelho*, "Canta, canta, meu surrão" se configura em oportunidade para explorar os aspectos admonitórios com a criança no ambiente escolar, visando ao seu amadurecimento. No conto, encontramos os conflitos de aprendizagem no processo de transição entre a fase da vida em que a criança é superprotegida contra perigos externos e aquela em que precisa se distanciar da proteção familiar e que, por isso mesmo, estará sujeita a riscos, sobretudo no contato com pessoas estranhas – reais ou do ciberespaço, vale lembrar.

No segundo texto, o mais polêmico, ao invés do pai ausente ou omisso de "Canta, canta, meu surrão", temos um pai vilão que propõe casamento à filha Eredegalda, oferecendo como "dote" transformar a mãe em "nossa criada" (Brand, 2003, p. 27). Situação semelhante encontramos em "A pele de Asno", que integra a famosa coletânea *Contos da Mamãe Ganso*, de Charles Perrault, quando o rei demonstra querer casar-se com a própria filha, a quem a fada-madrinha dos Lilases dá o conselho: "Seria de fato um grande erro casar-se com seu pai; mas você pode evitar esse louco pedido sem contradizê-lo".

Ainda que a proposta estivesse condicionada ao "livre" aceite da bela princesa ("– Isso não, querido pai,/ Isso não pode ser,/ Prefiro ficar fechada/ Do que ver minha mãe criada" - Ibid., p. 27), à sua recusa do casamento, o pai intensificou sua vilania com a trágica vingança: "Então o rei mandou construir três torres/ E trancou Eredegalda dentro./ Só poderia comer carne salgada/ Sem beber um copo d'água" (Ibid., p. 27). Nem a mãe, nem as irmãs a socorrem, devido ao medo da espada punitiva do rei; nem a aparente compaixão dos três cavaleiros pretendentes, com os jarros d'água nas mãos, redime a triste princesa: Eredegalda chora lágrimas de sangue até sua morte, quando anjos vêm cortejá-la, assumpta ao céu, vestida de véu e grinalda.

Em outros termos, a condição de fragilidade da princesa fez com que ela decidisse não discutir com o pai/rei. Sua atitude foi de recusa firme à proposta de incesto, não obstante as consequências trágicas. A princesa reclamou contra o pai; comunicou a hostilização às irmãs e à mãe; fez chegar seu sofrimento aos três cavaleiros que a acudiram, ainda que sem sucesso. Por fim, ela morre sem transigir com os intentos incestuosos; é recebida pelos anjos em bodas celestiais.

As acusações de que o texto incentivaria a prática de incesto não se sustentam. Seria, como foi amplamente apontado na ocasião da censura, semelhante a proibir a leitura da Bíblia porque os casos de adultério, homicídio, poligamia, fratricídio e até de incesto que nela estão registrados incentivariam os religiosos a imitar tais práticas. O fato de a obra ter sido elaborada a partir da recolha de contos e cantigas de ninar espalhados pelos Brasil, contados e entoadas na simplicidade da tradição popular por mães e avós desejosas de fazer adormecer seus pequenos, colocaria essas mulheres como as principais divulgadoras de práticas reprováveis. Como consequência, prendam-se as mães, encarcerem-se as avós. Proíba-se a Bíblia.

A história é triste e a criança percebe isso; todavia, o mediador da leitura deve dialogar com ela sobre o tema a partir da mensagem sugerida pelo romance, sobretudo a recusa da proposta incestuosa e a atitude corajosa de não se silenciar, denunciando a hostilização. O professor que media a leitura insere-se no mundo infantil como elemento de extrema confiança e, por isso mesmo, pode atuar com eficácia junto a ela nas ações de prevenção e remediação de violência sexual inserida em ambientes familiares[3].

---

3 Sobre o tema, recomendo o artigo acadêmico "Relações familiares permeadas por violência sexual do pai contra a filha", de Vicentin e Valle: "Desde sua implementação [em 2002, em um município do Paraná, até 2007, data da dissertação que originou o artigo], o Programa [Sentinela] atendeu quase setecentas vítimas deste tipo

Finalmente, três recomendações: em primeiro lugar, leiam *Enquanto o sono não vem: e quem quiser que conte outra*, de José Mauro Brant, com ilustrações de Ana Maria Moura, publicado pela Editora Rocco. Leiam para as crianças em casa e na escola. Conversem com elas sobre os temas abordados, sobretudo aqueles que se depreendem de "Canta, canta, meu surrão" e "A triste história de Eredegalda". É o melhor teste. Em segundo lugar, recomendo a leitura reflexiva da *Nota Técnica sobre o livro: Enquanto o sono não vem*, de José Mauro Brant. Divulgada pelo CEALE (Centro de alfabetização, leitura e escrita), da Faculdade de Educação da Universidade Federal de Minas Gerais, emitida em junho de 2017, suas sete páginas estão disponíveis para consulta *on line*, defendendo a escolha da obra e reafirmando suas virtudes temáticas e estético-literárias. Vale lembrar que a mesma transparência e publicidade não houve quando da emissão de um suposto "Parecer Técnico da Secretaria de Educação Básica", do MEC, que embasaria a recolha dos exemplares do livro.

Por fim, penso que vale a pena pensar sobre as razões por que cantos e narrativas como as que encontramos em *Enquanto o sono não vem* não foram alvo do controle social ou das perseguições censórias na infância das últimas gerações; nem estiveram na pauta das preocupações de tutores do início do século, mais precisamente, em 2005, quando o livro de Brant foi pela primeira vez selecionado para compor os acervos do PNBE (Programa Nacional Biblioteca Escolar), posteriormen-

de violência, e os dados coletados revelam que a maior parte delas possui entre 7 e 14 anos, sendo a maioria meninas, e o agressor, em maior número, o pai". Disponível em http://books.scielo.org/id/krj5p/pdf/valle-9788598605999-10.pdf.
Acesso em: 16 abr. 2024.

te “incorporado” ao Pnaic. É provável que identificaremos no fenômeno atual o retorno de um conservadorismo medieval – intensificado pela força multiplicadora que grupos conservadores truculentos encontraram na *internet* – que acreditávamos fazer parte de um passado distante.

Referências

BRANT, José Mauro. *Enquanto o sono não vem*. Quem quiser que conte outra. Ilustrações de Ana Maria Moura. Rio de Janeiro, Rocco, 2003.

BRASIL. Congresso Nacional. Lei Nº 8.069, de 13 de julho de 1990. Dispõe sobre o Estatuto da Criança e do Adolescente e dá outras providências. *Diário Oficial da República Federativa do Brasil*, Poder Executivo, Brasília, DF, 13 jul. 1990. Disponível em: <https://www.planalto.gov.br/ccivil_03/leis/l8069.htm>. Acesso em: 25 mar. 2024.

CARTA COARE/FNDE. Disponível em: https://www.fnde.gov.br/phocadownload/programas/Livro_Didatico_PNLD/Apoio_a_Gestao/2017/informe_39_2017_obra_enquanto_o_sono_nao_vem.pdf. Acesso em: 19 jan. 2024.

CEALE - Centro de alfabetização, leitura e escrita. FAE/UFMG. *Nota Técnica sobre o livro:* Enquanto o sono não vem, de José Mauro Brant. 01 jul. 2017. Disponível em http://www.ceale.fae.ufmg.br/app/webroot/files/uploads/Random/Nota%20t%C3%A9cnica%20livro%20Enquanto%20o%20sono%20n%C3%A3o%20vem.pdf. Acesso em: 17 fev. 2019.

COELHO, Nelly Novaes. *Dicionário crítico da Literatura Infantil e Juvenil Brasileira*. São Paulo, Companhia Editora Nacional, 2006.

DARNTON, Robert. *Censores em ação*: como os estados influenciaram a literatura. Trad. Rubens Figueiredo. São Paulo: Companhia das Letras, 2016.

DICIONÁRIO Cravo Albin da Música Popular Brasileira. Disponível em: http://dicionariompb.com.br/dil-fonseca. Acesso em: 04. dez. 2023.

JOLLES, André. *Formas simples*. Trad. Álvaro Cabral. São Paulo: Cultrix, 1976.

PERRAULT, Charles. *Contos da mamãe gansa ou histórias do tempo antigo*. Tradução de Leonardo Fróes. São Paulo: Cosac Naify, 2015. Disponível em: http://www.lighthousebilingue.com.br/wp-content/uploads/2018/07/Contos-da-Mamae-Gansa-ou-Histor-Charles-Perrault.pdf. Acesso em: 04. dez. 2023.

Sapato de salto (2006)
Lygia Bojunga

BREVIÁRIO DE DORES

Alice Áurea Penteado Martha (UEM)

*

Lygia Bojunga ocupa lugar de honra entre os autores que se destacam na produção da literatura infantil e juvenil a partir dos anos setenta do século XX. Suas obras, com temas transgressores e atuais, ao provocarem debates sobre dúvidas inerentes a todo ser humano, possibilitam o reconhecimento e a reflexão, por parte dos leitores, sobre problemas sociais, questões de gênero, sexualidade, relações familiares, entre outros, permitindo, por meio da leitura, a superação de tais adversidades e emoções. Mas, apesar disso, como apontado em capítulo anterior, sua obra tem sido alvo de situações como aquela realizada pelo vereador de Limeira São Paulo. No caso de *Sapato de salto* (2006), marcada por tantas questões potencialmente polêmicas, é indispensável conhecer melhor o texto, para compreender sua importância como leitura para os jovens leitores de hoje.

*

Os temas controversos não são exatamente novidades na literatura para crianças e jovens, pois, em suas origens, a produção destinada a esse público não fugiu deles, mesmo porque suas raízes, profundamente arraigadas em contos populares, contêm brutalidades de toda sorte. Nos contos de fadas há inúmeros relatos macabros, cenas sangrentas e um dos motivos recorrentes em tais narrativas é o assassinato: irmão mata irmão; marido assassina esposa; madrasta envenena enteados; súditos matam o rei, entre outros. Em tais contos, porém, a violência se abranda, com frequência, com o poder da magia e da vara de condão. A bela adormecida volta à vida com o beijo de um príncipe; a menina é desenterrada viva, e, nas versões mais brandas de *Chapeuzinho Vermelho*, a avó sai ilesa do ventre do lobo mau.

Entretanto, à medida que a instituição escolar se apropria da produção para crianças, com o intuito de propagar valores da sociedade, esses temas são praticamente banidos de livros infantis e juvenis, em razão, principalmente, dos princípios moralizadores dessa criação na produção brasileira. Como o propósito dessa literatura é, salvo conhecidas e raras exceções, eminentemente didático ou comprometido com valores cristãos e morais, os livros retratam um mundo ideal, sem dores, habitado por seres perfeitos e imortais, dispensados de lutar pela sobrevivência. Obras que instigam o debate e a reflexão muitas vezes são repudiadas pela escola e pela família; pais e educadores fazem restrições a textos que, a seu ver, cometem violência contra os jovens leitores, causando-lhes temores infundados e sentimentos negativos. A concepção idealizada que têm da infância, como época de despreocupação e felicidade, contribui para a perpetuação da crença de que, nessa fase da vida, talvez não sejam apropriadas discussões sobre violência, medo e, tampouco, sexo e morte, como se tais assuntos fossem alheios à vida.

Embora na década de 70 do século XX, no Brasil, essa literatura tenha passado por significativa renovação, especialmente com as obras da *Coleção do pinto*, da editora Comunicação, de Belo Horizonte, é preciso uma contínua reflexão por parte dos mediadores sobre a natureza e a função dos textos lidos por crianças e jovens, os quais, como toda literatura, devem ser espelhos que possibilitem a compreensão de situações e sentimentos direta ou indiretamente ligados a valores e emoções fundamentais para o ser humano. Por essa razão, os mais diversos temas e assuntos devem compor o rol de obras literárias destinadas a esses leitores, uma vez que, ajustados às peculiaridades dos destinatários, todos os sentimentos, desejos e aspirações do homem devem estar presentes, especialmente porque entendemos que a violência, estampada em sua plenitude na mídia impressa e televisa, nas redes sociais, além dos jogos e do cinema, está presente no cotidiano de crianças e jovens abandonados, drogados, prostituídos e atingidos por balas perdidas no caos da vida contemporânea.

Com mais de 20 livros publicados, Lygia Bojunga foi a primeira escritora brasileira a ganhar o Prêmio Hans Christian Andersen, o Nobel da Literatura Infantojuvenil, fora do eixo da Europa e Estados Unidos. Além dessa láurea e de outras premiações, recebeu o Prêmio ALMA (Astrid Lindgren Memorial Award), na Suécia. A extensa e premiada produção, reconhecida pela abordagem de temas controvertidos, enfoca a solidão de Raquel, em *Bolsa amarela* (1976), cujas vontades não encontram eco no seio da família tradicional; as relações familiares tensas e o difícil aprendizado de Maria, que assistiu à morte dos pais no circo, em *Corda bamba* (1979); bem como o suicídio em *Meu amigo pintor* (1987). Há, ainda, a história de Rebeca, no conto "Tchau", do livro homônimo (1984), que tenta impedir que a mãe abandone a família em razão de um novo amor, entre tantas outras narrativas. Obras que abordam questões fundamentais e polêmicas para o ser humano, faces diversas do medo, como morte, sexualidade, estupro, pedofilia, abandono e prostituição infantil. Assuntos difíceis de narrar que exigem do escritor o domínio da emoção, do imaginário e das potencialidades da palavra para que a narrativa ganhe em sensibilidade estética e sequer resvale no grotesco ou no escatológico e não se esvazie em perspectivas degradantes, moralizadoras ou mesmo assustadoras para seus leitores, especialmente quando esses são crianças e jovens.

Em *O meu amigo pintor* (1987), o garoto Claudio, com aproximadamente onze anos, enfrenta a morte do amigo que comete suicídio, fato que compreende apenas superficialmente, uma vez que os adultos não tratam claramente da questão diante dele. Além disso, outras situações difíceis, como a perseguição política na ditadura militar, o amor impossível entre o Pintor e Clarice, se apresentam para o menino. Para entender o que aconteceu com o amigo, o garoto resgata os momentos em que viveu com ele, buscando auxílio em outros pontos de vista, como o do síndico do edifício, da garota do térreo e de Clarice. Ao sonhar com o amigo, Cláudio recompõe os fatos, como uma peça teatral, e reelabora suas emoções; encena as aflições do pintor e consegue respostas às suas angústias, compreendendo, por fim, que o pintor será feliz.

O abraço (1995), por sua vez, narra a história de uma menina de 8 anos, Cristina, vítima de estrupo quando passava férias com a família em uma fazenda. Adulta, a personagem relata o acontecimento, como possibilidade de superação do trauma sofrido na infância e, embora a palavra "estupro" não apareça inicialmente no relato, toda a violência do ato transparece em metáforas como "abraço", "escuro", "crime" e "arrombamento do corpo", permitindo que o texto revele diferentes níveis de leitura e que os leitores possam compreender os fatos narrados conforme suas competências. Aos dezenove anos, reencontra seu estuprador atuando como palhaço em um espetáculo circense, e conta, por fim, toda a violência sofrida a um amigo.

Mas, talvez em nenhum outro texto, como em *Sapato de salto* (2006), tantos conflitos sejam abordados em uma única narrativa. Sabrina, a garota de onze anos, deixada no abrigo pela mãe antes de cometer suicídio, é levada a uma casa de família para cuidar de crianças. Ali, vítima de abuso sexual e do ódio da mulher, continua a saga de infortúnios: ao ser resgatada pela tia, recebe a notícia da morte da mãe, que se atirou ao rio com uma pedra amarrada ao corpo; convive com a avó, cuja mente, esfacelada pelas asperezas de uma vida de dificuldades e sofrimentos, a retém em um mundo imaginário, repleto de varais nos quais pendura os motivos de sua loucura. Apesar dos problemas, a menina se sente feliz na casa da família, até que a tia é assassinada sob seus olhos. A partir daí, a sobrevivência a empurra para a trilha aberta pelo ex-patrão, já que, nos últimos encontros, no quarto, não lhe dava mais presentes, mas "um dinheirinho". Assim, Sabrina resolve sua fome no dia a dia com encontros fortuitos com o açougueiro, no capinzal às margens do rio, local onde o garoto, por quem a menina se encanta desde o início, também mantém encontros amorosos com um rapaz mais velho. Depois de tantos infortúnios, Sabrina e a avó são adotadas pela mãe do amigo adolescente.

A narrativa, organizada em catorze capítulos numerados, com títulos e, alguns deles, subdivididos em tópicos, traz, já no primeiro, um dos momentos mais fortes e dolorosos da história de Sabrina, o abuso sexual, marcando-se, desde o início, pela oscilação de pontos de vista, entre mostrar e ocultar sentimentos, sejam do narrador sejam das personagens que vivem o episódio. Nas primeiras linhas do texto, o leitor tem à disposição três visões contrastantes: na chegada da menina à casa da família Gonçalves, D. Matilde, a patroa, é apresentada ao leitor a partir de um comentário pouco agradável do narrador - "Dona Matilde franziu a testa e falou de boca cheia" (Bojunga, 2006, p. 07) -; a mulher, por sua vez, também revela a falta de vontade para receber Sabrina em casa, antecipando como serão as relações com a garota: "- Ih, mas ela é muito pequena para ser boa babá. Que idade você tem menina?" (Ibidem). O marido, de outro modo, já trata a recém-chegada com maior amabilidade – "Seu Gonçalves olhou devagar para Sabrina; bebeu um gole d´água: _ O que interessa é se ela tem jeito com criança. Você tem jeito com criança?" (Ibidem). Desse modo, o leitor pode relacionar, de imediato, três perspectivas emergentes e entrelaçadas no texto. Atitudes e sentimentos das personagens e do narrador se enredam em enfoques divergentes, permitindo ao leitor acompanhar cada um deles, posicionando-se, inclusive, em relação às posturas divergentes.

Em relação ao ponto de vista de Dona Matilde, o narrador é sempre mais direto; não deixa dúvidas no espírito do leitor: a mulher, ruim, seca de sentimentos, não tolera a presença da menina; quanto a Seu Gonçalves, a tensão entre a sedução do adulto e a ingenuidade infantil é proposta lentamente, como o rastejar silencioso e frio da serpente em direção à vítima. As ações encaminham o jogo de sedução, marcado pela astúcia do planejamento em oposição ao encantamento da criança que, pela primeira vez, recebe atenção e carinho: para o homem, caça à presa; para a menina, brincadeira de esconde-esconde.

Com chegada de tia Inês, os fios da existência de Sabrina se enredam com os da moça bem como com os da avó desmemoriada e da mãe morta. O suicídio, dessa forma, lhe é apresentado primeiramente pela tia, de modo direto, sem floreios: a mãe afundara no rio, abraçada a uma grande pedra, logo depois de deixá-la, recém-nascida, em um abrigo para menores abandonados. Já, pelo olhar doente de Gracinha, a avó, os objetos que recebera juntamente com a notícia da morte da filha concretizam cotidianamente, em seu desvario, o gesto final. No varal, pendura pedras, marcas da tragédia, pois a mãe da garota pendurou uma pedra no peito para afundar rapidamente nas águas do rio.

O suicídio, tema com o qual se defronta, então, o leitor, como tantas outras situações vividas pelos seres humanos, é um rito de passagem, trágico, muito mais doloroso e incompreensível que os demais pelos quais passam ou deverão passar. Em *Sapato de salto*, a mãe de Sabrina, ainda uma garota, transpõe a fronteira do desconhecido, com todo um ritual para a passagem, inclusive, a redação de bilhetes que explicam a vida e a morte. Para a mãe adolescente, a solução dos conflitos pode se traduzir na atitude de recorrer à fuga, à promiscuidade sexual, aos comportamentos agressivos e, finalmente, ao suicídio. Como uma espécie de *autópsia psicológica*, os bilhetes expõem a angústia da jovem mãe em relação ao abandono de suas ilusões e das esperanças de D. Gracinha de um futuro melhor para ela como professora. Além do suicídio da mãe de Sabrina, a morte também é tematizada pelo assassinato brutal de Inês, na presença da menina e de Dona Gracinha. Depois de uma luta violenta, a tia consegue apanhar a arma no bolso do paletó do homem, mas ele, mais rápido, desvia a arma e dispara contra a moça.

A narrativa introduz outro tema polêmico, a discussão sobre a presumida homossexualidade do amigo de Sabrina, Andrea Doria, que ocorre com o aparecimento de novas personagens: os irmãos Paloma e Leonardo, mãe e tio do garoto, o pai Rodolfo e Joel, o rapaz com o qual se relaciona afetivamente. O pai, desrespeitando sentimentos alheios, manifesta-se sempre de maneira violenta, quer física quer psicológica, como na aplicação de chibatadas no filho quando o vê saindo da biblioteca com Joel: "- Pra você deixar de ser um fresco! (primeira chibatada); pra aprender a ser homem! (segunda); na terceira, a Paloma se meteu no meio, e, se não é o Andréa Doria empurrar ela, tinha sobrado pra Paloma também" (Bojunga, 2006, p. 224-225). Por outro lado, Paloma e o irmão tentam compreender primeiramente o que acontece com o garoto, esperando que ele mesmo fale a respeito de seus sentimentos.

O leitor participa do debate sobre o assunto a partir do contato com pontos de vista diferentes, o que lhe permite, inclusive, assumir um deles. As perspectivas opostas à violenta manifestação paterna, possibilitam a reflexão sobre modos de pensar questões de identidade, inerentes ao ser humano em qualquer faixa etária, mas fundamentais em um momento crucial como a adolescência, etapa da vida em que se encontram, nesse texto, leitor e personagem. A mãe procura entender a ligação de Andrea Doria com Joel a partir de sua experiência de encantamento por uma garota, na passagem da infância para a adolescência; o tio, com postura equilibrada e sensível, compreende e valoriza a delicadeza do garoto, percebendo que ela não podia ser vista apenas nos gestos e nos aspectos fisionômicos: "morava também [a delicadeza] nos sentimentos e nas reações que ele tinha. Qualquer comentário pouco feliz podia desajudar ainda mais o menino" (Bojunga, 2006, p.191). Essa compreensão dos diferentes modos de ver os fatos e sentimentos, ao estabelecer elos de confiança entre personagens, promove não apenas reflexão do garoto sobre seus sentimentos e emoções, mas sobretudo a percepção diferenciada do leitor; não revela aspectos moralizadores da questão, apenas encaminha para a compreensão de sua identidade e para o modo como pretende viver suas emoções e sentimentos: "- Eu não to gostando desse meu caso com o Joel! não to gostando nada. Quer dizer, tem umas coisas que ele faz comigo que eu gosto sim, mas sei lá! Se uma mulher fizesse isso, vai ver eu também ia gostar..." (Ibid., p.192-193).

Parece-nos, por fim, importante ressaltar que as narrativas de Lygia Bojunga, marcadas pela presença de temas da vida cotidiana, que discutem insistentemente, em textos organizados e coerentes, diferentes nuances da dor humana - morte, abuso, estupro, suicídio -, permitem a transferência de suas estruturas para a consciência do leitor, especialmente pela qualidade da construção narrativa. Elaboradas a partir de pontos de vista diversos, possibilitam ao leitor reconhecer e debater suas preocupações e angústias, com a probabilidade de encontrar soluções para problemas que enfrenta em seu cotidiano. É o chamado processo de identificação, que ocorre, no leitor, pelo reconhecimento de que as dúvidas e angústias que assaltam personagens assemelham-se às dele. Seres ficcionais como Sabrina, Cristina e Cláudio enfrentam toda sorte de sofrimentos, mas não são destruídos pela brutalidade dos fatos. Sobreviventes, superam, com a discussão de seus problemas, princípio de terapia, todas as dificuldades.

Referências

BOJUNGA, Lygia. *O meu amigo pintor*. Rio de Janeiro: José Olympio, 1987.

BOJUNGA, Lygia . *O abraço*. Rio de Janeiro: Agir, 1996.

BOJUNGA, Lygia . *Sapato de salto*. Rio de Janeiro: Casa Lygia Bojunga, 2006.

Diário absolutamente verdadeiro de um
índio de meio expediente (2007)
Sherman Alexie

SE O ÍNDIO É DE MEIO EXPEDIENTE, A LITERATURA É DE TEMPO INTEGRAL

Lia Cupertino (FATEC/Ourinhos)
João Luís Ceccantini (UNESP/FCL Assis)

*

Intolerante, racista, sexualmente explícito, pornográfico, obsceno, vulgar, antifamiliar, anticristão, violento, propagador do bullying, preconceituoso, machista, imoral e degradante. Essa é a forma como *Diário absolutamente verdadeiro de um índio de meio expediente*, de Sherman Alexie, tem sido recebido nos meios escolares, nos EUA, desde 2007, ano de seu lançamento, o que fez com que a obra figurasse, desde então, como presença constante nas listas dos livros banidos das escolas americanas. Publicadas pela *American Library Association* (ALA), na *Banned Books Week*, essas listas se baseiam em relatórios elaborados por membros da comunidade que tentam remover das bibliotecas e currículos textos considerados inadequados ao público escolar. Em 2019, por exemplo, a obra de Alexie, ocupava a 9ª posição nesse ranking de obras "banidas". Mas, se pais e professores colocaram o livro na fogueira, jovens leitores o absolveram. Por quê?

*

Dividido em 30 seções não numeradas, *Diário absolutamente verdadeiro de um índio de meio expediente* conta a história de Arnold Spirit Junior, um indiozinho Spokane de 14 anos, nativo de uma das reservas indígenas mais pobres dos Estados Unidos.

Objeto de muita polêmica desde seu lançamento em 2007, passou a constar da lista dos livros "banidos". Foi acusado de conter linguagem considerada "ofensiva", cenas de sexo, de violência e apologia às drogas, sendo retirado do currículo escolar em algumas escolas dos Estados Unidos, após diversas reclamações de pais e professores. Apesar disso, o livro venceu vários[1] prêmios, entre eles o *National Book Award*, em 2007, uma das maiores honrarias literárias americanas.

Narrado em primeira pessoa, em forma de diário, como sugere o título e a divisão em 30 seções (ou 30 dias), Junior, o narrador, se autodescreve como sendo tudo, menos um adolescente comum: nasceu com hidrocefalia, sofre de miopia em um olho e hipermetropia no outro, tem 10 dentes a mais que uma pessoa "normal", usa óculos, tem convulsões, é magricela, suas mãos e pés são grandes e desproporcionais ao seu tamanho, seu crânio é gigantesco, é gago e tem língua presa, é pobre, passa fome, tem o pai alcóolatra, sofre bullying na escola e na

---

1 National Book Award de Literatura dos Jovens, em 2007. Melhores livros de 2007, School Library Journal, em 2007. American Indian Youth Literature Awards, em 2008. "Os dez melhores livros para jovens adultos", Associação de Serviços de Bibliotecas para Jovens Adultos (YALSA), em 2008. Book Award Boston Globe-Horn, ficção e poesia, em 2008. Odyssey Award como o "melhor audiobook para crianças ou jovens adultos, em 2009. "Amazing audiolivros para jovens adultos", YALSA, em 2009. Medalha Jovem Jogador da Califórnia, em 2010.

tribo e ... é índio.

Após um incidente com um professor, Junior percebe que está na hora de mudar de escola e descobrir o que existe do lado de fora da reserva. Aceitar esse desafio não é uma tarefa simples. Ir para um novo colégio de brancos representa todas as novas opções que se abrem para Junior e, aos poucos, ele percebe que nem tudo é tão simples quanto parece: se na reserva, Junior era um elemento estranho, por conta de suas diferenças físicas, na escola de brancos, continua sendo um elemento estranho, porque é índio.

Sem moldar o indígena como uma vítima da sociedade, mas incluindo um teor crítico em seu discurso, o autor, que é um índio Spokane, fala com propriedade sobre diversas situações vividas por um típico adolescente, índio ou não: medo da rejeição, superação e problemas familiares. Nesse sentido, o livro reflete a ambiguidade da vida de Junior, discutindo questões acerca da identidade do sujeito, da alteridade e da resistência.

Junior é um sujeito cindido e a construção de sua identidade perpassa necessariamente pela alteridade e pela diferença, na medida em que os conflitos internos e sociais vividos por ele o fazem amadurecer, enxergar e vivenciar a esperança que tanto almejava. Ele percebe, porém, que essa esperança pode ser, ao mesmo tempo, indígena e branca, fazendo-o se reconhecer como parte de várias tribos.

Observa-se que, no transcorrer da narrativa, três elementos são fundamentais para a abordagem das questões acerca da identidade do sujeito, da alteridade e da resistência, são eles: o diálogo com o leitor, o humor e a arte.

No que se refere ao leitor, mais do que mero receptor, ele atua na narrativa como coparticipante. Invocado reiteradamente pelo narrador, estabelece com ele afinidade e parceria, segundo um companheirismo que coloca a ambos, narrador e leitor, acima da média das personagens. Isso possibilita a criação de uma relação que, pelo seu realismo, está muito próxima da experiência existencial que existe entre o público e o escritor, que precisa controlar seu discurso para não perder a atenção do leitor, sinal evidente de que tem pleno domínio sobre a matéria ficcional.

Isso mostra ainda que o escritor conhece as regras do fazer literário e pode desarticulá-las, sem perder de vista os objetivos de sua escrita. Ao mesmo tempo, indica que, embora ele represente, dentro e fora do relato, leitores possíveis, não espera que seu leitor implícito se identifique com esses modelos, empenhado em desarticular as convicções de seus leitores; mas o faz confiando que a leitura exerça seu papel, o de estabelecer o diálogo primordial sem o qual a literatura não subsiste, muito menos sua produção poética e ficcional. Eis aí a aposta que lança, que os aproxima no tempo e que assinala a afinidade de ambos diante do universo do leitor.

Isso pode ser observado na narrativa por meio dos seguintes fragmentos, nos quais o narrador estabelece um diálogo direto com o leitor, seja indagando-o, dirigindo-se diretamente a ele por meio de vocativos ou pressupondo uma possível contestação e já a respondendo, num diálogo implícito com seu interlocutor:

> O ser humano típico tem trinta e dois, não? (Alexie, 2009, p. 10, grifo nosso);
>
> Resultado: tenho dores de cabeça porque meus olhos não se dão bem um com o outro. São inimigos do tipo: eles eram casados, se separaram e agora se detestam. Vocês sabem como são essas coi-

> sas. (Ibid., p. 11, grifo nosso);
>
> Ele não machucou a professora, mas ela ficou uma fera, cara. (Ibid., p. 31, grifo nosso);
>
> Essa é uma outra escola na extremidade oeste da reserva, cheia de índios pobres e de crianças brancas mais pobres ainda. Sim, existe, um lugar no mundo onde há brancos mais pobres do que índios. (Ibid., p. 10, grifo nosso).

A começar pelo título, outro fio condutor da narrativa que também merece destaque por contribuir para a abordagem da temática da obra é o humor, presente na narrativa sob suas diversas formas (ironia, sarcasmo etc.).

A importância desse elemento é demonstrada pelo próprio narrador, quando diz:

> (...) E então minha mãe se pôs a rir. [no velório da mãe dela]
>
> Foi a deixa para todos começarmos a rir também. Dois mil índios dando gargalhadas ao mesmo tempo.
>
> E não paramos.
>
> Foi o som mais glorioso que já ouvi.
>
> E me dei conta de que nós, índios, somos mesmo beberrões e tristes e deslocados no mundo, e doidos, e cruéis, mas, poxa, nós sabemos dar risadas (Alexie, 2009, p. 225 – 226).

Outras manifestações do humor são observadas no momento em que o narrador apresenta o que seria para ele a fórmula que descreve o que ele considera sinônimo de felicidade: "Mulher pelada + mão direita = felicidade" (Ibid., p. 41). E no momento quando descreve o conselho da avó, matriarca sábia da reserva, sobre como Junior deveria lidar com uma situação de bulliyng:

> - Por que você deu um soco nele? – perguntou ela.
> - Porque ele estava me provocando.
> - Você deveria ter dado as costas e ido embora.
> - Ele me chamou de "chefe" e de "filhote de índia".
> - Então você deveria ter dado um chute no saco dele.
> Ela fingiu ter dado um chute em um sujeito grandalhão, e nós dois caímos na risada (Ibid., p. 97).

A discussão de questões relacionadas à identidade, à alteridade e à resistência se manifesta também por meio da arte verbal e visual. É somente por meio da literatura (com a escrita do diário) e dos cartuns que Junior consegue expressar as contradições de seus sentimentos. Sentindo-se distante tanto de sua família indígena da reserva quanto da cultura branca americana da cidade, o adolescente não se reconhece como parte de nenhum dos lados. Nesse dilema, o que o salva é a arte, como se observa por meio do seguinte excerto:

> Agarrei meu livro e fui logo abrindo.
> Tive vontade de cheirá-lo.
> Na verdade, tive vontade de beijá-lo.
> Isto mesmo: beijá-lo.
> Está bem, sou do tipo que beija livros.
> Talvez seja alguma espécie de perversão, talvez seja apenas algo romântico e muito inteligente. (Alexie , 2009, p. 47).

Mesma função exerce os cartuns (arte visual) nesse contexto, como se observa a seguir:

> Gosto de fazer o Rowdy rir. Ele adora meus cartuns.
>
> Ele é um bobalhão sonhador como eu. Também gosta de imaginar que vive dentro das revistinhas em quadrinhos. Acho que a vida que ele imagina dentro das histórias é bem melhor do que a vida dele na verdade.
>
> Por isso desenho cartuns. Quero ver Rowdy feliz. Quero dar a ele outros mundos onde viver (Ibid., p. 38-39).

Essa relação entre a arte e a vida se torna ainda mais clara no diálogo entre Junior e seu novo amigo Gordy:

> Gordy me ensinou a estudar.
>
> O melhor de tudo foi que ele me ensinou a ler.
>
> um livro três vezes para saber o que ele diz. A primeira vez, você lê pela história. (...) Na segunda vez (...) é para saber o que há por trás da história. Você pensa no significado de cada palavra, de onde ela veio. (...) Se você não tratar cada palavra com seriedade, não estará tratando o romance com seriedade. (...) Subitamente compreendi que, se cada momento de um livro deve ser levado a sério, então cada momento de uma vida também deveria ser levado a sério.
>
> _ Eu desenho cartuns – falei. (...)
>
> - Eu levo meus cartuns a sério. Eles me ajudam a entender o mundo. Eu uso meus cartuns para zombar do mundo. Para zombar das pessoas. E às vezes desenho as pessoas porque são minhas amigas e minha família. É uma espécie de homenagem.
>
> - Então você leva seus cartuns tão a sério quanto os livros?
>
> - Não, de jeito nenhum - disse Gordy. - Se você é bom nisso, gosta de fazer isso e isso te ajuda a

> navegar pelo rio da vida, então você não pode estar errado (Ibid., p. 130 – 131).

Ao mostrar de forma descontraída, entre sorrisos e lágrimas, como lidar com as diferenças sem perder a esperança em uma das fases em que acontecem as maiores descobertas da vida, esse diálogo corrobora as afirmações de Antonio Candido em "A literatura e a formação do homem", quando o crítico ressalta que a função da literatura é muito mais complexa do que pressupõe um ponto de vista estritamente pedagógico. Segundo Candido (1999, p. 84):

> A própria ação que exerce nas camadas profundas afasta a noção convencional de uma atividade delimitada e dirigida segundo os requisitos das normas vigentes. A literatura pode formar, mas não segundo a pedagogia oficial, que costuma vê-la ideologicamente como um veículo da tríade famosa, o Verdadeiro, o Bom, o Belo, definidos conforme os interesses dos grupos dominantes, para reforço da sua concepção de vida. Longe de ser um apêndice da instrução moral e cívica (esta apoteose matreira do óbvio, novamente em grande voga), ela age com o impacto indiscriminado da própria vida e educa como ela, - com altos e baixos, luzes e sombras.

Nesse sentido, cabe dar atenção às nuances presentes no título da obra. Observa-se que o *Diário*, a *escritura*, é descrito de maneira positiva como *absolutamente verdadeiro.* Já o *índio*, seu autor, é descrito pejorativamente como sendo alguém incompleto, parcial, *de meio expediente.* Em uma alusão clara entre vida e arte que vem se desenhando (seja por meio dos cartuns, seja por meio da escrita do diário) durante toda a narrativa, observa-se que essas qualificações de escritor e de escritura sugerem que, se por um lado, a escritura é digna de credibilidade e respeito, o mesmo não acontece com seu autor. Nesse sentido, a arte se torna mais importante que a própria vida, na medida em que é capaz de recriá-la.

Sendo assim, adotando o leitor como seu aliado, dando-lhe voz, usando o humor como ferramenta para entender e expressar as incongruências da vida e a arte para recriá-la e entendê-la, a obra cumpre a sua função emancipatória. Esse seja talvez o verdadeiro motivo de *Diário absolutamente verdadeiro de um índio de meio expediente* ter sido objeto de tanta polêmica a ponto de estar até hoje na lista dos livros "banidos": ao "zombar do mundo" e de seu discurso politicamente correto, apresentando seus altos e baixos, suas luzes e sombras, recria-o a partir de uma perspectiva própria e libertária.

Referências

ALEXIE, Sherman. *Diário absolutamente verdadeiro de um índio de meio expediente*. Il. Ellen Forney. Trad. Maria Alice Máximo. Rio de Janeiro: Galera Record, 2009.

ALVES, Luciana Lupi. *Conflitos pós-coloniais e resistência em Diário absolutamente verdadeiro de um índio de meio expediente de Sherman Alexie*. Dissertação de Mestrado. UEM, Maringá / PR, 2015.

BIBLIOTECA DO TERROR: *Os livros mais temidos de todos os tempos*. Disponível em: https://www.bibliotecadoterror.com.br/2017/11/os-livros-mais-temidos-de-todos-os.html. Acesso em: 02/005/2019.

CAMILA BERTO. *É proibido proibir*. Disponível em: https://revistapolen.com/e-proibido-proibir/ Acesso em: 02/005/2019.

CANDIDO, A. *A literatura e a formação do homem*. Remate de males. Campinas, SP, 1999.

DITO PELO MALDITO: *Literatura de trincheira*. Conheça os livros que tentaram banir das prateleiras este ano. Disponível em: http://www.ditopelomaldito.com.br/conheca-os-livros-que-tentaram-banir/ Acesso em: 02/005/2019.

FOLHAPRESS, TNONLINE. *Obra sobre adolescente problemático é retirado de escolas*. Disponível em: https://tnonline.uol.com.br/noticias/geral/58,254031,08,04,obra-sobre-adolescente-problematico-e-retirado-de-escolas.shtml. Acesso em: 02/005/2019.

GAZETA DO POVO. *Obra sobre adolescente problemático é retirada de escolas nos EUA*. Disponível em: https://www.gazetadopovo.com.br/vida-e-cidadania/obra-sobre-adolescente-problematico-e-retirada-de-escolas-nos-eua-8t58iyswmwspzkm7d3jkvxaoe/ Acesso em: 02/005/2019.

LORENA PIMENTEL. *Juventude Transviada: polêmica e literatura adolescente #SemanaDosLivrosBanidos*. Disponível em: https://revistapolen.com/juventude-transviada-polemica-e-literatura-adolescente-semanadoslivrosbanidos/ Acesso em: 02/005/2019.

MARSHALL UNIVERSITY LIBRARIES. *Banned Books*. Disponível em: http://www.marshall.edu/library/bannedbooks/books/parttimeindian.asp. Acesso em: 02/005/2019

O pintinho que nasceu quadrado (2007)
Regina Chamlian

A ACEITAÇÃO DA DIVERSIDADE

Alice Atsuko Matsuda (UTFPR)

*

Fábula é um gênero muito estudado e lido no Ensino Fundamental I e II, pelo fato de, "por muitos séculos e ainda hoje, exercer um papel de singular importância como suporte didático na transmissão de conhecimentos relacionados à moral e aos bons costumes" (Portella, 1983, p. 120). O objeto deste estudo será a fábula considerada como gênero literário, analisando-se o discurso estético, associado à moral espirituosa empregada pelas autoras Regina Chamlian e Helena Alexandrino, na obra *O pintinho que nasceu quadrado* (1980), para falar das diferenças humanas e do lugar que cada cidadão tem direito. O título é abordado aqui como obra paradigmática de outras que têm sido lançadas no mercado editorial nas últimas décadas, empenhadas em atualizar criativamente textos associados à tradição da literatura infantil, no que diz respeito a assumir função de exemplaridade e transmissão de "valores edificantes", numa perspectiva hoje criticada como pedagogizante e pouco literária.

*

A função da Literatura Infantil e juvenil, como todas as literaturas, pode ser definida por meio de Candido em seu artigo "A literatura e a formação do homem" (1972), em que elenca três principais funções: a função psicológica, visto que todo homem necessita de ficção e fantasia e a literatura auxilia nesse sentido; a função formadora, no sentido amplo, humanizador e não pedagogizante, edificante, pois auxilia na formação do caráter, da personalidade, ela "não corrompe nem edifica, portanto; mas, trazendo livremente em si o que chamamos o mal, humaniza em sentido profundo, porque faz viver" (Candido, 1972, p. 805). Outra função é a de conhecimento do mundo e do ser. O leitor, ao entrar em contato com as personagens e ao se socializar com elas, experiencia situações ainda não vividas.

Por conseguinte, oportunizar a leitura dos textos literários infantis e juvenis na escola demonstra ter um papel relevante. No entanto, em tempos do "politicamente correto", em que tudo parece afetar os bons costumes da sociedade, fica difícil atender aos gostos dos pais dos pequenos leitores ou de todos que sofrem algum preconceito e não se sentem representados nesta ou naquela produção literária.

O livro *O pintinho que nasceu quadrado*, de Regina Chamlian e Helena Alexandrino, publicado em 1980, é um exemplo. Por meio do gênero fábula, as autoras tratam das diferenças humanas e do direito ao lugar que cada ser tem no mundo. O espaço da narrativa é um galinheiro que representa a sociedade tradicional. Percebe-se que o galinheiro é de uma granja, em que as galinhas são todas de cor branca e a única função delas é de ciscar e botar ovos. As galinhas por serem todas iguais não contemplam as diferenças, a diversidade, a pluralidade de cores e etnias, como um galinheiro de galinhas caipiras, por exemplo.

Pode-se inferir que esse galinheiro representa uma sociedade capitalista que tem como objetivo o lucro. O trabalhador é coisificado, agindo como uma máquina, ao realizar um trabalho mecânico, em série, não podendo sair do padrão: produzir ovos ovais.

Entretanto, uma jovem galinha chamada Carola rebela a esse modelo: "Não ciscava tanto como as outras. Às vezes, encostava o bico na grade do cercado e ficava olhando para bem longe. Ninguém sabia o que olhava" (Chamlian; Alexandrino, 2007, p. 5). Olhar para fora demonstra a atitude de não aceitação, de ter outra visão em relação às suas companheiras. Com o passar do tempo, cresceu e botou seu primeiro ovo, mas era um ovo diferente das demais: um ovo quadrado. Esse fato provocou o maior alvoroço no galinheiro, sendo convocada uma reunião urgente.

O galo é a figura do patriarcalismo, do machismo, da autoridade, do poder. Ele que canta bem cedo e desperta as galinhas para o trabalho e é o juiz a dar o veredito no caso do ovo quadrado de Carola: "Basta jogá-lo fora e tratar de pôr ovos ovais no futuro, e viveremos felizes para sempre" (Chamlian; Alexandrino, 2007, p. 11). A felicidade está atrelada à ordem, a não se revoltar contra um poder instituído, fato não aceito por Carola. Assim, é expulsa do galinheiro: "Carola não quer aceitar nosso regulamento. Ela tem idéias [sic] próprias sobre o formato dos ovos. Por isso, será expulsa. E nunca mais porá os pés aqui de novo. De acordo?! A aprovação foi geral" (Ibid., p. 12). Ela sequer foi ouvida. Não teve oportunidade de argumentar.

Observa-se que, nessa sociedade ditatorial, em que o governo é autoritário, antidemocrático, ele suprime os direitos individuais e impõe a injustiça. O diferente, aquele que não aceita as normas impostas, é simplesmente posto de fora, eliminado, excluído, como Carola.

Expulsa do galinheiro, sem ter aonde ir, sem conhecer o mundo, ela vai firme, caminhando, disposta a enfrentar qualquer coisa. Tenta encontrar um lugar para chocar o ovo, mas sua tentativa é em vão, pois não encontra solidariedade de ninguém para dar luz a seu pintinho. Enfim, sem outra alternativa, resolve chocar seu ovo em um monte de capim. Esse episódio remete ao fato bíblico do nascimento de Jesus, em que Maria, grávida, e José caminham de Nazaré a Belém para realizar um recenseamento. Ao chegar ao povoado, não encontram lugar algum para pernoitar e Maria sente dores do parto. Acaba dando luz a Jesus em um estábulo e o Filho de Deus é posto em uma manjedoura, um cocho, recipiente onde se colocava alimento aos animais (Lucas, 2:7).

Após os vinte e três dias e noites de choco, Carola dá luz ao seu filho: "um pintinho lindo, amarelo e bem quadrado" (Chamlian; Alexandrino , 2007, p. 15). No entanto, quem os encontrava pelo caminho achavam o pintinho esquisito, riam e zombavam dele por ser diferente. Como não poderia ficar sem moradia com um pintinho, a mãe vai em busca de um lugar para ficar em outro galinheiro, mas, ao saberem do motivo de ter sido expulsa, não é aceita também.

O pintinho não entendia o motivo de ser discriminado. A mãe tenta explicar, dizendo que as pessoas se deixam levar pelas "aparências" e não veem a essência. No entanto, o pintinho finge entender e adormece. Nesse momento da narrativa, Helena Alexandrino, ilustradora do livro, remete o leitor à pintura de Van Gogh, *A noite estrelada* (1889). Esse recurso é muito pertinente, visto que Van Gogh, para realizar esse quadro, se inspirou em sua internação voluntária em um asilo psiquiátrico de Saint-Paul-de-Mausole, em 08 de maio de 1889, após ter automutilado a orelha esquerda (Naifeh; Smith, 2011). O artista também sofreu preconceito por ser uma pessoa diferente e incompreendida, sendo reconhecido somente após a sua morte. Da mesma maneira, crianças que nascem com problemas físicos ou não se enquadram no padrão estabelecido pela sociedade em relação à beleza e etnia, provavelmente, passam pelas mesmas intolerâncias.

Nada melhor que um dia após o outro. Quando Carola acordou, abriu os olhos e viu vários bichos diferentes e simpáticos: "um coelho triangular, um elefante trapezoidal, uma girafa espiral, um papagaio retangular, uma tartaruga piramidal, um macaco redondo e um pato hexagonal" (Chamlian; Alexandrino, 2007, p. 22). Eles se simpatizaram logo, começaram a conversar e contar das rejeições sofridas. Disseram que, devido a esses problemas enfrentados, se uniram e se ajudam, a fim de construir um mundo onde ninguém fique discriminando-os. Falaram também que, quando um não concorda com a opinião do outro, discutem e chegam a um acordo. Observa-se uma visão de sociedade democrática e o mais importante: há um objetivo em comum - querem um mundo melhor!

Assim, Carola e seu pintinho se juntam ao grupo e vão em caravana a procura de um lugar para construir um mundo melhor. Nisso, outros animais que sonham pelo mesmo ideal também se juntam ao grupo.

Da mesma forma como Raimundo, personagem de *A terra dos meninos pelados*, obra publicada em 1937, de Graciliano Ramos, o grupo sai em procura de um lugar, "o país de Tatipirum". Almejam encontrar um mundo em que eles sejam aceitos sem discriminação, um mundo a ser construído, utópico, talvez. Porém, verifica-se um desejo, um sonho coletivo do grupo, que desafia o estabelecido do seu tempo e espera edificar outra sociedade, mais fraterna, solidária, sem preconceitos, discriminações e injustiças.

Utopia, em seu sentido etimológico e original, é o que ainda não existe em parte alguma, "é negação de um presente medíocre e sufocante, é espaço futuro sem limites, sustentado pelo desejo, é sonho apaziguador de regresso à perfeição das origens, é reencontro do homem consigo mesmo", conforme Hilário Franco Júnior (1991, p. 11). Portanto, é força denominada de esperança de algo que ainda não é, não existe, mas pode vir a ser; "uma espera no sonho, de que algo se mova para a frente, para o futuro, tornando realidade aquilo que precisa acontecer, aquilo que tem de passar a existir" (Coelho Neto, 1985, p. 7), enfim, é essa força que move o homem à luta constante.

De certa forma, é essa força que o livro *O pintinho que nasceu quadrado* retrata. Apesar da discriminação, dos preconceitos, das injustiças, das dificuldades, Carola e o grupo não esmorecem e seguem em frente, transmitindo esse ideal e conquistando outros pelo caminho, seguindo sempre em frente, à espera de que, com o tempo, terão um bom lugar.

Pode-se afirmar que é uma obra que atende às funções de qualquer literatura, de acordo com Candido (1972), muito bem arquitetada, em que texto e imagem em tom pastel dialogam e trazem à tona questões humanas a serem discutidas e refletidas. Conforme Gregorin Filho (2009, p. 205), o mérito do livro "está em colocar a importância da aceitação de si mesmo e o valor da busca por um lugar no mundo, um mundo que ainda precisa ser muito transformado [...] é na dinâmica do constante caminhar e na busca incansável que as diferenças podem ser aceitas".

Referências

BÍBLIA SAGRADA. A. T. *Lucas*. 34. ed. São Paulo: Editora Ave--Maria, 1982.

CANDIDO, Antonio. A literatura e a formação do homem. *Ciência e Cultura*. São Paulo, v. 24, n. 9, p. 803-809, set. 1972.

CHAMLIAN, Regina; ALEXANDRINO, Helena, O pintinho que nasceu quadrado. São Paulo: Global, 2007.

COELHO NETO, José Teixeira. *O que é utopia*. São Paulo: Abril cultural: Brasiliense, 1985. (Coleção Primeiros Passos).

FRANCO JÚNIOR, Hilário. Apresentação. In: SALIBA, Elias Thomé. *As utopias românticas*. São Paulo: Brasiliense, 1991.

GREGORIN FILHO, José Nicolau. *O pintinho que nasceu quadrado*, de Regina Chamlian e Helena Alesandrino, ou: a busca de um lugar para as diferenças. *Via Atlântica*. São Paulo-USP, n. 14, p. 203-205. https://doi.org/10.11606/va.v0i14.50406 Disponível em: <https://www.revistas.usp.br/viaatlantica/article/view/50406>. Acesso em: 17 out. 2018.

NAIFEH, Steven; SMITH, Gregory White. *Van Gogh*: The Life. New York: Random House, 2011.

PORTELLA, Oswaldo O. A Fábula. *Revista Letras-UFPR*, Curitiba, n. 32, p. 119-138, 1983.

RAMOS, Graciliano. *A terra dos meninos pelados*. Ilustrações de Roger de Mello. 30. ed. Rio de Janeiro: Record, 2003.

SALIBA, Elias Thomé. *As utopias românticas*. São Paulo: Brasiliense, 1991.

Peppa (2009)
Silvana Rando

POR UMA LITERATURA SEM RÓTULOS

Rosa Maria Cuba Riche (CAp/UERJ)

*

A leitura de um livro sempre provoca reações. Os efeitos variam de acordo com a história de vida e de leituras do leitor. Com o advento das mídias sociais, houve uma maior circulação de opiniões, provocando, muitas vezes, reações exacerbadas sobre uma determinada obra. Se por um lado essas mídias possibilitaram uma troca democrática de ideias, por outro tornaram verdade o que era apenas uma opinião pessoal. Muitas obras, consagradas pela crítica e pelos leitores, foram relidas com outro olhar, atiradas à "fogueira" e até retiradas de circulação por conta da reação de alguns leitores que fizeram da leitura de um influenciador a única leitura da obra. É o que ocorreu com o livro *Peppa*, de Silvana Rando, alvo de exposição, em 2016, de um canal do *YouTube*. Em nome do "politicamente correto", nega-se ao leitor o direito de ler, interagir, refletir e formar sua própria opinião. A tesoura da "censura" está sempre à espreita a assombrar as Artes e a Literatura.

*

> "Nenhum universo literário é um universo singular se não é um multi- universo. As versões são infinitas porque a combinação de qualquer série de eventos é infinita. Um texto tão formidável com esse universo não pode ter apenas uma interpretação ou uma só narração"
>
> Alberto Manguel

O universo da Literatura, assim como o de outras artes, é múltiplo. Alberto Manguel (2020) afirma que "A Literatura pode ser transformadora, mas não necessariamente. Uma pessoa pode ler *A Divina Comédia* e não sentir nada, entediar-se, porque o livro que o leitor cria lendo-o é o produto do intercâmbio entre essas palavras que estão na página e a experiência íntima do leitor". E exemplifica com a leitura da Comédia dizendo:

> A Comédia que eu leio não é a Comédia que você lê, não é a Comédia que leu Borges, não é a Comédia que leu Croce. A Comédia que eu leio responde a dúvidas secretas, a desejos ocultos, a paixões não confessadas que estão em mim. Então eu respondo à leitura da Comédia que me brinda com a possibilidade de transformação. Eu me sinto transformado depois da leitura de certos livros, mas esta transformação ocorre porque, nos elementos que o texto me brinda, encontrei a matéria para estimular minha transformação. É um verbo ativo, o verbo ler. É um verbo que necessita de um sujeito que quer transformar-se (Manguel, 2020).

Essa relação íntima do leitor com o texto e as transformações que a leitura possibilita ganham as páginas das mídias sociais com a disseminação das Tecnologias da Informação, as

TIC's, que marcam a chamada "terceira modernidade". Assim a "sociedade em rede", da "era da informação" ou da "sociedade do conhecimento" é tomada pelas redes de comunicação, garantidas pelo processo de informatização da sociedade, presente "em todas as esferas, desde o plano da política e do poder, até o das relações humanas mais sensíveis, como a afetividade" (Fuser, 2019, p. 39). A Internet é a grande responsável pela implementação dessa nova cultura e possibilitou a criação de meios massivos de comunicação, vistos por uns como maléficos, capazes de homogeneizar gostos, potencializar discussões, manipular opiniões e, por outros, como forma de manifestação do receptor de construção e difusão de culturas.

A literatura voltada para crianças e jovens, assim como outras formas de manifestações artísticas, reflete esteticamente essas transformações sofridas pela sociedade em que está inserida. Assim, temas e problemas vigentes ganham as páginas das obras destinadas preferencialmente a esse público. Em uma "sociedade em rede" e em plena "era da informação" como preconizam os estudiosos, as manifestações circunscritas à esfera individual, até então, ganham uma repercussão impensável por meio do uso das mídias sociais. Nesse sentido, uma leitura de uma obra, ao contrário do que acredita Manguel e outros estudiosos da área, passa a representar a leitura. Por intermédio de comentários e muitos *likes*, um único ponto de vista, fruto de uma leitura muitas vezes apressada sobre uma obra, vai sendo disseminado através das mídias.

O poder dessas mídias atinge também a literatura infantil e juvenil, e a multiplicação desses comentários postados na rede acaba por condenar à "fogueira" obras que em muito podem contribuir para a formação de um sujeito leitor mais crítico. A lista dessas obras "condenadas" cresce a cada dia e não poupa nem os autores já devidamente consagrados pela crítica, considerados clássicos e importantes para a formação do repertório cultural do leitor em formação. Isso vem ocorrendo com a obra de autores como Monteiro Lobato, a partir de uma leitura em que sua obra foi avaliada sem levar em conta o contexto social em que foi gerada.

Mais recentemente, autores como Ana Maria Machado, Luiz Puntel, dentre outros, também tiveram livros "condenados à fogueira". Silvana Rando foi outra vítima do poder das mídias sociais em relação a um de seus livros, *Peppa*. Publicado em 2009, ele narra a história de Peppa, uma menina que tem o cabelo mais forte do universo! Com os cabelos resistentes como fios de aço, ela podia fazer coisas incríveis como brincar de cabo de guerra, carregar carrinho de feira e ajudar na mudança da família. Certo dia, andando pela rua, um cartaz que promete tratar qualquer tipo de cabelo desperta sua atenção, e a menina decide alisar suas madeixas encaracoladas. Para isso junta as economias do cofrinho e, depois de "dezesseis horas e quarenta e oito minutos" de tratamento no cabeleireiro, descobre que, para manter o cabelo liso, teria de seguir uma longa lista de proibições: não podia entrar no mar, nadar, tomar chuva, rolar na grama, correr e nem rir demais. Triste por não poder brincar como as crianças de sua idade, só lhe restava se sentar no banco da pracinha e observar o movimento. Num dia de calor intenso, Peppa, muito irritada com aquela situação, sai correndo, pulando, gritando e mergulha na piscina. Seus cabelos voltam a ser como antes e a menina recupera a alegria de viver.

Duas linguagens, a verbal e a visual, correm paralelas nessa obra voltada para o leitor com pouca experiência de leitura, mas que também leva o leitor mais experiente a questionar valores e preconceitos arraigados na sociedade mestiça brasileira, refletidos esteticamente no texto.

A narrativa verbal é linear, uma sequência de fatos sem saltos temáticos ou idas e vindas no tempo que possam dificultar a compreensão do leitor iniciante. Tudo é muito bem "costurado" para alcançar o clímax final, em que a protagonista faz as pazes com seu cabelo encaracolado que a diferencia dos amigos, mas marca a sua identidade e, que ao ser recuperado, devolve-lhe o convívio com os amigos e a alegria de ser criança.

O texto verbal e as ilustrações trazem o traço característico do humor que a autora imprime em sua obra. Esse recurso aparentemente ingênuo da estrutura comunicativa da obra literária reflete-se como campo propício para a crítica e para o questionamento. São artimanhas da construção textual em que, por meio do jogo da linguagem, se revela a arte literária. É o que se observa no trecho a seguir, quando a menina decide alisar os cabelos:

> A cabeleireira, um pouco espantada, avisou que daria muito trabalho, mas era possível sim, obter um ótimo resultado.
>
> E que trabalho! Foram dezesseis horas e quarenta e oito minutos.
>
> Ufa! Agora sim, seu cabelo estava incrível!! (Rando, 2009, p. 14-15)

O exagero típico dos desenhos de humor está presente aqui não só nas ilustrações, mas também na linguagem verbal, marcado especialmente pela frase "foram dezesseis horas e quarenta e oito minutos", tempo gasto pela cabeleireira para conseguir mudar a aparência do cabelo de Peppa (Ibidem). A presença da interjeição "Ufa!", aliada ao uso da pontuação, intensifica o viés humorístico da cena narrada.

As ilustrações também exacerbam as características do cabelo, que é proporcionalmente muito maior do que o corpo da menina, e reduplicam o jogo literário do texto. O caráter libertário da arte, que ludicamente liberta o homem da sua condição humana, está presente na economia de traços fisionômicos das personagens que se aproximam do traço infantil. O humor tem esse potencial, através do exagero, da mentira implícita nas linguagens verbal e visual, permite ao leitor fazer um balanço entre a verdade e a falsidade, entre o igual e o diferente; ele expressa mais do que diz. E é esse não dito que abre múltiplas possibilidades de sentido e de interpretação.

Peppa faz parte da galeria de personagens inconformadas da literatura infantil que, ao não aceitarem seus atributos pessoais ou comportamentos típicos cristalizados pela sociedade, experimentam rituais de passagem em busca de sua identidade. Entre as muitas personagens, que não aceitam sua aparência, de obras voltadas para esse público, um exemplo emblemático é Ofélia, a ovelha, a protagonista do livro homônimo de Marina Colasanti que, ao olhar seu reflexo no rio, percebe-se:

> Uma ovelha muito sem graça, isso é o que era. O pelo meio encardido, de cachos emaranhados, as orelhas tombando estabanadas, sem fidalguia. Igual a todas as ovelhas, e talvez até mais feia do que algumas, pensou ainda. E muito, muito diferente das ovelhinhas de presépio, sempre penteadas e limpinhas. (Colasanti, 1989, p.3)

Inconformada, Ofélia abandona o redil no campo, desce o morro e alcança a feira da cidade. Em meio ao movimento do local, ninguém percebeu quando ela roubou uma pele de raposa, cortou o próprio pelo com os dentes, meteu-se debaixo da pele e sentiu-se forte e feliz, como se depreende do trecho a seguir: “Sim, esta nova aparência caía-lhe muito melhor, pensou com prazer. O pelo liso, brilhante, dava-lhe outra elegância. A grande cauda farta completava sua silhueta” (Ibid., p.7). Mas o que ela não sabia é que a temporada de caça começara e ela é confundida com a raposa. A fugitiva é perseguida pelos caçadores e se esconde num galinheiro, mas logo é descoberta pelo dono, que a confunde com o ladrão de suas galinhas. Em desabalada corrida, Ofélia acaba por se esconder na toca da raposa e novamente tem que fugir. No caminho, a pele vai se rompendo e perdendo o viço. Com sede, ela vai beber água e, ao se mirar no rio, percebe que o seu verdadeiro pelo de ovelha crescera e sente saudades da tranquilidade do redil e volta. Como recuperara a sua real aparência, ninguém percebeu as agruras que passou por conta da sua transformação. Assim sua vida volta ao normal junto das outras ovelhas.

Nas duas narrativas, as personagens experimentam novos comportamentos na tentativa de modificar atributos pessoais e, depois de enfrentarem um ritual de passagem, escolhem ser como são. Ofélia e Peppa não gostam da própria aparência, afastam-se dos iguais por se sentirem diferentes, enfrentam provas, rituais de passagem dolorosos como as “dezesseis horas e quarenta e oito minutos” de tratamento do cabelo de Peppa, ou as perseguições dos caçadores e do dono do galinheiro sofridas por Ofélia até o retorno ao rebanho. Saem da negação para a aceitação pessoal, mas ousam, se arriscam em busca de algo que nem sabe bem o que é. Interessante é observar que, nas duas obras, a protagonista é uma personagem feminina, corajosa e determinada, que não se intimida frente às dificuldades para atingir seus objetivos. O humor presente na obra de Rando ajuda a tratar com mais leveza o tema.

Mas o humor que a linguagem verbal ou visual expressa só se realiza completamente na recepção, ou seja, não basta a intenção daquele que produz é preciso que o receptor perceba a intenção e reaja. É no efeito correspondente que ele se realiza. Por isso é variável, permite muitas interpretações e provoca reações, muitas vezes diversas das pretendidas pelo produtor. Vale ressaltar também que, quando um autor coloca o ponto final em uma obra, ele não tem controle sobre a sua recepção. É na interação com o leitor que a obra se realiza plenamente. É preciso correr riscos, escrever sem receitas ou demandas do mercado e se aventurar sem medo, como fizeram as autoras dessas obras. Ao leitor, cabe-lhe caminhar pelas veredas do texto, complementar os espaços vazios entre palavras com suas experiências de vida e de leituras, se identificar ou não com a trajetória das personagens e se emocionar com a história narrada. A obra de qualidade literária provoca reações por meio do texto e, a voltada para esse público específico, da ilustração.

A ilustração da obra de Silvana Rando é narrativa por excelência, ou seja, por si só já seria suficiente para contar a história de Peppa. Não é um adereço, o texto verbal entra como um acréscimo que amplia a narrativa imagética. Essa qualidade amplifica a voz narrativa, permitindo que mesmo o leitor ainda não alfabetizado faça sua própria leitura com mais liberdade, interagindo e ampliando a sua percepção da obra. A escolha da paleta de cores fortes também chama a atenção do leitor desde a capa, passando pelas páginas internas, até a penúltima ilustração da menina mergulhando na piscina.

A arte não é mera representação da realidade, a obra se concretiza de maneiras diferentes e igualmente válidas. O mesmo ocorre com o texto ficcional. Isso significa dizer que a literatura reflete esteticamente a realidade, por mais que em uma obra isso possa parecer o contrário. Assim, também não há uma única e verdadeira modalidade de criar personagens, todas são válidas, mas, segundo o crítico literário Antonio Candido (1968, p. 69, grifo do autor), "só há um tipo eficaz de personagem, a *inventada*, mas que esta invenção mantém vínculos necessários com a realidade matriz, seja a realidade individual do romancista, seja a do mundo que o cerca". Tudo depende das possibilidades criadoras do autor de transformar essa realidade. Portanto, qualquer semelhança entre realidade e ficção é mera coincidência e não deve ser levada ao pé da letra. O leitor deve ter em mente que, mesmo o autor partindo de um modelo conhecido, por meio do trabalho de caracterização que explora ao máximo as virtualidades da fantasia, ele acaba se distanciando do modelo original.

Muitos são os autores que confirmam terem criado personagens inspiradas em modelos reais. Em depoimento sobre *Peppa*, a autora declara: "O livro foi concebido como uma história de humor que criticava a vaidade exagerada na infância. Foi inspirado em uma amiga oriental" (Scorce, 2018). Ao observar os traços fisionômicos da personagem, percebe-se que são caricaturais e exagerados. Peppa tem olhos grandes, cabelos longos e encaracolados e em nada se assemelham aos dos orientais, mesmo tendo a autora se inspirado nos cabelos da amiga. O olhar do artista transforma o real e vai além. Essa transgressão da realidade é um traço inerente à obra de arte. Ela sugere, mas não impõe verdades absolutas, por isso permite muitos olhares, diferentes leituras e produz múltiplos sentidos. Assim, uma obra tem tantas leituras quanto o número de seus leitores.

Então o que faz uma obra com 27 mil exemplares vendidos até 2017, na 10ª reimpressão, premiada pela crítica, não ser mais considerada adequada para crianças, depois da leitura realizada por uma *youtuber* e postada na Internet?

Para entender melhor, é preciso voltar no tempo. Em 2010, *Peppa* foi eleito um dos 30 melhores livros do ano pela revista Crescer e, no mesmo ano, foi adotado pela Prefeitura de São Paulo, pelo programa Minha Biblioteca São Paulo. Em 2013, foi incluído na iniciativa literária Minha Biblioteca Itaú. Mas, a partir de 2016, o livro ocupou as mídias sociais e tornou-se o centro de um debate sobre identidade racial, quando a *youtuber* Ana Paula Xongani gravou um vídeo em seu canal do *Youtube*, apontando na narrativa alguns pontos que identificou como racistas. Segundo matéria publicada no jornal *O Tempo* (2017) naquela época:

> Para Ana Paula, a obra traz uma visão negativa dos cabelos crespos e não contribui para a autoestima das crianças. Ela conheceu o livro quando foi visitar a escola da sua filha, de 3 anos. 'Vi que crianças negras poderiam se sentir incomodadas com a questão de como o cabelo crespo é tratado ali. O que é tratado de forma lúdica pela autora pode ser visto de forma dura por meio da vivência de uma criança negra', diz.

A veiculação do vídeo com a análise da obra feita pela *youtuber* gerou inúmeras manifestações nas mídias sociais, provocou um debate acalorado com reações a favor e contra a leitura do livro que seria inadequado para as crianças. A polêmica cresceu, ganhou as páginas dos meios de comunicação, de revistas como *Carta Educação*, *Nova Escola*, *Superinteressante*, do *Jornal O tempo*, de portais de notícias como *G1*, *Folha de São Paulo*, *Folha MT*, *UOL Entretenimento*, além de inúmeros blogs que replicaram entrevistas de jornais. Sem contar com as manifestações do público pelo *facebook* da *youtuber* e da autora.

Em novembro de 2017, Pâmela Carbonari, da revista *Superinteressante*, entrevistou a autora e informou:

> O vídeo tem mais de 300 comentários, a favor e contra as afirmações. Depois dele, o livro recebeu avaliações negativas nos sites das principais livrarias do país. Por outro lado, escritores, pais e professores que trabalhavam *Peppa* em sala de aula se manifestaram em apoio à obra. A autora conta que o livro estava entre os mais lidos no Hospital de Câncer de Sorocaba, porque ajudava as crianças que estavam perdendo o cabelo a aceitarem que elas não precisavam ser iguais às outras crianças.

Para uns, o livro aborda o empoderamento feminino, o amor-próprio, o respeito e a aceitação de padrões, e a leitura veiculada no vídeo é equivocada e unilateral. Para as professoras que utilizavam o livro, as alunas negras que alisavam os cabelos deixaram de fazê-lo, após a leitura do livro, justamente por perceberem que é muito melhor aceitar as suas próprias características. Para muitos, a leitura do livro feita pela *youtuber* não demonstra o conteúdo real da obra e lamentaram o fato de a autora ter retirado o livro de circulação, depois de várias tentativas de conversar sobre o livro com a *youtuber*.

Silvana, por sua vez, nos depoimentos a seguir, conta como viu a polêmica: "As críticas acabaram muito focadas na questão do cabelo, sem se aprofundarem na história, que trata justamente das questões estéticas que são impostas desde cedo às meninas" (Carbonari, 2017). E prossegue esclarecendo:

> Nunca havia recebido este tipo de crítica. Ao contrário, fui convidada a ir a escolas justamente para falar de autoestima com as crianças. Mas sei que o cabelo tem uma simbologia forte para o movimento negro, e jamais quis que meu livro transmitisse qualquer coisa que fosse ofensiva nesse sentido. [...]
>
> O livro em questão fala da vaidade exagerada na infância, de trocar a liberdade de ser criança pelos padrões de beleza [...] O preço que pagamos por tentarmos entrar num molde que não nos pertence. Gostar de como somos é tão maravilhoso que quis deixar isso num livro para as crianças (Carbonari, 2017).

Muitas vozes se levantaram em defesa da autora e contra a censura no meio literário. Entre elas está o autor Ilan Brenman que, em entrevista ao jornal *O tempo*, declarou:

> Minha filha pequena que tem cabelo crespo amava esse livro, é um livro que fortalece as crianças e não as rebaixam, afirma o autor.
>
> *Peppa* é um livro que exalta a identidade infantil, fala de uma jornada de busca por identidade e com muito humor (pecado mortal hoje ter humor). A blogueira fez uma leitura rasa e enviesada da obra da Silvana. [...] Se não pararmos com isso agora será um pandemônio literário. Os livros produzem ruídos, incômodos, sensações e pensamentos. Precisamos fortalecer as crianças com livros que criem imunidade simbólica. O que estamos fazendo é uma eugenia literária. (Rando, 2017)

O clima de polarização tomou conta das redes sociais, e *Peppa* não é o único caso. A literatura, ao refletir esteticamente as contradições, as misérias e as grandezas acerca do mais profundamente humano, emociona e provoca reações diversas nos leitores. Mas esse não é o papel da ficção? Qual seria, então, o sentido de rotular *Peppa* como uma obra não recomendável para crianças?

A necessidade de rotular ou etiquetar nasceu, provavelmente, com o advento da sociedade de consumo. Com o aumento de produtos disponíveis, era necessário criar rótulos para orientar o consumidor a melhor identificá-los nas prateleiras dos supermercados. Na indústria da moda, nas Artes e na Literatura não foi diferente. Desde a invenção da criança pela Psicologia, que identificou as faixas etárias com características peculiares, fez-se necessário criar produtos para atender esse segmento de público diferenciado que se tornou um potencial consumidor.

Assim também ocorreu na Literatura. Inicialmente, nas sociedades primitivas de base oral, o contador de histórias reunia indistintamente adultos e crianças para narrar contos ao redor da fogueira. Não havia uma separação entre histórias para crianças e histórias para adultos. Com a passagem da oralidade para a escrita, o nascimento da escola e a tentativa de passar os valores da sociedade burguesa por meio dos livros para as crianças, surgiu uma necessidade de produzir livros para esse público específico. Essa demanda do mercado editorial separou a literatura para adultos da literatura para crianças.

A tendência de rotular a literatura com adjetivos cresce a cada dia. Os catálogos das editoras estão organizados em seções etiquetadas como: literatura infantil, juvenil, adulta, de valores etc. Mas o adjetivo que volta e meia reaparece é o "proibida". Em tempos do "politicamente correto" e de mídias sociais, uma leitura de uma *youtuber*, seguida de comentários, é capaz de mobilizar a opinião do público a ponto de a autora do livro *Peppa* decidir retirá-lo de circulação e o livro passar a fazer parte da galeria de livros proibidos.

Um bom escritor não escreve por demandas políticas ou do mercado, nem para passar verdades, mas para buscá-las no processo da escrita. Está sempre em construção, escreve e se inscreve, através de sua maneira peculiar de ver o mundo. Não escreve livros adequados a essa ou àquela faixa de público. O grande perigo que ronda a literatura é ser rotulada *a priori* como infantil, juvenil ou adulta. Uma obra agrada aos leitores crianças, jovens ou adultos não pela sua adaptabilidade ao público, mas pela sua qualidade literária. O adjetivo que rotula o destinatário exige uma reflexão, pois ele pode estar atrelado a razões políticas, morais e de mercado.

A literatura é um direito de todos, sem conteúdos impostos, prescrições ou expectativas do mercado. A ficção ajuda a compreender a grandeza e os fracassos humanos, a expandir os limites da experiência do leitor na medida em que ele pode viver novas experiências que não são as suas, num tempo e num espaço que não é o seu. Esse é o verdadeiro papel da literatura e isso é extremamente enriquecedor!

Referências

CANDIDO, Antonio et al. *A personagem de ficção*. São Paulo: Perspectiva,1968.

CARBONARI, Pâmela. Peppa, de Silvana Rando, narra a história de uma menina de cabelos crespos. Autora tem mais de 50 livros publicados, e já venceu o Prêmio Jabuti. *Super Interessante*, 2017. Disponível em: <https://super.abril.com.br/sociedade/

autora-tira-livro-de-circulacao-apos-polemica-sobre-racismo/ *access_time* > Acesso em: 21. out. 2018.

COLASANTI, Marina. *Ofélia, a ovelha*. São Paulo: Melhoramentos, 1989.

FUSER, Bruno. Sociedade em rede: perspectivas de poder no espaço virtual. In: FUSER et all , *III Actas dos III SOPCOM, IV LUSOCOM e II IBÉRICO*. Org: ANTÓNIO FIDALGO e PAULO SERRA Programa Operacional Ciência, Tecnologia, Inovação do III Quadro Comunitário de Apoio Instituto da Comunicação, Universidade da Beira Interior, Covilhã, 2005. Vol. III. p. 39-49 Disponível em: <https://www.researchgate.net/profile/Xose_Perez2/publication/242757820_A_representacion_da_realidade_galega_na_Television_de_Galicia/links/55eec60508ae199d47bf28cd/A-representacion-da-realidade-galega-na-Television-de-Galicia.pdf#page=39 > Acesso em: 12. dez. 2019.

ISER, Wolfgan. *A literatura e o leitor*: textos da Estética da Recepção. Trad: Costa Lima, Paz e Terra, 1979.

SILVANA Rando retira livro '*Peppa*' de circulação Autora e editora tiraram a obra do mercado após polêmica por questões raciais. *Jornal O tempo*, 2017. Disponível em: <https://www.otempo.com.br/divers%C3%A3o/magazine/silvana-rando-retira-livro-peppa-de-circula%C3%A7%C3%A3o-1.1546128> Acesso em: 21 out. 2018.

MANGUEL, Alberto. Como a literatura nos transforma. Disponível em: https://www.youtube.com/watch?v=nRcjF4S7Gqs Acesso em: 4. fev. 2020.

PEPPA NÃO. Canal do Youtube. Ana Paula Xongani. 14 abr. 2026. Disponível em: https://youtu.be/ONMqIROJ9pI?si=ft-M36LJ9QPqZgDLr Acesso em: 18 jan. 2024.

RANDO, Silvana. *Peppa*. São Paulo: Brinque-Book, 2009.

SCORCE, Carol. *Peppa* será retirado do mercado após acusação de racismo: após mais de um ano de críticas, editora e autora decidem recolher o livro do mercado. *Carta Educação*, 2017. Disponível em: <http://www.cartaeducacao.com.br/reportagens/peppa-sera-retirado-do-mercado-apos-acusacao-de-racismos/> Acesso em: 21. out. 2018.

A bruxa do armário de limpeza e outros contos (2010)

Pierre Gripari

XINGAR BRUXA, PODE? ENFRENTANDO O TABU LINGUÍSTICO

Luzmara Curcino (UFSCar)

*

Em outubro de 2018, uma companhia de teatro infantil, brasileira, de Santa Catarina, sofreu um movimento de cancelamento por parte dos pais (Beltrame, 2020). Tratava-se de uma peça adaptada do conto *A bruxa do armário de limpeza* do escritor francês Pierre Gripari (1925-1990), primeiro, pela presença de "bruxas"; depois, vencida a primeira objeção, pelo uso de "palavrões". A interdição do uso de "palavrões" é um exemplo das formas de controle que se exercem de forma precoce e contínua em nossa formação, especialmente sobre as crianças. Apesar de suas diferenças e da inocuidade de seus usos, eles são mobilizados como justificativa para diferentes formas de censura, moral e religiosa, do que (não) se pode e (não) se deve ler, quando o público visado é o infantil.

*

Um dos princípios que regula nossa vida em sociedade é o da instituição de limites, e, entre eles, o da interdição quanto ao que se pode ou não falar. Desde cedo somos ensinados de que há assuntos e palavras que se deve evitar. A regulação do uso de certas palavras tem a ver com o fato delas nomearem e, por isso, tornarem presentes, entre outros, certos temas tabus. Aprendemos, por isso, a não usar essas palavras ou a empregá-las discretamente, a censurarmos seu emprego e a nos autocensurarmos, ou a nos valermos de subterfúgios para diminuirmos ou intensificarmos seus efeitos, considerando esses interditos linguísticos e sociais.

Grande parte dessas palavras interditadas nos permitem manifestar certos humores, emoções, sentimentos (dor, raiva, ódio, afeto, alegria, desejo, intimidade), exercendo com isso um papel fundamental na constituição de nossa subjetividade, como forma de alívio ou vazão de determinadas tensões sociais e isso em qualquer língua e cultura. Entre as palavras que não devemos usar, encontram-se os "palavrões", cujas interdições de uso aprendemos bem cedo. Recorremos ao "palavrão" para insultar, para agredir verbalmente, para desqualificar alguém, mas também para atrair a atenção, para marcar pertencimento a um grupo ou, ainda, como indício de grande familiaridade e liberdade entre amigos[1]. Essa aura que ronda o emprego de certas palavras e o que elas revelam quando manifestas torna seu uso alvo de diversas formas de sanção.

O uso do "palavrão", em certos contextos e em relações interpessoais específicas, por si só, incomoda porque revela não apenas, como dizemos com frequência, que quem o emprega

1 Entre os estudos dedicados à descrição das formas e das funções linguísticas exercidas pelo "palavrão" na língua portuguesa, conferir Basso (2018) e Pires de Oliveira & Basso (2008).

é mal-educado. Seu uso também revela o gesto de subverter limites, como o de ferir regras de etiqueta social. Por isso, em conjunto com outras formas de controle da vida em sociedade, adultos qualificam e interditam, precoce e frequentemente, algumas palavras que são estabelecidas como aquelas que não devem e não podem ser usadas por crianças, porque revelariam não apenas a expressão de estados emocionais negativos (raiva, ódio, intimidade excessiva, por exemplo), mas também gestos de desobediência, ousadia, audácia, liberdade e espontaneidade, que dificultariam, entre outras, as relações de autoridade estabelecidas socialmente.

Não sem razão os "palavrões" são desde cedo conhecidos na mesma medida em que seus usos são condenados por zeladores do dicionário moral. O aprendizado dos "palavrões" é por essa razão quase sempre clandestino e, por isso, conhecido a partir de seu emprego não planejado, abrupto, em cenas de conflitos não previstos; desinstitucionalizado, logo, não aprendido em sala de aula, por exemplo; desierarquizado, por circular entre próximos da mesma faixa-etária, que se apropriam deles como uma das formas de adesão ao grupo.

A variação quanto à qualificação e à interdição de palavras, bem como as sanções decorrentes de seu emprego, dependem da visão de mundo compartilhada pelo grupo de origem de cada criança, e da sua maior ou menor sensibilidade e capacidade de reconhecimento e de anuência dos diferentes usos, nuances e funções do emprego do "palavrão", assim como de seu papel simbólico e social nas relações humanas.

Uma das funções dessas palavras – que vivem sob constante vigilância – é a evocação do riso. Rimos pelo modo como elas expressam uma transgressão e, com isso, dão uma amostra para aqueles que as empregam de um tipo de sentimento de liberdade. Rimos pelo modo como certas palavras "carnavalizam"[2] a vida, livrando-a de sua seriedade e sisudez. Esse, em geral, é o efeito explorado na ficção, em especial quando se trata de narrativas dirigidas ao público infantil. Diversas formas de expressão artísticas, como filmes, desenhos animados, jogos, obras literárias, teatro, circo ou música, destinadas a esse público se valem de "palavrões" – na maioria das vezes aqueles com menor potencial de polemicidade, em geral ligados às funções biológicas mais primárias, escatológicas, e às partes do corpo ligadas a essas funções biológicas.

Das palavras que designam partes do corpo, nem todas são vistas como formas de expressão de um referente no mundo. Algumas delas – por designarem partes do corpo ligadas a zonas responsáveis pelas funções corporais vitais, mas consideradas "baixas" (excreção, urina), ou consideradas erógenas e eróticas, e que assim nos ligariam à nossa condição comum ao animal, à nossa condição de natureza – são sobressignificadas, incorporando um sentido mais malicioso, implicando um ritual de expressão mais íntimo, tímido ou clandestino. O contrário disso, ou seja, seu uso vultoso, excessivo, escrachado só é autorizado socialmente sob o signo da comédia e do fazer rir. A palavra "bunda" – desse conjunto de termos que designam

2 Mikhail Bakthin (1999), ao definir o conceito de "carnavalização", o descreve como sendo um processo no qual se inverte a ordem regular das coisas, dos acontecimentos, das crenças, suspendendo-se normas ou ironizando seus rigor e força. A irreverência provocativa própria do processo é o que desnaturaliza e mesmo banaliza essas normas. Disso resulta os senões e medos em relação a seu grande potencial de contestação. Narrativas literárias como a do conto em análise nos colocam diante desse universo ao avesso, de seus motes fantásticos, de seus jogos de linguagem e do convite às pequenas ou às grandes transgressões que potencialmente nutre.

as partes humanas cuja enunciação é controlada, interditada, silenciada – é, sem dúvida, a mais evocada e constante em interlocuções, ficcionais ou não, entre adultos e crianças ou crianças entre elas mesmas. É o caso de seu uso no conto ficcional infantil *A bruxa do armário de limpeza* do escritor francês Pierre Gripari (1925-1990).

Esse autor é conhecido principalmente por sua produção literária para crianças, entre as quais a mais célebre é seu livro de contos intitulado *Os contos da rua Brocá*. Esta obra foi publicada em 1967, na França, pela editora *Table Ronde*, cuja vitalidade lhe garantiu sua reedição pela prestigiosa Editora Gallimard, em 2010. Foi traduzido e publicado em português há pelo menos 3 décadas, desde 1988, pela editora Martins Fontes, com tradução de Monica Stahel e ilustração de Cláudia Scatamacchia. Sua tradução foi reeditada, em versão mais reduzida dos contos, sob o título *A bruxa do armário de limpeza e outros contos*, disponível nesse formato desde 2000, concomitantemente à publicação da versão original.

O conto *A bruxa do armário de limpeza* trata da história do senhor Pierre que, quando mais jovem, depois de encontrar uma moeda de 5 francos, compra uma casinha por uma pechincha, sem saber que a razão de seu preço acessível é porque ela já era habitada. Nela morava uma bruxa que vivia no armário das vassouras. Ao saber pelos vizinhos desse detalhe, Pierre reclama ao corretor trapaceiro que lhe vendera o imóvel. O corretor mais uma vez malandramente avisa que a bruxa só sairia do armário caso ouvisse, à noite, os seguintes versos encantados: "Bruxa vagabunda, cuide bem da sua bunda!"[3].

---

3 No original francês "Sorcière, sorcière, prends garde à ton derrière!", que se poderia traduzir "Feiticeira, Feiticeira, cuide bem de sua traseira", a tradutora brasileira optou por traduzir "derrière" por

Pierre fica bravo já que, conhecidos os versos de invocação da bruxa, seria grande a tentação de pronunciá-los. Dito e feito. Tempos depois, ao voltar de uma festa de fim de ano, distraído, e tendo bebido um pouco, Pierre canta os versos proibidos e a bruxa sai do armário.

Com medo, Pierre implora para que ela não lhe faça mal nenhum e ela, para isso, propõe-lhe um desafio: ele deve lhe fazer três difíceis pedidos ao longo de três dias. Caso ela não consiga atender, ela irá embora para sempre, do contrário, levará Pierre com ela para dentro do armário. Pierre pede ajuda a um amigo que lhe dissera um dia que tinha dois peixes mágicos. Com a ajuda de uma ratinha, que atua como tradutora do que os peixes mágicos sugerem, Pierre faz os dois primeiros pedidos que são prontamente atendidos pela bruxa, apesar de seu grau de dificuldade. O terceiro, no entanto, foi suficientemente bem elaborado, quando os peixinhos encontraram uma saída bem original para se livrar de uma vez da bruxa. O conto termina com Pierre dizendo que daquele momento em diante se podia cantar os versinhos mágicos sem risco e medo: "Bruxa vagabunda, cuide bem da sua bunda!".

O sucesso desse conto pode ser mensurado pela ampla indicação desse e de outros contos do autor no espaço escolar.

"bunda" para o que foi preciso acrescentar outra palavra na primeira parte dos versos que garantisse, em português, a rima prevista no texto original, em francês. Com isso, ela acrescenta o adjetivo "vagabunda". A solução de tradução não foi das melhores porque introduz no verso uma palavra mais suscetível à polêmica do que a mera referência a uma parte do corpo, tal como no texto em francês, se considerarmos o contexto brasileiro. Além disso, essa outra palavra, "vagabunda", em nosso cenário cultural, é usada como xingamento de maior potencial ofensivo porque no feminino adquire a conotação de palavra de baixo calão por ser sinonímia de "prostituta".

Há pelo menos 4 décadas, o livro em que figura o conto em questão, *Os contos da Rua Brocá*, é um desses cânones escolares que atravessam gerações no cenário francês e em outros países. Esse sucesso também pode ser visto no número significativo de adaptações em diversas linguagens e gêneros artísticos de que sua narrativa deu origem – desde episódio de série infantil, desenho animado, miniópera infantil, peça teatral, show de marionetes, a audiolivro – e de várias traduções para outras línguas (português, espanhol, italiano, grego, alemão, polonês, japonês, tailandês etc).

Próprio do tom que caracteriza a produção literária infantil de Gripari, nesse conto o autor explora a fantasia e o humor, numa linguagem bastante simples e trivial explorando esse componente lúdico dos jogos de sonoridade[4]. Dada a musicalidade que algumas passagens do conto apresentam, para a qual se apela ao uso de versos com rima, presença de onomatopeias que reproduzem os sons de bichos, por exemplo, pode-se empreender uma leitura mais performativa, ou seja, mais expressiva e teatral, em voz alta, dramatizada, própria da tradição oral de contação de histórias para o público infantil. Essa história leve e engraçada, um tanto ingênua, fala diretamente a seu público leitor por sua capacidade de produzir suspense – em especial se bem narrada – além de diversão, principalmente se musicalizado ou pronunciado de modo ritmado o versinho-chave e encantado do conto, "Bruxa vagabunda, cuide bem da sua bunda".

A simplicidade estética que caracteriza esse conto se aproxima daquela própria dos contos de fadas, tanto pela escolha de seus personagens quanto de episódios fantásticos que

4 Cf. Silva; Ferreira; Valente (2022), a respeito do humor na literatura infantil, suas formas e usos.

rompem com a lógica racional e adultocêntrica. Tal como em outras obras destinadas ao público infantil, nesse conto se explora a dimensão lúdica a partir da escolha das palavras, das rimas e de fatos insólitos. Não se trata de um texto em que se explora temas mais complexos da condição humana, numa abordagem mais reflexiva e com uma linguagem requintada. Também não se trata de uma produção disruptiva do ponto de vista emocional, nem de uma narrativa com temática fraturante. Estamos diante de uma narrativa feita para divertir o público infantil, em especial se sua leitura for realizada por adultos que encarem a tarefa expressiva de dar voz e gestos condizentes com essas personagens tradicionais, até certo ponto estereotipadas, do universo ficcional popular e infantil.

É uma história bastante linear com desdobramentos de seu enredo relativamente previsíveis, por sua semelhança com os contos tradicionais. Apesar da inserção de eventos extraordinários (bruxas que vivem no armário, peixes e ratos que falam), não se trata de um *nonsense* criativo, já que o autor se vale de temas amplamente compartilhados pelo imaginário coletivo: a sorte do encontro de um tesouro, a ingenuidade diante do uso do tesouro, a curiosidade que leva a correr risco de vida, o direito a três pedidos/desafios, animais que falam e solucionam o problema, o desfecho feliz com a punição da bruxa. As escolhas linguísticas, tanto no original em língua francesa quanto na tradução em português, refletem a preocupação do autor e da tradutora em operar com um vocabulário comum, cotidiano, acessível, mas ao mesmo tempo capaz de chamar a atenção de seu interlocutor visado, ao recorrerem à sonoridade e aos jogos com a linguagem, fazendo apelo a rimas e à repetição, ao uso de palavras interditas, consideradas "palavrões", com potencial de produzir o riso, mas também o sentimento de transgressão e de liberdade. A interpretação dramatizada que o conto sugere constrói uma cena e a personagem do clown, que alia a curiosidade com o riso do "baixo", do humano, do profundamente humano de nossos gestos e palavras reprováveis publicamente.

São os jogos de linguagem, o tom humorístico e a imagem cênica os responsáveis por prender a atenção do leitor e sugerir e incentivar sua leitura dramatizada. Mas é também o emprego de algumas dessas palavras, mesmo com fins absolutamente cômicos, que explica uma certa recepção enviesada desse conto no Brasil. Além de uma crítica de enviesada religiosamente da personagem central a "bruxa", e do que ela ainda representa no imaginário social da atualidade, a desqualificação dessa narrativa visa sobretudo à repreensão moral do uso de "palavrões" que se manifesta na composição linguística e em sua repetição, ao longo do conto, sob a forma dos versos-chave do texto. No verso "Bruxa vagabunda, cuide bem da sua bunda", além do xingamento "vagabunda", recorre-se ao emprego de uma palavra do campo físico, fisiológico e sexual, "bunda".

Apesar de ser um texto destinado a crianças, autor e tradutora não recorrem à adoção de um tema, de um tom e de uma linguagem edulcorados ou com maiores zelos quanto à adequação etária na escolha dos temas explorados: a personagem principal, Pierre, tem raiva do corretor que o enganou e por isso o ameaça com um cinzeiro; Pierre também bebe, e é por estar alcoolizado ao vir da festa de final de ano que ele imprudentemente canta os versos proibidos; os versos por sua vez não estão privados do uso de "palavrões". Autor e tradutora não buscam a chancela moral de quem diz nunca usar "palavrão" e sequer pressupõem ser necessária essa concordância. Essa tutela, e com ela diversas formas de interdição, advêm daqueles que, adultos, leem um texto para o público infantil, como adultos, e o fazem imbuídos de deveres morais, por vezes religiosos, e que nada têm a ver com a arte literária e seus fins. E, como adultos, em sua maioria leigos, partem do pressuposto da imaturidade essencial das crianças, que devem ser protegidas do contato com palavrões e, mais que isso, que devem aprender a não os empregar e que devem estar cientes de que, se o fizerem, estão suscetíveis às sanções morais decorrentes disso.

Se a falta de edulcoração na escolha do tema, dos tipos de personagens e da linguagem adotada permite entrever essa concepção menos tutelar da infância, menos moralizante e mais lúdica, mais próxima da atuação dos *clowns*, é em razão dessa falta de edulcoração ou prudência pedagógico-moral que a crítica leiga, em nome da boa intenção moral, condena sem compreender textos como esse do conto *A bruxa do armário de limpeza*. Ainda que se trate de uma crítica localizada, eventual e casuística, sem registros formais, e à qual se tem acesso por relatos esparsos de professores que vez ou outra tiveram de justificar junto a alguns pais a adoção e a leitura desse conto em sala de aula, esse tipo de manifestação não deixa de produzir seus efeitos, em especial nos dias de hoje com a fogueira moral acesa, cuja lenha muitas vezes provém de púlpitos e altares de templos religiosos instrumentalizados.

Quando se está em uma caça às bruxas, a garimpagem de frases ou palavras descontextualizadas é a técnica mais conveniente, embora frágil, questionável e apenas blindável pelo consenso da causa moral que subsidia e, segundo essa lógica, justifica essa vigilância. Se a intenção expressiva e cômica dos versos do conto em questão, ou sua condição ficcional, não bastam para inibir essas críticas descontextualizadas dos que se identificam como guardiões da moral e dos bons costumes, seria ao menos salutar que eles considerassem ao menos que as crianças não interpretam os textos e as palavras a partir do mesmo repertório moral de que os adultos dispõem. O reconhecimento do uso de palavras interditas e o prazer da transgressão com seu uso não quer dizer que a criança interpreta tal como adulto o que foi enunciado, nem que ela não distinga o uso ficcional daquele de que ela pode se valer em seu cotidiano. Apenas o pressuposto redutor da capacidade de discernimento infantil, advindo da ignorância de sua capacidade intelectual, explica o empenho e as paixões mobilizadas na condenação de textos como esse.

O refluxo moralista que vivemos hoje em dia, aliado a um anti-intelectualismo venal , frequentemente de origem religiosa, e a uma arrogância difusa de leigos que colocam em xeque a competência de professores e de outros profissionais mediadores da leitura, acende o alerta quanto aos riscos de censura de obras literárias que há décadas são adotadas por professores, lidas ou narradas oralmente por contadores de histórias, por pais e por artistas. Essa polícia cultural torna-se mais provável e bem menos anódina do que uma simples manifestação de incômodo de pais com a leitura de certos textos por parte de seus filhos quando vivemos em períodos de tendência autoritária, como o que vemos no país atualmente. Ignorando que se lê de forma equivocada, quando se lê com propósitos que não correspondem aos literários, ficcionais e lúdicos dessas obras destinadas para crianças, a leitura moralista de textos como o aqui apresentado, além de empregar uma chave inapropriada para a sua interpretação, impõe sua visão utilitarista: há coisas que se deve aprender com os livros e outras que não se deve ensinar nos livros.

A literatura infantil e juvenil, talvez mais facilmente do que as demais produções literárias, é vítima não apenas de produções ruins com propósitos equivocados que a instrumentalizam para dar lições morais empobrecedoras, rotulantes e estreitas, como também está sujeita à crítica fácil. Crítica essa que se manifesta em reuniões de pais em escolas ou na voz de amadores em vídeos na internet, que se arrogam, cada um à sua maneira, o dever de denunciar obras e autores, condená-los pelo que se pressupõe que eles "ensinariam" e que contrariaria o ponto de vista desses defensores do que acreditam ser os valores mais relevantes socialmente.

Que nossa luta pelo reconhecimento da envergadura e da relevância do direito à ficção por parte das crianças[5] impeça a expansão não apenas dessas críticas desprovidas de lucidez, como também o crescimento do utilitarismo moralista e comercial da produção livreira assumida mais recentemente por igrejas e religiosos, ou em nome deles. Principalmente quando é destinada ao público infantil como mais uma das formas de explorar economicamente a fé e o público cativo das igrejas, nesse mercado religioso messiânico, moralista e salvacionista, em plena expansão, cioso por instituir valores neoconservadores de modo doutrinário, precoce, subliminar e muitas vezes nem tão subliminar assim.

Quando se censura, de alguma maneira, uma obra que, por gerações, produziu o encantamento, o riso, a sensação de estranhamento, o gosto da ousadia, censura-se também direitos inalienáveis do ser humano. Aquele que priva o outro desse direito, por mais bem intencionado, inibe o gosto, castra a alma e torna crianças adultos precoces, reprimidos, cheios de uma razão autoritária e mesquinha. O "palavrão" na literatura é o tipo de transgressão controlada pela dimensão ficcional, que

5 Sobre esse direito humano à ficção, à literatura, cf. Candido (1995).

contribui para a compreensão dos limites de seu uso na vida real. Mais do que um inimigo a se combater, seu uso no plano ficcional pode permitir compreender os limites de seu emprego no dia a dia, além de criar formas para o sujeito em formação se defender, no plano das palavras, evitando ter de recorrer a sua força física quando pressionado, quando intimidado, quando injustiçado. Ler "palavrões" em textos lúdicos e usar "palavrões" em situações de conflito são coisas muito diferentes, mas que ainda assim podem permitir, cada um desses usos a sua maneira, resolver simbolicamente as pulsões violentas que nos movem. Xingar bruxa, pode? Melhor não, mas não pelas mesmas razões dos moralistas de plantão.

A capacidade de apelar para recursos simbólicos, como o xingamento ou o "palavrão" contribui para usos de palavras progressivamente mais elaborados e refinados de autodefesa ou de expressão de sentimentos. A exploração da existência ficcional do "palavrão", mais do que um risco ou um perigo, antecipa e atenua o modo como cada um de nós pode se defender por meio de palavras, por meio do diálogo, que essencialmente garante ao outro (amigo ou adversário) o direito de falar, logo, o direito de existir.

Por essa razão, todo responsável pela formação de uma criança (mães, pais, avós, professores e tantos outros) deveria garantir esse direito de falar, de deixar ouvir e, com isso, de aprender a como se expressar em situações em que se recorre a palavras interditadas, ainda mais quando o meio para isso é o da arte, da literatura, da ficção, que promovem a sublimação do que poderia haver de agonístico no seu uso efetivo, fora das páginas do livro. Se faz parte da formação de um ser humano aprender os limites físicos e simbólicos que a vida em sociedade por vezes constitui, também faz parte de nossa formação o direito de questionar alguns desses limites, de nunca aprender apenas pela interdição, pelo silenciamento, pela repressão, ao contrário, de poder aprender pela ficção, pelo riso, pela subversão e desnaturalização de normas, enfim, pelo arriscar-se com palavras arriscadas.

Referências

BAKHTIN, Mikhail. *A cultura popular na Idade Média e no Renascimento:* O contexto de François Rabelais. São Paulo/Brasília: Editora da UnB/HUCITEC, 1999.

BASSO, Renato. Palavrão é legal pra caral*o. *Revista Roseta*, v. 1, n. 2, 2018. Disponível em: https://www.roseta.org.br/2018/08/17/palavrao-e-legal-pra-caralo/. Acesso em: 16 abr. 2024.

BELTRAME, Valmor Nini. Censura no teatro em Santa Catarina: relatos do passado e desafios do presente. *Móin-Móin - Revista de Estudos sobre Teatro de Formas Animadas*, Florianópolis, v. 1, n. 22, p. 028–054, 2020. DOI: 10.5965/2595034702222020028. Disponível em: https://periodicos.udesc.br/index.php/moin/article/view/2595034702222020028. Acesso em: 19 jan. 2024.

CANDIDO, Antonio. O direito à literatura. In: *Vários escritos.* São Paulo: Duas cidades/ Ouro sobre azul, 1995.

GRIPARI, Pierre. A bruxa do armário de limpeza. In: *A bruxa do armário de Limpeza e outros contos.* São Paulo: Martins Fontes, 2000.

PIRES DE OLIVEIRA, Roberta.; BASSO, Renato. Uma análise dos quantificadores chulos. In: VIII Encontro do Círculo de Estudos Linguísticos do Sul - CELSUL, 2008, Porto Alegre. VIII CELSUL, 2008. p. 218-219.

SANT'ANNA, Jaime dos Reis. A literatura infantojuvenil brasileira proibida nas escolas de ensino básico: entre a censura e o controle social. In: Anais do I Seminário Internacional de Pesquisa em Leitura, Literatura e Linguagens: Novas topografias textuais. UPF - Passo Fundo (RS), 2017. Disponível em: https://www.upf.br/_uploads/Conteudo/seminarioleitura/artigos-seminario-j-z.pdf Acesso em: 21 dez. 2023.

SILVA, Sara Reis; FERREIRA, Eliane A. G. R.; VALENTE, Thiago Alves. O humor na literatura infantil portuguesa e brasileira: Luisa Ducla Soares e Tatiane Belinky. In: Anna COSTA, M. F. M., GRAZIOLI, F. T., COENGA, R. E. [orgs]. *Leitura e Literatura Infantil e Juvenil*: (com)fluências. São Paulo: Pimenta Cultural, 2022. (p. 60-80).

Evocação (2012)
Márcia Kupstas

CHIFRE EM CABEÇA DE CAVALO... OU QUANDO O MAL, EVOCADO, ESTÁ NOS OLHOS DE QUEM VÊ

Silvana Augusta Barbosa Carrijo (UFCAT)

*

Temas sobrenaturais costumam mobilizar o imaginário social em torno de questões religiosas, místicas, psíquicas. Com elas, o medo do sobrenatural. Somada a isso, a incompreensão do processo de leitura de textos literários. É o que vemos em um ataque à obra *Evocação* (2012), de Márcia Kupstas, o que pode alimentar críticas infundadas a uma obra literária (Silva, 2016). O politicamente correto causa nefastas consequências ao processo de formação leitora de crianças e jovens. Exemplo desse processo é a censura a obras infantis e juvenis de suspense e terror que, na verdade, tão bem tematizam o mistério e o desconhecido que, ao mesmo tempo, aterrorizam e seduzem o ser humano de qualquer idade.

*

A censura é ruim. Podemos aconselhar as pessoas sobre o que é bom ou ruim em nossa opinião, mas o material de leitura deve estar disponível a nós, sejam quais forem as consequências.

(Peter Hunt)

Uma avó professora e cientista animada a viajar com os quatro netos adolescentes em férias: Magda, a narradora-protagonista, irmã de Magali, primas de Lucas e sua irmã Jaqueline. Formando o quinteto de jovens, uma outra figura central é Bárbara, amiga de Jaqueline, que, a contragosto de Magda, passa as férias com o grupo. Uma surpreendente casa de praia no litoral norte paulista, emprestada de uma amiga de Magdalena, a avó. Um cemitério ermo no qual se vê um túmulo ornado com uma prancha a servir de lápide, a prancha de Renato, um surfista ceifado pela morte no auge de sua adolescência. Esses são alguns dos ingredientes da narrativa juvenil *Evocação* (2012), da escritora paulista Márcia Kupstas, autora de dezenas de obras potencialmente voltadas para o público juvenil, tendo estreado nesse subgênero com *Crescer é perigoso* (1986) e alcançado o segundo lugar do prêmio Jabuti em 2005 com o livro *Eles não são anjos como eu*.

Os passeios dos personagens à beira-mar e na cidade praiana e as rodadas de jogos da avó nas quermesses do local servem de pano de fundo para a história que se bifurca em dois grandes eixos narrativos: a aventura dos adolescentes ao se lançarem num diálogo com o sobrenatural, evocando espíritos por meio do jogo do tabuleiro Ouija, e as relações de alteridade conflituosas entre Magda e sua antagonista, Bárbara. De pronto a primeira se antipatiza com a segunda. Aos olhos de Magda, Bárbara é fútil, egoísta e autocentrada. No entanto, se Bárbara é mesmo um poço de voluntariedade, tão logo a narrativa avança, o leitor percebe os exageros de Magda, a começar pela implicância com o nome da antagonista, até descambar na tramoia que realiza com a irmã Magali, a fim de assustar Bárbara: simular que o espírito do adolescente Renato fora evocado em algumas sessões que os adolescentes fizeram no jogo do tabuleiro Ouija.

As porfias entre Bárbara e Magda vão num crescendo até culminarem em acontecimentos ligados ao sobrenatural que assustam o grupo dos adolescentes e enredam sobretudo as duas num universo tenebroso e angustiante. Tudo se inicia com as trapaças de Magda e Magali no tabuleiro Ouija, movendo o copo para as letras que formariam as palavras com as quais elas queriam manipular os companheiros: "– Você gosta mesmo dessa pessoa? – perguntei em cima da fala de meu primo, para não dar tempo de o 'espírito' responder outra coisa além do que eu desejava" (Kupstas, 2012, p. 46). No decorrer da trama, no entanto, forças obscuras se interpõem e o jogo foge ao controle das jovens, dando ensejo real ao conjuro de vários espíritos, entre eles, um inominado que viera cobrar sua fatura ao indicar as seguintes letras do tabuleiro: "D-E-V-O-L-V-A-O--Q-U-E-E-M-E-U" (Ibid., p. 61).

Esse pronunciamento desse espírito aterroriza Bárbara, que roubara, juntamente com Lucas, um santinho de barro quando da visita do grupo ao cemitério. Sentindo-se na obrigação de quitar suas dívidas com o além, ela, num gesto frenético, enterra o santinho no quintal da grande casa. No entanto, esse santinho de barro volta a atormentar Bárbara em outros momentos da narrativa: "Tive dúvidas. O que teria acontecido de verdade? Até aquele momento, nada muito apavorante. Babi bem que poderia ter visto o santinho, afinal. Culpada e influenciável, desmaiou" (Kupstas, 2012, p. 69). E esse mesmo santo aparece à Magda quando ela pernoita na edícula adjacente à casa, em que um antigo caseiro, Quinzinho, havia cometido suicídio. Num dos quartos da edícula, Magda encontrou, registrados nas paredes, frases filosóficas e rabiscos que indicavam que ele já planejava, há muito, dar cabo da própria vida. Numa das noites que passa naquele espaço sombrio, Magda recebe a inesperada "visita" do santo de barro, mas dessa vez corporificado em feições humanas e acaba selando, com ele, uma espécie de pacto: "– *Magda, o que você quer de mim?* " [...] – Quero que ela sofra. Quero que ela tenha medo, muito medo" (Ibid., p. 108-109). Atendido o pedido de Magda, Bárbara passa a ser atormentada em sonhos e a se sentir realmente temorizada.

Aos tantos acontecimentos misteriosos e assustadores que permeiam a narrativa – odores indesejáveis exalando pela casa, Bárbara conjurando o espírito do surfista fantasma no mar, casa de portas e janelas totalmente abertas quando o grupo retorna de um passeio na praia, o relógio de Magdalena que se quebra sem a menor causalidade física –, outro acontecimento tenebroso vem se somar: Magda passa a vivenciar a maldição de ver, nos mais diferentes lugares e ocasiões, o espectro que lhe aparecera na edícula. Essa tormenta a acompanha por seis longos anos, mesmo depois de Magdalena e sua orientanda Vitória, especializadas em eventos ligados ao sobrenatural, lançarem suas hipóteses díspares entre si para explicação dos fatos ocorridos. Vitória acreditava se tratar de "*duas autênticas adolescentes*-poltergeist *manifestando-se* no mesmo evento! " (Ibid., p. 140, grifos da autora). Já Magdalena atribuía os fatos à culpa que Bárbara e Magda sentiam em relação ao furto do santinho de barro e ao mau uso que a última fizera do medo da primeira em relação a isso. Magda só se liberta desse espectro depois que a casa e a edícula foram vendidas e demolidas para darem lugar à construção de um clube de praia de um sindicato, já que, conforme explicação de Vitória "– Se o local supostamente mal-assombrado sofrer sinistro natural ou destruição por outras causas, pode encerrar o ciclo de aparições" (Ibid., p. 150). Indo assistir à demolição da casa, Magda vai até o cemitério e faz uma oração a Renato, que lhe instiga a fazer o que, em definitivo, poderia libertá-la de vez de toda aquela maldição: contar tudo o que sabe. É o que ela decide fazer, numa perspectiva memorialista, iniciando seu relato com as seguintes palavras que são, ciclicamente, as palavras iniciais da narrativa: "*Estava com 15 anos quando tive meu primeiro contato com o sobrenatural. Foi há seis anos, mas parece uma vida*" (Kupstas, 2012, p. 151, grifos da autora).

A narrativa de Kupstas apresenta procedimentos exitosos no que se refere à potencialidade de obras juvenis atraírem o jovem leitor, formando-o literariamente, quando, por exemplo, tematiza, sem escamoteação, temas que inquietam o ser humano de todos os tempos e lugares: o que acontece depois que morremos? É possível se comunicar com os mortos? Por que sentimos, concomitantemente, medo e atração para com as coisas do além? Para configurar tais temas, produz uma narrativa de suspense que, eivada de espíritos e fantasmas, ao mesmo tempo aterroriza e seduz o jovem leitor, porque lhe permite lidar com seus próprios medos recônditos: "Inventamos personagens horripilantes e vivemos o medo ficcional exatamente para diminuir o medo real que sentimos do desconhecido dentro e fora de nós" (Lacerda, 2014, p. 7-8). Nesse sentido, o terror comparece na obra como sensação não só experimentada, mas também refletida pela protagonista, podendo ensejar, por sua vez, reflexões por parte do jovem leitor. Magda desconhecia as forças obscuras que o ódio podia mover e, vitimada pelas suas próprias ações, como feiticeira para quem se volta o próprio feitiço, reflete sobre si mesma, experimentando a sensação de arrependimento: "Não queria saber daquilo, não queria mais participar! Era mau, era perigoso" (Kupstas, 2012, p. 126). No entanto – e esse é um dos méritos da autora, não deixar que a história se resvale para maniqueísmos – esse arrependimento não adquire contornos cristãos, moralistas, pois mesmo distanciada dos fatos narrados, quando conta a história, numa perspectiva memorialista, Magda admite que seus sentimentos ruins pela antagonista seguem sendo: "Se ainda hoje, só de lembrar essas coisas, revelo tamanha ira, inveja e maledicência, como me sentia naquela noite? Que tipo de sentimentos destilava para ela, sobre ela? " (Ibid., p. 98). Além disso, com essa narradora que não proclama certezas, mas que, ao contrário, interpela o universo com suas dúvidas, pode o jovem leitor facilmente se identificar, porque ele também é dúbio, movido por sentimentos conflituosos e contraditórios. A perspectiva juvenil, assim sendo, é a ótica que guia a obra, evitando descambar para um tratamento adultocêntrico dos temas contemplados.

O recurso do suspense, da suspenção de informações, é também outro procedimento habilmente manejado pela autora, instigando o jovem leitor a avançar as páginas do livro rumo à obtenção de fatos que possam configurar, no todo, o enredo: "Creio hoje que a casa também teve participação no que aconteceu. Mas isso se revelará na hora certa" (Kupstas, 2012, p. 12); "Comecei a recolher os papéis e os cacos do copo, pesando aquelas bobagens nos dedos. Nada de misterioso, nada de excepcional. *Ainda* (Ibid., p. 70, grifo da autora).

Propiciando maior proximidade do jovem leitor com a obra em pauta, outro procedimento digno de nota utilizado pela autora é a hifenização de certas palavras que, assim dispostas, cristalizam-se em frases ou orações dotadas de oralidade e coloquialidade, aproximando-se do tom de bate-papo do/com o leitor: "Num certo ponto, comecei a ouvir-sem-ouvir sua lenga-lenga" (Ibid., p. 102); "Magali hoje é caloura da faculdade de Direito numa cidade do interior; é do tipo boa-filha-boa-aluna-ótima-namorada..." (Ibid., p. 146). No entanto, no que pesem esses procedimentos exitosos do ponto de vista estético, por se atrever a tematizar temas supostamente tabus, a obra de Kupstas é uma narrativa juvenil censurada.

Evocação (2012), de Márcia Kupstas, foi alvo de severa censura veiculada pela crítica midiática, na esteira do politicamente correto. "Livro infantil do MEC ensina evocar [sic] espíritos", do Professor Orley José da Silva, por exemplo, execra a narrativa de Kuspstas, reportando-a sem piedade à fogueira dos livros malditos. Informando que o livro foi distribuído a escolas públicas de todo o Brasil, por integrar o acervo de livros literários selecionados pelo Fundo Nacional de Desenvolvimento da Educação (FNDE) e pelo Programa Nacional Biblioteca na Escola (PNBE), o autor em questão parece desconsiderar que tais programas governamentais para seleção e distribuição de textos literários operam por todo um processo complexo, efetivado por pareceristas, especialistas na área, que procedem por uma série de critérios bem fundamentados para avaliação dos livros. Não bastasse isso, o autor, por meio de perguntas retóricas, atribui à obra uma potencialidade de insuflar os jovens leitores a agirem imitando os adolescentes, no que tange à evocação de espíritos pelo tabuleiro Ouija:

> Cabem as perguntas: será que os alunos não buscarão reproduzir a experiência sobrenatural dos

> personagens? Quais as possíveis consequências dessa eventual experimentação, visto que trata-se de prática religiosa sujeita a efeitos concretos? (Silva, 2016, p. 1).

É possível perceber, pois, um total desconhecimento dos processos de recepção leitora de uma obra literária, esquecendo-se que a literatura, embora regida pelo princípio aristotélico da *mimesis*, opera por desvio e formas de interlocução indireta, sem interpelações de natureza prática, didática e moral. Num outro trecho, o autor ainda questiona: "Cabe a pergunta: qual o impacto que esta possibilidade de evocação de espírito pode ter na crença de um aluno-leitor que pertença a uma família que não acredita na comunicação dos vivos com os mortos?" (Silva, 2016, p. 1). Visão estreita da literatura e dos modos de contato do leitor com o livro, como se aquele que lê procurasse nas obras literárias somente a expressão de sua subjetividade e seu universo circundante, como se o texto literário não fosse também *lócus* de expressão da alteridade, do (re)conhecimento do *outro*.

Em outros trechos, acusando a obra de proselitismo, de disseminar a fé espírita, o próprio autor parece não perceber que ele próprio se pronuncia prosélito ao eleger a fé católica e evangélica, em detrimento do que chama de "doutrinas espiritualistas":

> Estes questionamentos se baseiam no esforço deliberado das diretrizes educacionais públicas brasileiras pelo apagamento dos valores culturais das tradições judaica e cristã. Os livros didáticos e paradidáticos não fazem mais referência à religiosidade cristã, por exemplo. Por outro lado, privilegiam outras manifestações religiosas, principalmente aque-

> las ligadas à Nova Era e as espiritualistas.
>
> Essa política medida e consciente de desconstrução, apagamento e substituição religiosa através da escola tem trazido desconforto aos mais de 80% de cristãos (católicos e evangélicos). E é a esse grupo majoritário que pertencem as crianças, adolescentes e jovens das escolas públicas (Silva, 2016, p. 1).

Para jogar a pá de cal, vale considerar o modo preconceituoso com que o autor inicia seu texto censor: "Além da doutrinação gay, agora esse governo quer iniciar nossos filhos à feitiçaria?" (Silva, 2016, p. 1).

A censura à obra de Kupstas desconhece os efeitos catárticos e terapêuticos com que o medo, acessado em narrativas, provê e fortalece a subjetividade do leitor:

> Muito bem, ao ouvir um relato tão macabro, a criança gela de pavor, mas, estranhamente, no dia seguinte pede à sádica contadora de histórias: "Mãe, conta de novo a história do Joãozinho e da Maria?". Mas como? Se ela ficou aterrada de pavor, por que deseja ouvir de novo a mesma história? Aí está: porque é gostoso sentir medo, principalmente quando se está no colo quentinho da mamãe e se utiliza a história como catarse para o medo primal que qualquer criança tem da possibilidade de um dia perder seu papai e sua mamãe [...] No conforto do colo da mãe, sente-se medo do lobo da Chapeuzinho Vermelho, mas com esse medo aprende-se a identificar a falsidade dos sedutores. No colo da mamãe, aprende-se o que é o avançar da idade mostrado pela inveja da beleza manifestada pela Rainha-Madrasta da Pálida Eurocaucas..., perdão, da Branca de Neve. O medo oferecido pela literatura é uma maneira gostosa de

> domar as neuroses primárias, congênitas, sem o alto custo do analista (Bandeira, 2014, p. 3-4).

Esquecem-se também, os detratores dessa e de outras obras literárias, que o processo de recepção leitora, por parte da criança e do jovem, não pode ser previsto de modo cartesiano, porque é complexo e revelador de surpresas várias, evidenciando, muitas vezes, que o efeito supostamente atribuído à obra sobre esses pequenos leitores pode ser, na verdade, experimentado pelo adulto mediador:

> Quais são [...] os elementos de referência da criança? O adulto, com frequência, não consideraria como perigosos certos dados que sua experiência permite visualizar e dramatizar, enquanto que, para a criança, ainda pequena, permanecem abstratos, externos, puramente teóricos? Conta-se muito esta passagem de Thécle, a filhinha de Charles Nodier, que, após ter escutado atentamente a história do ***Chapeuzinho vermelho***, exclamou: "Ah, o bondoso lobinho! " para grande espanto dos adultos que finalmente aprenderam, para sua edificação, que o lobo era bondoso porque só tinha comido a avó e o Chapeuzinho vermelho... deixando intactos os bolinhos.
>
> Do mesmo modo – após a leitura da versão do ***Pequeno polegar***, feita por François Ruy-Vidal – tivemos esta saborosa constatação: as três crianças, calmas, tiveram um sono tranquilo... mas sua avó teve um pesadelo, e se viu, em sonho, perseguida pelo ogro (Held, 1980, p. 91).

Assim sendo, esses adultos censores, esses "bienintencionados totalitários" (Montes, 2005, p. 109), atestando que, na maioria das vezes, o mal está nos olhos de quem vê, prestam um verdadeiro desserviço ao processo de formação leitora de crianças e jovens. Esses leitores são então espoliados da possibilidade do encontro com obras literárias lúdicas e que contemplam temas universais, caros a qualquer indivíduo talhado pelo barro da condição humana.

Referências

BANDEIRA, Pedro. Histórias para sentir medo. In: BANDEIRA, Pedro *et al.* *Góticos*: Ensaios de terror (ePub). São Paulo: Melhoramentos, 2014, p. 1-8.

HELD, Jacqueline. Evolução da criança, angústia e fantástico. In: ______. *O imaginário no poder*: as crianças e a literatura fantástica. Tradução de Carlos Rizzi. São Paulo: Summus, 1980, p. 89-103.

KUSPTAS, Márcia. *Evocação*. São Paulo: Ática, 2012.

LACERDA, Rodrigo. O sangue de Drácula. In: SANDRONI, Laura *et al.* *Góticos II* -ensaios de terror (ePub). São Paulo: Melhoramentos, 2014, p. 1-10.

MONTES, Graciela. Literatura para chicos y adolescentes: obras censuradas y temas prohibidos. In: MACHADO, Ana María; MONTES, Graciela. *Literatura infantil:* creación, censura y resistencia. 2. ed. Buenos Aires: Sudamericana, 2005, p. 107-112.

SILVA, Orley José da. Livro infantil do MEC ensina evocar espíritos. In: *Exateus.* 2016. Disponível em: https://exateus.wordpress.com/2016/04/27/livro-infantil-do-mec-ensina-evocar-espiritos/. Acesso em 14 de outubro de 2018.

Olívia tem dois papais (2010)
Márcia Leite

HISTÓRIA DE UMA INTRIGANTE FAMÍLIA

Fernando Rodrigues de Oliveira (UNIFESP)

*

No dia 08 de setembro de 2019, durante a Bienal do Livro no Rio de Janeiro, o então prefeito da capital fluminense, Marcelo Crivella, determinou a recolha e a proibição da venda da *graphic novel Vingadores: a cruzada das crianças*, de Allan Heinberg e Jim Cheng, por conter a imagem de dois personagens masculinos se beijando. A alegação foi de que o livro apresentava conteúdo impróprio para as crianças, o que demandava protegê-las do acesso "precoce a assuntos que não estão de acordo com suas idades"[1]. A reação a essa censura foi imediata e diversa, sobressaindo-se o seu efeito inverso: o esgotamento de todos os exemplares disponíveis para venda. Situações como a ocorrida na Bienal do Rio têm sido cada vez mais frequentes, sob o argumento de "preservar" as crianças da "imposição" de uma "ideologia de gênero". Isso revela, a despeito de todos os avanços já conquistados, a permanência em nossa socieda-

1 Matéria disponível em: https://g1.globo.com/rj/rio-de-janeiro/noticia/2019/09/05/crivella-pede-para-recolher-livro-dos-vingadores-vendido-na-bienal.ghtml

de de um padrão social conservador e tradicional de família, de homem/masculino e de mulher/feminino, que impõe para todos a heteronormatividade como a única forma legítima e "normal" de interação e de relacionamento afetivo entre sujeitos humanos.

*

Fruto de mudanças sociais importantes conquistadas nas últimas décadas, assim como da abertura do campo literário infantil e juvenil para experimentação e incorporação de novas tendências temáticas, estéticas e éticas, as representações sobre sexualidade, identidade de gênero, pessoas LGBTQIAPN+ e a formação de famílias homoparentais tem ganhado espaço e volume nos catálogos de editoras e nas estantes das livrarias nos últimos anos.

Essa mudança, ainda que tímida e lenta, quando comparada às de outras publicações que se inscrevem no debate sobre diferenças e diversidade (étnica, racial, corporal, etário, entre outros), tem seu marco inicial no Brasil nos anos 1970 e 1980, quando foram publicados alguns livros que tangenciam essa discussão, como é o caso de *O peixe e o pássaro* (1971), de Bartolomeu Campos Queiroz, e *O passarinho vermelho* (1980), de Milton Camargo. Em *O peixe e o pássaro*, livro de estreia de Queiroz, o que se apresenta é uma sensível e poética história que provoca o leitor a refletir sobre a aparente impossibilidade do amor e da união entre sujeitos de universos improváveis, mas que acaba, inversamente, demonstrando a viabilidade desse amor e dessa união quando pensadas em realidades incomuns e não compreendidas pelo senso comum. Já em *O passarinho vermelho*, Milton Camargo, por meio de uma narrativa verbo-visual simples e objetiva, apresenta a história de um passarinho que deseja botar um ovo para ter com quem brincar, porém, contrariando o que todos lhe diziam (já que ele não era uma pássara), acaba por alcançar seu objetivo inicial com a construção de um ninho para um ovo que encontrou e que chocou com a ajuda do sol.

Como se pode ver, ambas as narrativas se aproximam do debate sobre sexualidade e sobre identidade de gênero de forma indireta e não explícita, cenário um pouco diferente nas publicações mais recentes, cujas representações abordam de forma mais aberta e diretiva (não sem poeticidade e lirismo, nas melhores obras) posições que se contrapõem à ideia do sexo biológico como definidor da sexualidade, assim como o questionamento sobre o padrão de normalidade sexual, amoroso e familiar decorrente da visão heterossexual vigente em nossa sociedade. Esse é o caso, por exemplo, de *Olívia tem dois papais*, escrito por Márcia Leite e ilustrado por Taline Schulbach.

Publicado em 2010 pela Companhia das Letrinhas, esse livro, desde o título, sinaliza de maneira explícita a construção de um enredo em torno de uma família não tradicional – constituída por dois pais e uma filha adotiva – sem, no entanto, se prender a essa questão de maneira simplista ou meramente panfletária. Em *Olívia tem dois papais*, a protagonista que dá nome ao livro se mostra uma menina bastante esperta e com talento especial: uma capacidade discursiva intrigante, sobretudo quando o propósito é convencer seus dois papais, Raul e Luís, para conseguir tudo o que quer.

A história representa uma tarde no cotidiano da família. Olívia, supostamente entediada por não ter com quem brincar, interrompe o trabalho do papai Raul, artista plástico, para pedir autorização para observá-lo enquanto ele pinta suas telas.

Para a concessão do pai, promete silêncio, ficar como estátua, mas não cumpre nada e acaba por estabelecer com ele uma série de diálogos, que culmina numa brincadeira de bonecas. Não muito tempo depois, Olívia se cansa da brincadeira, experimenta outras, dessa vez sozinha, mas também se aborrece. Isso a faz bolar um plano para brincar com seu outro papai, Luís, professor, que estava trancado no escritório e havia pedido para não ser interrompido, exceto se algo muito grave ocorresse. Olívia o aciona sob a alegação de estar morrendo de fome e acaba convencendo o papai Luís a ceder aos seus encantos e pedidos. Com isso, preparam juntos um lanche e, entre as conversas que desenvolvem, Olívia expressa o quanto gosta de seus dois papais, sem saber se decidir com qual dos dois se casaria quando crescesse.

Apesar de *Olívia tem dois papais* apresentar uma trama simples, construída no paralelo entre os diálogos da protagonista com seus dois pais, observa-se, em sua construção narrativa, passagens estrategicamente construídas, capazes de impulsionar reflexões densas e profundas sobre os assuntos que o livro coloca em questão.

Nessa direção, um primeiro aspecto a se notar é como o texto propõe uma ruptura em relação ao estereótipo de criança ingênua, incapaz de produzir uma visão crítica sobre os acontecimentos ao seu redor ou de lidar com situações complexas e que demandam transitar entre realidade e ficção. Por exemplo, quando Olívia convence papai Raul a deixá-la observar o seu trabalho no ateliê, ela o questiona sobre o céu vermelho de uma de suas pinturas, alegando que as pessoas o achariam maluco e acabariam não comprando seus quadros.

> - Você não acha que essa pintura está um pouco absurda, papai Raul?
> [...]
> - Absurda, é? Absurda por quê? – papai Raul devolveu a pergunta.
> - Porque não existe céu vermelho! Parece que ele está todo machucado.
> - Eu quero que este céu seja assim, Olívia, de um vermelho bem sangrento – o pai explicou.
> - Mas, papai, as pessoas vão achar que você ficou maluco. Ninguém vai comprar o seu quadro e você via ficar sem dinheiro.
> [...]
> - Eu acho que você devia mudar a cor do céu para azul-claro e também fazer um sol bem amarelo. Todo mundo gosta de dia feliz – ela concluiu (LEITE, 2010, p. 9-10).

Logo em seguida, alterando radicalmente a lógica realista e pragmática de seus apontamentos sobre o trabalho artístico do pai, Olívia decide brincar com os quadros disponíveis no ateliê, montando uma cabana e enveredando para um "faz-de-conta" de medo e aventura.

> Uma das brincadeiras que Olívia mais gostava de fazer no ateliê de papai Raul era cabaninha de quadros [...] Gostava e ficar sozinha, ali no escuro. Sentia um medo gostoso. Imaginava que a sua cabana estava no meio da floresta. E que era noite. E que os animais perigosos nunca seriam capazes de encontrá-la naquela fortaleza (Ibid., p. 13-14).

Essas passagens, aparentemente antagônicas em relação às atitudes de Olívia, sugestionam justamente a complexidade própria do pensamento infantil, mostrando que as crianças, mesmo quando muito pequenas, são capazes, ao mesmo tempo, de produzir uma leitura realista do seu entorno, com base em referências sociais e culturais específicas, e fabular situações puramente ficcionais, num jogo que as fazem flutuar entre fantasia, diversão e realidade prática. Com isso, de forma sútil e bastante engenhosa, o texto se coloca na contramão da ideia recorrente de que as crianças têm uma racionalidade limitada, incapaz de abstrações, ou que são totalmente dependentes dos adultos para se formarem e para interagirem com o mundo e os acontecimentos.

Ainda, reforça essa ideia o fato de Olívia ter o talento de saber usar "algumas palavras para conseguir as coisas que queria" (LEITE, 2010, p. 8), ou as estratégias que ela adota para se safar de situações mais embaraçosas, como quando deixa escapar para papai Raul que a vovó Beth disse que ele não sabia pentear o cabelo da filha.A partir da construção de uma personagem infantil assim, dinâmica, curiosa, munida de vontades e com opiniões sobre o que vê e vivencia, a narrativa conduz o leitor para reflexões mais profundas, que confrontam paradigmas e verdades impostas tidas como padrão a partir de uma visão social exclusivamente heteronormativa.

Exemplo disso é quando Olívia questiona papai Raul se ele brincava de bonecas quando criança. A resposta surpreende a menina, que formula uma "intrigante" reflexão-pergunta:

> - Papai Raul, você também brincava de boneca quando era do meu tamanho?
> - Não, filha, eu brincava de outras coisas. Nem tinha boneca lá em casa.
> - Do que você brincava, então? – Olívia insistiu.
> - De brincadeiras de menino, com o tio Roberto.

> Carrinho, futebol, videogame, luta, bicicleta. Coisas assim.
> - Então você nunca brincou de boneca? Nunca brincou de mamãe e filhinho? Que intrigante! – Ela refletiu em voz alta.
> [...]
> - Se você nunca brincou de boneca ou de casinha, como foi que aprendeu a cuidar tão bem de uma filha menina? (Ibid., p. 21-22).

É possível notar, a partir desse fragmento, que a dúvida de Olívia advém de uma visão recorrente em nossa sociedade, de que há determinadas práticas culturais infantis que (com) formam pessoas do sexo masculino e do sexo feminino para os papéis que irão desempenhar ao longo da vida adulta. Assim sendo, a suposição subjacente ao questionamento da protagonista é a de que, por papai Raul saber cuidar muito bem dela, teria adquirido essa capacidade quando criança, por meio das brincadeiras de casinha e de bonecas.

No entanto, a resposta de papai Raul rompe com essa expectativa e, por conseguinte, com um estereótipo frequente em torno dos homens gays: de que uma infância rodeada de experiências culturais "típicas" do universo masculino garantiriam a formação heterossexual. O efeito provocado pelo texto é justamente o contrário. O relato de papai Raul revela que, apesar de ele e o irmão, tio Roberto (casado com tia Carla), terem sempre brincado juntos das mesmas coisas e crescido no mesmo ambiente, com experiências e formação familiar iguais, não os tornaram homens que se reconhecem com a mesma sexualidade na vida adulta. Com isso, a passagem coloca em suspeição um argumento estruturante do conservadorismo social e familiar, que age como força que limita e define o que podem as crianças brincar ou vestir, por exemplo.

Em outra passagem, quando Olívia lancha com papai Luís, o assunto brincadeira de infância retorna. Nesse caso, porém, há uma nova quebra de expectativa, que confere ao texto uma amplificação das reflexões citadas acima. Em conversa com papai Luís, Olívia lança mão de pergunta semelhante a que fez ao papai Raul:

> - Papai Luís, você brincava de casinha quando era do meu tamanho? – era uma pergunta bem parecida com o que Olívia tinha feito ao papai Raul.
> O pai pensou antes de responder:
> - Não Olívia, eu brincava de outras coisas. Mas lembro que gostava muito de brincar de escolinha. E tinha lousa no quintal e ficava dando aulas de mentira. Será que foi por isso que eu virei professor de verdade?
> - Que intrigante! Se você nunca brincou de casinha, nem de comidinha, como foi que aprendeu a fazer umas comidas tão gostosas para sua filha?
> - Tem coisas que a gente aprende quando precisa? (LEITE, 2010, p. 34-35).

O que se nota no diálogo entre pai e filha é que, ao mesmo tempo que a resposta de papai Luís confirma o fato de não terem sido as brincadeiras de criança que o fizeram o homem adulto que ele é, também não se tem a negação de que essas experiências não concorreram para isso. Esse jogo cênico, aparentemente contraditório, em verdade permite desmistificar o senso comum de que aquilo que uma criança vivencia nas primeiras fases de sua vida não é simplesmente reproduzido durante a vida a adulta. O que o texto sugere é que as experiências culturais, todas, concorrem para a formação dos sujeitos, de seus gostos, de seus desejos e de suas aspirações, mas não de modo linear, planificado, como simples repetição/reprodução.

Também é interessante notar, a partir da conversa que se segue entre Olívia e papai Luís, o questionamento sobre a divisão de papéis sociais entre homens e mulheres:

> - Sabia que meu amigo Lucas disse que o pai dele não sabe cozinhar? E ele também falou que as mulheres é que devem fazer comida, não os homens – Olívia contou.
> - Sabe o que eu acho? O pai do seu amigo está muito encrencado. Se um dia não tiver ninguém para cozinhar para ele, vai acabar desfalecendo de fome, não é mesmo – papai Luís brincou. (LEITE, 2010, p. 36).

Ao comentar sobre o que pensa Lucas, Olívia sutilmente deixa transparecer que não concorda com o posicionamento do amigo. Papai Luís, por sua vez, de forma doce, mas contundente, apresenta um argumento que busca desmobilizar a visão de que há funções em nossa sociedade que são típicas para homens e outras, típicas para as mulheres.

A partir disso, a conversa entre pai e filha toca em outra questão frequentemente associada ao debate sobre gênero e sexualidade: a ausência da figura materna na formação de crianças que crescem em famílias homoparentais. Relata Olívia ao papai Luís:

> - O Lucas é muito bobo, papai, ele gosta de me provocar, dizendo que eu não tenho mãe.
> - E você fica triste? – o pai perguntou, preocupado.
> - Claro que eu fico. Porque ele também não provoca a Isabela e o Tadeu, dizendo que eles não têm pai? Isso não é justo – ela exclamou, contrariada.

> - É mesmo uma injustiça queridinha. E o que você responde para ele?
> - Eu falo assim: "Eu não tenho mãe, mas tenho dois pais só para mim".
> - Essa é uma boa resposta, meu bem. Mas sabe, não é todo mundo que acha bom ter dois pais ou duas mães. Cada família é de um jeito... E o Lucas só conhece um tipo de família – o pai explicou. (LEITE, 2010, p. 37).

Ao ser questionada por papai Luís sobre como se sente quando provocada pelo amigo, a resposta de Olívia gera uma quebra de expectativa, pois o que a incomoda não é o fato de sua formação familiar ser constituída sem a figura materna, mas o amigo não fazer o mesmo tipo de comentário com outros colegas de turma que também advêm de formações familiares não "tradicionais". Ou seja, o que a incomoda propriamente não é ela não ter uma mãe, mas a provocação gratuita (e preconceituosa?) do amigo.

Essa construção narrativa, além de conferir certa graça e leveza ao texto, incorpora à obra a discussão sobre os diferentes tipos de família existentes em nossa sociedade, ainda que, na maioria das vezes, elas sejam silenciadas, pois não são vistas como legítimas ou "normais" do ponto de vista conjugal heteronormativo. Reforça essa proposição o comentário de papai Luís sobre o fato de Lucas provocar Olívia por não ter uma mãe porque desconhece a existência de famílias diferentes da dele, assim como ele.

A partir desse diálogo, Olívia, que se mostra uma criança faladeira e perguntadeira, supostamente pensativa em relação à discussão sobre o fato de ela não ter uma mãe como parte de sua família, questiona papai Luís:

> - Será que uma filha que tem mamãe pode se pintar com maquiagem dela? Será que mãe deixa a filha usar seus perfumes? Será que empresta o sapato de salto alto pra filha brincar? – a menina perguntou, depois de engolir o sanduíche.
> - Não sei, queridinha. Acho que sim.... As filhas gostam muito dessas brincadeiras, não é Olívia? – papai Luís estava realmente surpreso com essa descoberta.
> - As filhas acham indispensável brincar com essas coisas, papai! Por acaso você se esqueceu que as filhas são mulheres meninas?
> Não era qualquer palavra que conseguia convencer papai Luís. Mas uma coisa indispensável para sua filha precisava logo ser resolvida! (LEITE, 2010, p. 39).

O questionamento de Olívia enverada para uma suposta carência que a presença de uma mãe no cotidiano familiar poderia ocasionar em relação às experiências da menina, já que, como "menina-mulher", ela não teria supridas algumas de suas necessidades "indispensáveis" do universo feminino. Porém, o que demonstra o desenrolar e o desfecho da narrativa é que em verdade o comentário de Olívia não passa de mais uma de suas artimanhas para conseguir convencer os seus pais do que ela queria: nesse caso, ganhar presentes. Não há, aparentemente, portanto, uma efetiva carência ou necessidade maternal que possa de fato comprometer a formação da pequena Olívia.

Com isso, também é possível adentrar outro debate sinalizado na obra: o fato de Olívia ser educada por dois homens gays não necessariamente a impede de ter vontades que se ligam a práticas culturais recorrentes entre as mulheres, como se maquiar, usar perfume e calçar sapatos de salto. Na contracorrente do que costuma bradar o conservadorismo machista e religioso, o texto sugere que a formação de uma criança por um casal homossexual não a induz "ideologicamente" a uma identidade de gênero específica, tanto que ela não era "capaz de decidir com qual dos dois iria se casar quando crescesse" (estaria sugerida aí uma inclinação heterossexual da protagonista?). Na verdade, a obra de Márcia Leite possibilita vislumbrar a formação de Olívia como uma menina mais aberta, mais consciente e mais sensível aos seus semelhantes, sobretudo no reconhecimento da diversidade e das diferenças, portanto, mais humana no sentido dos traços que confirmam a sua humanização (Candido, 2004).

Com isso, *Olívia tem dois papais* se coloca como uma obra literária importante no enfrentamento do que Foucault (1988) chamou de interdições, silenciamentos e marginalização das práticas sexuais consideradas ilegítimas, porque não se enquadram no modelo heterossexual de família e de sociedade que se desenvolveu especialmente a partir do século XVIII no Ocidente. Ainda segundo Foucault (Ibidem), os mecanismos de "poder-saber" desenvolvidos desde então que atuam como controle dos corpos e dos impulsos sexuais se calcam na ideia de que apenas o relacionamento entre pessoas do sexo oposto, com vistas à reprodução humana, é considerado "normal". Disso decorre, segundo Butler (2010), o alijamento, a exclusão e a objeção de todos os corpos que rompem com essa dita "norma".

Frente a isso, o modo como Márcia Leite vai tocando nessas questões, tendo como pano de fundo o cotidiano de uma família fora dos padrões sociais tradicionais, permite certa "instrumentalização" dos leitores, mas não de forma "mensageira", moralista ou pragmática. O que se tem é uma tessitura literária que permite ampliar a própria compreensão do real, como um processo de destruí-lo e de reconstruí-lo a partir de novos valores e entendimentos.

Também nesse sentido, pode-se dizer que *Olívia tem dois papais*, seguindo a tendência dos bons textos literários, ao representar sem maiores conflitos o cotidiano dessa família não tradicional, aponta indiretamente para o que faz falta e sugestiona alternativas de completude. Portanto, "perde o mundo para recriá-lo melhor".

> O que importa, assim, não são as intenções mensageiras d[a] autor[a] (por melhores que sejam), e sim sua capacidade de imprimir à obra aquele impulso poderoso e aquela abertura estimulante que convide o leitor a prosseguir sua criação (Perrone-Moisés, 1990, p. 109).

Referências

CANDIDO, Antônio. *O direito à literatura e outros ensaios*. Coimbra: Angelus Novus, 2004.

BUTLER, Judith. Corpos que pesam: sobre os limites discursivos do "sexo". In: LOURO, Guacira Lopes (Org.). *O corpo educado*: pedagogias da sexualidade. Belo Horizonte: Autêntica, 2010. p. 151-172.

FOUCAULT, Michel. *História da Sexualidade II*: o uso dos prazeres. Trad. de Maria Thereza da Costa Albuquerque. Rio de Janeiro: Edições Graal, 1998.

LEITE, Márcia. *Olívia tem dois papais*. Ilust. Taline Schubach. São Paulo: Companhia das Letrinhas, 2010.

PERRONE-MOISES, Leila. *Flores da escrivaninha*: ensaios. São Paulo: Companhia das Letras: 1990.

George (2015)
Alex Gino

O "PERIGO" NA LITERATURA JUVENIL OU A LITERATURA JUVENIL "EM PERIGO"? – A TRANSEXUALIDADE EM *GEORGE*

Diana Navas (PUC-SP)

*

Em pleno século XXI, ainda há obras que são banidas de escolas e de espaços públicos de leitura, como bem atestam os relatórios da Associação Americana de Bibliotecas (*American Library Association* – ALA). Tal atitude, decorrente, muitas vezes, da falta de conhecimento da essência do texto literário por parte de professores, pais ou responsáveis, dificulta que temas importantes – que efetivamente fazem parte da realidade das crianças e jovens – sejam abordados *na* e *pela* literatura preferencialmente endereçada a esse público. *George*, de Alex Gino, é uma obra que ousa romper esta barreira e trazer à cena a temática da transexualidade (*Banned Books Week*, 2018), convidando o leitor não apenas a conhecer a história de George, mas incitando-nos a refletir acerca do que representa a tentativa de proibição de temas fraturantes na literatura infantil e juvenil.

*

Dos diversos instrumentos do homem, o mais assombroso é, indubitavelmente, o livro. Os outros são extensões do seu corpo. O microscópio e o telescópio são extensões da vista; o telefone é o prolongamento da voz; seguem-se o arado e a espada, extensões do seu braço. Mas o livro é outra coisa: o livro é uma extensão da memória e da imaginação.

Jorge Luís Borges

No mês de setembro, desde 1982, nos Estados Unidos, celebra-se a *Banned Books Week*, um evento organizado pela Associação Americana de Bibliotecas (*American Library Association* - ALA), que tem como propósito trazer à cena e promover a leitura de livros que são banidos – isto é, que foram removidos ou restringidos – das escolas e bibliotecas americanas, por serem considerados impróprios por grupos de pais ou responsáveis por crianças e jovens.

Em comum, constituem a lista de livros banidos – divulgada anualmente pela ALA – aqueles que apresentam temas fraturantes: o encorajamento de estilos de vida considerados "perigosos" – como o uso de drogas, a homossexualidade; a abordagem de diálogos ou situações sexuais; a presença de eventos violentos ou excessivamente negativos; a existência de bruxaria ou pontos de vista religiosos que não coincidam com a visão popular; assim como questões políticas. Ou seja, trata-se de livros que abordam temas considerados tabus e, portanto, "inapropriados" para a faixa etária a quem foram preferencialmente endereçados. Figuram, na lista de livros banidos de 2017, títulos como: *13 Reasons Why*, de Jay Asher, originalmente publicado em 2007 e que ressurgiu como um livro controverso depois da sua exibição como série pela Netflix, por tratar a questão do suicídio; *Drama*, uma novela gráfica premiada, escrita e ilustrada por Raina Telgemeier, e que traz personagens LGBT; *O Caçados de Pipas*, de Khaled Hosseini, romance banido por incluir violência sexual e por "conduzir ao terrorismo" e "promover o Islamismo"; dentre vários outros.

Essa forma de censura – que, no entanto, não é reconhecida como tal por muitos americanos, já que os livros permaneceriam disponíveis nas livrarias – parece absurda quando consideramos o contexto histórico-social em que estamos inseridos e as questões que assaltam o homem nesses anos iniciais do século XXI. No entanto, ela é real e se mostra, a cada dia mais, presente também em solo brasileiro. Ainda que não tenhamos uma lista de livros banidos anualmente divulgada, deparamo-nos, frequentemente, em especial nas redes sociais, com pais ou responsáveis por crianças e jovens emitindo pareceres negativos – completamente equivocados e infundados – acerca de consagradas obras literárias, exibindo um completo desconhecimento do que é a literatura e de sua função.

Estamos, dessa forma, sujeitos a nos defrontarmos, continuamente, com comentários pautados única e exclusivamente em impressões pessoais, de indivíduos que concebem um livro como ameaça, quando esse coloca em xeque uma visão "única" de mundo. Tratam-se de comentários, entretanto, imprudentes e perigosos, visto que, quando disseminados entre aqueles que também desconhecem a relevância e o papel da boa literatura, são, normalmente, tomados como "verdades" e podem promover o "banimento" de um livro de reconhecida qualidade estética e de importância significativa na formação do jovem leitor. Conforme afirma Eco (2015, s.p), crítico do papel das novas tecnologias no processo de disseminação de informação, as redes sociais dão o direito à palavra a uma "legião de imbecis", os quais, normalmente, "eram imediatamente calados, mas [que] agora têm o mesmo direito à palavra de um Prêmio Nobel".

Promovendo a deseducação literária – justamente por muito pouco ou nada conhecerem a respeito de literatura – os autores de tais comentários parecem ignorar completamente o diálogo estabelecido entre a arte – e, aqui, consideramos em especial a literatura – e seu contexto de produção. Demonstram desconhecer absolutamente que a literatura aponta para questões que inquietam o homem, independentemente de sua nacionalidade, em diferentes épocas. E, principalmente, não reconhecem o trabalho que é empreendido, em termos de linguagem, na elaboração de um texto literário para a construção de sentidos plurais.

De acordo com esses "guardiões dos bons costumes", que desejam que a criança e o jovem leitor não sejam expostos a temas fraturantes, seria preciso desprezar todas as mudanças histórico-sociais a que fomos (e estamos) submetidos no século XXI. A globalização, a aceleração do ritmo de vida, a dependência dos meios tecnológicos, o crescente consumo, o aumento da violência e da desigualdade social, a questão dos gêneros, entre tantos outros aspectos, precisariam ser completamente desconsiderados, haja vista que os textos literários para crianças e jovens, de forma quase imediata, tendem a incorporá-los e a espelhar uma nova realidade social, por meio de uma linguagem plurissignificativa. Em outras palavras, desconhece-se, por completo, que a literatura infantil e juvenil reflete acerca das alterações verificadas na forma de pensar, estar e ser das pessoas; na relação que os indivíduos estabelecem com os outros e com a diferença que os caracterizam, concedendo voz a questões significativas, seja do ponto de vista social, cultural ou político. Ignoram, ainda, a função da boa literatura, que não é a de doutrinar, fazer apologia ou oferecer respostas prontas, mas, ao contrário, a de instigar, de promover questionamentos, de nos fazer refletir e encontrar respostas prováveis, possíveis, plurais, justamente por conceder espaço à imaginação, à fantasia, ao devaneio, promovendo a emancipação do leitor.

George, de Alex Gino, publicada em 2015 em território norte-americano e em 2016 no Brasil, com tradução de Regiane Winarski, é uma dessas obras consideradas impróprias, compondo a lista de livros banidos de 2017 nos Estados Unidos. O romance, destinado preferencialmente ao público juvenil, narra-nos a história de uma personagem que se vê presa num corpo que não corresponde à visão que tem sobre si mesma. George é, por fora, um menino; mas, por dentro, sabe que é uma menina e teme ter que viver por trás de uma mentira pelo resto de sua vida. Filha de pais separados e vivendo junto com a mãe e um irmão mais velho, encontra na amiga Kelly a ajuda que precisa para assumir o que realmente sente e enfrentar o *bullying* a que está submetida no ambiente escolar.

A capa do livro não traz nenhuma informação acerca da temática da transexualidade, assim como o próprio título conferido ao romance. De cor branca, figura na capa apenas o nome do autor, o logotipo da editora e o nome da personagem protagonista, em alto relevo, sendo este escrito em letras coloridas, permitindo-nos visualizar, como se estivesse a se esconder, parte da cabeça de um menino no centro da letra O. Na contracapa, deparamo-nos com a frase "seja quem você é", a qual estimula o jovem leitor a uma postura positiva de aceitação em relação a si próprio, sem, no entanto, restringir a que tipo de aceitação se refere. Esse não desvelar da temática no título e na capa é importante para se atingir o efeito de surpresa com que se depara o leitor quando lê o primeiro parágrafo da obra:

> George tirou a chave prateada do bolso menor de sua grande mochila vermelha. Mamãe havia costurado a chave de casa dentro da mochila para que ela não se perdesse, mas a linha não era longa o suficiente para chegar ao buraco da fechadura se a mochila estivesse no chão. Então George tinha que ficar equilibrada de mau jeito, em um pé e com a mochila apoiada no outro joelho. Ela mexeu a chave até encaixá-la no lugar (Gino, 2016, p.07).

O emprego do pronome "ela" para se referir a George desautomatiza, desde o início, a percepção do leitor sobre a personagem, visto esse ser um nome comumente masculino. Junto a um narrador onisciente, que acompanha, de forma muito próxima, todos os movimentos e pensamentos de George, desvelando a sua interioridade e permitindo ao leitor compreender a transexualidade a partir da perspectiva de um jovem em formação, o leitor vai tomando conhecimento da personalidade sensível e dos segredos que a personagem carrega, em especial o maior deles: seu desejo de ser reconhecida como uma menina, haja vista que é como se sente: "Melissa era como ela se chamava no espelho, quando ninguém estava olhando e ela podia pentear o cabelo castanho liso para a frente, como se tivesse uma franja" (Ibid., p.09).

Recorrendo ao emprego de uma linguagem próxima da oralidade – que em muito contribui para atrair o interesse do jovem leitor – a narrativa vai ganhando densidade quando a professora de George anuncia que sua turma encenará uma adaptação de "A aranha e o porquinho". George, então, decide que precisa interpretar a aranha Charlotte, mas, apesar de seu talento e preparação para o papel, não é aceita por sua professora por ser um menino. Decidida a mudar a opinião e a forma que todos à sua volta a veem – particularmente sua mãe –, George, junto de sua melhor amiga, elabora um plano para evidenciar ao mundo quem ela realmente é.

Revelam-se particularmente interessantes dois aspectos nesse desvelar da narrativa. O primeiro diz respeito à maneira como Kelly reage ao saber que George é transgênero. Se, a princípio, parece ficar impactada com a notícia e permanece afastada de George por uma semana, logo compreende a situação e mostra-se solidária com a amiga:

> - Quer saber? Se você acha que é menina...
> George se preparou para as palavras seguintes de Kelly.
> - Então eu também acho que você é menina!
> Kelly pulou na melhor amiga e deu um abraço tão grande que as duas quase caíram. A surpresa boquiaberta e a alegria no rosto de George só fizeram Kelly sorrir ainda mais (Gino, 2016, p.78).

Por meio de Kelly, o autor retrata que a criança e o jovem estão muito mais aptos à aceitação das diferenças porque não sobrepõem o "rótulo social" que é atribuído a cada um de nós aos seus sentimentos. Isso é reforçado pela postura de Scott, irmão mais velho de George, o qual, se durante toda a narrativa, é representado como o estereótipo do "macho" – revela gestos grosseiros, faz comentários implicitamente obscenos – mostra-se muito aberto à compreensão da condição de George:

> Scott lançou olhares para ela [George] também, mas, enquanto os olhos de mamãe estavam

> cheios de preocupação e confusão, Scott olhava para George como se seu irmão estivesse fazendo sentido para ele pela primeira vez. George nunca ficou tão feliz de ter um irmão mais velho (Ibid., p.102).

Outro aspecto válido de menção é o fato de George encontrar na arte – mais especificamente na literatura e no teatro – a forma de poder assumir como realmente se sente e demonstrar sua empatia, a partir da relação que estabelece com a personagem que almeja representar. A arte se revela, assim, não como o espaço do fingimento, mas como o território propício para o ser humano entrar em contato com sua essência, visto ser o lugar do possível, da potência.

> [George] Sorriu e acenou para Wilbur e para a plateia, como se estivesse dizendo oi para o mundo. A plateia sorriu para ela, um garotinho até deu tchau. [...]
>
> No final da cena, George desceu da escada. Seu corpo parecia leve como o ar, e ela não tinha certeza se os pés estavam tocando o chão. [...]
>
> Assim que George chegou no chão, também chorou. Ela se encostou na parede dos bastidores, abraçou os joelhos e chorou de tristeza e alegria. Charlotte estava morta, mas George estava viva de uma forma que nunca tinha imaginado (Ibid., p.111-112).

Ainda que de forma pouco aprofundada, é válido observar que o autor, em meio às falas de George e daqueles que o cercam, traz informações acerca das mudanças a que podem fisicamente se submeter os indivíduos transexuais no processo de transição:

> - Então você é transgênero, alguma coisa assim? sussurrou Kelly da melhor maneira que conseguiu em meio à empolgação. – Eu estava lendo na internet, tem um monte de gente como você. Sabia que você pode tomar hormônios pro seu corpo, sabe, não ficar todo masculino? (Gino, 2016, p. 78);

> Aí, pensei que você era gay. Mas não achei que fosse assim. – Scott colocou um bolinho de milho na boca. – E então, você quer – ele fez um gesto com os dedos como se fosse uma tesoura – ir até o fim?
>
> George apertou as pernas.
>
> -Talvez um dia – disse ela.
>
> - Estranho. Mas até que faz sentido. Sem querer ofender, você não é um garoto muito bom (Ibid., p.102).

Muito poderia ser dito acerca desse livro que, sem relegar a segundo plano um cuidadoso trabalho com a estrutura narrativa, traz à cena uma temática pouco abordada socialmente – a transexualidade – para a qual ainda se tenta encontrar espaço de legitimação na literatura infantil e juvenil. Isso explica, ao menos em parte, um ponto negativo que poderia ser apresentado em relação à *George*. A obra é bastante otimista e, em alguns momentos, beira uma inocência excessiva, que não coincide com o contexto histórico-social que busca representar. Além disso, nela, ignoram-se aspectos importantes relacionados à transexualidade, como a questão do órgão sexual e da sexualidade. Como dito, entretanto, a escolha por um tom mais leve e singelo encontra apoio na faixa etária a que o livro preferencialmente se destina, bem como no fato de ser ainda um tema em busca de seu espaço na literatura endereçada a crianças e jovens.

Diferentemente, no entanto, do que podem supor os "defensores dos bons costumes", que acreditam que tal livro se constitua em um "perigo" que deva ser banido do universo jovem, *George* é uma obra que em momento algum – como é típico da literatura de boa qualidade – se enquadra numa linha apologética ou propagandística da celebração da transexualidade. Trata-se, antes, de um romance que busca legitimar, desmistificando, uma outra forma de ser, naturalizando-a, na tentativa de ultrapassar os estereótipos demeritórios em que se encontra enredada. Mostra-se, também, como uma tentativa, conforme sugere a mensagem na contracapa do livro, de permitir ao indivíduo ser quem ele realmente é – não apenas no que concerne ao gênero ou sexualidade – libertando-se dos rótulos e das expectativas sociais nutridas por aqueles que nos rodeiam.

Considerando que um dos poderes da literatura centra-se justamente no fato de nos permitir "olhar" e, de certa forma, "vivenciar", "experenciar" o lugar do outro – uma vez que, conforme nos ensina Compagnon (2012, p.52), "o texto literário me fala de mim e dos outros; provoca minha compaixão; quando leio eu me identifico com os outros e sou afetado por seu destino; suas felicidades e seus sofrimentos são momentaneamente meus" –, *George* apresenta-se como uma excelente leitura. Isso porque, ao contrário de induzir os jovens a serem transexuais – como sugerem aqueles que nada compreendem da essência e da potência do texto literário –, a obra pode conduzi-los a entender os problemas, as frustrações, os obstáculos enfrentados por todos aqueles que não cumprem com as expectativas sociais que sobre eles se impõem, o que é feito por meio de um cuidadoso trabalho com e na linguagem. Dessa forma, o grande perigo que correm os jovens leitores expostos a esse livro é o de perceberem que há outras formas de ver o mundo e, com isso, desenvolverem um dos sentimentos mais temidos em nosso contexto: a empatia. Afinal, o que pode ser mais perigoso do que quando um homem compreende verdadeiramente outro homem?

Referências

BANNED SPOTLIGH. 11 set. 2018. Disponível em: https://bannedbooksweek.org/banned-spotlight-george/ Acesso em: 19 jan. 2024.

COMPAGNON, Antoine. *Literatura para quê?*. Trad. Laura Taddei Brandini. Belo Horizonte: UFMG, 2012.

ECO, Umberto. *Redes sociais deram voz a legião de imbecis.* Disponível em: https://noticias.uol.com.br/ultimas-noticias/ansa/2015/06/11/redes-sociais-deram-voz-a-legiao-de-imbecis-diz-umberto-eco.jhtm. Acesso em: 24 out. 2018.

GINO, Alex. *George*. Tradução de Regiane Winarski. Rio de Janeiro: Galera Junior, 2016.

Amoras (2018)
Emicida

SOBRE O RISCO DA INTOLERÂNCIA RELIGIOSA E DO VANDALISMO

Maria Carolina de Godoy (UEL)
Thiago Alves Valente (UENP; PG PLE-UEM)

Notícias veiculadas em março de 2023 relatam um episódio de violência vinculado à obra *Amoras*, de Emicida, publicação de 2018, ao ser indicada em uma escola de Salvador. No contexto de uma atividade de projeto de leitura, o livro foi enviado à escola com rasuras, indicações de passagens bíblicas e termos dirigidos aos orixás como "anjos caídos". O fato, tratado por advogados como intolerância e racismo religiosos, desencadeia reflexões mais amplas a respeito das obras infantis e juvenis que tangenciam o tema das religiosidades de matrizes africanas e sua importância em sala de aula.

Em diálogo com seu pai, uma menina inicia sua descoberta do mundo e de si mesma no enredo de *Amoras*. Ela ouve sobre diferentes nomes atribuídos a Deus e, de modo pueril e afetuoso, o narrador sintetiza: "Nesse planeta, / Deus tem tanto nome diferente / que, pra facilitar, decidiu morar / no brilho dos olhos da gente" (Emicida, 2018, s.p.). Em breves períodos iniciais, a narrativa em versos é capaz de condensar a imagem da humanidade como morada do sagrado, sem se prender a uma única perspectiva religiosa, o que permite abrir espaço para a visão de mundo sem preconceitos da criança.

Nessa visada de ampliação de paradigmas, o narrador continua a concretizar em imagens inusitadas o que parece demasiado abstrato para crianças: "E os pensamentos dos pequenos, / como surgem? / Com olhos de jabuticaba/ e cabelos de nuvem" (Emicida, 2018, s.p.). As ilustrações de Aldo Fabrini, que ocupam a maior parte das páginas do livro, mostram a menina negra e seu pai, enquanto os ensinamentos prosseguem a partir da observação da natureza: "Amoras / penduradas a brilhar, / quanto mais escuras, mais doces. / Pode acreditar" (Emicida, 2018, s.p.). Na explosão do autorreconhecimento, a força ancestral de lideranças negras históricas, como Zumbi dos Palmares e Martin Luther King, impulsiona a menina a olhar-se positivamente:

> Fez as palavras soarem
> como canto
> ao brincar com as frutinhas
> com sabor de acalanto.
>
> Me olhou nos olhos
> muito bem, e disse:
>
> Papai,
> que bom,
> porque
> eu sou
> pretinha
> também! (Emicida, 2018, s.p.)

A obra apresentada provoca a reação de uma mãe que a leva à escola, em Salvador, com rasuras e anotações de versículos bíblicos, os quais refutam a existência de orixás, considerados "anjos caídos", e o reconhecimento da África como berço da humanidade. Além disso, há crítica ao nome do autor Emicida, cuja composição faz referência à homicida, isto é, aquele capaz de "matar" os adversários, nas batalhas de rap, conforme aponta a notícia do G1 (2023). A escola tomou providências imediatas e mostrou-se contrária a tal posicionamento preconceituoso, advogados da OAB da BA consideraram o fato racismo religioso, e a autora das anotações refutou dizendo não se tratar de intolerância, pois não só comprou o livro, como o enviou à escola.

É evidente que a obra de Emicida passou a ser tratada como pregação religiosa, ou algo muito próximo desse campo semântico, assim como as rasuras feitas, ou seja, o ataque ao livro prescinde de suas características artísticas e literárias.

O registro do ocorrido pela mídia pode ser considerado ponto de partida para reflexões mais amplas. Ao tratar do tema das religiosidades de matrizes africanas, direta ou indiretamente, a literatura infantil e juvenil atinge a estrutura de um currículo oriundo do pensamento colonial, que coloca modelos eurocêntricos como paradigma. "Quando as formas tradicionais de conceber o conhecimento e a cultura entram em crise e são radicalmente questionadas, o currículo não pode deixar de ser atingido" (Silva, 2010, p.12).

Embora tenham ocorrido avanços, no que tange à inserção da diversidade social, histórica e cultural para os estudos de língua e literatura na educação básica, ainda é perceptível a força do colonialismo. As inserções de passagens bíblicas no livro remetem simbolicamente à tentativa do cristianismo de silenciar outras crenças, desde o início da colonização portuguesa, o que permanece em discursos religiosos radicais e opositores às manifestações de fé dissonantes. No título deste capítulo, o termo "risco" remete ao fato noticiado – rasurar, riscar as páginas – como também ao perigo da assunção da supremacia de um pensamento sobre o outro, principalmente na representação de mundo para a criança. Há o risco de incitar o racismo desde a infância, quando se tenta apagar a representação de outras identidades. Stela Guedes Caputo (2012, p. 216), em sua pesquisa sobre a relação entre a escola e as crianças do candomblé, mostra que, no ensino religioso escolar, a perspectiva cristã é hegemônica, como ilustra a declaração de uma professora que integrou o conjunto de sujeitos pesquisados:

> Perguntei a essa professora [...] se ela tinha alunos de candomblé ou de outra religião afrodescendente. Ela me respondeu que sim, mas que a estratégia utilizada em sala de aula passava por não abordar o candomblé para não gerar polêmicas entre os alunos. 'Usando a Bíblia dá para achar pontos comuns entre os católicos e os evangélicos. Com os que praticam religiões como o candomblé não dá. Pode ser que um dia eu mude de estratégia, mas, por enquanto, essa foi a melhor que encontrei para evitar constrangimentos', revela.

Evidentemente, os constrangimentos estão diretamente conectados ao silenciamento sobre a existência de outras práticas religiosas, diversas da hegemônica. Quanto ao respaldo legal, em relação ao contexto de trabalho dos docentes, é importante ressaltar as orientações recentes da BNCC sobre o ensino religioso:

> No Ensino Fundamental, o Ensino Religioso adota a pesquisa e o diálogo como princípios mediadores e articuladores dos processos de observação, identificação, análise, apropriação e ressignificação de saberes, visando o desenvolvimento [sic] de competências específicas. Dessa maneira, busca problematizar representações sociais preconceituosas sobre o outro, com o intuito de combater a intolerância, a discriminação e a exclusão (Brasil, 2018, p. 436).

Ao se levarem imagens positivas de crianças negras, da cultura afro-brasileira e das religiosidades de matrizes africanas para a sala de aula, as representações diversas propõem, de modo geral, substituírem as rasuras ocorridas na história do povo negro – como as do livro de Emicida – pelo reconhecimento da sua presença na formação da cultura brasileira. De maneira mais específica, a criança negra pode se identificar na narrativa e se sentir parte do todo, tal qual a personagem de *Amoras*. Stuart Hall (2016, p. 43), em *Cultura e representação*, destaca a relação entre o sistema de representação e a descoberta do mundo da criança: "As crianças, inconscientemente, internalizam os códigos que permitem a elas expressar certos conceitos e ideias por meio de seus sistemas de representação", e Grada Kilomba (2019, p. 152), em *Memórias da plantação: episódios de racismo cotidiano*, atenta para o impacto nas crianças negras, quando esse sistema não as contempla ou veicula estereótipos negativos:

> [Nos tempos de criança] quando pessoas ***negras*** olhavam para mim, eu sabia que eu tinha algo a ver com elas, mas não queria porque eu não queria ser vista como uma *Neger*, como eles eram. Eu pensava que havia algo muito errado com isso. Havia

> todas essas imagens terríveis de pessoas *negras* nos livros, por exemplo... ou na televisão, nas notícias, nos jornais, basicamente em todos os lugares. Em toda parte... Ainda hoje, isso é tão... Então, quando criança eu não queria ser como elas e, ao mesmo tempo, eu era uma delas, e eu sabia disso. Uma situação difícil.

Essas representações redutoras da realidade ainda encontram espaço em posturas insidiosas, imbuídas da tarefa de negar o inegável, sobretudo em obras de caráter informativo, que, ao contrário da literatura, não permitem a identificação do leitor com seus personagens. Não é incomum que observemos uma proporcionalidade de menos literatura e mais informatividade nas escolas – por vezes, esta fabricada exponencialmente para a "não leitura" da realidade.

Nesse sentido, abrir espaço para as obras da literatura infantil e juvenil afro-brasileira na educação básica significa atender a determinações legais – Lei 10.639/03 e 11.645/08 – conquistadas por longa luta de movimentos negros e de atendimento a diretrizes internacionais do combate à evasão escolar (Godoy, 2018); promover o contato com o ponto de vista literário de autoria negra, na composição da linguagem verbal, e de ilustrações de personagens negras, na linguagem não verbal; desconstruir estereótipos negativos e combater o racismo em suas diversas manifestações, como o religioso.

O acesso a personagens, ambientes e concepções características de outras culturas, de seus ciclos de narrativas míticas, de sua arte, permite a ampliação das referências sociais e históricas do leitor infantil. Em artigo intitulado "Era uma vez... infância, representação e afro-brasilidade no reino da literatura infantojuvenil", publicado em 2019, outras obras literárias em que aparecem elementos de temática religiosa são apresentadas para o desenvolvimento de atividades com crianças e jovens. Nesse artigo, mostram-se alguns caminhos para o trabalho em sala de aula, por meio de análises prévias das obras infantis e juvenis:

> Em *Erinlé, o caçador e outros contos africanos*, de Adilson Martins (2008) e ilustrações de Luciana Justiniani Hees, as narrativas dos orixás enlaçam-se à natureza, uma vez que, na origem dessas histórias, essa união é indissociável. Ao final de cada narrativa, há a preocupação com a contextualização histórica de detalhes dos fatos relatados, estabelecendo a conexão temporal (passado e presente) e territorial (África-Brasil), como aparece em "Xangô e os camundongos", que conta a história da amizade estabelecida entre o orixá Xangô e Larinká, um pequeno camundongo, após este salvar sua vida na prisão (Godoy, 2019, p. 14).

As pesquisas prévias sobre temas como os orixás, o apoio das equipes de coordenação das escolas e, se possível, a consulta a movimentos negros e lideranças religiosas da cidade são ações preparatórias que contribuem para o êxito de projetos de leitura de obras voltadas às religiosidades de matrizes africanas.

Inflamar discussões estéreis, confundindo prática religiosa com leitura literária, é um modo de cerceamento à compreensão da cultura e de suas diferenças em sentido amplo. O acontecimento registrado em Salvador mostra a necessidade premente de ocupar os espaços educacionais com obras afro-brasileiras e colocar em evidência as vozes e saberes da cultura negra de nosso país.

Referências

BRASIL. Presidência da República. *Lei 10.639 de 9 de janeiro de 2003*. Altera a Lei 9.394, de 20 de dezembro de 1996, que estabelece as diretrizes e bases da educação nacional, para incluir no currículo oficial da Rede de Ensino a obrigatoriedade da temática "História e Cultura Afro-Brasileira", e dá outras providências. Disponível em: <http://www.planalto.gov.br/ccivil_03/leis/2003/L10.639.htm>. Acesso em: 10 fev. 2018.

BRASIL. Presidência da República. *Lei nº 11.645, de 10 de março de 2008*. Altera Lei de Diretrizes e Bases da Educação Nacional. Disponível em: < http://www.planalto.gov.br/ccivil_03/_ato2007-2010/2008/lei/l11645.htm>. Acesso em: 10 fev. 2018.

BRASIL. Ministério da Educação. Base Nacional Comum Curricular. Brasília: MEC, 2018. Disponível em: <BNCC_EI_EF_110518_versaofinal_site.pdf (mec.gov.br)>. Acesso em: 21 jan. 2024.

CAPUTO, Stela Guedes. *Educação nos terreiros*: e como a escola se relaciona com crianças de candomblé. Rio de Janeiro: Pallas-FAPERJ, 2012.

EMICIDA. *Amoras*. Ilustrações de Aldo Fabrini. São Paulo: Companhia das Letrinhas, 2018.

GODOY, Maria Carolina de. Literatura afro-brasileira e os espaços educacionais. In: NOBILE, Ana Paula Franco; OLIVEIRA, Vanderléia da Silva. (orgs.) *Literatura na escola:* contextos e práticas em sala de aula. Campinas: Pontes, 2018. p. 77-95.

GODOY, Maria Carolina de. Era uma vez... Infância, representação e afro-brasilidade no reino da Literatura infantojuvenil. *Revelli*, Universidade Federal de Goiás, v. 11, n. 1, 2019. Disponível em: https://www.revista.ueg.br/index.php/revelli/about. Acesso em: 10 jan. 2021.

HALL, Stuart. *Cultura e representação*. Arthur Ituassu (Org.). Tradução de Daniel Miranda e William Oliveira. Rio de Janeiro: PUC-Rio: Apicuri, 2016.

KILOMBA, Grada. *Memórias da plantação*. Episódios de racismo cotidiano. Trad. Jess Oliveira. Rio de Janeiro: Cobogó, 2019.

MELO, Mônica. Livro infantil do rapper Emicida é vandalizado por mãe de aluno com críticas às religiões de matriz africana. *In: G1.globo.com*, 10 março. 2023. Disponível em: < Livro infantil do rapper Emicida é vandalizado por mãe de aluno com críticas às religiões de matriz africana | Bahia | G1 (globo.com)>. Acesso em: 22 jan. 2024.

SILVA, Tomaz Tadeu da Silva. *O currículo como fetiche*. A poética e a política do texto curricular. Belo Horizonte: Autêntica, 2010.

Enfim capivaras (2019)

Luisa Geisler

"PORQUE RIR É PRÓPRIO DO HOMEM": ENTRE OS PALAVRÕES E A CENSURA

Márcio Roberto do Prado (UEM)

*

Ao menos desde o século IV a.C., com Platão e Sócrates na *República*, a literatura tem sido alvo de julgamentos severos e punições rigorosas. Elementos como o sexo, a escatologia e mesmo o uso de palavrões em textos literários encontraram, não raras vezes, tamanha resistência que acabaram por chegar até mesmo à censura. Nesse sentido, a obra *Enfim, capivaras*, de Luisa Geisler, surge como um eloquente exemplo dessa dinâmica, a partir de sua exclusão em uma feira literária para a qual a autora havia sido convidada, tendo como justificativa para tal exclusão o suposto "linguajar inapropriado" do livro (Geisler, 2019a). Traçando paralelos com um autor consagrado como Rabelais e seu *Gargantua*, um olhar cuidadoso sobre a narrativa de Geisler acabará por destacar a incongruência de tal censura, levando-nos a refletir sobre o papel humanizador da literatura.

*

Em uma célebre passagem de sua utopia a respeito da cidade ideal, Platão traz as seguintes palavras de Sócrates para seu interlocutor, Glauco:

> SÓCRATES — E se afirmo que a nossa cidade foi fundada da maneira mais correta possível, é, sobretudo, pensando no nosso regulamento sobre a poesia que o digo.
>
> GLAUCO — Que regulamento?
>
> SÓCRATES — O de não admitir em nenhum caso a poesia imitativa. Parece-me mais do que evidente que seja absolutamente necessário recusar admiti-lo, agora que estabelecemos uma distinção clara entre os diversos elementos da alma.
>
> GLAUCO — Não compreendi bem.
>
> SÓCRATES — Digo, sabendo que não ireis denunciar-me aos poetas trágicos e aos outros imitadores, que, segundo creio, todas as obras deste gênero arruínam o espírito dos que as escutam, quando não têm o antídoto, isto é, o conhecimento do que elas são realmente (Platão, 1999, p. 321).

Em seu embate contra os eventuais efeitos deletérios de uma *mímesis* que, embelezada pelo poder verbal do poeta, pode afastar o homem da verdade, Sócrates expulsa esse poeta da cidade ideal, destacando o potencial dano ao espírito humano. Tantos anos após o século IV a. C., ainda encontramos, contemporaneamente, situações nas quais a literatura é chamada ao banco dos réus e esperamos que ela nos preste contas. Ilustrando tal situação, vale lembrar o caso ocorrido com Luisa Geisler, que, convidada a falar a respeito de seu livro *Enfim, capivaras* (Geisler, 2019b) com jovens na feira literária de Nova Hartz, no Rio Grande do Sul, teve sua participação barrada por conta de um pretenso caráter inapropriado do linguajar da obra em questão. Quando instada a falar a respeito, Geisler reforçou que "*Enfim, capivaras* foi escrito e pensado para o público jovem" (Geisler, 2019a), e não negou que eventuais palavrões perpassassem o texto, uma vez que a representação da dicção de jovens adolescentes (novamente essa grande culpada, a *mímesis*) acabaria por levar a tal estratégia de escrita. E a autora pondera:

> Mas esse é o problema dos livros com palavrões, livros com realidade. Meu objetivo com o livro, se é que existe um, é formar leitores. Não é um manual ditatorial de bons costumes. Desculpa, eu não escrevo contos de fadas. Você pode ler e discordar. Pode discutir a linguagem, a intenção de uma linguagem no lugar da outra. O leitor não é burro. E o leitor jovem é brilhante, eu sei porque conheço. [...] Sou escritora há oito anos. Já fui a muitas escolas, onde trabalhamos livros mais "difíceis de lidar" que o Capivaras, que sequer foram pensados para jovens. Livros com discussões sobre incesto, palavrões, uso de drogas e álcool e temas ainda mais pesados, como trem lotado em horário de pico. (Geisler, 2019a)

Diante da celeuma, caberia aqui perguntar o que haveria de tão abominável na narrativa em pauta. Um olhar sereno, mesmo que crítico, terminaria por responder que nada, uma vez que aquilo que encontramos é simplesmente o registro de momentos naturais na elocução dos jovens (embora, para sermos justos, devêssemos reforçar: não apenas na deles). São passagens nas quais a irritação ou a necessidade de ênfase se fazem presentes, como em "Cacete, Dênis da porra!" (Geisler, 2019b, p. 8), ou mesmo "Caralho, Nicole. Eu disse que conheço o cara" (Ibid., p. 33). Em alguns outros momentos, a questão da escolha vocabular pode até ser amenizada em um termo menos sujeito ao escândalo, mas surge junto de um tema potencialmente fraturante, como ao se iniciar a exposição a respeito das "8 coisas que Zé Luís mais gosta em Amanda" (Ibid., p. 54-55), na qual a sexualidade e o desejo aparecem na ordem do dia e podemos ler: "5. Zé Luís tinha que admitir que ela tinha uma bunda linda também, que escondia constantemente com vinte camadas de roupa" (Ibid., p. 54). Todavia, não se trata de nada que seja abjeto ou fora da realidade e da natureza humanas, inclusos nisso os jovens.

Além disso, mais do que o exagero na eloquente grita puritana, algo de maior relevância deve ser destacado. Trata-se dos momentos em que o registro da dicção jovem surge, até mesmo com seus palavrões, amalgamada com uma reflexão e abertura de discussão pungente e urgente. A certa altura da obra, deparamo-nos com as "10 camadas de personalidade que Nick precisa esconder" (Ibid., p. 27-29). Em uma dessas camadas, a de número 9, temos a seguinte passagem tratando da complexidade identitária da personagem:

> 9. Nick se sente neutra. Apesar de ter menstruado, segue com formas retas, como uma foto que foi distorcida na vertical. Não que quisesse peitos, ou um pau, ou uma boceta, ou os dois. Talvez mais peitos. Peitos nunca fizeram mal a ninguém. Mas apesar de achar os próprios peitos uma boa ideia, Nick só sente neutralidade. Já achou que era atraída por garotas, embora nunca tenha beijado nenhuma. Nick tinha certeza de que nenhuma garota da sua faixa etária na Chapada do Pytuna queria beijar outras garotas. E já achou que era atraída por garotos, mas beijar alguns não ajudou a ter certeza. Já achou que era atraída pelos dois e por nenhum. Ter dúvidas sobre

> sua orientação sexual parecia um pouco arrogante e coisa de gente de cidade grande. Ela às vezes acredita que tudo isso é só uma fase. E – independente da resposta, independente do que goste, o que ela não sabe – ela precisa esconder isso. (Ibid., p. 27).

Temos aqui palavrões como "pau" e "boceta", claro. Mas a ojeriza das maltas intolerantes não pode ser indiferente ao pacote que traz consigo questões de homossexualidade, bissexualidade ou mesmo assexualidade, em uma autorreflexão por parte de Nick, que envolve a identidade do sujeito e suas relações com o meio em que vive, com os outros e consigo mesmo. Em suma, uma passagem literária de rara felicidade e de grande importância para o leitor jovem, mas que foi, por fim, perdida a partir das ruborizadas faces que não podem admitir elementos do corpo e da vivência dos seres humanos que são perfeitamente naturais – ou ao menos *deveriam* ser. Some-se a isso os momentos em que a leveza e o humor são decorrentes de um eventual palavrão e teremos uma ainda maior perplexidade: por que tamanha resistência, tão forte asco e, em última instância, ódio?

Afinal, a própria história da literatura e da arte é pródiga em casos nos quais o sexual, o escatológico e o risível surgem em toda sua glória em obras insuspeitas de verdadeiros monumentos do cânone ocidental. Para nos limitarmos a um exemplo óbvio e contundente, podemos chamar ao palco François Rabelais e seus incontornáveis textos sobre seus gigantes. No caso mais que conhecido de *Gargantua*, é sempre instrutivo relembrarmos seu antológico capítulo 13, eloquentemente intitulado "*Comment Grandgousier congneut l'esperit merveilleux de Gargantua à l'invention d'un torchecul*" (Rabelais, 1996, p.

132-140), algo no sentido de "Como Grandgousier reconheceu a maravilhosa inteligência de Gargântua a partir da invenção de um limpa-cu". No capítulo mencionado, encontramos uma das passagens mais sofisticadas, inteligentes e hilariantes da literatura, na qual o jovem Gargântua discorre, diante do pai, a respeito de diversas técnicas de limpeza do orifício anal. Passando por cachecóis, tapetes, luvas maternas, plantas e animais, dentre várias opções e com resultados variados, Gargântua termina por eleger o método supremo: usar um pequeno ganso com muitas penas, a ser preso entre as pernas, de modo que sua abastada penugem e seu calor natural possam proporcionar uma "voluptuosidade mirífica" ao seu usuário (Rabelais, 1996, p. 140). Diante disso, os "caralhos", "bocetas" e "porras" de *Enfim, capivaras* parecem estar em nobre e insuspeita companhia. Parecem.

Mesmo um baluarte como Rabelais está sujeito à fúria conservadora. Nesse sentido, é ilustrativa a recordação da edição brasileira de *O gigante Gargântua*, publicada pelo Clube do Livro[1] em 1961. Logo no início do volume, Domingos Carvalho da Silva, em uma "Nota explicativa", embora chame a obra rabelaisiana de "uma alta realização do espírito humano" (Silva, 1961, p. 11), tece as seguintes considerações ao discorrer sobre a tradução de José Maria Machado:

> A tradução que se segue foi, como dissemos, escoimada pelo tradutor, certamente em atenção às tendências do público assinante das edições do "Clube

---

1 Editora com atividades iniciadas em 1943, o Clube do Livro contava também com um sistema de associação no qual os participantes recebiam em suas residências, com periodicidade mensal, um título dentre os publicados pela editora.

> do Livro". As passagens mais cruas e mais irreverentes foram suprimidas e, em consequência o colorido – que hoje se poderia chamar "engagé" – da novela, esmaeceu. (Ibid., p. 11)

Embora possamos notar um tom de crítica na menção ao esmaecimento do colorido da obra rabelaisiana, a escolha por um termo como "escoimada" não se dá sem consequências, uma vez que, partindo da multa ou da pena inerentes ao termo "coima", traz consigo uma ideia de retirar a culpa, a sujeira, a censura. Por sinal, o próprio tradutor (adaptador? censor?) José Maria Machado, em sua "Introdução", acaba por ser ainda mais direto ao tratar da questão:

> Nesta edição para o "Clube do Livro", foram aparadas todas as incongruências e ousadas liberdades do autor, com racional adaptação do texto. Os leitores não suportariam a tradução pura e simples de muitos trechos, que fomos obrigados a eliminar, por uma questão de decência e probidade (Machado, 1961, p. 15 – grifos nossos).

Os termos destacados falam por si, de modo que, imediatamente, surge a curiosidade a respeito do destino do célebre capítulo 13 e de seu sublime "limpa-cu". A resposta é, ao mesmo tempo, simples e pungente: o capítulo foi simplesmente suprimido, de modo que há um salto direto do capítulo 12 para o 14. Uma violência ímpar com um dos maiores autores da literatura europeia em nome de uma pudicícia tão estéril quando patética.

Tudo isso nos leva a refletir sobre os motivos de tamanha sanha destrutiva e castradora, sobre como qualquer perspectiva de alteridade acaba por ser notada como um mal a alguém ou como o próprio Mal. Em uma análise cuidadosa (corroborada pela censura a Rabelais em um Brasil pré-ditadura militar), é preciso reconhecer que não se trata de um fenômeno que recue apenas até o recente passado de 2019 e chegue até os dias de hoje. Por sinal, analisando a dissolução valorativa do fim do século XX, Jean Baudrillard, com sua lucidez habitual, ao responder para onde foi o Mal, afirma:

> Para toda parte; a anamorfose das formas contemporâneas do Mal é infinita. Numa sociedade em que, à força da profilaxia, de extinção das referências naturais, de embranquecimento da violência, de exterminação dos germes e de todas as partes malditas, de cirurgia estética do negativo, só se quer tratar com a gestão calculada do discurso do Bem, numa sociedade em que já não há possibilidade de enunciar o Mal, este metamorfoseou-se em todas as formas virais e terroristas que nos obsessionam (Baudrillard, 1990, p. 89).

E essa obsessão tende a demonizar o foco do ódio, ainda que seja algo como *Enfim, capivaras*. Uma narrativa juvenil que busca ser e dar a voz a uma faixa etária da população, com suas idiossincrasias e particularidades que podem exigir o exercício difícil da tolerância e da convivência com o Outro. Quando fraquejamos e nos deixamos levar por nossos instintos que realmente são baixos, tendemos a negar a existência desse outro e a tentar calá-lo. Tendemos a vê-lo como o Mal. E, curiosamente, mesmo esse espectro da negatividade, esse espírito que nega e se nega, mesmo esse Mal desempenha um papel em nossa identidade como seres humanos. Em sua hoje já familiar defesa do direito à literatura, Antonio Candido recupera uma fala de um momento anterior a respeito do papel desempenhado por essa arte em nossa formação para tecer uma eloquente defesa do potencial humanizador da obra literária:

> Numa palestra feita há mais de quinze anos em reunião da Sociedade Brasileira para o Progresso da Ciência sobre o papel da literatura na formação do homem, chamei a atenção entre outras coisas para os aspectos paradoxais desse papel, na medida em que os educadores ao mesmo tempo preconizam e temem o efeito dos textos literários. De fato (dizia eu), há "conflito entre a ideia convencional de uma literatura que eleva e edifica (segundo os padrões oficiais) e a sua poderosa força indiscriminada de iniciação na vida, com uma variada complexidade nem sempre desejada pelos educadores. Ela não corrompe nem edifica, portanto; mas, trazendo livremente em si o que chamamos o bem e o que chamamos o mal, humaniza em sentido profundo, porque faz viver (Candido, 176, 2004).

Talvez essa seja a maior defesa que pode ser feita de uma obra como *Enfim, capivaras* face à sua censura na feira literária de Nova Hartz: a narrativa juvenil de Luisa Geisler, mesmo trazendo aspectos da vida humana que possam gerar incômodo em alguns, e mesmo que esses aspectos sejam mediados por palavras que possam ferir suscetibilidades, ainda assim cumpre um papel humanizador. E o cumpre ainda que tenhamos dificuldade em ver esse texto como algo que não seja o Mal, pois a vida, como o mestre Antonio Candido tão bem sintetizou, também é feita desse Mal. De nossa parte, encerrando a breve discussão aqui proposta, não se trata de Mal, tampouco de Bem, o cerne da problemática que envolve *Enfim, capivaras* e sua censura. Trata-se, antes, do fato de que obras assim – e, potencialmente, qualquer obra literária – acabam por ter uma dupla articulação: ao mesmo tempo que nos oferecem o Outro em sua radical estranheza, também nos apresentam um espelho. E nem sempre gostamos do que vemos nesse espelho. Por vezes, é forçoso lembrar, Narciso acaba chorando antes de Eco ou do lago, pois o que vê refletido é a impiedosa verdade daquilo que ele é.

Referências

CANDIDO, Antonio. "O direito à literatura". CANDIDO, Antonio. *Vários escritos*. São Paulo: Rio de Janeiro: Duas Cidades, Ouro sobre Azul, 2004. p. 169-191.

GEISLER, Luisa. Banida de feira literária no RS, autora lamenta censura por "linguajar inadequado". *O globo*, Rio de Janeiro, 13 novembro 2019a. Disponível em: https://oglobo.globo.com/cultura/banida-de-feira-literaria-no-rs-autora-lamenta-censura-por-linguajar-inadequado-24079033. Acesso em: 14 dez. 2023.

GEISLER, Luisa. *Enfim, capivaras*. São Paulo: Seguinte, 2019b.

MACHADO, José Maria. "Introdução". In.: RABELAIS, François. *O gigante Gargântua*. São Paulo: Clube do Livro, 1961. p. 13-15.

PLATÃO. *A república de Platão*. São Paulo: Nova Cultural, 1999.

RABELAIS, François. *Gargantua*. Paris: Éditions du Seuil, 1996.

RABELAIS, François. *O gigante Gargântua*. São Paulo: Clube do Livro, 1961.

SILVA, Domingos Carvalho da. "Nota explicativa". In.: RABELAIS, François. *O gigante Gargântua*. São Paulo: Clube do Livro, 1961. p. 7-11.

PARTE II

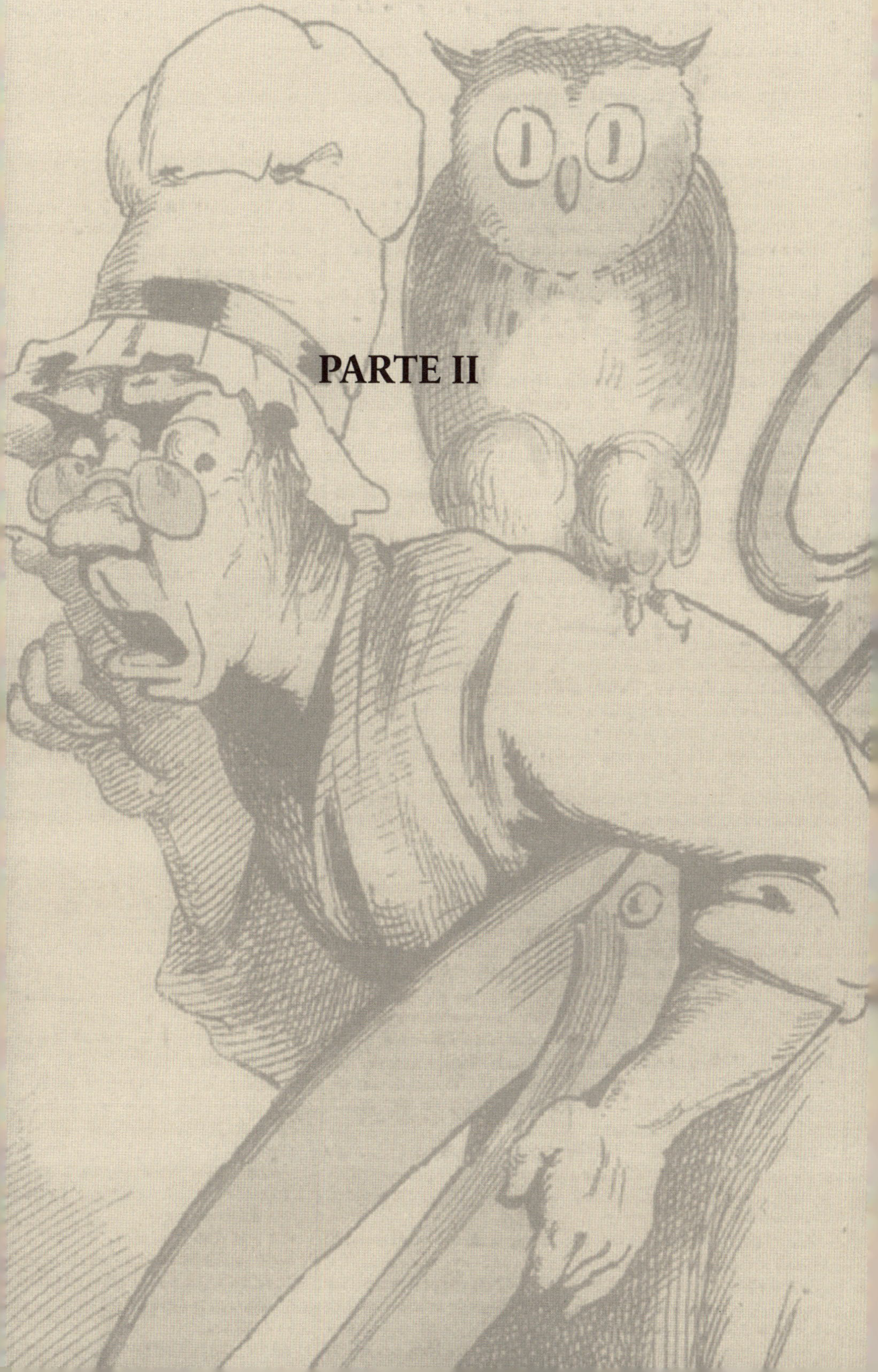

[TEXTO EM INGLÊS PUBLICADO NA REVISTA The Lion and the Unicorn (vol. 46, n. 1 – January 2022)] Painel coordenado por João Luís Ceccantini, inserido na programação do evento "Silence and Silencing in Children's Literature – IRSCL (International Research Society for Children's Literature) Congress", realizado de 14 a 18 de agosto de 2019, em Estocolmo, Suécia.

LITERATURA INFANTIL NO BRASIL: "CALA-BOCA JÁ MORREU!"

João Luís Ceccantini

Nas últimas décadas, a literatura infantil no Brasil teve um crescimento notável em termos quantitativos, em boa parte impulsionado por enormes compras de livros realizadas por programas governamentais de fomento à leitura, em especial aqueles ligados ao Ministério da Educação. Tal processo aqueceu fortemente o mercado, alimentando-o com uma produção brasileira fecunda e de excelente qualidade, também pondo em larga circulação traduções de obras primorosas oriundas de muitos países. No conjunto, criou-se uma saudável e criativa "cacofonia literária", presente em acervos capazes de atender a um amplo naipe de leitores.

Há alguns anos, entretanto, por diferentes razões – associadas especialmente à guinada conservadora que vem afetando o país, no campo político, cultural e dos costumes –, um movimento crescente de rejeição por adultos a títulos de literatura infantil em circulação (sobretudo escolar) tem-se feito presente. Em diferentes frentes, mas especialmente nas redes sociais e por meio de vídeos e performances ofensivas e coléricas, livros infantis têm sido objeto de violentos ataques, sendo defendida de forma veemente que sua leitura seja proibida às crianças. São condenadas nas obras tanto questões temáticas quanto formais, por razões geralmente absurdas, mas que se reportam a uma pretensa natureza religiosa, educacional ou "moral".

Critica-se a abordagem de questões de gênero, de etnia, de representação social, de sexualidade, entre muitas outras, geralmente com base em argumentos ralos e preconceitos de toda ordem. Reproduz-se, assim, no Brasil, no âmbito da literatura infantil – mas já avançando para outros setores – a famigerada *guerra das culturas* (ou *guerra cultural*), que, há cerca de quatro décadas, despontou com mais intensidade no contexto norte-americano, cujo resultado bastante empobrecedor para a dinâmica da produção, da recepção e da circulação da arte é fartamente conhecido.

O presente painel, portanto, propõe-se refletir sobre esse contexto brasileiro contemporâneo que parece querer arrastar a literatura infantil de volta a um terreno arcaico, onde a *assimetria adulto/criança*, tensão básica que a configura, se amplia. E, se o fizer, a torna menor. A abordagem do problema aqui assumida pelos integrantes do Painel busca assegurar uma perspectiva que englobe múltiplos pontos de vista e a variada natureza de *silêncios* que se quer imputar à literatura infantil hoje no Brasil.

A LITERATURA INFANTIL NA BERLINDA

João Luís Ceccantini
Marisa Lajolo

Para além do fato mais geral e evidente de que a literatura para crianças teve uma presença bastante tardia na cultura brasileira, é importante destacar também que, em diferentes âmbitos, existem muitos silêncios na nossa literatura infantil. Os europeus (no caso, os portugueses) chegaram em 1500 ao país que hoje se chama Brasil e nele encontraram uma cultura essencialmente oral. Sob o poder do Governo Português, a imprensa foi proibida até o ano de 1808. A antiga colônia portuguesa alcançou sua independência em 1822 e constituiu um império até 1889. Mas não foi antes do final do século XIX que os livros para crianças foram escritos e publicados no Brasil. Esse foi o primeiro tipo de silêncio – e de um tipo bem marcante – que se verifica no que diz respeito à literatura infantil.

Na verdade, se considerarmos as obras-primas de Perrault (1697) e dos Irmãos Grimm (1812) como referências do início da literatura infantil europeia, temos um atraso de cerca de um século e meio até que venham a público os primeiros livros brasileiros para crianças. Assim como parece ter acontecido de um modo geral com a literatura infantil ocidental, ela foi vista sobretudo como um instrumento educacional. Parece, assim, ter sido própria do gênero sua associação a valores educacionais e morais. Efetivamente, os primeiros livros infantis brasileiros não eram exatamente brasileiros: eram, em realidade, de origem portuguesa ou traduções ou adaptações de romances e contos europeus. E esse é um outro tipo de silêncio que se pode reconhecer nos livros infantis brasileiros dessa época. Embora publicados no Brasil, não era uma voz brasileira que se ouvia nesses livros.

Mas há também um terceiro tipo de silêncio que se pode constatar na literatura infantil brasileira: o silêncio dos índigenas e dos afrobrasileiros. Mesmo com os avanços e conquistas que, gradativamente, o século XX trouxe para esses grupos em diferentes campos da sociedade, apenas no século XXI é que o mercado editorial – impulsionado por políticas governamentais voltadas à aquisição escolar de obras literárias dirigidas a essas populações e com representações de sua cultura e de seus problemas específicos – abre espaço para que surja uma literatura vigorosa nessa área. Verifica-se, então, gradativo destaque para a abordagem da cultura, da mitologia, da tradição oral e de temas contemporâneos específicos do universo indígena e afrobrasileiro.

O último e mais visível silêncio que se faz presente contemporaneamente na literatura infantil brasileira é o silêncio imposto pela *censura* – realizada especialmente por pais e professores, com grande estardalhaço nas redes sociais – a determinados temas e a certo vocabulário empregado. Entre os objetos da censura, podem ser citados os temas da homossexualidade, do divórcio, do ateísmo, dos palavrões, da gíria, ou mesmo de certas posições políticas.

Nunca é demais lembrar, portanto, que, no Brasil, a censura a livros infantis, seja por meio de procedimentos implícitos a certos silenciamentos, seja pela forma declarada e explícita assumida por determinados grupos no poder, não é exclusiva deste barulhento Século XXI. Revelou-se como uma tendência, que, em grau maior ou menor, de forma mais ou menos declarada, se faz presente na sociedade brasileira em sucessivos períodos históricos, pondo em risco a liberdade de expressão, castrando o florescimento artístico e causando danos de grandeza significativa à educação dos cidadãos em formação.

Ainda nas primeiras décadas do século XX, portanto em período muito próximo ao começo de nossa produção para crianças, a censura atingiu, por exemplo, até mesmo a obra de Monteiro Lobato (1882-1948), para muitos considerado até hoje o maior escritor da literatura infantil brasileira e, para os estudiosos do tema e especialistas, reconhecido como aquele que efetivamente consolidou o gênero no Brasil, levando-o a um patamar bastante elevado de criatividade, qualidade estética e permanência. Costumam ser lembradas como obras-primas lobatianas, entre outras, *O saci* (1921); *Reinações de Narizinho* (1931), *Memórias da Emília* (1936); *O Picapau Amarelo* (1939) e *A chave do tamanho* (1942).

A caça às bruxas de que foi objeto a produção de Lobato para crianças levou a que tivesse exemplares de suas obras recolhidos tanto de bibliotecas públicas quanto de escolas católicas, com base em variados argumentos – dos claramente explícitos aos mais velados, estes geralmente de ordem política, uma vez que o escritor não tinha medo de contrariar as diferentes instâncias do poder em defesa de seus valores. Eliane Debus, pesquisadora brasileira que estudou os leitores de Lobato, destaca como o escritor, em vida, teve sua obra vista como condenável e nociva à formação cristã das crianças: "O escritor é acusado de produzir um discurso anticlerical e amoral, além de propagar ideias permissivas e divulgar exemplos de maus costumes, através de sua personagens[1].

Para o poder instituído na época, Lobato é considerado

---

1 DEBUS, Eliane. *Monteiro Lobato e o leitor, esse conhecido.* Itajaí: UNIVALE Ed.; Florianópolis: UFSV, 2004. p. 61.

"perigoso" e chega a ser condenado à prisão em 1941 pelo ditador de plantão – o presidente Getúlio Vargas (1882-1954). A razão alegada é de que suas ideias em prol do "petróleo brasileiro" contrariavam insidiosas políticas governamentais. Chega a ficar três meses na prisão, até ser libertado, em boa parte, por força da opinião pública. Seu grande contingente de leitores, composto então por um público leitor que tinha o escritor por um autêntico ídolo, não suportou ver o artista preso e manifestou protestos, pressionando o poder instituído por sua liberdade.

Nesse movimento em que, no século XX, se alternam tempos de maior censura a outros mais amenos, é interessante observar que, no Brasil do final dos anos 1960, quando se instaura o período da famigerada ditadura militar e a sociedade brasileira sofre toda sorte de arbítrios e violência, ocorre um curioso paradoxo. Ao passo que a arte dirigida a adultos de um modo geral (música, teatro, cinema) e, em particular, a literatura, sofrem a ação brutal e sistemática dos órgãos censores do governo, com proibições de variada natureza, no caso da literatura infantil, esta passa incólume. E isso se dá num momento em que a produção para crianças vive grande expansão, com o surgimento de uma nova e afiada geração de autores e de ilustradores de primeira linha e com o lançamento de inúmeras obras de alta qualidade, que obtiveram grande sucesso junto ao público-alvo e bastante prestígio junto a mediadores e pesquisadores.

E vale a pena ressaltar que esses novos e jovens escritores produzem, nesse momento, uma literatura com grande poder de crítica e denúncia, não se furtando a abordar toda sorte de temas atuais e polêmicos, de natureza comportamental, política e histórica, mas sem abrir mão também da fantasia e de recursos literários sofisticados. Para citar apenas alguns poucos nomes dessa geração, cuja vasta produção, até o final do século XX, é muito elevada e, em muitos casos, avança com qualidade até os dias de hoje, podemos lembrar Lygia Bojunga e Ana Maria Machado (ganhadoras do Prêmio Hans Christian Andersen), assim como Ziraldo, Ruth Rocha, João Carlos Marinho, Joel Rufino dos Santos, Eliane Ganem, Sérgio Capparelli, Wander Piroli, Vivina de Assis Viana, Carlos de Marigny, Edy Lima, Fernanda Lopes de Almeida, Marina Colasanti, entre outros.

Nas últimas décadas, a literatura infantil no Brasil teve um crescimento notável em termos quantitativos, em boa parte impulsionado por enormes compras de livros realizadas por programas governamentais de fomento à leitura, em especial aqueles ligados ao Ministério da Educação. Tal processo aqueceu fortemente o mercado, alimentando-o com uma produção brasileira fecunda e de excelente qualidade, também pondo em larga circulação traduções de obras primorosas oriundas de muitos países. No conjunto, criou-se uma saudável e criativa "cacofonia literária", presente em acervos capazes de atender a um amplo naipe de leitores.

Há alguns anos, entretanto, por diferentes razões – associadas especialmente à guinada conservadora que vem afetando o país, no campo político, cultural e dos costumes –, um movimento crescente de rejeição por adultos a títulos de literatura infantil em circulação (sobretudo escolar) tem-se feito presente. Em diferentes frentes, mas especialmente nas redes sociais e por meio de vídeos e performances ofensivas e coléricas, livros infantis têm sido objeto de violentos ataques, sendo defendida de forma veemente que sua leitura seja proibida às crianças. São condenadas nas obras tanto questões temáticas quanto formais, por razões geralmente absurdas, mas que se reportam a uma pretensa natureza religiosa, educacional ou "moral".

Critica-se a abordagem de questões de gênero, de etnia,

de representação social, de sexualidade, entre muitas outras, geralmente com base em argumentos ralos e preconceitos de toda ordem. Reproduz-se, assim, no Brasil, no âmbito da literatura infantil – mas já avançando para outros setores – a famigerada *guerra das culturas* (ou *guerra cultural*), que, há ao menos quatro décadas, aflorou no contexto norte-americano, cujo resultado bastante empobrecedor para a dinâmica da produção, da recepção e da circulação da arte é fartamente conhecido.

O presente painel, portanto, propõe-se refletir sobre esse contexto brasileiro contemporâneo que parece querer arrastar a literatura infantil de volta a um terreno arcaico, onde a *assimetria adulto/criança*, tensão básica que a configura, se amplia. E, se o fizer, a torna menor. A abordagem do problema aqui assumida pelos integrantes do Painel – Mell BRITES (editora e pesquisadora), Isabel Lopes COELHO (editora e pesquisadora) e Roger MELLO (ilustrador e escritor – ganhador do Prêmio Hans Christian Andersen) – busca assegurar uma perspectiva que engloba múltiplos pontos de vista e a variada natureza de silêncios que se quer impor à literatura infantil hoje no Brasil.

DA ESQUERDA À DIREITA: A LITERATURA INFANTIL CONTRA A PAREDE

Mell Brites

A relação entre literatura infantil e sala de aula não é recente nem pouco discutida, e o chamado "*literary-didactic split*" (Nikolajeva, 2010), fenômeno basilar para o gênero, proporciona até hoje inúmeros e acalorados debates no campo da crítica. No Brasil, essa íntima associação entre a escola e a literatura infantil é também de grande importância para a compreensão do seu surgimento, desenvolvimento, amadurecimento e sobrevivência. Políticas governamentais de investimento em educação, planos de incentivo à leitura, compras vultosas de livros para distribuição em massa sempre ditaram e ainda ditam a produção de livros para crianças no país. E tal relação gerou, como uma de suas consequências, a alta aderência das obras infantis às demandas da escola, que outorga à literatura o papel de formar sujeitos atuantes e cidadãos de bem.

Como dizem Zilberman e Lajolo (2006, p. 44):

> O surgimento da literatura para entre nós deu-se [...] sob o patrocínio de um projeto só compatível com sociedades modernas, nas quais vigoram canais seguros de circulação, entre um público mais vasto, sensível e permeável à inculcação ideológica inserida num projeto aparentemente estético. E, se isso é verdade para a grande parte dessas primeiras manifestações, veremos [...] como esse velho impasse continua presente em toda a produção infantil brasileira, muito embora variem suas formas de expressão no

> decorrer dos anos: a literatura infantil parece estar condenada a ser bastante permeável às injunções que dela esperam escola e sociedade e bem pouco sensível às conquistas da literatura não infantil, que representa a vanguarda e espelho onde nem sempre os livros infantis se reconhecem.

Esse caráter instrutivo é fundamental para a compreensão da literatura infantil brasileira e teve, ao longo da história, momentos de maior ou menor força. Lygia Bojunga Nunes, Ana Maria Machado e a geração dos anos 1970 e 1980, por exemplo, foram alguns dos autores capazes de, em determinadas obras, se afastar do didatismo escolar; mas foi na passagem do século XX para o XXI que os livros para crianças tomaram distância mais significativa em relação aos muros da escola. Assistimos, atualmente, ao amadurecimento do objeto literário e gráfico, revelado em tendências estéticas bem definidas, propostas ousadas e consistentes, e no reconhecimento de autores e ilustradores mundo afora. O volume e a qualidade das obras hoje deixam a impressão — e a discreta esperança — de que a literatura para crianças no Brasil estaria, ao menos em parte de sua produção, deixando de ser um meio para tornar-se um fim.

Entretanto, é nesse período de grande fertilidade que observamos também a transformação do livro infantil em alvo de graves críticas de determinados grupos da sociedade, devido à suposta inadequação com que trata certos temas visando a certos públicos. Nos últimos anos, no Brasil, com o recrudescimento das disputas políticas e o avanço da extrema direita, o livro infantil ganhou posição de destaque como grande propagador de ideologias. Esse curioso fenômeno fez com que diversas obras e autores fossem vítimas das mais variadas acusações: racismo, incentivo ao suicídio, à pedofilia, ao incesto, "coisa do diabo" são alguns exemplos daquilo que foi se difundindo e ganhando volume pelas redes sociais, jornais e programas de televisão e que tem contribuído para a criação de uma situação paradoxal e talvez inédita no campo do livro para crianças no país. Ao mesmo tempo em que se observa sua valorização como objeto artístico, tais críticas recolocam o gênero no antigo lugar de mero veículo transmissor de ideias, e a convivência de ambas as perspectivas instauram um cenário singular de disputa e de conflito no ambiente da literatura infantil brasileira hoje.

Olharemos de perto para tal fenômeno a partir de dois casos específicos: as acusações feitas aos livros *Aparelho sexual e cia.* (de ZEP e Hélène Bruller, publicado no Brasil em 2007) e *Peppa* (escrito e ilustrado por Silvana Rando e lançado em 2009). Apesar das diferenças significativas que apresentam – *Peppa* é uma história ficcional e *Aparelho sexual* é um livro informativo –, ambas as obras utilizam o humor como sua principal estratégia discursiva. Buscaremos, então, analisar como os discursos críticos a esses livros compreendem e interpretam o humor presente no texto visual e verbal das duas narrativas e, a partir disso, refletiremos sobre os limites desse tipo de abordagem na literatura infantil hoje.

*

O livro francês *Aparelho sexual e cia.*, publicado em quinze países, com mais de 1,5 milhão de cópias vendidas, sendo inclusive tema de exposição em Paris, foi criticado por Jair Bolsonaro em 2016, quando o político era ainda deputado federal e considerou, em um vídeo em suas redes sociais, a obra como um "convite aberto à pedofilia". Durante sua campanha presidencial em 2018, o então candidato mostrou o livro em rede nacional durante entrevista para o telejornal com maior audiência do país. Com um exemplar em mãos virado para as câmeras, Jair Bolsonaro deu a entender que o livro havia sido distribuído pelo governo da ex-presidenta Dilma Roussef para as escolas do país como parte do projeto de Roussef chamado "Escola sem Homofobia", que criou uma forte polêmica no primeiro mandato da presidenta e recebeu a alcunha de *kit gay* pelo campo conservador. Esse projeto previa a distribuição de um kit de apoio para a formação de professores em temas relacionados aos direitos LGBTQIAPN+, visando ao combate à violência e ao preconceito no ambiente escolar, mas a pressão de opositores no governo fez com que Roussef vetasse a proposta, e as peças de conscientização nunca saíram da gaveta. De qualquer modo, vale destacar, o livro em questão nunca fez parte desse projeto nem foi adquirido pelo Ministério da Educação e distribuído às escolas. Logo após sua entrevista no programa *Jornal Nacional*, Jair Bolsonaro postou um texto em seu Instagram sugerindo que seus seguidores, se quisessem mais informações sobre a obra que fazia parte do kit gay, assistissem ao vídeo de 2016, em que ele afirma que *Aparelho sexual e cia.*, além de ser "um convite aberto à pedofilia", como já dito, "é uma coletânea de absurdos que estimula precocemente as crianças a se interessarem pelo sexo".

A obra de não ficção segue o modelo de um manual de perguntas e respostas e se divide nos seguintes capítulos: "estar apaixonado", "a puberdade", "transar", "fazer um filho", "se proteger", "fique esperto". Com linguagem coloquial, busca informar o público pré-adolescente (a indicação etária no catálogo da editora Companhia das Letras, que lançou o livro no Brasil, é de 11 a 14 anos) sobre as questões de base da educação sexual, traçando um percurso que vai do começo da puberdade, passa pelo primeiro beijo e a primeira relação sexual, até chegar à gravidez e à reprodução. Os dois últimos capítulos apresentam conteúdo um tanto diverso: se dedicam a alertar os leitores sobre a importância da responsabilidade de cada um pela própria saúde e da necessidade da proteção tanto física quanto emocional, abordando temas como a higiene, o uso da camisinha, a pedofilia, o livre-arbítrio, entre outros. A orientação sexual é item de destaque nos Parâmetros Curriculares Nacionais — documentos que listam as diretrizes elaboradas pelo Governo Federal para orientar os educadores a respeito dos conteúdos fundamentais de cada disciplina escolar. Esses parâmetros abrangem tanto a rede pública como a rede privada de ensino, e sua meta é garantir aos educandos o direito de usufruir dos conhecimentos necessários para o exercício da cidadania. Sem ser obrigatórios, os PCNs servem como norteadores para professores, coordenadores e diretores. No PCN dedicado à educação sexual, lê-se:

> Ao tratar do tema Orientação Sexual, busca-se considerar a sexualidade como algo inerente à vida e à saúde, que se expressa no ser humano, do nascimento até a morte. Relaciona-se com o direito ao prazer e ao exercício da sexualidade com responsabilidade. Engloba as relações de gênero, o respeito a si mesmo e ao outro e à diversidade de crenças, valores e expressões culturais existentes numa sociedade democrática e pluralista. Inclui a importância da prevenção das doenças sexualmente transmissíveis/Aids e da gravidez indesejada na adolescência, entre outras questões polêmicas. Pretende contribuir para a superação de tabus e preconceitos ainda arraigados

no contexto sociocultural brasileiro.[1]

Embora, desde sua publicação até o presente momento, o livro tenha sido adotado em sala de aula em apenas uma escola e nunca comprado pelo governo do Estado, *Aparelho sexual e cia.* parece estar em conformidade com as diretrizes apontadas no documento: a obra traz conteúdo embasado cientificamente, forja naturalidade em relação ao tema por meio de um trabalho cuidadoso com a linguagem e introduz a vida sexual como algo prazeroso e inerente à espécie humana, mas não deixa de apontar para os problemas e os perigos de uma prática irresponsável. Com o intuito de superar o tabu que envolve tal conteúdo e aproximar o público visado, o humor aparece como principal recurso de linguagem, tanto no texto quanto nas ilustrações. Também podemos observar uma aproximação com a linguagem do *cartoon* e da charge, além da estrutura formada por um texto principal a que se somam outros diversos pequenos núcleos com conteúdo subordinado àquele — algo bastante comum entre os livros informativos contemporâneos e que procuram trazer certo dinamismo a um tema supostamente grave, conformando uma espécie de tentativa de afastar assuntos escolares de seu estigma de maçante. O tom despretensioso se estende por todo o livro e o humor, aqui, se dá justamente pela aproximação de dois universos distintos: o do sexo e o da infância.

Nesses trechos, além do humor, que dá o tom da narrativa, e da busca pela aproximação com o universo pré-adolescente, notamos a importância que tem ali o autoconhecimento e a proposta que se faz aos leitores para que estabeleçam uma

---

1 Disponível em: http://portal.mec.gov.br/seb/arquivos/pdf/livro102.pdf. Acesso em: 24 fev 2024.

maneira saudável de se relacionar, sempre destacando a premissa do respeito com seus próprios limites e com os limites do outro. Ao longo do livro, há alguns avisos como: "ninguém é obrigado a transar".

E, apesar de ser uma obra de não ficção, contamos com a presença de Titeuf ao longo das páginas, um personagem ficcional que vivencia as situações propostas no texto escrito. Ele, apresentando características físicas do público pré-adolescente, aparece em situações embaraçosas, desconfortáveis, demonstrando seu total desconhecimento do assunto tratado, já que, como o leitor, estaria entrando em contato com a educação sexual pela primeira vez. É, assim, elemento de grande importância para a geração do humor, além de possibilitar a identificação imediata de quem lê. Vale refletir, então, sobre o uso de recursos literários em uma obra informativa a partir do que propõe Ewers (2009), em *Fundamental concepts of children's literature research.* O autor discorre sobre a ideia de "*children's literary communication*", um conceito amplo em que a literatura infantil é definida a partir da teoria da comunicação e passa a contemplar toda e qualquer obra que possua uma mensagem trabalhada literariamente enviada por alguém e destinada *intencionalmente* ao público infantojuvenil, ou seja: não importa que a mensagem chegue também a outros públicos, mas ela, aqui, deve ter sido concebida necessariamente visando a crianças e jovens. O autor inclui nesse rol os livros de não ficção, afirmando:

> *[...] 'literary' is not confined to fiction, but also always includes factual and informational literary communication. With this broad conception of the term 'literary' we are continuing a tradition that has long predominated in this field: experts in*

> *children's and young people's literature have from the very beginning always regarded non-fiction as falling within their purview (Ewers, 2009, p. 9).*

Dessa forma, *Aparelho sexual e cia.*, como objeto de comunicação literária, tem seu público claramente definido não só pelos aparatos fornecidos pela editora, mas também pela própria linguagem e pela presença de Titeuf, um personagem inventado, importado da ficção, que permite um maior engajamento do *adressee* em relação ao conteúdo abordado.

A importância estrutural do personagem, no entanto, faz com que o ponto de vista masculino se faça preponderante, algo que vemos não só no fato de que o protagonista é um garoto como também na escolha de abordagem de diversos assuntos, como no trecho em que apresentam-se algumas maneiras de paquerar: vê-se aí certos estereótipos associados ao homem e à mulher, todos provenientes de uma sociedade patriarcal em que resta à mulher a posição de submissão em relação ao sexo oposto. Nesse sentido, é interessante refletir que, se por um lado *Aparelho sexual e cia.* é alvo de críticas ferozes de setores conservadores da sociedade e do próprio presidente da República em exercício de 2018 a 2022, por outro estaria sujeito também a receber advertências de grupos feministas, por exemplo, devido a uma possível leitura em que a narrativa traria uma perspectiva masculina e, portanto, de pouca relevância para as mulheres — algo que, até o presente momento, não ocorreu. Ainda assim, a visão progressista, embasada na ciência e preocupada com o fornecimento de informações corretas e adequadas para o público leitor se faz notar, em um mercado em que pouco ou nada se vê sobre o assunto e para essa faixa-etária. E diante de tal postura, é previsível que, em um cenário de crescimento do conservadorismo e aumento da força política de grupos religiosos no país, frases como "não existe idade certa para transar" causem desconforto — ou até revolta, como foi o caso.

Aparelho sexual e cia., assim, além de tratar de um tema tabu de forma direta e objetiva, abusa do humor para aproximar seus leitores, causando revolta ainda maior por parte de grupos conservadores e do próprio ex-presidente da República. Sua forma escrachada de encarar a iniciação sexual, já presente no próprio subtítulo do livro "Um guia inusitado para crianças descoladas", não é compreendida como estratégia narrativa, mas como desrespeito criminoso diante de um assunto que requer seriedade. Antes de ser mostrado no jornal de televisão com maior audiência do país, o título havia vendido apenas 4 mil exemplares em onze anos, o que, por si só, demonstrou uma não aceitação generalizada do livro pelo público brasileiro. No entanto, depois da polêmica, chegou a vender mais 4 mil exemplares em apenas um ano e foi, nas redes sociais da editora brasileira, um dos posts mais acessados de 2018. Vemos aí a alta mobilização que o tema da educação sexual é capaz de gerar, e como certas controvérsias acabaram gerando interesse pelo livro, mas também a inabilidade de parte do público adulto para tratar de questões tabu com os jovens e a não familiaridade com o universo da linguagem literária e seus variados e ricos recursos.

*

O segundo livro abordado neste trabalho apresenta, ao contrário de *Aparelho sexual e cia.*, um texto literário — mas, da mesma maneira que ele, tem o humor como principal ferramenta de linguagem. *Peppa* é um picture book de 2009, escrito e ilustrado pela autora brasileira Silvana Rando, publicado pela editora Brinque Book e que vendeu, desde seu lançamento, por volta de 30 mil exemplares. Narra a história de uma garota que tem orgulho de seu cabelo forte, potente e cheio de personalidade, até que certo dia vê um anúncio de alisamento na rua, então passa a se incomodar com a própria aparência e decide fazer o tratamento no cabeleireiro. Peppa sai do salão muito feliz com o resultado, mas logo a vida passa a ser entediante diante da lista de proibições que o cabelo liso impõe, e assim a menina, em certo dia de muito calor, mergulha na piscina e volta a ter o cabelo de antes, terminando satisfeita com sua escolha. No ano de 2017, Ana Paula Xongani postou um vídeo no Facebook em que criticava a história de Rando porque considerava racista a maneira como o cabelo de Peppa é descrito. Ela diz que o livro ressalta antigos estereótipos e que é preciso prestar atenção ao fato de que, muitas vezes, o racismo se dá de maneira invisível ou em pequenos detalhes. O vídeo viralizou e a autora passou a receber reprimendas, ouvir xingamentos, ser abordada na rua e até, afirma Rando, ser ameaçada. Depois de algumas semanas de polêmica nas redes sociais, a autora decidiu, junto à editora, retirar o livro de circulação.

Já no primeiro parágrafo da história lemos que o cabelo de Peppa era "resistente como fios de aço" (Rando, 2009, p. 4) e as ilustrações mostram o que a personagem era capaz de fazer com eles: empinar pipa, empurrar um carrinho de supermercado e protagonizar a brincadeira infantil de cabo de guerra, sendo o seu cabelo o próprio cabo. Essas são justamente as cenas que geraram maior revolta de Xongani, já que, segundo ela, parecem reforçar a ideia de que cabelos não lisos são "duros", em oposição à suposta maciez de outros tipos de cabelo, e esses são estereótipos que estão sendo gravemente combatidos por diferentes agentes dedicados ao combate do racismo estrutural no Brasil. Mas é também nesse primeiro contato com a personagem que observamos que ela é caracterizada como "linda e cabeluda", o que sugere que tal traço de Peppa é valorizado pelo narrador. Ela aparece sempre sorrindo nas ilustrações e, nas páginas acima mencionadas, expressa satisfação, alegria ou mesmo determinação. Por um lado, tais imagens agregam sentido à afirmação no texto de que "tratava-se do cabelo mais forte do universo" e dialogam com o ambiente do impossível, do fantástico, do superlativo, tão próprio da literatura infantil. Por outro, reforçam noções preconceituosas e agressivas em relação ao cabelo da protagonista, sendo este um símbolo de grande relevância dentro do universo da identidade e da representação.

Mesmo levando em consideração a leitura legítima que aponta como ofensiva a descrição do cabelo de Peppa, também é importante observar que as ilustrações divertidas buscam criar uma atmosfera leve em torno do tema. Vale dizer, nesse sentido, que o acento bem-humorado preponderante na obra é efeito principalmente das imagens, cujo estilo também dialoga com o universo do cartoon. Se observamos os dois protagonistas aqui analisados, Peppa e Titeuf, lado a lado, percebe-se que, apesar das técnicas diferentes, ambos trazem traços simples e definidos; os membros do corpo não têm a proporção de um desenho realista; partes como os olhos ou o nariz aparecem de maneira acentuada. No entanto, Titeuf dialoga principalmente com um leitor implícito do sexo masculino e de cor branca. Então, enquanto *Aparelho sexual e cia.* está criando humor a partir de um personagem que representa o grupo mais poderoso da sociedade – homens brancos e heterossexuais -, *Peppa* está lida com uma questão de identidade de grupos historicamente deslegitimados, para os quais o humor tem sido uma das muitas formas de insulto e humilhação.

Assim, no primeiro terço do livro, por meio de ilustrações como as mencionadas e de uma linguagem verbal simples e concisa, mas que chega a incorrer em estereótipos, como nos trechos em que denota a passagem do tempo por meio de expressões como "o tempo foi passando" e "um belo dia", o leitor é apresentado à simpática Peppa e aos seus cabelos. O conflito começa a aparecer quando surge a mãe da personagem, que "cortava um fio de seu cabelo para fechar o pacote de biscoitos" (Rando, 2009, p. 9) e isso a garota detestava. A figura da mãe, ao se apropriar de algo que é parte constituinte da identidade de Peppa para uso próprio sem que ela tenha consentido, faz com que a garota se dê conta do julgamento alheio e se sinta incomodada. Essa cena conforma o primeiro momento em que a tranquilidade de Peppa com a sua aparência é colocada em xeque pela visão do outro e funciona como introdução do que vem a seguir.

O termo "um belo dia" inicia de fato a segunda parte da narrativa, em que a menina vive uma crise com sua identidade e resolve mudar a aparência. É a expressão facial da personagem na ilustração, mais do que o texto escrito, que mostra sua surpresa ao se deparar com o cartaz de uma mulher dotada de características antagônicas às suas: ela é loira, tem cabelos lisos, adulta e usa maquiagem. A cena, então, sintetiza o encontro de Peppa com a alteridade, que funciona como disparador do conflito. A partir daí, ela passará a se comparar com os outros e se sentir mal com seu cabelo, até chegar a decisão de alisá-lo. É o julgamento que vem de fora, portanto, que faz com que ela tome a decisão de ir ao cabeleireiro.

Mas depois de alisar seus cabelos, a vida fica chata rapidamente e Peppa logo desiste do tratamento capilar, no terceiro e último trecho da história. Na página final do livro, ela aparece novamente satisfeita com sua "versão original". A narrativa é construída de tal modo que a suposta mensagem de empoderamento não se sobreponha à camada artística, algo que se mostra de forma evidente, por exemplo, no desfecho da história. Longe de trazer um recado literal, ele é abrupto e singelo, e, mais uma vez, é na ilustração que está o principal: Peppa é retratada feliz e posa para o leitor de modo a parodiar um ensaio de fotos profissional — ela parece se sentir tão bonita quanto as mulheres que se adequam aos padrões de beleza impostos pela sociedade. O texto verbal aqui — "Lá se foi o cabelão liso e sedoso de Peppa..." (Rando, 2009, p. 28) — se, por um lado, se mostra irônico ao lado da imagem em que a protagonista esboça alegria, por outro, cria, mais uma vez, uma oposição entre cabelos "lisos e sedosos" e cabelos "crespos e duros". Portanto, como já dito, embora seja possível perceber a autoaceitação de Peppa, o contraste central na narrativa entre as características positivas de cabelos lisos e os aspectos negativos dos cabelos crespos provou ser altamente problemático.

Como muitos outros livros para as infâncias atualmente, *Peppa* discute a questão da identidade e coloca o cabelo no centro do processo de aceitação e empoderamento da mulher, como é o caso de *Meu crespo é de rainha*, da intelectual feminista americana Bell Hooks (publicado no Brasil em 2018), e *O mundo no black power de Tayó* (2013), de Kiusam de Oliveira e desenhos de Taisa Borges. Entretanto, ao contrário desses, *Peppa* tem como estratégia central o uso do humor, além da criação de situações insólitas e superlativas, e foram justamente essas escolhas que, nesse caso, acabaram possibilitando a leitura oposta: em vez de valorizar a beleza natural dos cabelos crespos, a narrativa torna-os motivo de graça, a partir do reforço de certos estereótipos.

*

Nos casos aqui observados, tanto grupos conservadores quanto progressistas colocam o livro para as infâncias no centro de disputas políticas. Por um lado, para o ex-presidente e seus seguidores, a educação sexual não deve ser discutida com crianças e muito menos tratada de forma lúdica; por outro, o humor de *Peppa* é baseado no reforço de algumas imagens e contrastes associados a estereótipos racistas. Os críticos ao *Aparelho sexual e cia.* buscam impedir as crianças do conhecimento do seu corpo — e consideram ofensiva a abordagem humorística de algo que deve ser supostamente ignorado. Já em relação a *Peppa*, o que se procura é proteger certos grupos da estigmatização e do racismo. Mas, apesar da evidente diferença de perspectivas e de intenções, é possível apreender com a aproximação das duas situações que o humor, um recurso que exige distanciamento do leitor — e que é comumente utilizado na literatura infantil para amenizar temas considerados "difíceis" para seu público — é o grande vilão.

Assim, entre as muitas reflexões que se abrem a partir deste breve comentário sobre o humor e sobre a literatura contemporânea para as infâncias, uma questão parece se destacar: estaríamos testemunhando, atualmente, mudanças estruturais na maneira como entendemos o humor - e também a literatura?

Referências Bibliográficas

EWERS, Hans-Heino. *Fundamental concepts of children's literature research*. Nova York: Routledge, 2009.

LAJOLO, Marisa; ZILBERMAN, Regina. *Literatura infantil brasileira: história e histórias*. São Paulo: Ática, 2006.

NIKOLAJEVA, Maria. *Power, voice and subjectivity in literature for young readers.* Nova York: Routledge, 2010.

XONGANI. Ana Paula. Peppa NÃO! Resenha /São Paulo: Ana Paula Xongani, 14 de abr. 2016. Publicado por Ana Paula Xongani. Disponível em: https://www.youtube.com/watch?v=ONMqIROJ9pI Acesso em 29 1mar. 2024

O SOM DOS SILÊNCIOS DE CLARICE

Roger Mello

Ao tratar do tema deste painel, "Silêncio na literatura infantil", o que me vem à mente é a ideia e a origem do meu romance de 2018, *Clarice*, ilustrado por Felipe Cavalcante. O livro retrata um momento na história recente do Brasil, em sua capital planejada, Brasília: uma cidade criada como uma utopia, que se perdeu em um labirinto distópico. Embora a cidade tenha sido concebida por artistas e pensadores com preocupação social, tanto na ideia quanto na espacialização das linhas urbanas, o país foi tomado por um regime militar ditatorial em 1964. *Clarice* tem o mesmo nome que Clarice Lispector (1920–1977), a escritora famosa que, de forma forte e definitiva, dedicou uma carta à capital recém-nascida.

O absurdo e o aparente vazio das conversas dos adultos daquela época culminaram numa visão poética das crianças ao redor. Fatos como livros jogados sobre a ponte e afundados no lago para proteger parentes ou amigos da prisão por esconder arte "proibida" ou perseguição política misturam-se em uma cidade que emerge do fundo para se tornar a personagem principal. "Livros vermelhos" também poderiam ser disfarçados com uma capa falsa, mas a criação dos artistas ao redor traria os conteúdos e as histórias dos livros à tona. Participantes incluíam artistas brasileiros modernos muito importantes como Maria Martins, seu trabalho escultural em um diálogo silencioso com a mente da menina, em uma visita ao Museu Itamaraty projetado por Oscar Niemeyer, e seu jardim interior projetado por Burle Marx. Tudo revela o ambiente político do contexto daquele momento em suas linhas de poesia arquitetônica, transformando os personagens em leitores das imagens da cidade. Da mesma forma que eu mesmo cresci como leitor de imagens. O não dito esconde-se por meio dos medos das crianças, já que Clarice e Tarso foram constantemente deixados na casa de estranhos, enquanto os adultos buscam esconder livros ou resgatar pessoas desaparecidas. O tema central do IRSCL de 2019, "Silêncio e Silenciamento", me remete ao livro *Clarice*, em um Brasil contemporâneo sob a ameaça de uma nova onda ultraconservadora.

Meninos do Carvão e *Meninos do Mangue*, dois dos meus outros livros, mostram um Brasil que não deve ser "mostrado". O ex-presidente Bolsonaro, como os presidentes militares das décadas de 1960 e 1970, não quer que agências de pesquisa como o Instituto Nacional de Pesquisas Espaciais (uma agência importante para proteção contra o desmatamento) revelem a verdade: um país com desmatamento crescente e trabalho infantil e escravo. Então ele modifica as agências de pesquisa até que sejam adequadas a ele. Ele mesmo argumenta que trabalhou como criança, embora certamente não o tenha feito em minas de carvão ou cortando cana e quebrando castanhas com facas. Com certeza, nem todo setor agrário ou empresarial pensa de maneira tão inaceitável.

Mas não é mais o Brasil de 1964 do golpe de estado, não falamos mais de metáforas para enganar um general tolo e insensível; isso é muito diferente. Não confundamos um silêncio com o outro. Como o compositor Chico Buarque disse em sua música "Maninha", ao falar de um "Ele" que veio para arruinar tudo, inclusive a possibilidade de uma infância imaginária:

> Maninha ehhh, a história é engraçada porque fiz para minha irmã Miúcha cantar, mas na verdade, não foi realmente porque ela era minha irmã, não, é porque maninha ou irmã era algo que costumávamos ouvir em muitas músicas dizendo eu não sei (manda buscar outro, ó Maninha lá no Piauí). Havia muita Maninha, Maninha nas músicas, em todo lugar. Assim como havia as palavras Iaiá, Ioiô, e assim por diante. Eu queria compor isso, é claro, pensando que Miúcha gravaria. Uma brincadeira com essa irmãzinha que na verdade, na música, na verdade não significa irmã. Irmãzinha, Maninha, falava de uma infância evidentemente imaginária. E Vinicius de Moraes nos ridicularizou: são todas mentiras, todas mentiras, isso é mentira, não é? Não havia casa alguma. Não havia uma árvore de jaca. Sem quintal. Tudo mentira. Era uma mentira de fato. Era o tipo de música meio, meio zangada, né? Disfarçada como uma música com toda a delicadeza e tal ahh ... Tom Jobim disse: que "ele" era um general, né? (risos). Ele, "depois que ele se for", é um general. É mais ou menos um general, é uma citação que eu não sei o que era, naquela época tínhamos essa coisa de falar, né? Com segundas intenções, metáforas etc. (Buarque, 2015).

Mas não estamos mais em uma época de metáforas. Os censores estão por toda parte, e censuram tudo, desde gênero até liberdade de pensamento, histórias religiosas afro até cultura indígena. Sua obsessão: livros e crianças, em um país onde o governo parece não se importar com crianças ou livros.

Referência

Chico Buarque: Maninha (DVD Meu Caro Amigo). Direção: Roberto de Oliveira. [s.l]: R.W.R., 2015. Vídeo. Color. 4 min. Disponível em: < https://www.youtube.com/watch?v=-fpuujK-ZRk>. Acesso em: 04 abr. 2024.

QUANDO A MEDIAÇÃO DE LEITURA SE TORNA CENSURA

Isabel Lopes Coelho

Um dos *topos koinós* (o lugar comum) da teoria literária sobre literatura infantil versa sobre a "infância como mito". *Grosso modo*, a infância mitificada caracteriza-se por um período utópico, imaginado pelo adulto e, por consequência, deslocado da realidade do tempo da criança. Marie-José Chombart de Lauwe, em sua obra *Un monde autre: l'enfance* aborda essa questão quando comenta que "certas representações da criança idealizada provocam expectativas muitas vezes irreais aos olhos da criança real"[1]. A autora, nessa frase, aponta para o efeito de distanciamento causado nas crianças leitoras em detrimento de seu reconhecimento nos textos literários, que se valem da utopia para criar o *récit*.

Essa problemática aparece com mais intensidade e evidência quando se observa o comportamento da literatura infantil no contexto escolar. Ainda Chombart de Lauwe ressalta uma tendência de os textos escolares "oferecerem, em sua grande maioria, imagens de uma sociedade arcaica. Ao jovem leitor não se associa o mundo moderno com o que ele vive, mas sim uma imagem da vida 'de outro tempo', vilaresca, sem maquinários e patriarcal, o que reforça o mito do tempo passado feliz, da idade do ouro"[2]. De acordo com Lauwe, os textos escolhidos para a leitura obrigatória nas escolas apresentam ao leitor con-

---

1 M-J. C. de Lauwe, Un monde autre: l'enfance, p.13.

2 Idem, ibidem, p. 14.

temporâneo não a sociedade em que ele vive, mas sim a idílica sociedade "de outrora", de tempos distantes, mais próxima da pureza de um mundo ainda não influenciado pelas revoluções industriais e no qual a família regida pela figura do pai torna-se o modelo de vida em sociedade.

A influência da escola na produção literária é um fenômeno bastante conhecido e que ganha novos contornos dependendo da época. E a história da leitura nas escolas privadas brasileiras apresenta pontos de contato com o cenário descrito acima. A literatura infantil que em geral circulou no ambiente escolar no Brasil na primeira metade do século XX, especialmente para crianças, em sua maior parte, privilegia temas e narrativas que evitavam problematizações de ordem social, moral e política, tendendo à leitura dos clássicos ou de histórias que imitavam o estilo de fábulas e de contos de fada, ou ainda que exaltavam o tom ufanista do Brasil como nação.

Certamente, generalizações tendem a empobrecer o debate. O movimento do romance realista que permeou a literatura infantil especialmente na década de 1940, deixou marcas na historiografia do livro brasileiro para crianças. *Cazuza*, de Viriato Correia, critica a rigidez da escola brasileira, que usava da violência como método educativo. Outro momento de ruptura com o modelo de mitificação da infância foi na década de 1970, quando, sob o regime ditatorial, alguns autores se valeram da estrutura literária dos contos clássicos para criticar de maneira alegórica a censura imposta no momento. Um exemplo emblemático é a obra *O reizinho mandão*, de Ruth Rocha. Publicada em 1973, a obra narra a história de um rei mimado que manda todos calarem a boca ao ponto de as pessoas se esquecerem de falar. Outro momento que vale a pena ser mencionado é a partir dos anos 2000, quando o mercado editorial brasileiro de livros para crianças floresceu e amadureceu, entrando em uma nova fase de sua história. A produção nacional tornou-se mais inventiva e criativa, tanto nos seus aspectos materiais como pelas estruturas narrativas. Autores e ilustradores de uma nova geração revolucionaram a estética das obras e trouxeram temas mais focados na formação do leitor cidadão. A recepção internacional foi imediata e positiva: as obras brasileiras surgiram com destaque em eventos e premiações internacionais. No cenário interno, os livros publicados, fossem eles nacionais ou estrangeiros, começaram a despontar nas últimas décadas como instigantes e, em muitos casos, corajosos, ao se abrirem para novas experimentações e tocarem em temas socialmente pungentes. Autores e ilustradores, com a parceria das editoras, exploram a complexidade do sincretismo cultural brasileiro (de base africana, indígena e europeia), além de as marcantes diferenças sociais, e, mais recentemente, os movimentos migratórios, frequentes no território brasileiro. Uma literatura contemporânea e preocupada em navegar por temas conectados com o mundo em que a criança de fato vive e se reconhece.

Concomitantemente a esse prolífico e rico panorama, o que se observa também nessas primeiras décadas dos anos 2000, no entanto, foi o fortalecimento de um movimento no sentido oposto ao da modernização da literatura. Influenciado pela onda conservadora que marcou o país, o discurso da diversidade cultural foi questionado e, em alguns casos, colocado à prova, especialmente no ambiente escolar, pressionado por famílias mais conservadoras. Sob o argumento de que alguns temas ferem a cultura dessas famílias, certos livros – novos ou antigos – têm sido banidos da seleção obrigatória da leitura escolar. Sob protestos e ameaças de denúncias públicas, grupos de pais conservadores demandam que as escolas mudem seus programas de leitura a fim de não perderem os alunos para outras instituições de ensino. E o que poderia ser um rico momento de diálogo entre pais e escolas, torna-se uma lamentável sequência de equivocadas interpretações sobre os livros questionados.

Um exemplo público bastante recente é a obra *O menino que espiava para dentro*, de Ana Maria Machado. Publicado em 1983, o livro narra a história de um menino de fértil imaginação. Em dado trecho da obra, o amigo imaginário do protagonista diz que existe a maçã do sonho profundo: quem come dessa maçã e se engasga com ela, chega ao mundo da imaginação, em uma clara referência aos contos tradicionais, como o d'A Bela Adormecida ou da Branca de Neve. Em 2018, as redes sociais foram invadidas por postagens que acusavam a autora de apologia ao suicídio, gerando um debate violento e unilateral.

Como *publisher* de literatura, cargo que ocupo hoje na FTD Educação, uma das maiores editoras voltadas ao universo educacional brasileiro, tenho vivenciado, com a minha equipe editorial, situações reais de silenciamento e silenciar. Esses episódios são resgatados nos momentos de escolha de novas obras ou na própria edição de texto, como um novo elemento que se senta junto à equipe para discutir os caminhos da edição. Em muitos casos, a editora chega a receber formalmente cartas de pais indignados exigindo explicações sobre a publicação de tais obras e, em situações mais drásticas, exigem a retirada da obra do catálogo. Por conta de interpretações equivocadas, as cartas apresentam argumentos que, muitas vezes, constroem cenários que passam ao largo da narrativa, desvirtuando por completo o sentido da história. Vejamos alguns exemplos.

O vestido da mamãe, do escritor uruguaio Dani Umpi,

foi publicado pela FTD Educação em 2015. Concebido como livro ilustrado, a obra é narrada em primeira pessoa, com um menino protagonista que experimenta, a cada dia, uma roupa diferente e, com isso, brinca de ser quem ele quiser. Primeiramente, experimenta "roupas especiais para ir à praia" (s/.p.), aquelas que "ficam guardadas o ano todo, esperando as férias" (s./p.). Em seguida, comenta as roupas de inverno, as de que gosta e a de que não gosta tanto, como o cachecol. Finalmente, o narrador menino apresenta o vestido da mamãe, mote do título da obra. Ele é bonito, brilhante, parece uma fantasia. Chama atenção do narrador os cuidados com o vestido: "Ele fica guardado numa sacola transparente. Depois de usar, a mamãe leva o vestido a um lugar onde tem umas máquinas que tiram a sujeira sem usar água" (Umpi, 2007, s./p.). O menino imagina "outras roupas com esse tecido. Guerreiros com capa. Camisas de futebol. Uniformes" (Ibid., p. s./p.).

O menino resolve brincar com o vestido: balançar, jogar bola. E aí enfrenta o olhar curioso das crianças do parque e o riso dos amigos. Quando chega em casa, os pais explicam ao menino que o vestido é caro e deve ser usado em "momentos especiais". Na sua lógica infantil, o menino diz: "Penso muito nos momentos especiais. Como vou saber a hora certa de usar o vestido? Afinal, todos os momentos são especiais!" (Umpi, 2007, s./p.).

Essa singela história sobre descobertas e inocentes experimentações despertou a fúria de famílias indignadas com uma narrativa que, ao ver deles, incitava a mudança de gênero sexual: um menino usando um vestido de mulher em público. Faltou às famílias que rejeitaram o livro a sensibilidade da leitura e perceber que o menino não vê o vestido como uma roupa exclusivamente feminina ou um símbolo do feminino, mas sim como um elemento de beleza para uso em ocasiões especiais, da mesma maneira que a capa dos guerreiros e a camisa dos jogadores de futebol simbolizam essa mesma situação. O autor escolheu o vestido justamente para deslocar conceitos consolidados sobre a realidade. Portanto, usar o vestido não implica em mudança de gênero ou de papel sexual, mas sim provoca uma reflexão sobre a valorização dos momentos especiais. De um ponto de vista poético, a história também clama para o despertar do aprendizado a partir da brincadeira com elementos do cotidiano, reelaborando conceitos já definidos e, com isso, instigando a criança a questionar parâmetros arraigados na sociedade.

Ainda sobre a questão de gênero, uma outra obra que também vem despertando a fúria de pais conservadores é *Alexandra*, da escritora irlandesa Siobhán Parkinson. Nessa história aventureira, a menina protagonista brinca de ser, estar e se comportar de diferentes maneiras, de acordo com suas emoções e desejos. Com leveza adentramos no universo particular de Alexandra, que em alguns dias "deseja usar vestidos e deixar os cabelos soltos" (Parkinson, 2015, s.p.) e em outros tantos "quer usar bermudas e prender o cabelo para brincar livremente" (Ibid., s.p.).

Por meio das atitudes de Alexandra, o leitor sutilmente compreende que, no que se refere à vestimenta, vestido e cabelo solto não permitem às meninas, de modo geral, explorar um ambiente que exige esforço físico de forma mais entregue, mais livre. Ao contrário: o vestido e o cabelo solto no rosto só permitem brincadeiras mais "comportadas", como a contemplação de uma situação ou, ainda, o "tomar chá com as bonecas" (Parkinson, 2015, s.p.). Usar galochas, bermudas, prender o cabelo permitem à menina explorar outras brincadeiras igualmente divertidas e saudáveis, como pular, subir e descer livremente em qualquer lugar, sem que ninguém diga: *sente direito, feche as pernas, abaixe esse vestido.*

A história de Alexandra, no entanto, não fica apenas no âmbito superficial da atitude da menina. Para adentrar na subjetividade da personagem, ora a menina se vê como Alex, ora Sandra e, por fim, volta a ser Alexandra. Trata-se de uma maneira sutil que a autora encontrou de mostrar que um mesmo sujeito pode ser constituído de subjetividades distintas. Assim como acontece com os adultos, faz parte da formação identitária da criança um dia querer ser mais introvertida e, em outros, não. Essa diversidade não é conflitante, mas, pelo contrário, libertadora: saber que podemos, a cada dia, ser essencialmente como desejamos, nos ressignificar sempre que necessário.

Novamente, a questão de gênero se faz presente nas reclamações das famílias tradicionais: a ideia de que a menina possa usar bermuda, prender o cabelo e se chamar de Alex remeteria a um convite para experimentar um lado masculino, incitando, uma vez mais, à experimentação de gêneros sexuais. Essa interpretação vai na contramão da proposta do livro, que clama para uma pausa para ouvir a si mesmo e atender aos próprios chamados daquilo que é intrinsecamente verdadeiro ao eu. Em um documento formal remetido à editora, uma escola aponta que o assunto "ideologia de gênero" era a forma como os pais viam a obra. Haviam substituído o livro por outro e pediam apoio, com a inserção de algum material, que viesse a explicar que o texto não tratava de ideologia de gênero.

Em ambas as obras, a proposta literária desloca as personagens do universo mítico da infância e da criança e se associa a um aprendizado subjetivo de liberdade e autonomia. Ao banir a leitura de tais obras, os pais estão distanciando seus filhos de uma realidade que pertence ao tempo presente.

A editora foi convidada, em diversas ocasiões, a explicar o projeto editorial da casa por meio de cartas e, em alguns casos, até presencialmente. Porém, mesmo que o conflito tenha sido apaziguado no momento, a reincidência de adoção pelas escolas caiu vertiginosamente. A própria reedição das obras também ficou ameaçada, causando preocupação na equipe editorial uma vez que, de maneira concreta, o catálogo começou a ser afetado por fatores externos à editora.

Peter Hunt, em seu emblemático *Crítica, teoria e literatura infantil* já apontava para "confusões típicas"[3] acerca da literatura infantil quando a questão é definir o que é um livro de qualidade. A primeira delas é de que o livro precisa ser simples, de linguagem fácil e acessível, em detrimento de um repertório literário mais consistente. Essa premissa, levaria os livros a uma interpretação mais utilitária da literatura, deixando em segundo plano sua potencialidade de transformação e de questionamento do humano. Hunt também admite que algumas obras contemporâneas lutam contra esse aspecto didático, mas, em suas palavras: "A utilização de livros para manipular a infância de maneira deliberada está longe de ter morrido"[4]. O exemplo mais contundente de Hunt é a edição da obra Pedro, o Coelho, de Beatrix Potter, sucessivamente modificada de maneira a suavizar passagens consideradas "impróprias para as crianças".

O silêncio e o silenciar na literatura infantil brasileira não se dão, apenas, pelo banimento das obras dos universos da escola. Assim como o exemplo de Pedro, o Coelho, existe uma outra consequência desse movimento de silenciar a lite-

---

3 P. Hunt, Crítica, teoria e literatura infantil, p. 54.

4 Idem, ibidem, p. 57.

ratura, mais vertical, que afeta a própria produção das obras. Antevendo críticas e polêmicas, editoras e autores editam os textos originais de maneira a eliminarem trechos que possam gerar incômodo nas escolas perante as famílias tradicionais.

Alguns exemplos se fazem esclarecedores, como *Minha família Enauenê*. A autora Rita Carelli é filha de antropólogos e defensores de povos indígenas. Por conta dessa filiação, Rita teve, durante toda a sua vida, acesso privilegiado ao dia a dia de diversos povos indígenas brasileiros. Em *Minha família Enauenê*, Rita constrói uma narrativa autobiográfica: a autora relata algumas vivências no período de sua infância quando morou com os pais e o irmão em uma aldeia indígena do povo Enauenê-nauê, nos recônditos da floresta amazônica, que não foi influenciado por outras culturas, preservando ainda sua identidade, tanto do ponto de vista de organização social, como de língua e de costumes. As brincadeiras e os rituais são interpretados a partir do ponto de vista de uma estrangeira — a protagonista, uma menina branca criada na cidade grande. Esse contraponto, narrado a partir do olhar de uma criança, permite ao livro apresentar o modo como sociedades distintas lidam com os papéis e as responsabilidades sociais e culturais.

O livro conduz o leitor a refletir a respeito da divisão de tarefas e dos projetos de vida que cada sociedade costuma impor, recomendar ou oferecer a meninos e meninas. Entre os Enauenê-nauê, as meninas são responsáveis pela preparação da comida, pelo cuidado com a casa e com os bebês. Já aos meninos é facultado o acesso aos rios e às florestas, a eles cabem a caça e a pesca, com arco-e-flecha, e brincadeiras específicas.

Rita, uma estrangeira aos olhos dos indígenas, identificou-se muito mais com as tarefas dos meninos. Em um ímpeto de rebeldia, a menina atravessa o centro do povoado – proibido para mulheres – no ato de mostrar que poderia realizar as mesmas tarefas que os meninos. Quando Rita chega ao outro lado, sua mãe-índia arranca sua camiseta e diz: agora você é um menino. Desde esse momento, Rita podia sair com os meninos, fazer arco-e-flecha, caçar e se perder na floresta.

Tal história tem grande importância editorial para as crianças majoritariamente urbanas do Brasil, apresentando um registro do sincretismo cultural que forma a sociedade brasileira, e trazendo ainda valores como perseverança, determinação e compreensão.

De imediato, uma questão foi levantada. A proposta de título da autora para a obra era *O dia em que me tornei um menino e voltei a ser uma menina*. Os editores ponderaram que, dentro do cenário conservador que estamos vivendo, a primeira compreensão da obra, sem a leitura da história, poderia remeter para os mais conservadores a uma questão de gênero: a transformação real de uma menina em menino. A autora defendia essa transformação pela ótica indígena: para os Enauenê, a simbologia do ato em si já garantia uma transformação "real". Porém, o ponto de vista da editora ponderava que as escolas, fechadas para novas culturas e defensoras do patriarcado, focariam na discussão sobre a ideologia de gênero. Dessa maneira, o título da obra teve que ser mudado, para evitar de imediato a polêmica, o que resultaria na recusa do livro pelo professor mesmo antes de a história ter sido lida.

Outros trechos do livro precisariam de ajustes para evitar interpretações equivocadas e polêmicas que desviassem do sentido primordial da obra. Um deles é quando Rita escreveu que sua mãe biológica se casou com um homem indígena e seu pai, com uma mulher indígena. O ato de fato aconteceu, para que o casal fosse aceito no povo. Porém, para as famílias mais tradicionais de modelo cristã, essa ideia poderia sugerir adultério. O trecho, então, foi suavizado e colocado entre aspas ganhando um sentido figurado, de mentirinha.

Ainda que tais modificações no original foram feitas de maneira respeitosa e com a concordância da autora, algumas escolas se manifestaram em relação ao trecho em que Rita se "transforma" em menino e, uma vez mais, a editora foi acionada para justificar a escolha da obra. O trecho em questão, de maneira isolada, de fato não permite a interpretação do texto como um todo. Reinserido em seu contexto, torna-se um ponto menor da narrativa, que se propõe discutir com propriedade, humor e delicadeza a questão da igualdade de oportunidades. Reforça a ideia de que as meninas são capazes de realizar as mesmas atividades que os meninos e que elas podem sonhar em ser o que quiserem. Algo que se encaixa nos anseios da protagonista, mas não tão bem no modo de vida tradicional e preservado do povo indígena em questão. É esse o nó que confere à trama seu potencial dramático e cômico.

Minha família Enauenê contribui para a reflexão sobre temas importantes como a liberdade, a contraposição de distintos modos de vida em sociedade, a fim de valorizar a diversidade, a igualdade de oportunidades e o pleno desenvolvimento do potencial de todo ser humano, independentemente de características individuais e sem preconceito de qualquer espécie. Aos olhos dos adultos tradicionalistas, no entanto, a história foi reduzida a um exemplo de incitação à troca de gêneros.

O último exemplo ao qual recorro neste trabalho refere-se à obra *Dom Quixote*. Publicada em versão adaptada para o público leitor experiente, a edição da FTD Educação cuidou para que nenhum aspecto da narrativa se perdesse, assim como para a preservação do estilo da linguagem do autor. Uma escola, no entanto, em carta anônima, mesmo reconhecendo que o clássico de Miguel de Cervantes tem o seu valor na leitura contemporânea, pediu para a editora cortar trechos que consideravam "delicados" e "polêmicos" e que, por isso, pudessem oferecer algum problema perante as famílias mais conservadoras. A carta da escola formalmente explicava que não queria descaracterizar a obra, reconhecendo-a como um livro da literatura universal. Porém, gostaria de evitar transtornos com as famílias.

Os trechos sublinhados pela escola sugeriam a troca da palavra "prostituta" por "meretriz". Em outros casos, a sugestão era mais estrutural e mudava o sentido da obra, de maneira a suavizar trechos de conotação sexual. Alguns exemplos:

1. Trecho da edição da FTD Educação:

"Bem perto de onde ficou estirado o cavaleiro, estava a cama de um tropeiro que se alojava por lá. A criada e o tropeiro já tinham combinado que, quando todos estivessem dormindo, ela iria até a cama dele."

Sugestão de alteração

"Bem perto de onde ficou estirado o cavaleiro, estava a cama de um tropeiro que se alojava por lá. A criada e o tropeiro já tinham combinado que, quando todos estivessem dormindo, eles se encontrariam."

2. Trecho original

"Soube depois que, na verdade, Fernando já havia conseguido dela tudo o que queria e, uma vez conquistado o que fazia arder seu desejo, perdera o interesse pela moça."

Sugestão de alteração

"Soube depois que, na verdade, Fernando já havia conquistado tudo o que queria e perdera o interesse pela moça."

Ou, ainda, a sugestão de corte de um trecho inteiro:

"– Fui preso porque me diverti demais com minhas duas primas-irmãs e com outras duas irmãs, que não eram minhas. A diversão com elas todas foi tanta que o parentesco ficou complicado. Peguei seis anos. Mas sou moço, e, contanto que eu consiga sobreviver, tudo se resolve."

***

Por mais diversas que cada uma dessas obras possa parecer, todas têm em comum o despertar do subjetivismo como forma de aprendizado de uma escuta interna, reforçando a autonomia e o empoderamento da criança face a suas próprias escolhas. São, portanto, obras centrais para a formação literária e do indivíduo como cidadão do mundo, mais conectadas com a realidade presente do que com uma ideia mítica de infância.

Tais exemplos de edição de obras para crianças e jovens no Brasil sinalizam um alerta dos tempos em que estamos vivendo. Em que a tolerância e o aprendizado de outras culturas e valores têm sido ameaçados em nome da manutenção de utopias e de valores tradicionais, distantes da vida real.

Há, ainda, a esperança de que tais exemplos sejam estudos de casos isolados e que a onda conservadora não tome o lugar da criatividade e da liberdade de expressão. Ainda que, em certos momentos, fica a sensação de que a esperança é o que nos resta, quando o bom senso não é suficiente para barrar as "confusões típicas de forasteiros", como diria Peter Hunt.

Bibliografia primária

CARELLI, Rita. *Minha família Enauenê*. Ils. Anabella Lópes. São Paulo: FTD Educação, 2021.

CERVANTES, Miguel. *Dom Quixote*. Trad. e Adap. Ligia Cademartori. Ils. Alexandre Camanho. São Paulo: FTD Educação, 2012.

CORREIA, Viriato. *Cazuza* (1938). São Paulo: ibep, 2011.

MACHADO, Ana Maria. *O menino que espiava para dentro*. Ils. Alê Abreu. São Paulo: Ed. Global, 2008.

PARKINSON, Siobhán. *Alexandra* [Alexandra]. Trad. Luisa Baeta. Ils. Alexandre Rampazo. São Paulo: FTD Educação, 2015.

UMPI, Dani. *O vestido da mamãe* [El vestido de mamá]. Ils. Rodrigo Moraes. Trad. Flavio de Souza. São Paulo: FTD Educação, 2007.

Bibliografia secundária

CHOMBART DE LAUWE, Marie-José. *Un Monde autre:* l'enfance. Paris: Payot, 1979.

HUNT, Peter. *Crítica, teoria e literatura infantil* [Criticism, Theory and Children's Literature]. Trad. Cid Knipel. São Paulo: Cosac Naify, 2010.

A TÍTULO DE CONCLUSÃO

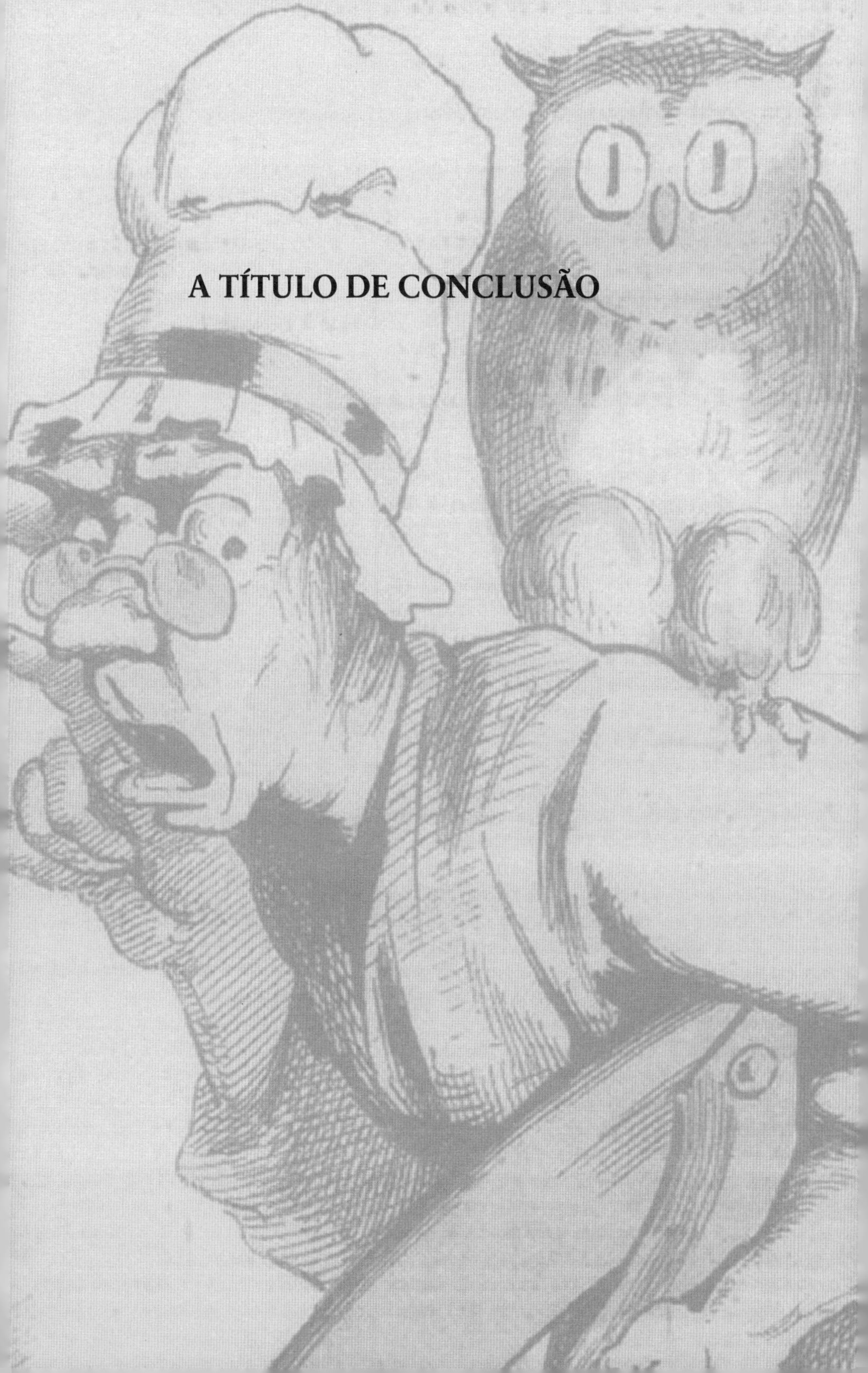

NÃO À BIBLIOCASTIA

Eliane Galvão (UNESP/FCL-Assis)
João Luís Ceccantini (UNESP/FCL-Assis)

Quando nos propomos a conhecer mais a fundo determinado assunto, nos arriscamos, frequentemente, a mobilizar nossas próprias convicções disfarçadas de hipóteses. Ao longo dos capítulos desta obra, desenha-se um panorama instigante e preocupante quanto aos movimentos de censura de livros para crianças e jovens. Essa mesma inquietude já demonstrara Fernando Báez, cujo título de uma de suas obras – *La hoguera de los intelectuales*, de 2006 –, subverte nosso senso comum, ao indicar com dados altamente relevantes, o conluio entre posicionamentos intelectuais inflexíveis e interesses de poder político e religioso como promotores da destruição de bibliotecas ao longo do tempo.

Báez provoca seus leitores, assim, a uma compreensão mais ampla sobre a perda de obras e de bibliotecas, ao atribuir justamente aos intelectuais parte da responsabilidade como promotores da bibliocastia, isto é, o expurgo de livros considerados impuros, indesejáveis, incompatíveis com determinada "verdade". Suas palavras, em *La hoguera de los intelectuales*, ganham peso de manifesto:

> El siglo XX, por decir, fue el siglo del Bibliocausto. El movimiento de los futuristas, en 1910, sacó un manifiesto literario donde pedía acabar con todas las bibliotecas, y la Segunda Guerra Mundial estuvo a punto de cumplir esta propuesta. Los nazis encendieron su primera hoguera el 10 de mayo de

> 1933, cuando quemaron obras de más de cinco mil autores y no cesaron hasta quemar millones de libros (Báez, 2006, p. 14).

As fogueiras contemporâneas mais correntes, porém, contam com o expurgo no campo simbólico, o que, via de regra, acaba se refletindo no efetivo cerceamento, proibição ou banimento de obras, seja em bibliotecas escolares, seja no ambiente familiar ou em outros tantos contextos. Evidentemente, como muitas situações demonstram, essas fogueiras passaram a se configurar mais rapidamente e com maior amplitude de divulgação por meio das tecnologias informacionais.

Nesse sentido, a ideia de memória, tão cara à própria concepção de biblioteca, fica comprometida. Para Zygmunt Bauman (1998, p. 113), o tempo já não estrutura o espaço, ele perdeu sua característica de vetor, pois inexistem os conceitos de para frente ou para trás, "[...] o que conta é exatamente a habilidade de se mover e não ficar parado". Prevalece a ideia de adequação do indivíduo, como capacidade de se mover rapidamente para onde a ação se encontra. Nesse contexto, toda memória cultural é posta em choque. Assim, qualquer tomada de decisão que demande reflexão e que, por isso, implique certa demora, perde seu significado, pois não há tempo algum como seta para medi-la. Por consequência, as relações humanas se estabelecem sob a forma de um jogo curto que significa tomar cuidado com compromissos a longo prazo e fixar-se a um lugar e/ou a uma vocação apenas. Produz-se a sensação de que, de posse do meio – mídia – para se comunicar, todo sujeito é capaz de fazê-lo e dispõe de competência para isso. Não importa se há domínio de um campo específico, interessam as impressões pessoais. Assim, o que afeta um indivíduo, suas crenças e suas experiências – a sua verdade – deve ser posto em verbo, atuando como guia para os que ainda não tiveram a mesma "revelação" que ele.

Revelação distorcida, em geral, pelo caráter intempestivo de opiniões sustentadas pelo carisma ou pela agressividade de articulistas de jornais ou *youtubers* (supostamente) independentes. Essa suposta independência também é a do autor, cujo trabalho nasce delimitado por forças inerentes a um fazer social, como lembra Peter Hunt (2010, p. 228):

> Quem deve decidir? E o que, na realidade, deve censurar? Pois não se deve subestimar a complexidade das influências sobre o autor – desde o comprador dos direitos estrangeiros até a criança. Essas influências estão entre as que levam, nessa expressão muito enganosa, à "morte do autor". O escritor (vivo) já começa com uma carga de restrições sociais, portanto a responsabilidade individual fica para nós. Se quisermos influenciar os outros, deve ser pela educação e com consentimento. O livro, e em especial o livro para criança, não pode ser usado como arma.

O livro que adentra a casa pelas mãos do filho, sobrinho ou menor sob os cuidados de um adulto, pode representar uma "ameaça". A mesma percepção parece não ocorrer em relação aos títulos dispostos em listas de "Os mais vendidos". Esses não representariam ameaça alguma, antes configurando-se como desejáveis, pois acabam por funcionar também como uma forma de socialização, em que o indivíduo se sente incluído entre muitos sujeitos, partilhando de um universo de conhecimento referente ao que o mercado editorial publica:

> Ora, tudo isso está muito bem fundado em sólidos princípios, mas, lamentavelmente, não leva à liberdade, mas sim à liberdade para os fanáticos restringirem a liberdade. Pessoas com convicções simples, fortemente defendidas, levam uma vantagem inerente nessa luta: elas se importam. Para o fanático, o "liberal", que apenas pode trabalhar pela esperança e pelo exemplo, deve parecer desamparadamente fraco e confuso; pode parecer que quero a liberdade sem revolução e a responsabilidade sem autoridade (Hunt, 2010, p. 228).

Os capítulos deste livro apontam que a escola, por sua natureza institucional é, e provavelmente continuará a ser, o alvo mais visado pela censura de hoje. Isso porque, como espaço de formação das novas gerações, ela é marcada pela ideia de seleção de seus conteúdos e métodos. A literatura, consequentemente, não fica imune a toda sorte de discussões sobre os currículos a serem adotados na instituição escolar. De diferentes pontos do território brasileiro, recebemos relatos de cerceamento de obras literárias nesse ambiente, denunciados por professores e gestores.

Por sua vez, as mídias digitais da web, como um todo, surgem intensamente marcadas como espaços de divulgação de informações aligeiradas, em um processo de enaltecimento de opiniões lastreadas por outras opiniões, combustível potente para alimentar polêmicas dentro e fora das bolhas da internet.

Conforme aponta Renato Ortiz (2006), o cenário contemporâneo das grandes cidades – que, em muitos aspectos, direcionam os vetores sociais das demais localidades – tem o anonimato e o capitalismo corporativo como características que pulverizam as relações sociais, deixando os indivíduos "soltos" na malha social. Há um vácuo na orientação das relações pessoais que conduz ao descontentamento. A sociedade, pois, inventa novas instâncias para a integração das pessoas. Como exemplo de uma delas, temos adultos que, responsáveis por crianças e adolescentes ou preocupados com a formação destes, se autodeclaram *guardiões da moral e dos bons costumes*, fazendo uso de grupos no Facebook e/ou WhatsApp para se comunicarem com outros pais e/ou responsáveis pela educação de outros menores.

Ingenuamente predispostos a "atuar" em questões como a leitura literária, muitos desses guardiões optam pela ideia utópica – ou distópica – de eliminação daquilo que prejudicaria seus ideais "do bem". Torna-se necessário cancelar a memória do outro, do distorcido, do diferente, soterrando ou aniquilando o mal adverso. Porém, como bem escreve Hunt (2006, p. 229), "o fato de discordar das pessoas não me faz correto – nem me dá direito algum".

Por meio das ferramentas virtuais, esses sujeitos denunciam obras literárias, aconselham a evitá-las e indicam até mesmo sua supressão de listas feitas por escolas, em geral, privadas. Inclusive, esses indivíduos se julgam capazes de solicitar nesses espaços dedicados à educação de seus menores a exclusão do coordenador, do professor, do bibliotecário – entre outros mediadores – que indicou ou compartilhou tais obras do quadro de funcionários, o que constitui imenso acinte e arbitrariedade. Dessa forma, interferem no processo pedagógico de uma escola, no plano de aula de um professor, nas ações de um mediador e podem até mesmo atuar em dimensão global, quando suas mensagens rapidamente atingem milhões de pessoas pelas redes sociais e o próprio mercado editorial, pondo em dúvida inclusive a capacidade de editores, pareceristas e escritores. Para esses "guardiões", não interessa a crítica acadêmica ou se certo escritor é premiado e reconhecido por instâncias legitimadoras. Sobrepõem a qualquer critério de valor suas impressões de leitura, suas obsessões ideológicas e suas convicções religiosas, ignorando que essas advêm de suas crenças e de seus valores que, antes de qualquer coisa, são personalíssimos.

Nesse contexto em que opiniões expressas nas redes sociais se tornam uma das principais forças reguladoras, a tradição, a pesquisa e a crítica se revelam insuficientes para orientar a conduta, assumindo quem a orienta, então. Passam a ser os canais de comunicação aqueles a oferecer informações personalizadas de sujeitos que asseguram deter discernimento e, por causa dele, prometem segurança a quem lhes confere crédito. Assim, a opinião de alguns parece adquirir um valor pedagógico, quase absoluto. Essas opiniões veiculadas pelas mídias, em geral, com o apoio de instituições que zelam pelos costumes, assumem o caráter didatizante de instâncias de socialização da cultura, capaz de determinar o que pode ser lido – o que é válido – e o que deve ser rechaçado – excluído, renegado.

Instituições como a Associação Americana de Bibliotecas (*American Library Association* – ALA), em atividades desde o início dos anos 1980, indiciam a preocupação de diferentes comunidades de leitores e pesquisadores, ao redor do mundo, com os movimentos de *bibliocastia*.

Pela observância dos meios de comunicação, muitos leitores constroem seus julgamentos a partir de notícias e/ou informações superficiais e pouco confiáveis retiradas das redes sociais. Aliás, algumas delas tornam-se virais, como as que se pautam pela condenação de obras, como se deu com *O menino que espiava pra dentro*, de Ana Maria Machado, apontada como capaz de incitar o suicídio entre crianças; *Enquanto o sono não vem*, de José Mauro Brant, que trataria de temas complexos e inadequados, como o incesto; *Evocação*, de Marcia Kuptas, por supostamente conduzir ao misticismo maligno; entre outras distorções ou aberrações. A justificativa para a exclusão dessas obras do universo de leitura dos jovens leitores refere-se à inquietação causada aos pais e/ou responsáveis. Esses adultos, quando não vetam o livro propriamente, sentindo-se desconfortáveis, proíbem temas, como a famigerada *questão de gênero*.

Como explica Jair Ferreira dos Santos (1986), o exagero narcisista do individualismo é um acréscimo da sociedade pós-industrial, mobilizada pelo consumo e pela informação. Para Santos, o tipo de consumo é um dos fatores que diferencia a sociedade industrial da pós-industrial: a primeira consome bens materiais; a segunda, serviços, sob a forma de informações e possibilidades de comunicação (por diferentes meios). Na sociedade pós-industrial, a capacidade de se expressar pelas redes sociais é apresentada como exercício de cidadania. Logo, nesses espaços, o indivíduo exerce a sua pretensa "liberdade", buscando firmar – paradoxalmente – sua individualidade. Nas redes, ele se identifica com outros sujeitos, quanto ao padrão de comportamento e de valores, formando assim um "nós" todo-poderoso.

A leitura escolarizada é acossada, desse modo, por opiniões alijadas de sustentação teórica consistente, posta sob os holofotes do julgamento "lacrador" de diferentes grupos sociais, cujos membros acreditam compartilhar informações suficientes para que se consume o cancelamento ou chancelamento de livros, filmes, exposições, objetos culturais de modo geral.

Segundo Nicolau Sevcenko (2001), nessa sociedade individualista, dissimulada em coletivos ou grupos constituídos nas redes, as pessoas são estimuladas a concorrer agressivamente umas com as outras, em detrimento de ações de colaboração ou de sentimentos efetivos de solidariedade. Assim sendo, predominam, sobre os contatos diretos e o calor humano, as relações ou comunicações mediadas pelos recursos tecnológicos, todavia pautadas por ideologias, em especial daqueles que justificam suas opiniões como sendo da maioria dos sujeitos do grupo a que pertencem.

Embora, neste livro, os autores tenham abordado casos de censura que se opõem frontalmente à boa qualidade estética das obras, os desdobramentos do cerceamento a títulos literários e aos modos de apropriação do texto literário podem ser detectados tanto por profissionais da educação, em ambiente escolar, quanto por aqueles interessados no tema, fora das escolas. Como apontado por Edmir Perrotti (1990), o resultado da censura sobre o jovem leitor é bastante previsível: a literatura amordaçada afasta-se dos interesses e dos desejos dos jovens e dificilmente consegue ser vista como ato verdadeiramente cultural, o qual possibilita trocas simbólicas de sentidos que dizem respeito ao estar-no-mundo. Por consequência, o jovem pode adquirir um repertório cultural reduzido, constituído basicamente de referências provenientes de seu mundo privado, em que prevalecem os interesses da vida sobre os do mundo. Em tais condições, os produtos culturais são forjados como construção, destinados a modelar o real e não a dialogar com ele. Realiza-se, assim, lamentavelmente, o percurso contrário àquele que se busca durante o desenvolvimento de um trabalho consistente de formação do leitor crítico.

Em outros termos, nega-se à criança e ao jovem a experiência direta da multiplicidade e da liberdade proporcionadas pelo real e pela vida social, com toda sua variedade e verticalidade. Em troca, o modelo cultural propõe-lhe atos linguísticos cujos referentes são outros atos linguísticos, sem condições de se confrontar com o real: "propõe-lhe a linguagem transformada em labirinto sem saída, em espelho que reflete sempre as mesmas imagens, num jogo narcisista cada vez mais emaranhado, complexo e inconcluso" (Perrotti, 1990, p. 98-99). Assim, apresenta-se aos jovens um universo perfeitamente nomeável e nomeado, desprovido de complexidades, que se esgota no e pelo discurso. Para o autor, associar a leitura à cultura, à capacidade de desvendamento que ela é capaz de propiciar, pode aguçar o interesse do leitor pelos livros, concebidos como repositórios da memória da humanidade, documentos em que, através dos séculos, vêm se registrando e projetando lutas, medos, sonhos e esperanças.

Quanto às crianças mais novas, no Brasil, em relação à idade escolar, situadas entre a creche, a escola de Educação Infantil e as séries iniciais do Ensino Fundamental I, cabe a observação de Peter Hunt (2010, p. 229) que assim se manifesta:

> Mas e quanto à situação de um escritor para crianças mais novas? Aqui eu diria que a existência de múltiplos significados gerados, potencialmente e de modo incognoscível, pela criança-leitora torna a prescrição um assunto muito duvidoso. No mínimo, sugere que não só os alvos "visíveis" de sexo, raça e classe tendem muito a ser invisíveis aos leitores infantis, a menos que queiramos que eles sejam visíveis, mas também que o texto aparentemente inocente e desejável possa transmitir sentidos que possam corromper.

Quando "queremos" que o livro se torne um problema, é possível criarmos um "fato" em que apenas existem pressupostos, ainda que desprovidos integralmente de alguma substancialidade. A opinião gera pressupostos tomados como premissas inquestionáveis para o julgamento da obra.

Surgem, como decorrência desse quadro, as consequências também sobre a produção literária por si, aspecto comentado brevemente, mas com grande acuidade, por Leyla Perrone-Moisés (2010, p. 265), em seu estudo sobre a literatura no século XXI:

> Inserida na produção de práticas culturais da atualidade, a literatura corre o risco de perder suas características mais valiosas e de abrigar qualquer tipo de texto escrito, impresso ou eletrônico. Para que ela mantenha um mínimo de especificidade, é preciso que suas qualidades básicas sejam reafirmadas. O que define um texto literário não é sua temática ou sua autoria, mas a forma como o tema é tratado. Por mais respeitáveis que sejam as causas ilustradas e defendidas num texto, não são elas que o tornam literário. Considerar um texto como "literatura" porque ele tem um valor político é uma atitude ética, mas não estética.

No caso da literatura para crianças e jovens, o percurso histórico de seu reconhecimento como "literatura" atesta a busca pela valorização da forma, de seus recursos estéticos como determinantes de seu caráter literário. As arenas de embates de vozes divergentes, espelhando ideologias diversas, são elementares para a construção e para a manutenção da democracia. Utilizar elementos desses embates como forma de cerceamento ao fazer literário, porém, é reduzir a literatura a um conjunto de ditames morais (conforme as concepções de cada grupo) e restringir seus sujeitos à condição de não leitores.

Referências

BÁEZ, Fernando. *La hoguera de los intelectuales*. Valencia: Universidade de Carabobo, 2006. Versão em pdf.

BAUMAN, Zygmunt. *O mal-estar da pós-modernidade*. Tradução de Mauro Gama, Cláudia M. Gama. Rio de Janeiro: Jorge Zahar Ed., 1998.

HUNT, Peter. *Crítica, teoria e literatura infantil*. Tradução de Cid Knipel. São Paulo: Cosac Naify, 2010.

ORTIZ, Renato. *A moderna tradição brasileira:* cultura brasileira e indústria cultural. 5.ed. 4.reimpr. São Paulo: Brasiliense, 2001.

PERRONE-MOISÉS, Leyla. *Mutações da literatura no século XXI*. São Paulo: Companhia das Letras, 2016.

PERROTI, Edmir. *Confinamento cultural, infância e leitura.* São Paulo: Summus, 1990.

SANTOS, Jair Ferreira dos. *O que é pós-moderno*. São Paulo: Brasiliense, 1986.

SEVCENKO, Nicolau. *A corrida para o século XXI*: no loop da montanha-russa. São Paulo: Companhia das Letras, 2001.

UMA BIBLIOGRAFIA SOBRE CENSURA

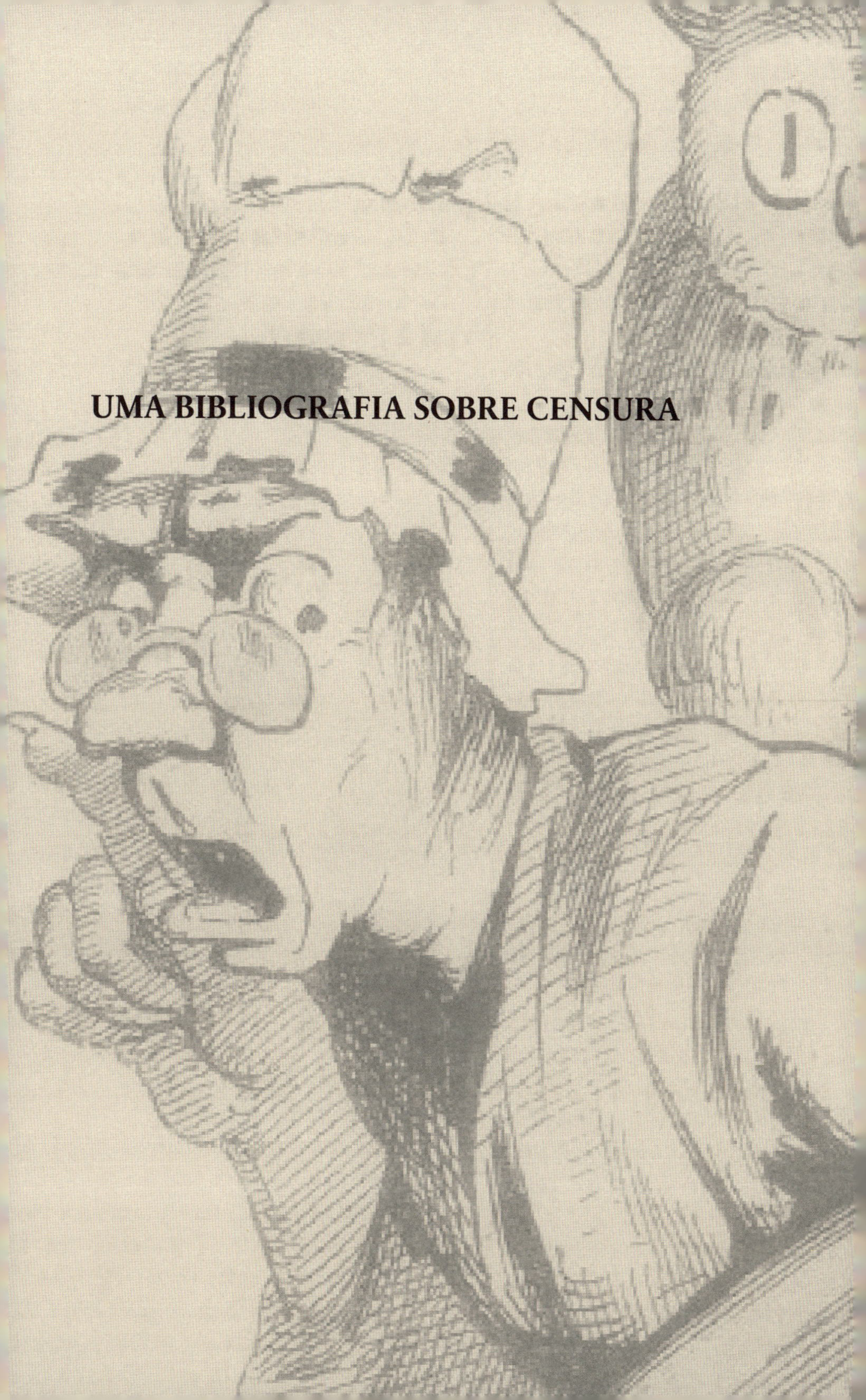

AUTOR	TÍTULO DA OBRA	DADOS COMPLEMENTARES
AGUILAR, Elisa Corona.	*Ninõs, niggers, muggles:* sobre literatura infantil y censura. Il. Santiago Solis.	Cidade do México: Deleátur, 2012. Versão e-book on-line. Disponível em: <https://issuu.com/deleatur_estudio/docs/ni__os__niggers__muggles#google_vignette>. Acesso em: 21 mar. 2024.
ALMEIDA, Pedro.	Censura aos livros infanto-juvenis.	*Publish News.* 18 nov. 2019. Disponível em: <https://www.publishnews.com.br/materias/2019/11/18/censura-aos-livros-infantojuvenis>. Acesso em: 04 abr. 2024.
ANDREUCCI, Álvaro Gonçalves Antunes; OLIVEIRA, Valéria Garcia de.	*Cultura amordaçada:* intelectuais e músicos sob a vigilância do DEOPS. Módulo VI – Comunistas.	São Paulo: Arquivo do Estado; Imprensa Oficial, 2002.

AZEVEDO, Ricardo.	Sobre o chamado "politicamente correto".	*Coletivo Leitor.* 28 nov. 2008. Disponível em: <https://www.coletivoleitor.com.br/sobre-o-chamado-politicamente-correto/>. Acesso em: 04 abr. 2024.
BÁEZ, Fernando.	*História universal da destruição dos livros:* das tábuas sumérias à Guerra do Iraque.	Trad. Léo Schlafman. São Paulo: Ediouro, 2004.
BAPTISTA, Mônica Corrêa; PETROVTICH, Camila Souza.	Censura a livros no Brasil: raízes do controle.	*Revista Emília.* 15 mar. 2023. Disponível em: <https://emilia.org.br/censura-a-livros-infantis-no-brasil-raizes-do-controle/>. Acesso em: 04 abr. 2024.
BECK, Matheus.	Escritora gaúcha diz que teve participação em Feira do Livro de Nova Hartz cancelada por "linguajar inadequado".	*G1.* 13 nov. 2019. Disponível em: <https://g1.globo.com/rs/rio-grande-do-sul/noticia/2019/11/13/feira-do-livro-de-nova-hartz-cancela-convite-a-escritora-gaucha-e-editora-critica-censura.ghtml>. Acesso em: 04 abr. 2024.

BESSON, Anne.	Les "versions jeunes" de personnages littéraires mythiques: u principe de déclinaison.	In: PRINCE, Nathalie; SERVOISE, Sylvie (dir.). *Les personnages mythiques dans la littérature de jeunesse.* Rennes: Presses Universitaires de Rennes, 2015. p. 195-204.
BLOG Companhia das Letras.	Raízes da censura da ditadura militar.	*Companhia das Letras.* 23 out. 2018. Disponível em: <https://www.companhiadasletras.com.br/BlogPost/4255/raizes-da-censura-da-ditadura-militar>. Aceso em: 04 abr. 2024.
BOURDIEU, Pierre.	*Questões de Sociologia.*	Lisboa: Fim de século, 2003.
BRENMAN, Ilan.	*A condenação de Emília:* o politicamente correto na literatura infantil.	Belo Horizonte: Aletria, 2012.
BRENMAN, Ilan; PONDÉ, Luiz Felipe.	*Quem tem medo do lobo mau?*	Campinas: Papirus 7 Mares, 2019.

CAMARGOS, Marcia Mascarenhas; SACCHETTA, Vladimir.	Procura-se Peter Pan....	In: CARNEIRO, Maria Luiza Tucci (org.). *Minorias silenciadas:* história da censura no Brasil. 2. ed. São Paulo: Editora da Universidade de São Paulo, 2020. p. 208-235.
CARNEIRO, Maria Luiza Tucci.	*Livros proibidos, ideias malditas:* o DEOPS e as minorias silenciadas.	São Paulo: Estação Liberdade; Arquivo do Estado/SEC, 1997.
CASARIN, Rodrigo.	Os livros LGBTs comprados por Felipe Neto e distribuídos na Bienal.	*Uol.* Página Cinco. 09 set. 2019. Disponível em: <https://paginacinco.blogosfera.uol.com.br/2019/09/09/os-dez-livros-lgbts-comprados-por-felipe-neto-e-distribuidos=-na-bienal/?cmpid-copiaecola&cmpid=copiaecola>. Acesso em: 04 abr. 2024.

CIABATTARI, Jane.	Os livros infantis que estão sendo banidos nos EUA.	*BBC News Brasil.* 1 jun. 2023. Disponível em : <https://www.bbc.com/portuguese/articles/cl7kv047rkko >. Acesso em: 04 abr. 2024.
COTÉ, J. D.	La littérature jeunesse, victime de censure?	*Québec français*, n. 120, p. 85-88, dez./mar. 2001.
CUNHA, Andrei dos Santos; RASSIER, Luciana Wrege; SILVA, Wanessa Gonçalves.	Apresentação.	In: ______ (orgs.). *Transfiguração do real na literatura.* Porto Alegre: Class, 2023. p. 7-10. Disponível em: https://abralic.org.br/downloads/publicacoes/2020-2021/eixo-10-transfiguracoes-do-real-na-literatura.pdf. Acesso em: 26 fev. 2024.
DALCASTAGNÈ, Regina.	*Literatura brasileira contemporânea:* um território contestado.	Vinhedo: Editora Horizonte; Rio de Janeiro: Editora da UERJ, 2012.

DAMASCENO, Victoria.	Após críticas, colégio oferece alternativa a livro de Anne Frank.	*Folha de S. Paulo*, 11 jun. 2021. Disponível em: <https://www1.folha.uol.com.br/cotidiano/2021/06/colegio-de-sp-oferece-alternativa-a-livro-de-anne-frank-criticado-por-pais.shtml>. Acesso em: 04 abr. 2024.
DARNTON, Robert	*Censores em ação:* como os Estados influenciaram a literatura.	Trad. Rubens Figueiredo. São Paulo: Companhia das Letras, 2016.
DEBUS, Eliane.	*Monteiro Lobato e o leitor, esse desconhecido.*	Itajaí: UNIVALI ed.; Florianópolis: Ed. UFSC, 2004.
DELBRASSINE, Daniel.	Censure et autocensure dans le roman pour la jeunesse.	*Parole.* Lausanne, v. 1, n. 2, p. 8-11, jun./dez. 2008. Disponível em: <https://www.jm-arole.ch/Parole/08/2.08/Parole%20 2.08%20article%20delbrassine.pdf>. Acesso em: 04 abr. 2024.

DELBRASSINE, Daniel.	La censure, une excéption française?.	*Lecture Jeunesse.* 26 nov. 2018. Disponível em: <https://www.lecturejeunesse.org/la-censure-une-exception-francaise/ >. Acesso em: 04 abr. 2024.
DELBRASSINE, Daniel.	*Le roman pour adolescents aujourd´hui:* écriture, thématiques et réception.	Créteil: SCÉRÉN; Paris: La Joie par les Livres, 2006.
DUARTE, Luisa (org.).	*Arte Censura Liberdade:* reflexões à luz do presente.	Rio de Janeiro: Cobogó, 2018.
DUCAS, Sylvie.	Censure et autocensure de l'écrivain.	Ethnologie française, nouvelle serie. *Nanterre*, v. 36, n. 1, p. 111-119, jan-mar 2006.
DURAND, Pascal .	Introduction: censure e sense commun professionnel.	In: ______ (ed.). *Médias et censure:* figures de l'órthodoxie. Liège: Les Éditions de l´Université de Liège, p. 9-18, 2004.

FARIAS, Fabíola.	O perigo da censura.	*Revista Emília.* 25 maio 2019. Disponível em: <https://emilia.org.br/o-perigo-da-censura/>. Acesso em: 04 abr. 2024.
FRANCO, Marcella.	Diretora pede a censura de livro sobre o racismo em escola no Rio Grande do Sul: 'Nojento.'	*Folha de S. Paulo.* Livros. 2 mar. 2024. Disponível em: < https://www1.folha.uol.com.br/ilustrada/2024/03/diretora-pede-censura-a-livro-sobre-racismo-em-escola-no-rio-grande-do-sul-nojento.shtml#:~:text=Solicito%20ao%20Ministério%20da%20Educação,não%20escolheram%20esta%20obra%20literária.>. Acesso em: 04 abr. 2024.
GARCÍA, Laura Rafaela.	Narrativas del pasado y literatura infantil: continuidades y rupturas en los planteos críticos de Graciela Montes y Ana Maria Machado.	*Estudos De Literatura Brasileira Contemporânea*, n. 46, p. 133-151, jul./dez. 2015. Disponível em: <https://doi.org/10.1590/2316-4018468>. Acesso em: 04 abr. 2024.

GARRALÓN, Ana.	Contra o politicamente correto.	*Revista Emília.* 25 jun. 2019. Disponível em: <https://emilia.org.br/contra-o-politicamente-correto-na-literatura-infantil/ [25/06/2019]>. Acesso em: 04 abr. 2024.
GONÇALO JR.	*A Guerra dos gibis:* a formação do mercado editorial brasileiro e a censura aos quadrinhos – 1933 a 1964.	São Paulo: Companhia das Letras, 2004.
HANÁN DÍAZ, Fanuel.	*Sombras, censuras y tabus em los libros infantiles.*	Cuenca: Ediciones de la Universidad de Castilla-La Mancha, 2020.
HESSEL, Rosa; KIRCHOF, Edgar; JUNQUEIRA, Renata.	Censura e temas sensíveis: a literatura infantil e juvenil.	In: *VI Congresso Internacional de Literatura Infantil e Juvenil*, 7, 2020, Presidente Prudente. Mesa Redonda [...]. Presidente Prudente: [s.n.], 2020. Disponível em: < https://www2.fct.unesp.br/congresso/cellij/vicilij/>. Acesso em: 19 mar. 2024.

IACONELLI, Vera.	Muitos pais desconhecem o sentido de uma educação de qualidade.	*Folha de S. Paulo.* 27 nov. 2023. Disponível em: <https://www1.folha.uol.com.br/colunas/vera-iaconelli/2023/11/muitos-pais-desconhecem-o-sentido-de-uma-educacao-de-qualidade.shtml >. Acesso em: 19 mar. 2024.
ICHILEVICI, Vita.	Direita, esquerda e os corretos na literatura infantil.	*Entreletras.* Araguaína, v. 11, n. 2, p. 39-56, set./dez. 2020. (ISSN 2179-3948 – online)
ICHILEVICI, Vita.	*Literatura infantil e o politicamente correto:* dimensões éticas, estéticas e mercadológicas.	2019. 218 f. Dissertação (Mestrado em Educação) - Faculdade de Educação, Universidade de São Paulo, São Paulo, 2019.

IGUMA, Andréia de Oliveira A.	Censura na literatura infantil e juvenil: entre livros e labaredas.	*Línguas e Letras.* Cascavel, v. 20, n. 47, p. 214-228, 2019.
JALONGO, Mary Renck; CREANY, Anne Drolett.	Censorship in children's literature: what every educator should know.	*Childhood Education.* Washington, v. 67, n. 3, spring 1991. Disponível em: <https://www.tandfonline.com/doi/abs/10.1080/00094056.1991.10521598>. Acesso em: 22 mar. 2024.
KHÉDE, Sonia Salomão.	*Censores de pincenê e gravata:* dois momentos da censura teatral no Brasil.	Rio de Janeiro: CODECRI, 1981.

KUCINSKI, Bernardo.	A primeira vítima: a autocensura durante o regime militar.	In: CARNEIRO, Maria Luiza Tucci (org.). *Minorias silenciadas:* história da censura no Brasil. 2.ed. São Paulo: Editora da Universidade de São Paulo, 2020. p.533-551.
LARTET-GEFFARD, Josée.	*Le roman pour ados:* une question d´éxistence.	Paris: Éditions du Sorbier, 2005.
LAINÉ, Jean-Marc; OLIVIER, Thierry.	*Fredric, William e a amazona:* perseguição e censura aos quadrinhos.	Trad. Rafael Meire. São Paulo: Pipoca & Nanquim, 2021.
MACHADO, Ana Maria.	Nas asas da liberdade.	In: ______. *Silenciosa algazarra:* reflexões sobre livros e práticas de leitura. São Paulo: Companhia das Letras, 2011. p.195-218

MACHADO, Ana Maria.	O trânsito da memória – literatura e transição para a democracia no Brasil.	In: ______. *Contracorrente:* conversas sobre leitura e política. São Paulo: Ática, 1999.
MACHADO, Ana Maria.	Por uma cultura de resistência.	*Texturas:* sobre leituras e escritos. Rio de Janeiro: Nova Fronteira, p. 80-89, 2001.
MANGUEL, Alberto	*Uma história da leitura.*	Trad. Pedro Maia Soares. 2. ed. São Paulo: Companhia das Letras, 1997.
MARCOIN, Christian; CHELE-BOURG Francis.	*La littérature de jeunesse.*	Paris: Armand Colin, 2007.

MARIANO, Juliana Camargo.	*A literatura infantil e o autoritarismo no século XX:* um estudo comparativo entre Ruth Rocha e José Cardoso Pires.	2012. 129 f. Dissertação (Mestrado em Letras Clássicas e Vernáculas) - Faculdade de Filosofia, Letras e Ciências Humanas, Universidade de São Paulo, São Paulo, 2012.
MARIET, François.	*Laissez-les regarder la télé:* le nouvel esprit télévisuel.	Paris: Calmann-Lévy, 1989.
MARTINS, Pedro; FRANCO, Marcella.	Entenda a nova onda de denúncias de censura à arte com o livro 'O Avesso da Pele'.	*Folha de S. Paulo*, Ilustrada, C1 e C3, 9 mar. 2024. Disponível em: <https://www1.folha.uol.com.br/ilustrada/2024/03/entenda-a-nova-onda-de-denuncias-de-censura-a-arte-com-o-livro-o-avesso-da-pele.shtml>. Acesso em: 22 mar. 2024.

MATTOS, Laura.	Roque Santeiro, uma obsessão da Censura.	*Folha de São Paulo*, Ilustríssima, p. 4-5, 22 set. 2019.
MEDINA, Cremilda.	As muitas faces da censura.	In: CARNEIRO, Maria Luiza Tucci (org.). *Minorias silenciadas:* história da censura no Brasil. 2.ed. São Paulo: Editora da Universidade de São Paulo, 2020. p. 422-433.
MEDRANO, Sandra Mayumi Murakami.	Porque literatura não rima com censura.	*Revista Emília*, 12 dez. 2024. Disponível em: <https://emilia.org.br/porque-literatura-nao-rima-com-censura/>. Acesso em: 04 abr. 2024.
MEIRELES, Maurício.	O martelo das feiticeiras.	*Folha de S. Paulo*, 27 jul. 2019, p. C1.

MENON, Isabella; CONSIGLIO, Marina.	Festival de SP discute censura às artes com peças e debates.	*Folha de S. Paulo*, 3 jun. 2021, p. B14.
MOLINERO, Bruno.	Censura a livros infantis é o reino encantado do "duplipensar" de Orwell.	*Folha de S. Paulo*, 13 set. 2021, p. A14.
MOLINERO, Bruno; FINOTTI, Ivan.	Prefeito do Rio manda fiscais à caça de livro com beijo gay na Bienal.	*Folha de S. Paulo*, 7 set. 2019, p. A14.
MOLLIER, Jean-Yves.	As mil e uma faces da censura de ontem até hoje.	*Concinnitas.* Rio de janeiro, v. 19, n. 33, p. 68-85, dez. 2018.

MOLLIER, Jean-Yves.	Édification, prescriptions et censures ou comment instrumentaliser la littérature de jeunesse.	In: PIFFAULT, Olivier (dir.). *Babar, Harry Potter & Cie:* livres d'enfants d'hier et d'aujourd'hui. Paris: Bibliothèque Nationale de France, 2008. p.434-440.
MORAIS, Josenildo Oliveira de.	*A literatura infantil como instrumento de denúncia da ditadura militar.*	2011. 110 f. Dissertação (Mestrado em Literatura e Interculturalidade) - Centro de Educação, Universidade Estadual da Paraíba, 2011.
MOURA, Eduardo.	A lei dos homens.	*Folha de S. Paulo*, 28 dez. 2021, p. B6-7.
NAKANO, Renata.	Reescrever ou não livros infantis na era do cancelamento?.	*Lunetas*, 30 maio 2023. Disponível em: <https://lunetas.com.br/reescrever-ou-nao-classicos-da-literatura-infantil-na-era-do-cancelamento/>. Acesso em: 04 abr. 2024.

NAZARIAN, Santiago.	Censura livre.	Ilustrada/Ilustríssima. *Folha de São Paulo*, 17 mar. 2024, C-8. Versão impressa. Disponível em: <https://www1.folha.uol.com.br/ilustrissima/2024/03/verdadeira-censura-nao-e-de-direita-ou-esquerda-mas-do-mercado.shtml>. Acesso em: 22 mar. 2024.
NITTLE, Nadra.	What Is "Soft" Censorship? When School Districts Don't Ban Books, They Still Limit Student Access.	*Them*, 24 ago. 2022. Disponível em: <https://www.them.us/story/book-bans-limitations-school-districts-soft-censorship>. Acesso em: 04 abr. 2024.
NODELMAN, Perry.	*Somos mesmo todos censores?*: dois ensaios por Perry Nodelman.	Trad. Lenice Bueno. São Paulo: Instituto Emília; Solisluna Editora, 2020.
NORTH Dakota State Library.	Types of censorship.	*North Dakota State Library*. n.d. Disponível em: <https://library-nd.libguides.com/c.php?g=1199574&p=8780668>. Acesso em: 04 abr. 2024.

PASCUA FEBLES, Isabel.	*La literatura traducida y censurada para niños y jóvenes en la época franquista:* Guillermo Brown.	Las Palmas de Gran Canaria: Universidad de las Palmas de Gran Canaria, Servicio de Publicaciones, 2011.
PERRONE-MOISÉS, Leyla.	Literatura engajada.	*Revista Criação & Crítica.* São Paulo, n. 35, p. 370-383, 2023. Disponível em: <https://www.revistas.usp.br/criacaoecritica/article/view/212813>. Acesso em: 10 jan. 2024.
PETROVITCH, Camila Souza; BAPTISTA, Mônica Correia; SÁ, Alessandra Latalisa de.	Censura/controle a livros infantis no Brasil de 2016 a 2020.	*Humanidades & Inovação.* Palmas, v. 10, n. 2, p. 144-156, jan. 2023. Edição especial. Disponível em: <https://revista.unitins.br/index.php/humanidadeseinovacao/issue/view/190>. Acesso em: 21 mar. 2024.
PORTO, Walter.	Os limites da liberdade.	*Folha de S. Paulo*, 3 out. 2020, p. C1.

RAE, Heather.	All these choices! parents and censorship.	The Looking Glass: new perspectives on children's literature. *Lubbock*, v. 12, n. 2, jun. 2008. Disponível em: <https://ojs.latrobe.edu.au/ojs/index.php/tlg/article/view/88/0>. Acesso em: 22 mar. 2024.
REIMÃO, Sandra; NERY, João Elias; MAUÉS, Flamarion	*Resistência:* leitores, autores, livreiros, editores e censura a livros no Brasil de 2019 a 2022.	São Paulo: Edições EACH, 2023.
REIMÃO, Sandra.	*Repressão e resistência:* censura a livros na Ditadura Militar.	São Paulo: Edusp, 2011.
RIBEIRO, Renato Janine.	Prefácio: O direito de sonhar.	In: CARNEIRO, Maria Luiza Tucci (org.). *Minorias silenciadas:* história da censura no Brasil. 2. ed. São Paulo: Editora da Universidade de São Paulo, 2020. [n.p.].

SANCHEZ, Leonardo.	Editoras reagem e apontam eco de tempos medievais e sombrios na ação das autoridades.	*Folha de S. Paulo*, 7 set. 2019, p. A14.
SILVA, Deonísio da.	*Nos bastidores da censura:* sexualidade, literatura e repressão pós-64.	São Paulo: Estação Liberdade, 1989.
SILVA, Leonardo Vinícius Sfordi da.	*A censura na produção literária infantil e juvenil:* discursos e práticas contemporâneas.	2020. [n.p.]. Dissertação (Mestrado em Letras) - Departamento de Letras, Universidade Estadual de Maringá, Maringá, 2020.
SILVA, Leonardo Vinícius Sfordi da.	*(Re)pensando a censura na literatura infantil e juvenil contemporânea:* entre conceitos e problemas.	Anhanguera. Goiânia, v. 22, n. 2, jul./dez. 2021.

SILVA, Raquel Afonso da.	*Entre livros e leituras:* um estudo de cartas de leitores.	2009. 278 f. Tese (Doutorado em Teoria e História Literária) - Instituto de Estudos da Linguagem, Universidade Estadual de Campinas, Campinas, 2009.
SILVA, Raquel Afonso da.	Monteiro Lobato e a Escola nas décadas de 1930 e 40.	In: *XII Congresso Internacional da ABRALIC*, 12, 2011, Curitiba. Comunicações [...]. Curitiba: Universidade Federal de Paraná, 2011. p. 1-10. Disponível em: < https://abralic.org.br/eventos/cong2011/AnaisOnline/resumos/TC0850-1.pdf>. Acesso em: 04 abr. 2024.
SÍS, Peter.	My life with censorship.	*Bookbird* - a journal os international children's literature. Basiléia, v. 47, n. 13, p. 42-45, jul. 2009. Disponível em: <https://www.ibby.org/archive-storage/06_Bookbird_14579/1047837/1047_PDF_00001.pdf >. Acesso em: 01 abr. 2024.

SOULÉ, Véronique.	Du discours non écrit à la censure ou plutôt de la censure au discours non écrit.	In: NIÈRES-CHEVREL, Isabelle (dir.). *Littérature de jeunesse, incertaines frontières.* Paris: Gallimard Jeunesse, 2005.
SOULÉ, Véronique.	Censures et autocensures autor du livre de jeunesse.	*Bulletin des bibliothèques de France (BBF).* Villeurbanne, n. 3, p. 44-48, 1999. Disponível em: <https://bbf.enssib.fr/consulter/bbf-1999-03-0044-005>. Acesso em: 04 abr. 2024.
SOUZA, Danilo Fernandes Sampaio.	Literatura censurada: o politicamente (in)correto na Literatura para crianças e jovens.	*Linguagens* – Revista de Letras, Artes e Comunicação. Blumenau, v. 13, n. 3, p. 430-444, set./dez. 2019.
TAJRA, Alex.	O petróleo e os livros queimados de Monteiro Lobato.	*Revista Saci.* [s.l.], n.d. Disponível em: <https://revistasaci.com.br/o-petroleo-e-os-livros-queimados-de-monteiro-lobato/>. Acesso em: 04 abr. 2024.

TORREMOCHA, Pedro César Cerrillo; ORTIZ, César Sánchez (orgs.).	*Prohibido leer:* la censura en la literatura infantil y juvenil contemporánea.	Ciudad Real: Universidad de Castilla-La Mancha, Ediciones de la Universidad de Castilla-La Mancha, 2016.
TORREMOCHA, Pedro César Cerrillo; SOTOMAYOR, María Victoria (orgs.).	*Censura y LIJ en el siglo XX (En España y 7 países latinoamericanos).*	Cuenca: Ediciones de la Universidad de Castilla-La Mancha, 2016.
TOWN, Caren J. (2014).	*"Unsuitable" books:* young adult fiction and censorship.	North Carolina: McFarland & Company. Versão para Kindle. E-ISBN: 978-1-4766-1682-7. Versão Kindle.
VILLANUEVA, Darío.	*Morderse la lengua:* corrección política y posverdad.	6. ed. Barcelona: Planeta, 2021.
ZILBERMAN, Regina.	"Direito à Literatura' e literatura na escola".	In: RETTENMAIER, Miguel; VERARDI, Fabiane (orgs.). *Leitura literária:* conceitos, mediações e experiências. Passo Fundo: EDIUPF, 2023. p. 183-208.

AUTORES

Alexandre Mariotto Botton (UNEMAT – Tangará da Serra) – Doutorado em Teoria e História Literária (Universidade Estadual de Campinas – UNICAMP, 2014). Atua no Programa de Pós-graduação em Estudos Literários (PPGEL/Unemat) e no Programa de Pós-Graduação em Ensino em Contexto Indígena Intercultural (PPGECII/Unemat). Além disso, é Diretor de Gestão de Ações Afirmativas da UNEMAT e participa do projeto Curupira da Editora Cartonera, em que desenvolve pesquisa sobre narrativas tradicionais dos povos indígenas do estado de Mato Grosso. Também é membro do GT Leitura e Literatura Infantil e Juvenil, da ANPOLL.

Alice Atsuko Matsuda (UTFPR) – Doutorado em Letras – Estudos Literários (Universidade Estadual de Londrina – UEL, 2009) e Pós-doutorado em Mediação Digital e Materialidades da Literatura (Universidade de Coimbra – UC, 2018). É professora aposentada da graduação e professora voluntária da pós-graduação da Universidade Tecnológica Federal do Paraná (UTFPR/Campus Curitiba). Também é líder do Grupo de Pesquisa Literatura Infantil e Juvenil: Análise Literária e Formação do Leitor (UTFPR-CT), vice-líder do Literatura e Design de Artefatos para Crianças e Jovens no Mundo Digital (UFSC), membro da RELER – Grupo Interinstitucional de Pesquisa em Leitura (PUC-Rio) e do Grupo de Pesquisa Literatura e Cultura Contemporânea (ULBRA). Ainda, da mesma forma é membro do GT Leitura e Literatura Infantil e Juvenil, da ANPOLL.

Alice Áurea Penteado Martha (UEM) – Doutora em Letras (Universidade Estadual Paulista – UNESP, 1995) e Pós-doutorado (Pontifícia Universidade Católica do Rio Grande do Sul – PUC-RS, 2004). Atua como Professora Permanente do Curso de Pós-Graduação em Letras, na área de Estudos Literários, da Universidade Estadual de Maringá (UEM), e como votante, desde 2005, da Fundação Nacional do Livro Infantil e Juvenil (FNLIJ). Também é membro da Red Temática de Investigación Las Literaturas Infantiles y Juveniles del Marco Ibérico e Iberoamericano (LIJMI) e do GT Leitura e Literatura Infantil e Juvenil, da ANPOLL. Ainda, tem participado do processo avaliativo de obras literárias e didáticas do Programa Nacional do Livro e do Material Didático (PNLD).

Ângela Cogo Fronckowiak (UNISC) – Doutorado em Educação (Universidade Federal do Rio Grande do Sul – UFRGS, 2013). É professora adjunta e pesquisadora da Universidade de Santa Cruz do Sul (UNISC/RS). Atua no Programa de Pós-Graduação em Letras, com área de concentração em Leitura e linha de pesquisa em Estudos de Mediação em Leitura, e como professora colaboradora no Programa de Pós-Graduação em Educação. Além disso, integra o grupo de pesquisa Estudos Poéticos: Educação e Linguagem (CNPq), no qual coordena a atividade permanente de extensão Encontros com a Poesia. Ainda, é membro do GT Leitura e Literatura Infantil e Juvenil, da ANPOLL.

Aroldo José Abreu Pinto (UNEMAT – CNPq) – Doutorado em Letras (Universidade Estadual Paulista – UNESP, 2004) e Pós-doutorado (Universidade de São Paulo – USP, 2012). Atua como docente no Programa de Pós-Graduação em Estudos Literários da UNEMAT – Campus de Tangará da Serra e no Programa de Pós-Graduação em Letras da UNEMAT – Campus de Sinop. Também é professor do Departamento de Letras da UNEMAT - Campus de Tangará da Serra e foi coordenador do Programa de Pós-Graduação (Mestrado e Doutorado) em Estudos Literários da UNEMAT – Campus de Tangará da Serra (2013-2016 e 2017-2019). Atualmente é coordenador do Projeto de Pesquisa "Organização e disponibilização do acervo de Ricardo Ramos" (CNPq) e do Grupo de Pesquisa "Literatura, Ensino e Sociedade", além de membro do Grupo de Pesquisa "Literatura, Leitura e Ensino" na UNEMAT e do GT Leitura e Literatura Infantil e Juvenil, da ANPOLL.

Diana Navas (PUC-SP) – Doutorado em Letras (Universidade de São Paulo – USP, 2012) e Pós-doutorado (Universidade de Aveiro – UA, 2015). É docente no Programa de Pós-Graduação em Literatura e Crítica Literária e no Programa de Língua Portuguesa da PUC-SP, bem como nos cursos de graduação da Faculdade de Tecnologia de São Paulo. Ademais, é bolsista de produtividade no CNPQ, líder do Grupo de Pesquisa "Literatura Juvenil: questões teóricas e práticas de leitura" e coordenadora dos cursos de extensão "Entre a escrita e a escuta: literatura e humanização" e "Práticas de leitura do texto literário e a formação do leitor". Ainda, é membro do GT Leitura e Literatura Infantil e Juvenil, da ANPOLL.

Diógenes Buenos Aires de Carvalho (UFPI) – Doutorado em Letras (PUC-RS/CAPES) e Pós-Doutorado (PNPD/CAPES) em Letras (Universidade de Passo Fundo – UPF, 2018). É professor da Universidade Estadual do Piauí (UESPI), atua na Graduação em Letras e no Programa de Pós-Graduação em Letras (PPGL), bem como professor convidado do Programa de Pós-Graduação em Letras (PPGEL/UFPI). Também coordena o Grupo de Pesquisa Literatura, Leitura e ensino (LLER – CNPq/UESPI). Ainda, é integrante da RELER (Cátedra UNESCO de Leitura/iiLer – a PUC Rio) e do Grupo de Pesquisa "A narrativa ficcional para crianças e jovens: teorias e práticas" (UERJ). Já coordenou o curso de graduação em Letras/Português, o Mestrado Acadêmico em Letras e foi Pró-Reitor de Pesquisa e Pós-Graduação na UESPI. Hoje, é membro do GT Leitura e Literatura Infantil e Juvenil, da ANPOLL, no qual atuou como Coordenador (2016-2020).

Eliane Aparecida Galvão Ribeiro Ferreira (UNESP/ FCL Assis; CNPq) – Doutorado em Letras (Universidade Estadual Paulista – UNESP/Assis, 2009). É professora na graduação, no Programa de Pós-Graduação em Letras (PPGL), no qual tem atuado como Coordenadora, e no PROFLetras da UNESP/ Assis. Também é membro dos grupos de pesquisa RELER (PUC-Rio) e EnLIJ (UERJ-Rio). Ainda, é líder do GP Literatura e formação do leitor: implicações estéticas, históricas e sociais (UNESP/UENP) e Vice-Líder do GP Literatura juvenil: crítica e história (UENP/UNESP). Por fim, é Vice-Coordenadora do GT Leitura e Literatura Infantil e Juvenil (ANPOLL) e membro da Red Temática de Investigación Las Literaturas Infantiles y Juveniles del Marco Ibérico e Iberoamericano (LIJMI).

Fabiane Verardi Burlamaque (UPF) – Doutorado em Letras/Teoria Literária (Pontifícia Universidade Católica do Rio Grande do Sul – PUC-RS, 2004) e Pós-doutorado (Universidade de Coimbra – UC, 2019). Atualmente é professora Titular III da Universidade de Passo Fundo, no curso de Letras, no Programa de Pós-Graduação em Letras, e coordenadora das Jornadas Literárias de Passo Fundo. Desenvolve projetos na linha de pesquisa de Leitura e Formação de Leitor, focalizando seus trabalhos na questão da leitura na escola, metodologias de ensino da literatura infantil e juvenil. Ainda, é líder do Grupo de Pesquisa CNPq: Sobre Ensino de Literatura e membro do GT Leitura e Literatura Infantil e Juvenil, da ANPOLL.

Fernando Rodrigues de Oliveira (UNIFESP – Guarulhos) – Doutorado em Educação (Universidade Estadual Paulista – UNESP, 2014) com estágio de Doutorado Sanduíche (bolsa PDSE-CAPES) junto ao Instituto de Educação da Universidade de Lisboa, Portugal; Pós-doutorado em História da Educação (UNESP/Araraquara, 2020). Atuou como professor visitante junto à Université Lumière Lyon 2 (UFR des Langues), na França (2023). Hoje, é professor do Programa de Pós-Graduação em Educação e do Departamento de Educação da Escola de Filosofia, Letras e Ciências Humanas (EFLCH) da Universidade Federal de São Paulo (UNIFESP). Também é líder do Núcleo Interdisciplinar de Pesquisas sobre Ensino de Língua e Literatura (NIPELL) e pesquisador junto ao Centro de Alfabetização, Leitura e Escrita (Ceale/FaE-UFMG). Participa do processo avaliativo de obras literárias e didáticas do Programa Nacional do Livro e do Material Didático (PNLD), em diferentes funções. Por fim, é membro do GT Leitura e Literatura Infantil e Juvenil, da ANPOLL.

Guilherme Magri da Rocha (SESI-SP) – Doutorado em Letras com ênfase na área de Literatura e Vida Social (Universidade Estadual Paulista – UNESP, 2022). Atuou como estudante visitante no Departamento de Línguas e Culturas da Universidade de Aveiro e como pesquisador visitante no departamento de Inglês da Universidade Texas AM; também conduziu pesquisa na Internationale Jugendbibliothek. É membro dos grupos de pesquisa "Narrativas Estrangeiras Modernas" e "Literatura Juvenil: Crítica e História". Ainda, participa da International Research Society for Childrens Literature, em que estabelece parcerias com professores das universidades de Middlesex e Malmö. Já atuou como consultor no Programa Foreign Language Teaching Assistant da Comissão Fulbright Brasil.

Hércules Tolêdo Corrêa (UFOP) – Doutorado em Educação (Universidade Federal de Minas Gerais – UFMG, 2002). Já participou de estágios científicos avançados de pós-doutoramento na York University, em Toronto, no Canadá (2018), e na Universidade do Minho, em Braga, Portugal (2007). Hoje é professor da Universidade Federal de Ouro Preto (UFOP) e líder do grupo de pesquisa Multiletramentos e uso das TDIC na Educação (MULTDICS). Também é coordenador do projeto "Leitura e Escrita na Educação Infantil" (LEEI) e já atuou como coordenador pedagógico do Pró-Letramento e do PNAIC-UFOP. Ainda, é membro do Grupo de Pesquisa do Letramento Literário GPELL do Centro de Alfabetização, Leitura e Escrita (Ceale) da Faculdade de Educação da UFMG, e do GT Leitura e Literatura Infantil e Juvenil, da ANPOLL.

Ieda Maria Sorgi Pinhaz Elias (SEED/PR – UEM) – Doutorado em Estudos Literários (Universidade Estadual de Maringá – UEM, 2016). É professora titular na Secretaria de Estado da Educação de Estado do Paraná, também é membro do grupo de pesquisa Literatura Juvenil: crítica e história (UENP/UNESP).

Isabel Coelho (Editora FTD) – Autora da obra *A representação da criança na literatura infanto-juvenil* (Ed. Perspectiva, 2020), fruto da sua tese de doutoramento em Teoria Literária e Literatura Comparada (Universidade de São Paulo – USP, 2018), com bolsa de fellowship na Internationale Jugendbibliothek (Munique, Alemanha). A obra recebeu o prêmio Melhor Livro Teórico da Fundação Nacional do Livro Infantil e Juvenil e foi finalista do prêmio da International Research Society for Children's Literature. Por doze anos, esteve à frente do núcleo Infantojuvenil da editora Cosac Naify. Pelo trabalho nessa editora, recebeu, em 2012, o prêmio BOP (Best Children's Publisher of the Year), concedido na Feira Internacional do Livro Infantil de Bolonha. É publisher de literatura na FTD Educação e ministra cursos e palestras sobre literatura infantil e sobre o livro ilustrado, além de coordenar e ministrar a disciplina Processos Editoriais Contemporâneos para o Livro Ilustrado na pós-graduação do Instituto Vera Cruz.

Jaime dos Reis Sant'Anna (UEL) in memoriam – Doutorado em Letras (Universidade de São Paulo – USP, 2005). Foi professor de Língua e Literatura do International Baccalaureate Program, na Graded School of Sao Paulo / Associação Escola Graduada de São Paulo (1998-2006), de Literatura Portuguesa na FFLCH/USP (2000-2003), na Fintec (2002-2003) e na Universidade Bandeirante de São Paulo (2007-2008), de Literatura Infantil e Juvenil e Ensino e de Metodologia e Prática de Ensino de Língua Portuguesa e Literaturas na Universidade Estadual de Londrina (UEL). Coordenou o projeto de pesquisa "Motivadores ideológicos na construção dos mecanismos de intertextualidade na literatura infantojuvenil brasileira contemporânea e a formação de leitores no Ensino Básico (2016-2019)". Ainda, foi membro do GT Leitura e Literatura Infantil e Juvenil, da ANPOLL.

João Luís Ceccantini (UNESP) – Doutorado em Letras (Universidade Estadual Paulista – UNESP, 2000), instituição em que atua no Programa de Pós-Graduação em Letras. Foi coordenador do Grupo de Trabalho da Leitura e Literatura Infantil e Juvenil, da ANPOLL. Hoje, é membro dos grupos de pesquisa Literatura e formação do leitor: implicações estéticas, históricas e sociais (UNESP/UENP) e da Red Temática de Investigación Las Literaturas Infantiles y Juveniles del Marco Ibérico e Iberoamericano (LIJMI), além de votante da Fundação Nacional do Livro Infantil e Juvenil (FNLIJ). Também realiza projetos de pesquisa aplicada, voltados à formação de leitores e ao aperfeiçoamento de professores no contexto do ensino fundamental. Concluiu estágios de pós-doutorado na Universidade de Santiago de Compostela – Espanha (2008), na Pontifícia Universidade Católica do Rio Grande do Sul – PUC-RS (2009).

José Nicolau Gregorin Filho (USP) in memoriam – Doutorado em Linguística e Língua Portuguesa (Universidade Estadual Paulista – UNESP, 2002). Foi professor na Universidade de São Paulo (USP), na área de Literatura Infantil e Juvenil do Departamento de Letras Clássicas e Vernáculas e do Programa de Pós-Graduação em Estudos Comparados de Literaturas de Língua Portuguesa. Atuou como professor colaborador do Programa de Pós-graduação em Estudos Literários da Universidade do Estado do Mato Grosso (UNEMAT). Ademais, foi professor e orientador do Programa de Mestrado Profissional em Letras (PROFLETRAS) e Vice-Diretor e Diretor da Biblioteca Brasiliana Guita e José Mindlin e do Centro Universitário Maria Antonia, ambos da USP. Foi Assessor do Núcleo Técnico de Currículo (Salas e Espaços de Leitura) da Secretaria Municipal de Educação de São Paulo na produção de material pedagógico. Ainda, foi membro do GT Leitura e Literatura Infantil e Juvenil, da ANPOLL.

Lia Cupertino (FATEC) – Doutorado (2004) em Letras (Universidade Estadual Paulista – UNESP, 2004). Atualmente é professora titular na Faculdade de Tecnologia do Estado de São Paulo (FATEC – Ourinhos). Tem experiência na área de Letras, com ênfase em Literatura, atua principalmente nos seguintes temas: literatura infantil e juvenil, Monteiro Lobato, tecnologia, gestão educacional, humor e língua portuguesa.

Luiz Fernando Martins de Lima (IFSP) – Doutorado em Letras (Universidade Estadual Paulista – UNESP, 2014). Atua como docente do Instituto Federal de Educação, Ciência e Tecnologia de São Paulo (IFSP), campus Sorocaba, onde coordena projetos de pesquisa e extensão no campo da Formação do Leitor Literário, além de conduzir pesquisas na área de Teoria Literária e Literaturas de Língua Inglesa, especificamente relacionadas à fortuna crítica e à história da crítica literária. Por fim, é membro do grupo de pesquisa Literatura Juvenil: crítica e história (UENP/UNESP).

Luzmara Curcino Ferreira (UFSCar) – Doutorado em Linguística e Língua Portuguesa (Universidade Estadual Paulista – UNESP, 2006) com estágio de doutorado, em 2005, na Escola de Altos Estudos em Ciências Sociais (EHESS/Paris); Pós-doutorado (Université de Versailles Saint-Quentin-en-Yvelines, UVSQ – 2018). É professora Associada da Universidade Federal de São Carlos, atua na Coordenação do PPGL/UFSCar, como Vice-Coordenadora (2021 a 2025). Também coordena o Laboratório de Estudos da Leitura (LIRE-UFSCar/CNPq) e coordenou a área de Letras do PIBID, entre 2013 e 2021. Atualmente desenvolve projeto de pesquisa sobre as emoções em discursos a respeito da leitura. Já atuou como professora visitante na Universidade de Buenos Aires (2016) e como pesquisadora no Centro de História Cultural das Sociedades Contemporâneas na Universidade de Versalhes Saint Quentin em Yvelines em 2017 e 2018. É membro do GT Leitura e Literatura Infantil e Juvenil, da ANPOLL.

Márcio Roberto do Prado (UEM) – Doutorado em Estudos Literários (Universidade Estadual Paulista – UNESP, 2007). Tem experiência na área de Letras, com ênfase em estudos sobre a comunicação, a arte e a cultura contemporâneas em suas relações com mídias e tecnologias, com enfoque sobretudo em questões de poética. É professor Associado do Departamento de Teorias Linguísticas e Literárias da Universidade Estadual de Maringá (UEM) e professor Permanente do Programa de Pós-Graduação em Letras na mesma instituição. É membro do GT Leitura e Literatura Infantil e Juvenil, da ANPOLL.

Maria Carolina de Godoy (UEL) – Doutorado em Estudos Literários (Universidade Estadual Paulista – UNESP, 2007) e Pós-doutorado (Universidade Federal do Rio de Janeiro – UFRJ, 2012). É pesquisadora visitante do PACC – Programa Avançado de Cultura Contemporânea da UFRJ desde 2012. Também participa do GT de Literatura Oral e Popular, da ANPOLL. Atua como professora adjunta da Universidade Estadual de Londrina (UEL) no Departamento de Letras Vernáculas e Clássicas, além de ser líder do grupo de pesquisa "Literatura afro-brasileira e sua divulgação em rede".

Maria Teresa Gonçalves Pereira (UERJ) – Doutorado em Letras Vernáculas (Universidade Federal do Rio de Janeiro – UFRJ, 1990) e Pós-doutorado em Leitura (Pontifícia Universidade Católica do Rio Grande do Sul – PUC-RS, 2008). É professora titular de Língua Portuguesa do Instituto de Letras da UERJ. Já coordenou o Mestrado e o Doutorado em Língua Portuguesa da UERJ. Também é votante da Fundação Nacional do Livro Infantil e Juvenil (FNLIJ) e participa, entre outras pesquisas, do projeto "Personagens portugueses na literatura brasileira: Projeto Portugueses de Papel" (Universidade de Lisboa/ University of Colorado Boulder). Por fim, é membro do GT Leitura e Literatura Infantil e Juvenil, da ANPOLL.

Marisa Philbert Lajolo (UP MACKENZIE) – Doutorado em Letras, Teoria Literária e Literatura Comparada (Universidade de São Paulo – USP, 1980), sob orientação de Antonio Candido; Pós-doutorado (Brown University – BROWN, 1990); atuou em estágios de pesquisa na Biblioteca Nacional de Lisboa, na Biblioteca Saint Genevieve (Paris) e na John Carter Brown Library. É Professora Titular aposentada da UNICAMP. Atualmente é Professora da Universidade Presbiteriana Mackenzie. Suas atuais linhas de pesquisa recobrem interesse por Teoria Literária e Literatura Brasileira, atuando principalmente nas áreas de história da leitura, literatura infantil e/ou juvenil e Monteiro Lobato. É Bolsista Senior (1A) aposentada do CNPq. O livro que organizou, *Monteiro Lobato livro a livro: obra infantil* (IMESP, EdUNESP), recebeu o prêmio Jabuti "Livro do Ano não ficção" em 2009. Seu livro *Gonçalves Dias: o poeta do exílio* (FTD, 2011) recebeu prêmio da Academia Brasileira de Letras. Curadora do Prêmio Jabuti (2014 e 2015), é membro da Academia Paulista de Educação desde 2015. Recebeu o título de Pesquisador Emérito do CNPq (2020).

Marta Passos Pinheiro (CEFET-MG) – Doutorado em Educação (Universidade Federal de Minas Gerais – UFMG, 2006), com a realização de estágio de doutorado em Educação pela Universidade do Minho, Braga, Portugal (2004), e Pós-doutorado em Educação (UFMG, 2017). É professora do Departamento de Linguagem e Tecnologia do Centro Federal de Educação Tecnológica de Belo Horizonte (CEFET-MG), atuando como professora no Ensino Médio, na Graduação em Letras, no Mestrado e no Doutorado em Estudos de Linguagens. Também coordena o grupo de pesquisa Leitura Literária, Edição e Ensino (LLEME) e integra o grupo de pesquisa Materiais e Recursos Didáticos, do CEFET-MG, e o GPELL (Grupo de Pesquisa do Letramento Literário), da Faculdade de Educação da UFMG. Ainda, é membro do GT Leitura e Literatura Infantil e Juvenil, da ANPOLL.

Mell Sauter Brites Guimarães (PG UNESP) – Doutoranda em Letras (Universidade Estadual Paulista – UNESP). Foi bolsista residente da Internationale Jugendbibliothek, em Munique (Alemanha). Hoje ministra um curso livre no Instituto Tomie Ohtake sobre literatura infantil e é professora convidada da Pós-Graduação Literatura para Crianças e Jovens, do Instituto Vera Cruz. Ainda, é editora-chefe executiva da Editora Baião.

Pedro Afonso Barth (UFU) – Doutorado em Letras (Universidade Estadual de Maringá, 2019). Professor do Núcleo de Teoria Literária e Literaturas de Língua Portuguesa (NUCLIT), do Instituto de Letras e Linguística (ILEEL) da Universidade Federal de Uberlândia (UFU). Docente do Programa de Mestrado Profissional em Letras (PROFLETRAS) e pesquisador do grupo do CNPq FORPROLL (Formação de Professores de Línguas e Literatura). Também é membro do GT Leitura e Literatura Infantil e Juvenil, da ANPOLL.

Rafaela Stopa (UENP) – Doutorado em Letras (Universidade Estadual Paulista – UNESP, 2018). É professora adjunta do Centro de Letras, Comunicação e Artes (CLCA) da UENP/Campus Jacarezinho. Já foi diretora do CLCA/CJ na gestão 2018-2022 e atuou como Vice-Líder do grupo de pesquisa Literatura e Ensino (2003-2014). Atualmente está na vice-liderança do Grupo de Pesquisa Leituras literárias: teoria crítica, análise e ensino do CLCA-UENP/CJ.

Roger Mello (ilustrador e escritor) – É um dos ilustradores brasileiros mais destacados no cenário nacional e internacional. Conquistou diversos prêmios por seus trabalhos como ilustrador, autor de livros de imagem e livros para criança, dramaturgo e produtor visual: Prêmio Jabuti de Ilustração e de Melhor Livro Juvenil; Prêmio Especial Adolfo Aizen; Prêmio pelo Conjunto da Obra da UBE; Prêmio Monteiro Lobato; Prêmio Adolfo Bloch e da Fondation Espace Enfants (Suíça), o Grande Prêmio Internacional. Conquistou duas vezes o selo White Ravens da Biblioteca Internacional de Munique. Em razão dos seus vários trabalhos premiados, tornou-se hors-concours dos prêmios da Fundação Nacional do Livro Infantil e Juvenil (FNLIJ). Em 2014, ganhou o Prêmio Hans Christian Andersen, o mais importante prêmio infantojuvenil do mundo.

Rosa Maria Cuba Riche (UERJ/IAFRS) – Doutorado em Letras Vernáculas (Universidade Federal do Rio de Janeiro – UFRJ, 1996) e Pós-doutorado em Literatura Brasileira (Universidade Estadual Paulista – UNESP\Assis, 2021). É Professora

Associada de Língua Portuguesa do Departamento de Línguas e Literatura do Instituto de Aplicação Fernando Rodrigues da Silveira-UERJ. Também integra o grupo de pesquisa Encontros com a Literatura Infantil/Juvenil: ficção, teorias e práticas (CNPq/UERJ) e o Núcleo de Estudos em Literatura InfantoJuvenil (NELIJ-UERJ). Ainda, é membro do Grupo de Pesquisa Literatura e formação do leitor: implicações estéticas, históricas e sociais e já atuou como membro do júri do Prêmio Anual da Fundação Nacional do Livro Infantil e Juvenil de 1979 a 2015. É autora de livros sobre leitura e produção textual e organização de antologia publicados pelas editoras FTD, Melhoramentos, Saraiva e Contexto. Por fim, é membro do GT Leitura e Literatura Infantil e Juvenil, da ANPOLL.

Silvana Augusta Barbosa Carrijo (UFCAT) – Doutorado em Letras e Linguística (Universidade Federal de Goiás – UFG, 2009), com estágios de doutorado na École des Hautes Études en Sciences Sociales, Paris-França, e na Universidade de Santiago de Compostela-Espanha, e Pós-doutorado (Universidade Estadual Paulista – UNESP/FCL-Assis, 2014). É Professora Associada IV da Universidade Federal de Catalão, atua nos cursos de Graduação em Letras e no Programa de Pós-Graduação em Estudos da Linguagem (Mestrado e Doutorado). Ainda, é membro dos grupos de pesquisas: Encontros com a Literatura Infantil/Juvenil: ficção, teorias e práticas (EnLIJ, UERJ); Ensino e Linguagem (URFN); Educação, Leitura e Escrita (EDULE, UFCAT). Também é membro pesquisadora da Rede de Estudos Avançados em Leitura (RELER), do Instituto Interdisciplinar de Leitura (IILER) da PUC-Rio/Cátedra Unesco de Leitura, e membro colaboradora externa do Grupo Liter 21 – Literatura Gallega. Literatura Infantil Y Juvenil, Investigaciones literarias, artísticas, interculturales y educativas (Universidade de Santiago de Compostela-ES). Por fim, é membro do GT Leitura e Literatura Infantil e Juvenil, da ANPOLL.

Thiago Alves Valente (UENP; PG PLE-UEM) – Doutorado em Letras (Universidade Estadual Paulista – UNESP, 2009). É professor da Universidade Estadual do Norte do Paraná (UENP-Cornélio Procópio), desenvolve atividades de pesquisa nos seguintes temas: Literatura Infantil/Juvenil Brasileira, Teoria Literária e Metodologia do Ensino de Literatura. Também é Líder do grupo de pesquisa Literatura Juvenil: crítica e história (UENP/UNESP) e Vice-Líder do grupo de pesquisa Literatura e formação do leitor: implicações estéticas, históricas e sociais (UNESP/UENP), além de ser membro da Red Temática de Investigación Las Literaturas Infantiles y Juveniles del Marco Ibérico e Iberoamericano (LIJMI). Ainda, coordena o GT Leitura e Literatura Infantil e Juvenil, da ANPOLL nos biênios 2021 a 2022 e 2023 a 2025. Por fim, concluiu estágio pós-doutoral no Programa de Pós-Graduação em Letras (PLE), da Universidade Estadual de Maringá (UEM).

Vera Teixeira de Aguiar (PUC-RS) – Doutorado em Letras (Pontifícia Universidade Católica do Rio Grande do Sul – PUC-RS, 1988). É Professora Titular aposentada da PUC-RS, onde lecionou nos níveis de Graduação, Especialização, Mestrado e Doutorado. Desenvolve pesquisas nas áreas de Sociologia da Leitura, Literatura Infantil e Construções Simbólicas, Literatura Juvenil, Arte e Sistema Cultural e Literatura e Ensino, salientando o lugar da literatura na vida social e sua interação com outras linguagens. Também é autora, dentre outros livros, de *Que livro indicar? Interesses do leitor jovem*, *O verbal e o não ver-*

bal e *Literatura: a formação do leitor*, em coautoria com Maria da Glória Bordini. Pesquisadora do CNPq, desenvolveu projetos como "Literatura juvenil brasileira: a constituição do objeto, suas modalidades narrativas e proposta metodológica de leitura através da construção de base de dados digital" (2013-2016). Ainda, é leitora-votante da Fundação Nacional do Livro Infantil e Juvenil, membro da RELER/Cátedra UNESCO de Leitura PUC-Rio e da Red Temática de Investigación Las Literaturas Infantiles y Juveniles del Marco Ibérico e Iberoamericano (LIJMI) e membro do GT Leitura e Literatura Infantil e Juvenil, da ANPOLL.

Zila Letícia Goulart Pereira Rêgo (UFP) – Doutorado em Linguística e Letras (Pontifícia Universidade Católica do Rio Grande do Sul, PUC-RS, 2003). É docente da Universidade Federal do Pampa (Unipampa), em Bagé/RS, atua no curso de Letras-Português e Literaturas de Língua Portuguesa e no curso de Mestrado Profissional em Ensino de Línguas. Tem experiência na área de Letras, com ênfase nas literaturas de língua portuguesa, nas teorias da literatura e nas metodologias de ensino da literatura, em especial da literatura infantil e juvenil. Integra o GT Leitura e Literatura Infantil e Juvenil, da ANPOLL.

Este livro foi composto com a tipografia Sabon Next LT e
impresso em papel Pólen Soft 80 g/m em abril de 2024.